그 대 를 위 한 꽃 다 발   그 꽃

그 꽃 1

지은이 | 최윤정
펴낸이 | 권순남
펴낸곳 | 도서출판 동행

등록 | 2008년 1월 7일(제310-2008-00001호)

초판 인쇄 | 2015년 11월 27일
초판 발행 | 2015년 12월 2일

주소 | 서울시 노원구 상계1동 1049-25 신영산업BD 602호
전화 | 02-2091-0291
팩스 | 02-2091-0290
이메일 | marubooks@hanmail.net

ISBN | 978-89-280-6535-6
ISBN | 978-89-280-6534-9 (세트)
정 가 | 9,000원

잘못된 책은 교환하여 드립니다.
저자와 협의하여 인지를 붙이지 않습니다.

그대를 위한 꽃다발 그꽃

1

최윤정 장편소설

동행

프롤로그 ··· 7
1. 어느 봄날 ··· 16
2. 그대를 위한 꽃다발 ··· 32
3. 긴 하루 ··· 53
4. 정체가 뭐니? ··· 75
5. 수상해, 아주 많이 ··· 94
6. 누구에게나 하나쯤은 있는 ··· 118
7. 잃어버린 시간 ··· 142
8. 같지만 다른 하루 ··· 164
9. 그게 다였다 ··· 191
10. 달콤 쌉쌀한 ··· 212
11. 절대 있을 수 없는 일들 ··· 233
12. 아슬아슬 평화롭게 ··· 254
13. 아주 많이 이상한 일 ··· 277
14. 나한테 왜 이러니 ··· 294
15. 괜찮아, 괜찮아, 괜찮아 ··· 313
16. 이성보다 감정이, 머리보다 가슴이 ··· 332
17. 깊어가는 봄날 ··· 352
18. 사랑하는 지금이 가장 행복하다 ··· 367
19. 제자리걸음 Ⅰ ··· 383
20. 제자리걸음 Ⅱ ··· 405

프롤로그

1월 1일, 서울에서 멀지 않은 조용한 공원묘지.

새해 새날이 밝았지만 잔뜩 찌푸린 하늘은 금방이라도 눈을 뿌릴 듯 스산했다.

인기척 없이 고요한 묘지의 가파른 언덕을 열심히 오르고 있는 사람이 있었다. 두툼한 까만 망고 비니에 무릎까지 내려오는 패딩으로 중무장을 하고 빨간 목도리로 둘둘 싸매 눈만 빠끔히 보이는 정원이었다. 언뜻 빨간 목도리를 한 까만 눈사람이 움직이는 것 같았다.

중턱쯤 도달한 정원이 잠시 멈춰 서서 확 트인 전망을 돌아보며 심호흡을 했다. 매서운 날씨에도 하얀 입김과 함께 땀이 송송 솟는다.

"후아ㅡ"

길을 따라 늘어선 키 큰 나무와 겨울에도 꽃을 피우는 이름 모를 정원수들이 썰렁한 겨울 묘원에 생기를 불어넣고 있었다. 소위 말하는 묘지 특유의 음습함이나 어두운 분위기는커녕 말 그대로 잘 정돈된 공원을 보는 기분이었다.

잠시 산 아래 흐르는 강물을 바라보던 정원이 그새 느슨해진 목도리를 다시 여미고 걸음을 옮겼다. 고지가 눈앞이다.

"아빠, 나 왔어."

이마에 맺힌 땀을 닦아낸 정원이 싱긋 웃었다. 은선환. 일생을 사랑하는 여인과 딸을 위해 살다 외로이 눈을 감은 그녀의 아버지였다.

그의 마지막까지 허무하게 보낼 수가 없어서 정원은 없는 형편에도 굳이 매장을 고집했다. 사랑하는 아빠를 흔적조차 남기지 않고 재로 날려 버리면 그녀 또한 세상에 갈 곳 없는 외톨이가 될 것 같아서. 이렇게라도 기억하고 찾아올 수 있는 장소를 남겨놓고 싶었다.

잠시 숨을 고른 정원은 어깨에 둘러멘 가방을 내리고 준비해 온 것들을 꺼냈다. 몇 가지 과일과 술. 단출하다 못해 썰렁한 차림이었지만 그녀는 개의치 않고 생글거렸다.

"아빠 딸 착하지? 이 추운데 우리 선환 씨가 좋아하는 술까지 챙겨서 찾아오고. 열 아들 안 부럽지?"

일회용 컵에 술을 따라 상에 올린 정원이 넙죽 절을 두 번 했다. 그러고는 무덤 주변을 돌며 남은 술을 넉넉하게 부었다. 격식도 없고, 순서도 없는 제멋대로 식의 간단한 차례였지만 그녀는 구김살 없이 씩씩하게 말을 이었다.

"아빠, 조금만 기다려. 내가 독립하면 상다리 부러지게 제사도 꼭 챙겨 줄게."

아버지가 돌아가신 지 이제 2년. 정원은 일 년에 두 번, 기일과 추석에만 묘를 찾았다. 변변히 제사를 모시지도 못하고, 자주 찾을 만큼 넉넉한 형편도 아니었지만 딱히 연연하지 않았다. 언제 어느 때고 할 수 있는 만큼 최선을 다하면 되는 것이다.

살아생전 선환도 그랬고, 정원 또한 그렇게 생각했다. 상에 올린 사과를 덥석 베어 물고 주절주절 근황을 보고하던 정원이 문득 고개를 들었다.

"응? 우와! 아빠, 눈 온다."

팔락거리는 눈을 보고 반갑게 탄성을 지른 것도 잠시, 정원이 후다닥 자리에서 일어났다.

"에고, 길 미끄러워지기 전에 그만 내려가야겠네."

주섬주섬 자리를 정리한 그녀가 밤과 대추를 잘게 부숴 수풀에 뿌리며 씩씩하게 외쳤다.

"고수레!"

손을 털며 돌아서던 정원이 흠칫 몸을 굳혔다.

'헛! 노, 놀래라.'

십여 미터 떨어진 곳에서 시커먼 그림자 하나가 자신을 빤히 쳐다보고 있었다. 머리부터 발끝까지 까만데 얼굴만 하얀 키 큰 남자였다.

'일단, 귀신은 아닌 거 같지······?'

남자가 서 있는 곳은 한 칸 위 길게 늘어선 무덤들의 중간쯤

이었다. 정원은 아래쪽 끄트머리에 있어서 새해 첫날, 다른 누가 있으리라고는 생각지도 못했다. 마침 그녀와 시선이 마주친 남자가 무심하게 고개를 돌렸다. 순간 왠지 모를 무안함에 정원이 입술을 삐죽 내밀었다.

'응? 뭐야, 자기가 먼저 쳐다봤으면서……'

하지만 정작 그녀는 남자에게서 쉽게 시선을 떼지 못했다. 그만큼 독특한 분위기가 눈에 띄는 사람이었다. 여태 눈치채지 못한 것이 의아할 정도로.

남자가 서 있는 무덤 앞에는 처연해 보일 정도로 고운 카라 꽃 한 다발이 놓여 있었다. 까만 드레스셔츠에 무심하게 걸친 기다란 캐시미어 코트, 까만 정장바지, 까만 구두, 까만 머리칼. 아무런 감정도 묻어나지 않는 시리도록 까만 눈동자. 그리고 예리해 보이는 하얀 얼굴, 하얀 카라 꽃다발.

추운 겨울의 황량한 공원묘지였지만 마치 영화 속의 주인공처럼 특별한 느낌이다. 멀리서도 시린 느낌이 진하게 묻어나는, 이상한 사람이었다.

'분위기 묘하네.'

정초부터 술병을 들고 묘원을 찾은 그녀도 평범하지는 않았지만 남자는 뭔가 더 사연이 있을 것만 같았다. 마침 불어온 바람에 그의 기다란 코트 자락이 무겁게 펄럭인다. 그 모습이 왠지 추워 보여 정원은 무심코 어깨를 움츠렸다.

"읏! 춥다."

눈꺼풀에 내려앉은 눈송이들을 털어낸 정원이 가방을 고쳐

멨다. 서둘러 내려가야 한다는 사실도 잊은 채 남자를 보고 있었던 것이다.

석상처럼 미동도 않던 그가 불현듯 성큼 멀어져 갔다. 기묘한 타이밍에 정원도 덩달아 움찔 걸음을 옮겼다. 그리고 뭐에 홀린 것처럼 남자의 뒤를 따라 걸었다.

남자는 정원의 존재를 모르는 것처럼 휘적휘적 무심하게 앞서 나갔다. 예의 시선과 마주치지 않았다면 정말 모른다고 믿을 정도였다.

생각 없이 남자의 뒤를 쫓아 걸음을 옮기던 정원은 반대편 길가에 서 있는 까만 세단을 발견하고 문득 하늘을 보았다. 드문드문 초라하게 흩날리던 진눈깨비가 어느새 함박눈으로 변해 펑펑 쏟아지고 있었다. 화들짝 놀란 정원이 낮게 투덜거렸다.

"헐, 갑자기 뭐니. 삐끗하면 바로 사망이겠네."

탐스러운 눈을 감상하기엔 눈앞에 놓인 길이 까마득하니 무서울 지경이었다. 아직 많이 쌓이지는 않았지만 내려가는 길은 그대로도 충분히 위협적일 만큼 경사가 심했다.

삑!

번쩍번쩍 광이 나는 고급 외제 차가 리모컨 소리와 함께 조용히 시동이 걸렸다. 운전석으로 돌아가는 그를 물끄러미 바라보던 정원이 불쑥 입을 열었다.

"저기……, 어디까지 가세요?"

남자가 놀라는 기색도 없이 천천히 고개를 들었다.

'뭐, 뭐야. 무슨 눈빛이…….'

아무런 감정도 느껴지지 않는 빈 동공이 이유도 없이 먹먹하게 아프다. 순간 당황한 정원이 미처 말을 잇지 못하고 잠시 머뭇거렸다. 그리고 여전히 그녀를 향하고 있는 낯선 남자의 시선에 어렵사리 용건을 떠올렸다.

"저기……, 요 아래 도로까지만 태워 주실래요?"

"……."

"안 그래도 가파른데 눈 때문에 그냥 내려가려니 깜깜해서요. 자칫 미끄러지기라도 하면 사망 내지는 중상……."

이어지는 남자의 서늘한 침묵에 두서없이 말을 뱉던 정원이 지그시 입술을 깨물었다. 하지만 당황한 것은 그녀뿐인 듯 남자의 눈빛은 변함없이 무채색이다.

"저……, 안 될까요?"

조심스레 되묻던 정원이 순간 멈칫했다. 사람이 말을 하는데 저 무반응은 뭐란 말인가.

스치듯 닿기만 해도 새파랗게 묻어날 것만 같은 선연한 무엇. 가까이 하고 싶지도 않고, 알고 싶지도 않은 무채색의 심연. 예민하게 단정한 외모만큼 부담스러운 분위기를 풍기는 남자였다.

그깟 차, 치사해서 안 타고 만다. 괜한 오기에 정원은 그냥 걸어 내려가리라 마음을 고쳐먹었다. 그런데 말도 없이 사람을 왜 저렇게 뚫어져라 보는 것일까. 머쓱해진 그녀가 가방을 추스르며 애매하게 웃어 보였다.

"뭐, 할 수 없죠. 실례했습니다."

정원이 새삼 전의에 불타는 눈으로 까마득한 비탈길을 노려보았다. 위험천만 미끄럽겠지만 설마 죽기야 하겠는가.

"타요."

성큼 걸음을 옮기려던 정원이 예상치 못한 음성에 놀라 고개를 들었다.

"네?"

남자가 운전석 문을 열고 여전히 표정 없는 눈으로 그녀를 보고 있었다. 정원은 순간 자신의 귀를 의심했다. 그리고 이어지는 낮은 음성에 눈을 휘둥그레 떴다.

"타시죠."

그새 차에 오른 남자가 보조석 창을 열고 그녀를 보고 있었다. 당황한 정원이 떠밀리듯 차의 손잡이를 잡아당겼다. 두껍고 무거운 문이 스르륵 소리도 없이 열린다.

"고맙습니다."

넙죽 인사를 한 정원이 바짝 긴장한 채 허리를 꼿꼿이 세웠다. 남자는 언제 그랬냐는 듯 변함없이 그림 같은 얼굴로 앞을 보고 있었다. 소리도 없이 움직이기 시작한 차 안에 무거운 침묵이 가득 내려앉았다.

'우씨, 괜히 탔어.'

질식할 것 같은 분위기에 정원은 이내 입술을 깨물며 후회를 했다. 딱히 위협적인 분위기를 풍기는 사람도 아닌데 왜 이런 기분이 드는 것일까. 씩씩하기로 둘째가라면 서러운 은정원답지 않은 일이었다. 내심 심호흡을 한 정원이 조심스레 눈동자를 굴렸다.

이런 차는 대체……. 문외한인 그녀가 보기에도 함부로 만지면 안 될 것 같은, 이름도 알 수 없는 고급 차였다. 열선이 들어간 시트가 금세 따뜻해지며 얼었던 몸을 녹여 주었다.

자동차 특유의 잡냄새도 하나 없이 따뜻한 나무 향이 은은하게 배어났다. 방향제와는 확연히 다른 향기에 정원은 무심코 옆에 앉은 남자를 곁눈질했다. 차마 고개를 돌리지 못한 좁은 시야에 운전대를 잡은 길고 하얀 손가락이 보였다.

정원은 문득 그 향기가 옆에 앉은 남자에게서 나는 것일까 궁금해졌다. 그리고 지레 놀라 동그란 눈을 깜박거렸다.

'미쳤나 봐. 제정신이 아니야.'

낯선 남자를 상대로 이 무슨 해괴한 호기심일까. 당황한 정원이 저도 모르게 마른침을 꿀꺽 삼켰다. 낯설고도 불편한, 정체를 알 수 없는 이상한 기분에 자꾸 입술이 마른다.

올라갈 땐 한참인 것 같았는데 어느새 묘원을 빠져나온 차는 버스 정류장 앞에 도착해 있었다. 서둘러 차에서 내린 정원이 꾸벅 인사를 했다.

"고맙습니다."

하지만 남자는 고개를 돌리지도, 다시 입을 열지도 않았다. 그리고 언제 멈췄었냐는 듯 빠르게 멀어져 갔다.

멍하니 멀어지는 차를 보고 있던 정원이 흐릿한 시야에 문득 고개를 들었다. 점점 굵어지는 눈발이 어느새 세상을 온통 하얇게 덮고 있었다. 동화 속, 눈의 나라처럼 환상적인 풍경이었지만 정작 바라보는 정원의 눈가엔 짜증이 더럭 묻어났다.

"어쩜, 어디까지 가냐고 한 번 묻지를 않니. 어차피 서울 가는 방향인데 가까운 전철역이라도 내려 주면 좀 좋아? 아무튼 있는 놈이 더하다니까."

사람 마음이 참 간사했다. 차에 타고 있을 땐 불편한 마음에 얼른 내리고 싶더니 인적 없는 국도에 덩그러니 남겨지자 이유도 없이 서러워진다. 정원이 코를 훌쩍거리며 몸을 잔뜩 옹송그렸다.

"우씨! 얼어 죽겠네. 버스는 언제 오는 거야."

산 아래여서 그런지 바람이 매섭기 그지없었다. 바람과 함께 짓쳐드는 눈발에 빨갛게 언 볼이 떨어져 나갈 것 같았다. 목도리를 단단하게 여민 정원이 점퍼에 달린 후드까지 푹 눌러썼다.

"쳇! 겉모습만 명품에 그림이면 뭐하냐고. 인간미가 없잖아, 인간미가. 아니 이 추운 날, 눈도 이렇게 많이 오는데, 나처럼 연약한 여인네 혼자 언제 올지도 모를 버스를 기다리게 하고 싶니? 흥! 가다가 펑크나 나라."

정원은 이제 보이지도 않는 차를 향해 한참을 구시렁대며 오지 않는 버스를 기다렸다. 그렇게 추운 겨울이 지나가고 있었다.

1. 어느 봄날

 겨우내 웅크렸던 공기가 기지개를 켜듯 연둣빛 여린 새싹들이 화들짝 깨어나 아른아른 눈을 어지럽히는 봄날. 하지만 설레는 봄을 맞이하는 정원의 마음은 영 편치가 않았다.
 "에효, 아주 죽어라, 죽어라 하는구나."
 따스한 햇살에 꽁꽁 언 경기도 풀리면 좋으련만. 학생과에 들러 구인란을 훑어보던 정원은 다디단 자판기 커피를 입에 물고 인상을 그었다.
 "잔인한 4월이라. 길이 없네, 길이 없어."
 딱히 경력이 있는 것도 아니고, 그림밖에 그릴 줄 모르는 그녀가 이제 와 번듯한 직장을 구하기란 역시나 요원해 보였다. 별다른 기대를 한 것은 아니었지만 그래도 영 입 안이 쓰다.
 "이봐, 은정원 씨. 과사로 오라니까 여기서 뭐 해?"
 익숙한 목소리에 고개를 들자 현성이 손에 든 서류를 팔랑거리며 웃고 있었다.
"그러는 너는 왜 거기서 나와?"
"내가 일단은 조교란 말이지. 하하."
강현성. 졸업하면서 그림을 접은 그녀와 달리 대학원에 진학해 꾸준히 작업을 하고 있는 절친한 후배이자 전도유망한 청년 화가. 이번 학기부터 연구 조교로 일하고 있었다. 점심을 사 주겠다는 그의 꼬임에 오랜만에 학교까지 찾아온 정원이었다.
머리 싸매고 앉아 걱정한다고 당장에 직장이 구해지는 것도 아닐지니. 정원이 물고 있던 종이컵을 쓰레기통에 버리며 가볍게 말을 꼬았다.
"강현성이 별걸 다해. 갑자기 웬 조교? 그런 건 진짜 필요한 사람한테 양보하지?"
"알면서 왜 이러셔. 나라고 별수 있나."
"가지가지……, 애쓴다."
현성은 유서 깊고 청렴하기로 소문난 명문 사학재단 이사장의 막내아들이었다. 일반적인 수순 따위 무시해도 좋을 배경을 가졌지만 그는 오히려 보란 듯 착실하게 과정을 밟고 있었다. 빵빵한 집안에, 넘치는 능력에, 모델 뺨칠 정도로 훤칠한 외모까지. 자칫 시기, 질투의 대상이 되고도 남을 조건이기도 했다.
하지만 현성은 의외로 적도 많지 않았다. 선이 분명한 이목구비를 더욱 빛나게 하는 환한 미소 뒤엔 그만한 자신감과 배짱이 있었다. 소위 말하는 엄친아 강현성은 쉽게 사람의 이목을 끌었고, 당연하게 인정을 받아내는 묘한 매력이 있었다.

아무튼 복 받은 놈. 성큼 다가오는 현성을 찬찬히 훑어 내린 정원의 눈매가 슬쩍 가늘어졌다. 옅은 갈색 꽁지머리는 여전했지만 명색이 조교라고 거친 작업복이 아닌 흰 셔츠에 반듯한 정장 차림이었다. 그조차도 의외로 잘 어울려서 얄미울 지경이었다.

약간 마른 듯 늘씬해 보이지만 실내에서 물감과 씨름하는 사람 같지 않게 단단하고 기다란 체격이 반듯하다. 올해도 그로 인해 설렐 신입생들이 눈에 선했다.

'그럼 뭐하나. 그림의 떡인걸.'

누구에게나 친절하고 예의바른 만큼, 그 이상 가까워지기는 어려운 사람이 또 강현성이었다. 언뜻 스스럼없이 친절한 것 같아도 쉽게 곁을 내어 주지 않는다.

등록금 때문에 휴학과 복학을 반복했던 정원은 6년 만에 가까스로 대학을 졸업할 수 있었다. 그런 정원과 제대하고 막 복학한 현성이 같은 실기실을, 그것도 나란히 옆자리를 쓰게 된 것은 3학년 때였다.

그 전엔 서로에 대해 잘 알지도 못했고, 관심도 없었다. 그래서 처음 얼마간은 너무나 다른 성격 탓에 사사건건 부딪치며 으르렁대기 바빴다. 그야말로 한 학기를 몽땅 전쟁 치르듯 지낸 것이다.

하지만 자고로 옛말 그른 것 없다고, 미운정이 더 무서운 것은 고금불변의 진리였다. 지금에 와선 까칠한 성격에도 불구하고 막역하게 지낼 만큼 서로에게 너무나 익숙한 친구가 되어 있었다.

정원이 다짜고짜 현성의 팔에 매달리며 투덜거렸다.

"현성아, 어디 괜찮은 일자리 없을까? 이 누나가 요즘 심각하시다."

"잘나가는 과외 선생이 엄살은. 그 돈 다 벌어 어디 쓰려고?"

말 그대로 정원은 학부 때부터 잘나가는 미술 과외 선생으로 유명했다. 덕분에 남들은 취직 걱정이 한창이던 졸업 학기에도 그녀는 늘어나는 과외에 눈코 뜰 새 없이 바쁜 것이 사실이었다. 그런데 이제 와 취직 걱정을 하게 될 줄 누가 알았을까.

"농담 아니거든? 잘나가는 과외 선생 짤리셨다."

현성이 그제야 눈썹을 휘며 정원을 돌아보았다.

"뭐? 어쩌다가."

"나라고 뭐, 만년 잘나가겠니. 오래 가르치기도 했고, 어려워지면 일 순위로 정리하는 게 또 미술이잖아."

"억척 은정원이 앓는 소리를 다 하고, 정말인가 보네."

"내가 언제 그런 걸로 농담하디?"

"그렇게 심각해?"

"두어 팀 남았는데 그것도 아슬하네."

말끝에 묻어나는 옅은 한숨을 놓칠 현성이 아니었다. 하지만 설핏 깊어지는 그의 눈빛에 정원은 짓궂게 웃으며 말을 돌렸다.

"누구는 팔자가 좋으셔서 세상이 어떻게 돌아가는지 관심도 없지?"

"어허! 팔자가 좋아서 빌어먹기 딱 좋은 예술씩이나 하고 있겠냐."

"다른 사람은 몰라도 강현성이 하고 싶은 일만 할 만큼 팔자 좋은 건, 온 세상이 다 아는 사실이지."

"하!"

현성은 불쑥 터져 나오려는 긴 한숨을 애써 삼키며 허탈하게 웃었다. 그런데 그게 또 기분이 나쁘지 않았다. 언제나 변함없이 항상 그랬다.

현성의 집안에 대해선 알 만한 사람은 다 아는 공공연한 사실이었다. 그래서 그가 아무리 치열하게 작업을 해도 소위 부잣집 막내아들의 취미 생활 정도로 폄하되기 일쑤였다. 그조차도 무시할 정도의 실력이 받쳐 줬지만 애초에 현성은 그런 시선에 관심도 없었다.

가진 것도 능력인 시대가 아니던가. 타고난 성정도 그러려니와 예술가 특유의 개인주의 성향까지 더해져 현성은 타인에게 냉정할 만큼 무심했다. 그의 조건과 외모 정도면 웬만해선 문제되는 일도 없었다.

하지만 정원은 누구와도 달랐다. 겉보기와 다르게 냉정하고 이기적인 그의 성격을 일일이 꼬집으며 거침없이 솔직했다. 그녀는 넘치게 많이 가진 현성을 부러워하지도 않았고, 무언가 얻어내려 애쓰는 일도 없었다.

가진 것 하나 없으면서도 무식하도록 당당하고, 가늘고 여린 외모와 반대로 겁 없고 씩씩한 것이 유일한 자랑이다. 그런 이유로 현성에겐 누구보다 어려운 사람이 또 정원이었다.

딱 거기까지. 단순, 명랑, 억척 은정원에게선 도무지 틈을 찾을 수가 없었다. 그래서 오히려 더 마음이 쓰이는 것을 그녀는 알까.

현성은 지금껏 정원이 힘들다고 말하는 것을 본 적이 없었다. 아무리 큰일이 닥쳐도, 당장 무너질 만큼 어렵고 힘들어도, 그녀는 항상 괜찮다고 말한다.

유일한 혈육인 아버지를 보내고 혼자 됐어도 여전히 씩씩했고, 숨 막히도록 퍽퍽한 현실 속에서도 환하게 웃을 수 있는 여자였다. 현성이 지금껏 보아온 은정원은.

지금도 한마디면 될 일이었다. 더도 말고 딱 한마디면 당장에 해결해 줄 수도 있는 문제였다. 그도 알고 그녀도 아는 사실이건만 정원은 끝내 아무 말도 하지 않았다. 딴엔 편한 친구라고 엄살을 부리는 것뿐, 그 이상도 이하도 아니었다.

너무나 분명한 그 경계에 현성은 선뜻 손을 내밀지도 못했다. 스스럼없이 편한 성격처럼 보여도 그런 부분은 또 어찌나 까칠하신지 어설피 나섰다간 친구라는 위치도 위태로워진다.

내심 고개를 저은 현성이 농담처럼 투덜거렸다.

"그러게 나한테 시집오라니까. 순도 백 퍼! 보증 수표가 여기 있는데 왜 사서 고생이야."

정원이 문득 걸음을 멈추고 그를 빤히 쳐다보았다. 순간 무심하도록 투명하게 파고드는 시선에 현성은 가슴이 덜컥 내려앉았다. 내심 당황한 그가 부러 너스레를 떨었다.

"어허, 이 불량한 눈빛은 뭐지?"

"나, 예술 한다는 남자 질색인 거 모르니? 그런데 강현성이는 그림 빼면 시체지, 아마?"
"그림 그리는 남자가 뭐? 어디가 어때서? 사람을 그렇게 못 믿나?"
현성은 순간 울컥 짜증이 일었다. 매번 같은 대답을 들으면서도 항상 무언가를 기대하고 또 실망하는 자신이 싫어진다. 동그란 정원의 눈매가 샐쭉 가늘어졌다.
"믿을 걸 믿으라고 해. 멀쩡하니 능력 빠방한 여인네들이 몹쓸 환쟁이 만나 고생하는 걸, 내가 한두 번 본 줄 아니? 다들 뭐가 쓰이지 않고서야……. 현실감각 제로에, 꿈만 먹고 사는, 평생 철들 일 없는 인간들 뭐 볼 거 있다고. 쯧……."
"그림 그리는 남자가 다 그렇다는 편견을 버려. 겪어 보지도 않고 어떻게 아냐."
"넌 똥인지 된장인지 꼭 먹어 봐야 아니?"
"어휴, 말하는 거 봐라. 누가 데려갈지 정말 걱정된다."
"너한테 데려가라고 안 할 테니 걱정 붙들어 매셔."
"감당할 남자가 있기는 하고? 더 늙기 전에 나한테 오라니까 그러네. 기회는 잡으라고 있는 거야. 놓치면 후회할 텐데……."
"후회는 무슨 얼어 죽을! 그리고 내가 너를 몰라? 에비, 바람둥이 접근 금지!"
그 어떤 말에도 꿈쩍도 않고 현성을 흘겨보는 정원의 눈매가 자못 매서웠다. 듣다 못한 현성이 버럭 인상을 썼다.
"얘가 또 생사람 잡네. 누가 바람둥이야? 나만큼 사생활 깔끔한 남자도 드물거든?"

"오호라, 너~어무 깔끔해서서 문제지요. 원래 진짜 바람둥이는 흔적을 남기지 않는 법이란다. 다 아는 사이에 선수가 왜 이러셔."

처음엔 서로 으르렁대느라 바빠 친구가 되는데도 꽤나 시간이 걸렸던 두 사람이었다. 하여 정원은 말 그대로 깔끔한(?) 현성의 숱한 연애사에도 빠삭했다. 그조차도 일 년 남짓 조용하다는 것은 절대 생각하지 않고 말이다. 현성이 차마 말을 잇지 못하고 속으로 낮게 으르렁거렸다.

'이 미련 곰탱이!'

사정을 모르는 정원은 억울하게도 현성의 진심을 그저 실없는 농담으로만 생각했다. 그 모든 방황들을 한 번에 정리하게 만든 것도 다름 아닌 정원인 것 또한 그녀는 몰랐다.

복장 터지는 그의 속도 모르고 정원이 싹둑 선을 그었다.

"결정적으로 난 연하는 절대 싫거든? 애랑 무슨 연애를 하니?"

"연하 같은 소리 한다. 누가 앤지 모르겠네."

"잊었나 본데, 내가 너보다 한 살 많단다."

"한 사알?"

안 그래도 심사가 꼬인 현성이 걸음을 멈추고 정원을 삐죽 흘겨봤다.

"은정원 씨, 그새 까드셨나 본데 정확하게 다시 확인해 줘?"

빠른 2월생인 정원이 학번만 앞설 뿐, 정확히 따지면 동갑내

기인 두 사람이었다. 사실을 들킨 후에도 그녀는 호적에 늦게 올린 것이라고 부득부득 우겼지만 그래도 3월생인 현성과 큰 차이가 나지 않았다.

정원이 눈을 질끈 감으며 애처럼 날름 혀를 빼물었다.
"흥이다! 아무리 그래도 내가 선배인 건 변하지 않는다네."
"으이그, 말해 봐야 내 입만 아프지. 꼴통."
"너어! 또 맞먹는다. 강현성, 한 대 맞고 싶지!"
"아, 됐네요. 밥이나 먹으러 갑시다."
주먹을 쥐고 을러대던 정원이 금세 생글거리며 현성의 팔에 답삭 매달렸다.
"고기! 사람은 자고로 고기를 먹어 줘야 든든한 법. 간만에 보신 좀 하자."

팔에 감겨드는 가느다란 팔목이 햇살보다 더 해사하게 빛나 보였다. 향수도 쓰지 않는 그녀의 가는 머리칼에서 이름 모를 꽃향기가 물씬 피어났다.

밝은 갈색으로 포슬포슬 흩날리는 가늘고 긴 머리칼, 작은 얼굴에 동그란 눈, 작은 코, 작은 입술. 나이를 짐작하기 어려울 만큼 앳된 얼굴이었다. 본인은 163이라고 박박 우기지만 160을 간신히 넘기는 정원은 아담한 키에 투명하고 맑은 피부까지 더해져 전체적으로 가늘고 여려 보이는 외모였다.

낡은 청바지에 스니커즈, 회색 후드 티에 가벼운 배낭을 둘러맨 평범한 차림에도 반짝반짝 빛이 난다. 겉모습만큼은 소위 말하는 '청순가련'의 전형이랄까.

하지만 입을 여는 순간 그런 첫인상은 아주 간단하게 지워졌다. 지극히 현실적이고 냉소적이며, 한 치의 흔들림도 없이 고집스러운 억척녀 은정원이 불쑥 튀어나오는 것이다. 하지만 현성은 그런 의외성조차 명쾌해서 좋았다.

문제는 정원에게 현성은 친구 이상이 절대 아니라는 점이었다. 무식하도록 단순한 주제에 지극히 현실적이기까지 한 정원은 그와의 관계를 '친구'로 한정 짓고 혼자서 충분히 만족하고 있었다. 그가 답답해 죽든 말든 일말의 관심도 없었다.

사실 현성은 지극히 자기중심적인 성격에 손해 볼 짓은 절대 하지 않았다. 하지만 정원 앞에서만큼은 세상 누구보다 따뜻하고 다정한 사람이 되는 것을, 가식이나 억지가 아닌 자연스럽게 그리 되는 것을 그녀만 몰랐다.

밥이란 무조건 배부르게 먹어야 한다는 신조를 가진 정원은 우아하게 앉아 격식 따지는 것도 싫어했다. 음식을 앞에 두고 무식하게 칼 들고, 창 들고, 썰고, 찍고 하는 것이 불편하다는 이유였다.

앉은 자리에서 삼겹살 2-3인분은 거뜬히 해치우면서 서양 음식은 느끼하다며 먹는 족족 체하는 특이 체질이기도 했다. 그래서 오늘도 두 사람은 나란히 마주 앉아 대낮부터 고기를 굽고 있었다.

현성이 볼이 빵빵한 정원을 흐뭇한 눈으로 바라보았다. 누가 보면 삼 일은 굶은 줄 알겠다. 이젠 익숙해질 법도 하건만 현성은 여전히 그 많은 음식이 대체 어디로 다 들어가는지 궁금했다.

"이참에 과외 그만두고 제대로 된 직장을 구하는 건 어때?"

"마음이야 굴뚝이지. 그런데 디자인도 아니고 서양화 전공으로 그게 어디 쉽니? 나이나 어린가. 그렇다고 스펙이 좋은가. 지금껏 해온 게 있는데 틀에 박힌 입시 강사를 하기도 애매하고, 꼬맹이들 학원을 나가자니 극악 페이에 일만 많고, 완전 지지해."

특유의 장난스러운 말투가 정말 심각한 것인지 의심스러울 정도로 가벼웠다. 하지만 현성은 안다. 당장 숨이 넘어갈 정도로 어려워도 그녀는 절대 내색하지 않을 것이다. 그렇게 깜박 속아 넘어간 것이 처음도 아니었다.

잠시 숨을 고른 정원이 이번엔 제법 심각한 얼굴로 생각에 잠겼다. 현성이 뭔가 다른 말을 기대하며 조심스레 물었다.

"왜?"

"로또를 사 볼까?"

내심 기대했던 현성이 버럭 인상을 썼다.

"은정원."

"응? 왜? 또 뭐?"

"인간아, 제발 생각 좀 하고 살자. 응?"

"아, 말이 그렇다는 거지. 어디 누나한테 인상을 쓰나, 확! 맞을라구."

"으이그, 이 화상아."

보다 못한 현성이 팔을 뻗어 마주 앉은 정원의 이마를 쿡 밀었다. 정원이 그제야 고개를 갸웃하며 현성을 빤히 보았다.
"뭐야, 비싼 밥 먹고 체할 일 있니? 왜 너 혼자 막 심각해?"
"내가 아니라, 그대가 심각하다며! 아니야?"
"괜찮아, 괜찮아. 어떻게 되겠지 뭐."

살랑살랑 고개를 저으며 다시금 고기를 집어 올리는 정원의 표정이 한없이 해맑았다. 지극히 단순하고 직설적인 성격답게 생각이며 감정이며 숨길 줄도 몰라서 그녀처럼 알기 쉬운 사람도 드물었다. 하지만 정작 큰일 앞에선 무섭도록 담담해지는 것이 또 은정원이었으니, 그 갭이 또 기가 막히다.

여전히 풀어질 줄 모르는 현성의 안색에 그녀가 처음으로 정색을 했다.

"표정 풀지? 당장 어떻게 되는 거 아니거든?"

그러고는 손에 든 쌈을 불쑥 내밀며 다시 비실버실 웃는다.

"자, 먹어. 배가 고프니까 쓸데없는 걱정이 느는 거야. 맛있는 걸 먹으면 기분도 좋아진다?"

"으이그, 이 꼴통."

"얼씨구? 누가 꼴통인지 모르겠네. 아까운 고기 다 타겠다. 얼른 먹어."

커다란 쌈을 극구 현성의 입에 밀어 넣은 정원이 눈을 반짝이며 다시 고기를 집어 올렸다.

'다 먹고 살자고 하는 일인데, 암!'

그녀도 현실을 모르지 않았다. 하지만 당장에 닥친 일을 어찌할까.

졸업하고도 애써 직장을 구하지 않은 것은, 그럴 여유도 없었거니와 과외로 버는 수입이 웬만한 월급보다 나은 이유가 컸다. 그런데 갑자기 이렇게 사정이 나빠질 줄 누가 알았겠는가.

오랜 투병 생활 끝에, 마지막으로 작은 집을 팔아 아버지의 병원비를 충당하고 장례식까지 치르고 나니 정원에게 남은 것이라곤 빈 통장뿐이었다. 하지만 그녀는 빈 통장보다, 당장 갈 곳이 없다는 사실보다, 아빠 선환의 빈자리를 받아들이는 것이 더 어렵고 막막했다. 그럼에도 눈앞의 현실은 마음 편하게 기대어 울 만한 작은 여유조차 없었다.

'그때에 비하면 이쯤이야.'

하나뿐인 가족이었던 선환을 어렵게 보내고 정원은 큰집에 얹혀사는 중이었다. 큰집 또한 형편이 어려워 생활비를 보태야 했지만 당장 갈 곳이 없는 그녀에겐 다른 방법이 없었다.

여기까진 현성도 익히 알고 있는 사실이었다. 하지만 지난달 제대한 사촌 동생 정수에게 조만간 방을 내줘야 하는 상황까지는 모르고 있었다.

착한 사촌 동생은 학비를 마련한다는 이유로 숙식 제공되는 곳에서 알바 중이었다. 하지만 정원은 다음 학기가 시작되기 전에 방을 내주리라 내심 마음먹고 있었다.

그에게 부탁하면 번듯한 학교에 교사 자리 하나쯤 쉽다는 것 정도는 정원도 안다. 하지만 정원은 지금 이대로 편한 친구까지가 좋았다. 부담이 되고 싶지도 않았고, 갚지 못할 신세를 지는 것은 더더욱 사양이었다. 친한 친구일수록 더 분명히 지켜야 하는 선이 있다고 생각했다. 일방적인 관계는 언제고 무너지기 마련이었다.

 정원의 고집을 익히 아는 현성은 빠르게 머리를 굴렸다. 어떻게든 도와주고 싶어도 여지를 주지 않는 정원 덕분에 현성은 매번 혼자 조바심이 났다. 그럼에도 여전히 그가 할 수 있는 일은 많지 않았다.

'뭐 좋은 방법 없나.'

 순간 떠오른 생각에 현성이 활짝 웃으며 정원을 보았다.

"아, 맞다! 그게 있었지. 정원아, 카페 매니저 한번 해 볼래?"

"카페 매니저?"

"진짜 내가 왜 그 생각을 못 했지? 시간도 괜찮고, 일도 어려운 것 없고. 은정원이 잘나가던 수준까지는 아니지만 페이도 나쁘지 않은데, 어때?"

 빠르게 이어지는 설명에 정원이 고개를 갸웃했다.

"그런 자리가 어떻게 나한테까지 와? 경력 같은 거 필요하지 않나? 너도 알다시피 내가 애들만 가르쳐 봤지, 그 흔한 알바 경험도 없잖아. 카페 일이 뭔지도 잘 모르는데 괜찮을까?"

"괜찮아. 그런 건 몰라도 돼. 아무 상관없어."

"얼씨구? 얘 봐라. 어떻게 상관이 없니? 세상 일이 다 너 맘 같은 줄 알아?"

 정원이 미심쩍은 얼굴을 했지만 현성은 아랑곳하지 않았다.

"어허, 내가 언제 허튼 소리 하는 거 봤어? 괜찮으니까 괜찮다고 하지. 경력은 상관없고, 꾸준히 성실하게 오래 일해 줄 사람을 구하는데 이래저래 딱이잖아."

"나야 오래 일할 수 있으면 더 좋지. 그런데 진짜 내가 할 수 있는 일 맞아?"

"그럼 내가 할 수 없는 일을 하라 그러겠어?"

카페 매니저라니. 생각지도 못한 일이었지만 정원으로선 물불 가릴 형편이 아니었다. 자신만만한 현성의 태도로 보아 꽤나 확실한 일 같기도 했다. 그녀의 커다란 눈동자가 순간 과하게 반짝거렸다.

"진짜, 정말이야?"

"어허, 무슨 반응이 이래? 내가 그렇게 신용이 없나?"

"아니, 그런 게 아니라 그렇게 조건도 괜찮은 일이 난데없이 뚝 떨어지니까……."

"그래서? 싫어?"

"그럴 리가! 나야 완전 감사하지."

혹여 다른 말이 나올까 정원이 고개를 붕붕 내저었다. 그리고 이어지는 설명에 남아 있던 의구심을 깨끗이 지워냈다.

학교 앞 카페라니 부담도 없었고, 적지 않은 월급에 근무 조건도 까다롭지 않았다. 믿기지 않는 행운에 정원이 활짝 웃으며 현성의 손을 덥석 잡았다.

"강현성이 역시 쓸모가 많다니까. 하하."

"말하는 거 봐라. 쓸모오?"

"어허, 칭찬이야, 칭찬. 대충 넘어가지?"

정원이 마지막으로 된장찌개에 밥을 맛있게 비우는 사이 현성은 재빨리 전화로 약속을 잡았다. 말 떨어진 김에 거절할 틈을 주지 않고 결정지을 생각이었다.

이건 현성에게도 기회였다. 정원과 좀 더 가까워질 수 있는 기회. 걸리는 부분이 없지 않았지만 그녀와는 무관한 일. 굳이 설명하려면 말이 길어진다. 우선은 눈앞에 선물처럼 떨어진 기회부터 잡아야 했다.

새로운 시작으로 설레는 어느 봄날, 괜스레 마음이 급해지는 현성이었다.

2. 그대를 위한 꽃다발

<그대를 위한 꽃다발> 누가 지었는지 카페 이름 참 고풍(?)스럽다.

정원의 눈에 제일 먼저 띈 것은 낮은 울타리 너머 잔디와 잡초가 사이좋게 자라고 있는 너른 마당이었다. 그 너머 카페라고 생각되는 3층짜리 네모난 시멘트 건물이 덩그러니 자리 잡고 있었다.

군데군데 디딤돌만 깔려 있을 뿐, 나무 그늘 하나 없이 휑하게 넓은 마당과 심플하다 못해 심심하기까지 한 네모난 회색 건물이라니. 전면 유리로 되어 있는 일층 테라스를 통해 고스란히 보이는 실내가 카페임을 짐작케 해 주는 전부였다. 그나마도 불이 꺼진 채 인기척이 느껴지지 않는다.

현성을 따라 걷던 정원이 설핏 눈살을 찌푸렸다.

"뭐야, 문 닫았잖아."

"아, 얼마 전에 매니저가 그만뒀거든."

"매니저 없다고 문까지 닫아? 다른 직원은 없어? 사장은 뭐 하는데?"

"그게, 사정이 좀 있어."

정원이 대뜸 걸음을 멈추며 미간을 모았다.

"이거 정말 괜찮은 자리 맞아? 왠지 속은 기분인걸."

"은정원을 속였다가 내가 무슨 봉변을 당하려고. 사람을 그렇게 못 믿나."

"못 믿는다기보다는, 어째 분위기가 영……."

"겉보기랑 완전 다르니까 걱정 붙들어 매셔."

현성이 미적거리는 정원을 덥석 잡아끌었다.

솔직히 겉모습만 봐서는 현성이 말한 조건들이 가능할지 의심스러울 만큼 소박한 카페였다. 말이 카페지 언뜻 봐서는 그냥 심플하게 꾸며놓은 사무실 같은 느낌도 들었다.

출입문 앞에 멈춰 선 현성이 불 꺼진 카페 안쪽을 기웃거리며 중얼거렸다.

"형은 아직 인가."

"형?"

"응. 아는 형이 하는 카페야."

폭넓은 인간관계를 자랑하는 현성이었지만 정작 형 동생 할 정도로 가까운 사람은 많지 않았다. 호기심에 불쑥 앞으로 나선 정원이 출입문을 슬쩍 밀어 보았다. 잠겨 있지 않았는지 부드럽게 슥 밀린다.

"어? 열려 있었네. 형, 나 왔어요."

멈칫하는 그녀의 손을 덥석 잡은 현성이 웃으며 성큼 앞으로 나섰다.

너른 창을 통해 들이치는 햇살에 홀은 환했지만 벽을 따라 안쪽에 위치한 와인 바 너머는 그늘이 짙었다. 그 어스름한 어둠 속에서 부드럽지만 묘하게 서늘한 음성이 들려왔다.

"어서 와라."

"오래 기다렸어요?"

"아니."

밝은 곳에 있다 그늘진 실내로 들어오면 잠시간 아무것도 보이지 않게 된다. 정원은 눈을 가늘게 뜨고 음성이 들리는 곳을 바라보았다. 하지만 그늘 속에 숨은 남자에게선 짧은 대답 외에 그 어떤 감정도 느껴지지 않았다.

'분위기가 왜 이래.'

스스럼없는 현성의 태도와 다르게 남자의 침묵은 언뜻 무례하다 싶을 만큼 서늘하다. 하지만 현성은 아랑곳하지 않았다.

"형, 이쪽은 내가 소개한다고 전화했던 친구."

"……."

"정원아, 인사해. 여기 마스터, 진하 형이야."

"안녕하세요. 은정원입니다."

긴장한 것도 잠시, 재빨리 표정을 수습한 정원은 나름 영업용 미소를 담뿍 지어 보였다. 그런데 묵묵히 지켜보기만 하던 남자가 불쑥 딴소릴 했다.

"여자라는 말은 없었잖아."

이건 또 무슨 소리? 한껏 미소 짓고 있던 정원의 입가에 작은 경련이 일었다. 현성이 덥석 웃으며 나섰다.

"하하, 걱정 말아요. 이 친구는 내가 보장해."

"……."

"형은 설마 내가 그런 것도 생각 않고 데려왔겠어? 걱정 말라니까. 믿어도 돼요."

"그래도 여자는 곤란한데……."

현성이 재차 장담을 했지만 서늘한 목소리엔 여전히 못마땅한 기색이 역력했다. 어둠에 익숙해진 정원의 시야에 그제야 남자가 또렷하게 잡혔다.

무슨 생각을 하는지 알 수 없는 무감한 눈빛을 제외하면 시리도록 예리한 인상의 남자였다. 제법 긴 머리를 단정하게 넘겨 서늘한 이목구비가 더욱 도드라진다.

그림 같은 눈썹아래 깊고 날카로운 눈매, 우아하게 뻗은 콧날, 선이 분명한 입술과 날렵한 턱 선에서 이지적이면서도 남다른 고집이 묻어났다. 남자치고 하얀 피부가 연약해 보이기는커녕 날카롭고 차가운 느낌을 더했다.

심플한 미색 니트와 까만 슬랙스가 명품 슈트처럼 말끔했다. 반듯한 어깨와 시원하게 뻗은 팔다리, 기다란 손가락, 서늘하면서도 왠지 화사한 느낌을 주는 골격이 시린 이미지와 함께 이 세상 사람 같지 않은 묘한 분위기를 풍겼다.

남자는 투명하게 얼어붙은 겨울바람을 떠올리게 했다. 어두운 밤하늘처럼 까만 머리칼과 눈동자마저도 왠지 모르게 시리다. 찰나 마주친 적막한 눈빛에 당황한 정원이 불쑥 되물었다.

"여자가 왜요?"

현성이 무얼 믿고 자신만만한지는 모르나 남자의 시선에서 왠지 모를 강한 거부감을 느낀 정원이었다. 아니나 다를까, 그녀의 질문을 무시하고 남자가 조용히 현성을 보았다.

"설명 안 했나?"

"아, 그게……."

의아함이 가득한 정원의 시선에 현성이 애매하게 웃으며 설명을 보탰다.

"전에 일했던 매니저들이 다 여자였거든."

"그게 왜?"

질문과 함께 잠시 멈춰 있던 정원의 머리가 빠르게 돌아갔다. 상황으로 보건대 여자 매니저들이 문제를 일으킨 모양이었다. 그것도 저 얼음사장을 상대로 말이다.

'뭐, 이런 멍멍이 같은 경우가…….'

잘 알지도 못하면서 여자라는 이유만으로 결론을 내리다니 기분이 좋지 않았다. 눈앞에 있는 두 남자 모두 모델 뺨칠 정도의 미모를 자랑했지만 기실 정원은 별다른 감흥이 없었다. 그림에 큰 뜻은 없어도 미대생이었던 그녀에게 잘생긴 외모는 그저 눈이 즐거운 피사체 정도일 뿐이다.

사춘기 여고생 시절에도 정원은 그 흔한 짝사랑 한 번 해 보지 않았다. 당연히 특정 연예인에게 열광하거나, 잘생긴 남자 사람 앞에서 설레 본 기억도 없었다. 딱히 관심도 없거니와 그럴 만한 시간도 여유도 되지 않았다.

급기야 꾹꾹 눌러 놨던 정원의 성질이 반짝 고개를 들었다. 직장을 구하고자 애써 참았지만 남자의 태도로 보아 물 건너간 것이 확실한 이상 참을 이유가 없었다.

"여자는 싫고 남자가 좋으시다니, 취향 참 남다르시네요."

남자의 눈썹이 슬쩍 올라가는 동시에 당황한 현성이 말리고 나섰다.

"야! 지금 무슨 소리를 하는 거야. 아우, 성질머리하고는……. 그런 게 아니라 그동안 여자 매니저들이 문제가 좀 있었어."

정원의 눈매가 샐쭉 가늘어졌다. 남자는 내내 무시로 일관하고 현성이 대답을 대신하고 있었다. 오기가 솟은 그녀가 다시금 따져 물었다.

"그래서? 그게 저랑 무슨 상관인데요?"

"그게, 형이 더 이상 문제 생기는 거 피곤하다고 남자 매니저를 구하고 있었어."

"강현성, 너한테 물은 거 아니거든?"

현성을 몰아붙인 정원이 카운터에 바짝 다가서서 남자를 똑바로 쳐다보았다.

"사람을 겪어 보지도 않고 판단하다니 기분 나쁘네요. 게다가 제 잘못도 아닌 일로 무조건 안 된다니, 너무 불공평하지 않나요?"

찰나 마주 선 남자의 눈빛이 한 치의 파문도 없이 고요했다.

머리끝까지 짜증이 났음에도 순간 덜컥 가슴이 내려앉을 정도로.

'뭐, 뭐니.'

당황한 정원이 멈칫 물러서려는 찰나 그가 입을 열었다.

"내가 공평해야 할 이유라도 있나?"

"그, 그건…… 아니지만……."

으아! 말하는 싸가지하고는! 순간 제대로 기분이 상한 정원이 냅다 쏘아붙였다.

"불공평한 대우를 받는 사람은 무지 기분이 나쁘거든요!"

"내가 그쪽 기분까지 책임질 이유는 없는 것 같은데……."

"아저씨 때문에 기분이 나쁜 거니까, 책임질 이유는 없어도 책임까지 없는 건 아니죠!"

지금 대체 뭐라고 한 거니. 스스로 뱉은 알 수 없는 말에 낭패감을 느낀 정원이 질끈 눈을 감았다. 머쓱하니 두 사람을 지켜보던 현성이 눈치 없이 왈칵 웃음을 터트렸다.

"풋! 하하하. 아, 형. 그게 그러니까…… 하하."

하지만 이어지는 남자의 음성은 변함없이 서늘했다.

"내가 뭘 보고 그쪽을 믿어야 하지?"

"누가 믿어 달랬어요? 일하게 해 달랬지. 그리고 아저씬 절대 내 타입 아니거든요? 정말 그게 걱정이시라면 말이죠."

현성이 분위기를 무마해 보려는 듯 가볍게 툭 끼어들었다.

"어얼, 은정원. 타입 같은 게 있기는 해?"

"나 지금 농담할 기분 아니거든?"

찔끔한 현성이 다시 남자를 설득했다.
"형, 내가 설마 아무나 소개하겠어? 이 친군 정말 공사 구분 확실해. 내가 보장한다니까?"
그가 가타부타 말없이 현성을 보았다. 정원은 여전히 무심하게 지나치는 그의 시선에 울컥 성질이 났다. 처음 보는 남자의 눈빛이 왜 이다지도 거슬리는지 모르겠다.
"좋아. 채용하지."
미처 예상치 못한 대답에 정원의 입이 떡 벌어졌다.
"에에? 안 된다면서요?"
"그새 마음이 바뀐 건가? 일하고 싶은 거 아니었습니까."
"아니, 아니요. 무슨 말씀을. 진심으로 일하고 싶습니다!"
퍼뜩 정신을 차린 정원이 언제 그랬냐는 듯 환하게 웃으며 열심히 고개를 흔들었다. 하지만 좋아하는 것도 잠시, 남자의 말투가 불현듯 정중해졌다.
"단, 조건이 있습니다."
"?"
"문제가 생기면 바로 그만둡니다."
순간 긴장했던 정원이 배시시 웃었다.
"그런 걱정일랑 붙들어 매시라니까요."
"사적인 관심은 금물입니다."
"그건, 사장님한테도 해당하는 거겠죠? 저도 사적인 관심은 절대 사양이거든요."
그의 시선이 잠깐 정원을 향했다. 하지만 그뿐, 다시 무심하게 말을 이었다.

"내가 그만두라고 하면 군소리 않고 그만둡니다."

"제가 잘못한 게 없어도요?"

버릇처럼 불쑥 끼어든 정원이 과묵한 그의 시선에 멈칫 중얼거렸다.

"그, 그게 그렇잖아요."

"문제가 없으면 그럴 일도 없지 않겠습니까."

이 남자 어떻게 된 것이 제대로 대답하는 꼴을 못 봤다. 하지만 정원은 더 이상 짜증이 나지 않았다. 과정이야 어찌됐든 결과가 좋으니 다 용서할 수 있었다.

"정말이죠? 그럼 계약서에도 분명히 써 주세요."

"직원으로 채용되면 당연히 고용 계약서를 작성합니다."

"아니, 그거 말고요. 추가 조항으로 지금 말씀하신 내용도 넣어 달라고요."

이제 보니 이 남자 대답하기 곤란하면 침묵한다. 하지만 그의 일방적인 화법에 그새 적응한 정원은 아랑곳하지 않고 또박또박 말했다.

"문제가 생기면 그만둔다. 사생활은 묻지 말 것. 사적인 문제를 제외하고 부당하게 해고할 수 없다. 이렇게요. 간단하죠?"

"아, 그렇게까지 안 해도……."

이번엔 정원이 대뜸 그의 말을 잘랐다.

"아니요. 뭐든 확실하게 하는 게 좋죠. 사장님이 절 못 믿으시는데, 저라고 어떻게 사장님을 믿겠어요. 안 그래요?"

흥! 메롱이다. 눈에는 눈, 이에는 이. 받은 만큼 돌려주는 것이야말로 은정원 식 화법이다. 정원의 눈동자가 아이처럼 천진난만하게 반짝거렸다.

우여곡절 끝에 카페 매니저라는 새로운 직업을 얻게 된 정원은 일에 대해 설명을 들으면서도 정작 실감이 나지 않았다. 그도 그럴 것이 직원이라고는 매니저인 그녀가 전부란다. 아니, 주방장 겸 지배인이 있기는 했다. 하지만 사장이 자리를 비우거나 카페가 바쁠 때만 가끔씩 출근해서 도와준다는 주방장 겸 지배인은 또 뭐란 말인가.

매니저가 홀 서빙에서부터 회계, 매장 관리, 식자재 구매까지 모조리 떠맡아야 한다는 설명이 뒤따랐다. 말이 매니저지 월급 사장이나 다름없었다.

중앙에 있는 커다란 회의용 테이블을 둘러싼 의자가 여덟 개, 4인과 2인 테이블이 세 개씩, 그리고 사이드 바 앞의 좌석이 다섯 개였다. 혼자 커버하기 어려울 것 같지는 않았지만 정원은 뒤늦게 덜컥 걱정이 되었다.

"저기, 제가 카페 일은 처음이거든요. 정말 괜찮으세요?"
"마음이 바뀌었습니까?"
"아니, 그런 게 아니라……."
"상관없습니다."

하지만 정원은 그럴수록 정말 괜찮은 것인지 자신이 없어졌다. 카페에 대해선 정말 아무것도 모르는 초짜가 아니던가. 난감해하는 그녀의 기색에 현성이 피식 웃으며 설명을 더했다.

"괜찮아. 커피랑 주방 일은 형이 커버하니까 신경 안 써도 되고, 와인 리스트가 문젠데 그것도 매뉴얼이 따로 있으니까 익숙해지면 어렵지 않을 거야."

"그래도……."

"대부분의 주문은 형이 소화할 테니 매니저는 주문받고 서빙만 하면 돼. 뭐, 메뉴를 보면 확실히 알겠지만 진짜 어려울 거 하나도 없다니까."

정원의 시선이 바(bar) 위에 놓인 얄팍한 메뉴판으로 향했다. 조심스레 메뉴를 들춰 보던 그녀의 눈이 휘둥그레졌다. 현성이 보란 듯 의기양양하게 웃었다.

"어때, 진짜 간단하지?"

하지만 정원은 차마 마주 웃을 수가 없었다.

'이건 간단한 정도가 아니잖아. 장사를 하겠다는 거니, 말겠다는 거니.'

달랑 두 장짜리 페이퍼로 된 메뉴의 첫 페이지엔 와인 리스트가 앞뒤로 빼곡하게 적혀 있었다. 그리고 이어 그와 비교할 수 없을 만큼 심플한 나머지 메뉴가 보였다.

몇 가지 간단한 사이드 메뉴와 기본적인 커피와 음료, 그리고 아무런 설명도 붙어 있지 않은 샌드위치. 그게 다였다. 정말 카페 메뉴가 맞는지 의심스러울 정도로 심하게 허전하고 불량하다. 풀릴 줄 모르는 정원의 표정을 오해한 현성이 너스레를 떨었다.

"아, 걱정할 필요 없다니까 그러네. 형이 자잘한 데 신경 쓰는 걸 싫어해서 대신 관리해 줄 사람이 필요한 것뿐이야. 그래서 1년 이상 일한다는 조건으로 페이도 두둑하고, 석 달만 잘 넘기면 정직원 보험까지 들어 주잖아."

정원에게 매니저가 할 일을 설명해 주고 필요한 서류들을 건넨 남자가 한마디 더 했다.

"문제 있습니까?"

"아니! 아니에요. 전혀, 아무 문제없어요. 하하."

정원이 어색하게 웃으며 고개를 흔들었다. 일을 잘하든 못하든 고용주가 괜찮다는데 마다할 이유가 없었다. 단순하게 생각을 정리한 정원은 그제야 오너가 될 남자를 멀뚱히 살펴보았다.

뭐, 인정! 잘생기긴 했다. 하지만 그뿐, 저렇듯 간략하게 일관된 표정을 유지하는 것도 재주라면 재주였다.

서진하.

계약에 필요한 서류들을 확인하고 받은 명함에 찍힌 그의 이름이었다. 정원은 무표정한 얼굴과 서늘한 눈빛에 어울리지 않는, 왠지 모르게 다정한 느낌이 드는 이름이라고 생각했다. 그 묘한 이질감에 더 선명하게 기억될 만큼.

어느새 그의 무표정에 익숙해진 정원은 문득 낯익은 느낌에 고개를 갸웃했다. 그렇게 생각하자 정말 어디서 본 것도 같다.

"그런데 사장님, 우리 어디서 만난 적 있나요?"

"없습니다."

일말의 여지도 없이 단호한 대답이 날아들었다. 지금까지 무응답으로 일관하던 것에 비하면 놀라울 만큼 빠른 반응이었다.

"이상하네. 그런데 왜 낯이 익지."

"니가 형을 보긴 어디서 봤다고 그래. 사람 얼굴 잘 기억도 못 하잖아."

"아, 왜 이러셔. 기억을 못 하는 게 아니라 안 하는 거거든요?"

"퍽이나."

진하의 까만 눈동자가 티격태격 다정해 보이는 두 사람을 조용히 스쳐 지났다.

햇살이 눈부시게 빛나는 어느 봄날의 오후. 정원이 카페 〈그대를 위한 꽃다발(그꽃)〉에 정식으로 취직을 하게 된 사연이었다.

그날 저녁. 진하는 예정에 없던 약속에 여전히 카페에 나와 있었다. 그리고 문득 이런 상황을 만든 오후의 사건을 새삼 떠올렸다.

'은정원이라…….'

간단하게 작성한 프로필로 확인한 내용은 평범했다. 나이 27살, 이름 은정원, 현성과 같은 학교 같은 과 출신으로 미술 과외 말고는 스펙은커녕 그 흔한 알바 경험도 전무했다. 현성과 동갑이면서 한 학번 위라는 사실이 믿기지 않을 정도로 앳된 얼굴이었지만 나이를 생각하면 심하게 간결한 이력이었다.

진하는 사실 제아무리 현성의 부탁이라도 여자인 이상 분명히 거절하려고 했다. 이번엔 정말 시간이 걸리더라도 꼭 남자 매니저를 구할 생각이었다.

카페를 오픈한 지 일 년 여, 그동안 그만두거나 해고한 매니저가 무려 다섯이었다. 처음엔 한 달도 채우지 못하고 진하가 무섭다며 그만뒀고, 나머지 넷은 무슨 이유에선지 콩깍지가 씌어 스토커처럼 그의 사생활을 캐고 다녔다. 이젠 정말이지 새로운 매니저를 들이기가 무서울 지경이었다.

그럼에도 왜일까. 진하는 선뜻 고개를 저을 수가 없었다.

그는 두 사람이 돌아간 후에도 과연 잘한 일인지 한동안 고심했다.

'현성이 녀석, 사정을 모르는 것도 아니고 대체 무슨 생각인 거지.'

진하는 햇살이 환한 카페 마당에 두 사람이 들어선 순간 그녀를 한눈에 알아보았다. 스치듯 지나친 사람이 그토록 인상 깊게 남은 것은 특별한 장소와 시간 탓이리라.

황량한 묘원이라는 것을 잊을 만큼 씩씩한 목소리와 환한 미소가 너무나 선명해서 저절로 시선이 갔다. 크리스마스 선물처럼 빨간 목도리를 칭칭 감고 커다란 눈만 빠끔 내놓은 모습이 천진난만한 아이 같기도 했다. 그 눈빛이 너무 인상적이어서 기억에 남았다.

겉보기와 다르게 당돌하고 거침없는 성격이라는 것도 단번에 알 수 있었다. 그날도 그랬으니까. 하지만 그저 스치는 바람처럼 기억 속에서 지워 버린 일이었다.

그런데 왜일까. 카페로 들어서는 그녀를 발견한 순간 진하는 자신이 그림자 속에 묻혀 있어 다행이라고 생각했다. 어이없지만 이유를 따질 틈도 없이 막연하게 그랬다.

놀라움보다 앞선 그 생경한 감정은 대체 무엇이었을까. 저도 모르게 흠칫 물러서려는 마음이 그를 당혹스럽게 만들었다. 고요한 가슴에 이는 작은 파문이 무섭도록 선명해서 순간 다른 생각이 나지 않았다.

정작 그녀는 기억조차 하지 못하는 만남이었다. 진하도 물론 이렇게 다시 보게 될 줄은 상상조차 하지 못했다. 그래서일 것이다. 이토록 신경이 쓰이는 것은. 그렇게 결론을 내릴 수밖에 없었다. 누구나 예외는 있는 법이니까.

그럼에도 불구하고 진하는 한참 동안 마음이 편치 않았다. 이런 불분명한 감정은 불편하다.

"진하 씨, 사람이 들어오는 것도 모르고 무슨 생각을 그렇게 해요?"

익숙한 목소리에 문득 정신을 차린 진하가 고개를 들었다. 윤주가 그림처럼 해사하게 웃으며 눈앞에 서 있었다.

"어서 와."

예의 바르지만 무심할 정도로 차가운 눈빛, 부드럽지만 감정이 묻어나지 않는 서늘한 목소리. 항상 그렇듯 그의 시선은 여전히 멀기만 하다. 하지만 윤주는 웃음을 잃지 않고 밝은 얼굴로 자리에 앉았다.

"아직 사람 못 구했어요? 내가 좀 알아볼까?"

"아니, 괜찮아. 구했어."
"그래요? 이번엔 정말 남자?"
"현성이가 소개를 했는데……."
윤주의 눈이 놀라움으로 커졌다.
"오호, 그 녀석이 웬일이래요? 그런 데 신경을 다 쓰고?"
"그러게."
그제야 진하의 입가에 희미한 미소가 떠올랐다. 남에게 신세 지기 싫어하는 강현성이 이유 불문 아쉬운 소리를 하며 부탁을 하다니, 놀랄 만한 일이기는 했다. 새삼 생각하니 그랬다.
찰나 그를 바라보는 윤주의 눈가에 애잔한 떨림이 스쳐 지났다.
'그렇게 웃지 마요. 그렇게 먼눈으로 다른 곳을 보면서 웃지 말아요. 당신 앞에 이렇게 내가 있잖아요.'
그의 미소는 아프다. 손 내밀면 닿을 곳에 있지만 여전히 멀게만 느껴지는 이 거리는 언제쯤이나 좁혀질까.
다시 카페 문을 닫고 일주일. 여자 매니저들이 매번 문제를 일으키는 통에 이번엔 남자로 알아보겠다던 진하에게선 내내 소식이 없었다. 이 땅에 딱히 연고가 없는 그로선 따로 사람 구하는 것이 쉽지 않은 일이기도 했다.
핑계 김에 윤주가 먼저 용기 내어 연락을 했지만 솔직히 기대는 하지 않았다. 그런데 웬일로 그가 순순히 응한 것이다. 이제 보니 이유가 있었지만 윤주는 그래도 좋았다. 거절만 아니면 그것으로 충분했다. 그녀가 아무렇지도 않게 말을 이었다.

"그럼 사람도 구했겠다, 카페는 언제부터 다시 열어요?"
"다음 주부터."
"그럼 꽃도 다시 준비해야겠네요?"
"부탁해."

윤주는 손꼽히는 디자이너 플라워숍의 오너이자 실력파 플로리스트로 유명했다. 하지만 서진하라는 남자 앞에서 그녀는 그저 여자이고 싶었다. 다른 것은 필요 없었다.

일 년 전, 갑자기 나타난 그가 난데없이 카페를 시작했을 때만 해도 윤주는 그 작은 연결고리가 너무나 고맙고 반가웠다. 그렇게 노심초사 그의 곁을 맴돌다 마음 깊이 품어왔던 오랜 감정을 덜컥 털어놓았다. 그리고 무참하게 거절당했다.

윤주는 그래도 괜찮았다. 그저 그가 눈앞에 있다는 사실 하나만으로도 그 모든 것을 감내할 수 있었다. 그리고 그 작은 연결고리를 잡기 위해 카페의 꽃을 자청했다. 그 의미를 모르지 않지만 그조차도 자신이 지고 가야 할 몫이라고 생각했다.

가슴을 짓누르는 상념들을 애써 밀어낸 윤주가 가볍게 웃어 보였다.

"웬일로 쉽게 나오나 했다. 서진하 씨, 너무 속보이는 거 아니에요?"
"고맙게 생각하고 있어."

윤주는 순간 무심코 새어 나오려는 한숨을 지그시 삼키며 진하를 똑바로 쳐다보았다. 그의 까만 눈동자가 잠시 머물다 또 저만치 멀어졌다. 하지만 윤주는 늘 그래왔듯 마음을 다잡고 부드럽게 미소 지었다.

"그런 소리 들으려고 하는 말 아니에요."

지난 삼 년 동안 변한 것이라고는 가끔 보이는 저 무심한 미소가 전부였다. 그 작은 변화에도 자그마치 삼 년이라는 시간이 필요했다. 그의 마음은 여전히 단단하게 닫혀 있었다.

그녀가 아무리 노력하고 기다려도 진하는 더 이상 다가서는 것을 허락하지 않았다. 한 치의 틈도 없이 완벽하게 거리를 유지한다. 하지만 윤주는 그래도 좋았다. 그녀가 아닌 다른 누구에게도 허락하지 않을 마음이라는 것을 누구보다 잘 알기 때문이었다.

그럼에도 기약 없는 기다림은 윤주를 다른 의미로 지치게 만들었다. 웃지 않아도, 싸늘하게 외면해도, 한없이 빛나 보이는 이 남자는 다른 이의 눈에도 그리 비치는 것을. 또다시 누군가가 나타나 그의 시선을 앗아갈 것 같은 악몽에 시달렸다.

언제까지고 기다릴 자신은 있었다. 하지만 또다시 그의 시선이 다른 곳을 향한다면 이번엔 그대로 물러설 용기가 없었다. 그런 지옥은 한 번으로 족했다.

홀로 마음에 담고만 있던 사람이었다. 윤주에겐 바라보는 것조차도 허락되지 않았던 아픈 사랑이기도 했다. 끝내 고백을 하면서도 아무것도 바랄 수 없었던 잔인한 사랑이었다.

그녀가 먼저 만났고, 먼저 사랑했다. 하지만 사랑은 먼저 만나는 것도, 먼저 사랑한 것도 아무런 의미가 없었다. 사랑하는 사람의 시선이 자신이 아닌 친구에게 머무르는 순간, 그녀의 사랑은 숨겨야 하는 천형이 되어 버렸다. 때로 사랑하는 것만으로도 죄가 될 수 있었다. 어이없게도 그녀의 사랑이 그랬다.

친구의 연인을 사랑한 죄. 친구의 남편을 사랑한 죄. 그저 사랑하게 된 것뿐인데, 그녀의 사랑은 단 한 번의 기회조차 주어지지 않았다. 난생처음 마음을 준 남자가 사랑하는 친구의 연인이 되어 버린 것이다.

사랑에 빠진 얼굴로 해맑게 웃는 친구를 원망할 수도, 내가 먼저 사랑했노라 말할 수도 없었다. 그럼에도 차마 지워내지 못한 사랑은 윤주를 끝없는 나락으로 밀어 넣었다.

하여 윤주는 사랑이 사랑으로 온전히 존재할 수 있다는 사실만으로도 감사했다. 그래서 기약 없는 기다림도 마냥 행복할 수 있었다.

제 것이 될 수 없음에도 놓지 못했던 아픈 사랑이 이제는 죄가 되지 않는다. 너무나 사랑해서 차마 미워할 수도 없었던 친구는 이제 세상에 없었다.

진하가 슬픈 눈으로 곱게 웃는 윤주를 안쓰럽게 바라보았다.

'윤주야. 이제 그만할 때도 되지 않았니. 그렇게 웃지 마라.'

어깨에 닿을 듯 말 듯 가지런한 머리칼이 부드럽게 살랑거린다. 웃을 때마다 설핏 가늘어지는 눈매가 고운 사람이었다. 우윳빛 피부에 단아한 이목구비, 머리부터 발끝까지 한 점 모자람 없이 곱기만 하다.

언제 어느 때고 눈살 찌푸리는 법 없이 웃어 주는, 언제부턴가 한결같은 눈으로 그를 바라보고 있는 여자. 그래서 항상 미안한 마음이 들게 하는 여자. 하지만 진하는 단 한 번도 윤주를 여자로 바라본 적이 없었다.

진하에게 윤주는 마음을 다해 사랑했던 사람의 가장 친한 친구, 그 이상도 이하도 아니었다. 그런 그녀가 한국으로 돌아온 그에게 마음을 고백했을 때, 진하는 그야말로 마른하늘에 날벼락을 맞은 기분이었다. 그리고 그 자리에서 분명히 거절했다. 그에겐 있을 수 없는, 절대 불가능한 일이었다.

굳이 꽃을 맡긴 것도 윤주의 마음을 끊어내기 위한 방편이었다. 그 꽃이 어떤 의미인지 진하 자신만큼, 아니 그보다 더 잘 알고 있을 윤주였다.

그럼에도 끝까지 기다리겠다며 매달릴 줄은 진하도 미처 예상하지 못했다. 다른 사람도 아니고 윤주가 어떻게 그럴 수 있는지 진하는 지금도 이해가 되지 않았다. 솔직히 이해할 수도 없었다.

그렇게 일 년, 그녀의 마음은 그대로 멈춘 채 제자리걸음 중이었다. 항상 그 자리에서 그림처럼 기다리고 있었다. 아무리 기다려도 소용없는 일이라고 차갑게 밀어내도 요지부동. 점점 더 집요해지는 그녀의 시선에 오히려 진하가 먼저 지쳐가고 있었다.

윤주의 감정이 진짜 사랑이라고 생각되지도 않았다. 그저 가지지 못한 것에 대한 미련, 그에 더해진 집착으로만 느껴졌다. 그녀가 다정하게 웃으며 가볍게 대화를 이어 나갔다. 하지만 윤주를 바라보는 진하의 가슴엔 여전히 스산한 바람이 불었다.

언제쯤이면 이 모든 것이 아무렇지도 않아질까. 언제쯤이면 이 모든 기억의 고리에서 벗어날 수 있을까. 과연 그런 날이 오기는 할까.

부드럽고 낮은 조명아래 은은한 재즈 선율이 감미롭게 녹아든다. 짙은 와인 향이 맴도는 카페에 남자를 사랑하는 여자와 여자를 사랑하지 않는 남자가 그림처럼 마주 앉아 있었다.

3. 긴 하루

 출근 첫날이라 일찌감치 집을 나선 정원은 카페에 들어서다 눈을 휘둥그레 떴다. 밋밋하다 못해 썰렁하기 그지없던 카페 전경이 오늘은 완전히 달라 보였다. 테라스 가득 화려한 꽃들이 환한 햇살 아래 눈부시게 하늘거린다.
 후다닥 마당을 가로지른 정원이 카페 문을 벌컥 열어젖혔다.
 "사장님! 저 꽃들은 대체 뭐……!"
 불쑥 안으로 들어서던 정원은 낯선 그림자에 놀라 멈칫 멈춰 섰다. 잔잔한 재즈 음악을 배경으로 웬 여자가 그림처럼 앉아 있었다. 환하게 웃으며 무언가 말하던 그녀가 고개를 들었다. 그리고 주인이라도 되는 양 너무나 당연하게 묻는다.
 "누구시죠? 아직 오픈 전인데요."
 "아, 저기, 그게……."
 당황한 정원이 반사적으로 카운터 너머 진하를 찾았다. 그리고 우아하게 다리를 꼬고 앉아 자신을 내려다보는 여자를 다시금 유심히 살폈다. 같은 여자가 봐도 감탄할 만큼 머리부터 발끝까지 단아한 분위기가 물씬 풍기는 전형적인 미인이었다.

하늘하늘한 연둣빛 시폰 원피스가 뽀얀 살결과 더불어 봄날 아지랑이처럼 아른아른하다. 여성스러운 라인의 샤넬 슈즈가 가는 발목을 더욱 화사하게 만들어 주었다. 분홍빛 입술에 잘 다듬어진 분홍빛 매니큐어가 달콤한 향기를 뿌리는 것만 같다.

흥! 정원은 내심 콧방귀를 뀌었다. 여자 직원을 안 뽑는 다른 이유가 있었던 거다. 저런 여자가 옆에 있는데 누군들 눈에 들어올까.

"어서 와요."

뒤늦은 진하의 인사에 정원이 삐죽거리는 성질을 꾹 누르며 고개를 숙였다.

"죄송합니다. 손님이 계신 줄 모르고……."

"아니, 마침 잘됐습니다. 그리고 이쪽은 손님이 아니고……."

진하의 말이 채 끝나기도 전에 여자가 불쑥 끼어들었다.

"뭐예요, 진하 씨? 이번엔 남자 매니저라고 하지 않았어요?"

"그렇게 됐어."

여자의 시선이 다시금 정원에게 닿았다. 그런데 그 눈빛이 자못 날카롭다. 괜한 오기에 정원이 모른 척 꿋꿋하게 웃어 보였다.

"안녕하세요. 은정원입니다. 보시다시피 여자고요. 뭐 문제 있나요?"

"그쪽한테 물어본 거 아니에요."

쌀쌀한 목소리에 도도하게 내리누르는 눈빛까지, 끼리끼리 어울린다고 얼음사장 못지않았다. 하지만 연이은 지뢰(?)에 정원도 그리 상쾌한 기분은 아니었다.

"제 얘기를 하고 계신 거 같아서요."

"당돌한 친구네."

정원을 싸늘하게 일별한 여자가 다시금 진하에게 따져 물었다.

"진하 씨, 정말 괜찮겠어요? 현성이 얘는 대체 무슨 생각으로 이런 짓을……!"

적반하장도 유분수라. 아무튼 하나같이 당사자를 앞에 두고 매너가 꽝이다. 지난번엔 얼음사장이 말도 안 되는 이유로 채용을 하네 마네 어깃장을 놓더니, 오늘은 일면식도 없는 여자가 불쑥 신경질이다. 어지간한 정원도 울컥 짜증이 났다.

"그쪽이야말로 당사자를 앞에 두고 할 만한 대화는 아닌 거 같은데요."

"이 아가씨가 정말……!"

"아가씨가 아니라 은정원입니다. 인사했는데 못 들으셨나 봐요?"

"아니, 뭐 이런……!"

자칫 감정적으로 변하는 분위기에 진하가 불쑥 끼어들었다.

"은 매니저, 이쪽은 플로리스트 정윤주 씨. 우리 가게에 꽃을 보내 주시는 분입니다. 꽃 관리도 매니저의 일이니까, 윤주 씨에게 잘 배워서 차질 없이 해 줬으면 좋겠습니다."

"진하 씨, 정말······."

"윤주 씨도 지금까지처럼 잘 부탁합니다. 은 매니저, 다른 질문 있습니까?"

윤주의 말을 끊어내고 정원을 돌아보는 진하의 시선이 목소리만큼 서늘했다. 괜스레 불퉁 감정이 상한 정원이 똑같이 서늘하게 대답했다.

"아니요. 없습니다."

정원이 새침한 얼굴로 얼음사장의 옆을 지나 탈의실로 향했다. 하지만 진하의 고요한 시선이 구시렁대며 멀어지는 자신에게 닿아 있는 것은 알지 못했다.

"으아, 세트로 별꼴이야, 정말!"

낮게 투덜거리며 유니폼을 갈아입은 정원이 긴 머리를 단정하게 묶으며 거울을 보았다. 유니폼이라고 해 봐야 별다를 것은 없었다. 진하와 마찬가지로 하얀 셔츠와 까만 슬랙스, 허리를 감싸며 발목까지 직선으로 떨어지는 길고 까만 에이프런이 전부였다. 카페하면 저절로 떠오름직한 심플한 디자인이다.

"오호, 은정원, 괜찮은데? 제법 그럴 듯해. 헤헤."

보통 후드 티에 낡은 청바지를 입고 야구 모자를 눌러쓴 채 배낭을 달랑거리며 다니는 정원이었다. 그래서 깔끔하게 딱 떨어지는 유니폼이 낯설면서도 묘하게 기분 좋았다.

새로운 일, 새로운 직장, 처음 입어 보는 유니폼. 솔직히 설레지 않는다면 거짓말이리라. 사실 집을 나설 때만 해도 정원은 기분 좋은 기대감에 마음이 살랑거렸다. 그런데 이건 또 무슨 지뢰밭인지. 앞으로 또 누가 튀어나와 태클을 걸지 몰라 무서울 정도였다.

"일이야, 일. 그것만 생각하자."

카페엔 여자가 혼자 정원을 기다리고 있었다. 마침 활짝 열어놓은 테라스를 통해 상큼한 꽃향기가 가득 밀려들었다.

애써 머리를 비운 정원은 준비한 노트를 들고 윤주를 따라 테라스로 나섰다. 여전히 도도한 그녀의 시선이 썩 유쾌하진 않았지만 제대로 알아두지 않으면 곤란한 사람은 자신이었다.

여자는 무슨 생각을 하는지 알 수 없는 얼굴로 꽃에 대해 설명을 시작했다. 실제로 정원에겐 생전 처음 보는 꽃들이 태반이기도 했다.

아담한 테라스에 규모는 크지 않았지만 종류도 많고, 한 다발 정도씩 소량으로 묶여 있어 작은 꽃 전시장 같았다. 꽃의 종류와 이름, 각각의 특성에 맞게 관리하는 법, 물을 갈아 주는 시기, 꽃에 따라 조금씩 다른 포장 방법 등 알아야 할 것도 많았다.

"여기 꽃은 항상 내가 가져오니까 궁금한 게 있으면 그때그때 물어보세요."

예상외로 친절하고 꼼꼼한 설명에 정원은 반쯤 마음이 풀려 있었다. 그런데 윤주가 불쑥 딴소릴 했다.

"현성이랑은 어떤 사이죠?"

"……친군데요."

"그냥 친구?"

그냥 친구 아니면 또 뭐가 있단 말인가. 처음 본 사이에 대뜸 하는 말이 참 어이없다. 정원의 눈가에 다시금 경계심이 어렸다.

"현성이를 잘 아세요?"

"알죠."

"그러는 선생님께선 현성이랑 어떻게 아시는데요?"

자못 날카로운 반응에 윤주가 갑자기 화사하게 웃으며 손을 내밀었다.

"아, 맞다. 미안해요. 내가 초면에 실례가 많았죠. 예상하지 못한 일이라 좀 당황했나 봐요. 정식으로 인사하죠. 정윤주라고 해요."

"예? 아, 은정원입니다."

반사적으로 손을 마주 잡은 정원이 슬쩍 인상을 찡그렸다. 뭔가 말린 느낌. 정식으로 사과하고 손을 내미는데도 왠지 개운하지가 않았다. 그런데 이 여자 아랑곳하지 않고 생글생글 잘도 웃어댄다.

"이제 풀린 거죠? 그럼 현성이에 대해 물어도 될까요?"

잠시간 윤주의 눈을 멀뚱히 마주 보던 정원이 간단하게 대답했다.

"현성인 그냥…… 학교 후밴데요."

"후배?"

"뭐, 후배라기보다는 친구가 맞죠. 그런데 선생님도 현성이랑 잘 아는 사이신가 봐요?"

"어머, 민망하게 선생님은 무슨……. 그냥 이름 불러요. 아니면 언니라고 할래요? 현성이 친구라니 우리 편하게 지내요."

웬 언니? 당황한 정원이 커다란 눈을 깜박거렸다.

"아, 그게……."

"왜요? 싫어요? 정원 씨, 아직 기분 안 풀렸구나. 어쩌지?"

"아, 저…… 그, 그러죠, 뭐."

뻔뻔스럽게 밀어붙이는 윤주의 미소에 정원이 마지못해 고개를 끄덕였다. 불편한 표정이 역력한 정원을 흥미롭게 바라보던 윤주가 불쑥 말을 돌렸다.

"내가 현성이를 좀 많이 아는데. 어떻게 아는지 안 궁금해요?"

대체 무슨 대답을 기대하는 것일까. 정원은 솔직히 그녀가 현성과 어떤 사이인지 관심도 없고 알고 싶지도 않았다. 이런 이상한 인물들에 대해 언급조차 하지 않은 사실이 괘씸할 뿐.

"제가 궁금해야 하나요?"

"훗. 아니, 그런 건 아닌데…… 현성이 누나랑 어릴 때부터 친구라 같이 자랐거든요. 친동생이나 다름없어요."

얼음사장은 아는 형이요, 이 살벌한 플로리스트는 아는 누나란다. 그래서 어쩌란 말인가.

"아, 네에."

"어머, 그게 끝?"

"네? 뭐가요?"

"아니, 아니에요. 호호."

해사하게 미소를 짓는 윤주와 반대로 정원의 표정은 더없이 심각해졌다.

'강현성, 대체 날 어디에 꽂아놓은 거냐.'

세상에 공짜는 없는 법. 너무너무 좋아 보였던 조건들이 순간 덫으로 느껴졌다면 과할까? 왠지 뒤통수가 서늘해지는 정원이었다.

윤주가 돌아가고 난 후엔 얼음사장이 직접 커피머신 사용법을 설명했다. 만일을 위해 작동법 정도는 알고 있어야 한다는 이유였다. 열심히 메모를 하다 문득 고개를 든 정원의 시선이 진하에게 닿았다. 설명하는 말투도 표정도 참으로 일관되게 간결하고 차갑다.

'목소리가 암만 좋으면 뭐하냐고. 국어책을 읽어도 이보단 낫겠네.'

그럼에도 반듯한 이마에서 쭉 뻗은 콧날, 단호한 입매, 날카로운 턱으로 흐르는 옆선은 정녕 예술이었다. 가까이 보니 훌쩍 큰 키에 군살 없이 단단한 핏이 묘하게 선정적이다.

그런데 왜일까. 차갑다 못해 창백하게 가라앉은 눈빛이 이유 없이 먹먹했다. 그리고 어이없게도 익숙하게 느껴졌다.

'분명 모르는 사람인데 왜 어디서 본 거 같지?'

특유의 분위기 때문에 예전 매니저들이 문제를 일으켰던 것일까. 남다른 외모에 무언가 비밀스러운 분위기까지, 나름 이해되는 부분이 있었다.

하지만 그래서 정원은 더더욱 아니었다. 단순 명료한 성격에 호불호가 분명한 그녀는 사람이든 물건이든 쉽고 선명한 것이 좋았다. 같은 이유로 정원은 비밀이 많은 사람도 좋아하지 않았다. 사연 있는 사람도 사양이었다.

안 그래도 고된 세상살이 즐겁고 행복할 시간도 많지 않은데, 고뇌하며 무겁게 살 필요가 있을까. 그녀는 밝고 즐거운 인생을 사랑했다. 고민은 짧게, 기쁨은 길고 가득하게!

"뭡니까."

"네? 아……."

덥석 다가드는 까만 눈동자에 당황한 정원이 순간 떠오른 생각을 툭 던졌다.

"있잖아요, 사장님. 우리 정말 어디서 만난 적 없나요?"

"없습니다."

여지없이 즉답.

"정말요?"

그가 이번엔 말없이 정원을 지그시 바라보았다. 아니면 말지 왜 또 저렇게 보는 것일까. 정원은 애초 질문한 것도 잊은 채 말끄러미 그의 눈을 마주 보았다.

"사적인 관심은 갖지 않는다. 잊지 말아야 할 텐데요."

예의 서늘한 시선에 울컥 겁을 상실한 정원이 냉큼 토를 달았다.

"사적인 관심 아니거든요? 사장님 그거 자의식 과잉이에요. 아세요?"

"……."

"아, 네에. 사. 적. 인. 관. 심. 조심하지요."

그가 역시나 그녀의 말을 쏙 무시하며 건조하게 설명을 이어 나갔다.

'쳇! 누가 얼음 아니랄까 봐! 길게 말하면 어디가 녹아내리기라도 하니?'

무반응에 맥이 빠진 정원이 입술을 빼물고 다시금 설명을 받아 적었다. 고개 숙인 그녀의 머리맡에 예의 시선이 조용히 닿았다 멀어지는 것은 물론 알지 못했다.

지하 와인 창고와 카운터, 주방 물품 파악에 자재 관리와 회계 시스템까지 일사천리로 설명을 마친 그가 주방으로 휑하니 사라졌다. 덩그러니 혼자 남겨진 정원이 어이없는 눈으로 멀거니 주방문을 바라보았다.

'뭐, 뭐니. 이 난데없는 전개는……'

이름 모를 재즈곡이 잔잔히 흐르는 가운데 회계 프로그램이 떠 있는 모니터의 커서가 깜빡거린다. 친절한 대화까지는 바라지도 않았지만 출근 첫날부터 이 모양이라니. 제아무리 씩씩한 정원도 순간 눈앞이 깜깜해지는 기분이었다.

'설마……, 계속 이러는 건…… 아니겠지? 아닐 거야.'

썰렁하니 텅 빈 카페를 바라보는 그녀의 눈동자가 처음으로 불안하게 흔들렸다.

"이제 뭐 하지?"

테이블도 바닥도 와인 바와 집기류까지 모두 제자리에 먼지

한 톨 없이 잘 정리되어 있었다. 더불어 한동안 문을 닫아서인지, 아니면 시간이 일러서인지 손님마저 코빼기도 비치지 않는다.

슬그머니 카운터 바를 돌아 나온 정원이 화장실로 향했다. 하지만 화장실도 마찬가지. 반짝반짝 윤이 나는 세면대와 말끔하게 비워진 휴지통과 새로 걸어놓은 화장지까지 완벽하다.

"결벽증이야? 뭐 이리 깨끗해."

낮게 중얼거리는 정원의 눈가에 난감함이 가득했다. 그렇다고 불쑥 주방에 고개를 들이밀면 보나마나 또 냉랭한 얼굴로 예의 사적인 관심을 들먹일 터.

"대체 나 혼자 뭘 어쩌라고……."

다시금 카페 안을 휘휘 둘러보던 정원의 시선이 문득 테라스에 닿았다. 화사한 봄 햇살 아래 하늘거리는 꽃들이 눈부시다.

무심코 테라스로 걸음을 옮긴 정원은 제일 눈에 띄는 꽃 앞에 털썩 쪼그리고 앉았다. 그리고 생각 없이 툭 말을 뱉었다.

"애, 넌 장미니?"

도도하고 화려하지만 왠지 강인해 보이는 장미와는 미묘하게 다른 것이 좀 더 여리고 하늘하늘하다. 꽃을 유심히 들여다보던 정원은 고개를 갸웃했다.

"에……, 아무래도 아닌 거 같지? 너 이름이 뭐였더라."

정원은 그제야 노트와 함께 들고 다니던 책을 펼쳐 보았다. 윤주가 도움이 될 거라며 뒤쪽 서가에서 꺼내준 꽃 도감이었다.

"음……. 요기 있다. 라넌큘러스? 생긴 건 하늘하늘한데 이름은 뭔가 거창한걸?"

잠시 꽃에 대한 설명을 훑어본 그녀가 대뜸 인상을 썼다.

"응? 작은 작약? 너가 작약이었어? 그냥 작약이라고 해도 되는 걸 외우기도 어렵게 라넌큘러스가 뭐니."

정원은 어느새 혼자 남은 불안함도 잊고 꽃들의 이름을 하나씩 확인하기 시작했다.

"너는 많이 보긴 했는데, 그러니까…… 리시안셔스? 오호라."

다시금 책을 들여다보던 그녀가 입술을 삐죽 내밀었다.

"응? 꽃 도라지? 에……, 도라지꽃이랑 뭔가 다른 거야? 크기가 다른가? 아니, 모양도 좀 다른 거 같긴 한데……."

잠시 고민하던 정원이 대뜸 결론을 내렸다.

"아무튼 도라지꽃의 일종이라는 거지? 거참, 쉬운 이름 놔두고……."

윤주의 설명을 들을 때도 그랬지만 생전 처음 보는 꽃들이 참 많았다. 무심코 시작한 일에 어느새 폭 빠져든 정원은 책을 들고서 꽃들을 하나하나 찾아보기 시작했다. 그리고 기다란 줄기 끝에 조그맣고 하얀 꽃망울이 자잘하게 달린 꽃의 이름을 확인하고는 눈을 동그랗게 떴다.

"오호, 네가 말로만 듣던 보리수구나."

그리고 이내 고개를 갸웃했다.

"응? 그런데 나무가 아니라 꽃이었어? 어라, 아닌데? 보리수는 나무 맞잖아. 너! 정말 보리수야? 음……, 동명이화 뭐 그런 건가? 이상하네."

꽃이 대답할 리 만무하건만 낮게 중얼거리던 정원이 갑자기 씩 웃었다.

"아하! 보리수나무에 피는 꽃인가 보구나? 오호, 생각 외로 귀여운걸."

크기별로 다양한 형태의 꽃다발들이 저마다의 개성을 뽐내고 있었다. 커다랗고 화려한 꽃다발부터 작고 귀여운 키친 부케와 심플하고 과감한 센터피스까지. 별다른 장식을 한 것도 아닌데 밋밋하던 테라스가 화사하게 반짝거린다.

문득 능숙하게 꽃을 다루던 윤주를 떠올린 정원이 떨떠름하게 입맛을 다셨다.

"흠. 실력이 좋긴 한가 보네. 그래서 그렇게 도도하신가."

급격히 꽃에 대한 관심이 식어 버린 정원이 귀여운 키친 부케들 앞에 풀썩 쪼그리고 앉았다.

"근데 애들아, 우리 사장 말야. 어쩜 사람이 그러니? 자기가 사장이면 다냐고. 첫 출근에 직원이라고는 달랑 나 하난데, 좀 편하게 대해 주면 손가락이 부러지니, 입술이 부르트니? 솔직히 이건 좀 아니잖아?"

처음부터 기대도 하지 않았고, 사실 잘해 준대도 부담스러울 터였다. 그럼에도 이 서운한 감정은 무얼까.

"얼음으로도 모자라서 자기가 무슨 녹음기야? 설명만 줄줄 하고 사라지면 다냐고요. 매너가 꽝이란 말이지."

맥없이 중얼거리던 정원이 갑자기 주먹을 불끈 쥐고 벌떡 일어났다. 이대로 내내 기가 죽어지낼 수는 없었다. 앞으로 일 년

이 아니라 몇 년이라도 버텨 주고야 말리라.
"아자! 은정원 파이팅!"
나름 비장하게 마음을 다잡은 정원이 새삼 꽃들을 쓱 훑어보았다.
"그나저나 너희들 이름은 언제 다 외우니? 대체 뭐가 이렇게 많은 거야."
생전 처음 보는 특이한 꽃들에게 괜히 시비도 걸었다.
"너도 꽃이야? 풀 아니고?"
말은 그리 했지만 연한 초록색의 보드라운 밤송이 같은 꽃이 꽤 귀여웠다. 그 옆에 낯익은 꽃(?)을 발견한 정원이 씩 장난스럽게 웃었다.
"오호, 내가 넌 알지. 청 보리. 근데 니가 왜 꽃들 틈에 끼어 있니?"
정원이 문득 고개를 갸웃하며 코끝을 찡그렸다.
"이거 순 장식용 아냐? 음……, 그러기엔 좀 비싸 보이는데. 니들 정말 팔리기는 하는 거니?"
눈을 가늘게 뜬 그녀가 입술을 삐죽 내밀었다.
"역시 수상해. 완전 수상해."
"뭐가 그렇게 수상합니까?"
"엄마야!"
갑자기 들려온 낮은 음성에 화들짝 놀란 정원이 인상을 쓰며 획 돌아섰다. 그리고 예의 무심한 시선에 순간 찔끔했다. 설마, 다 들었을까? 대체 언제부터 저기 있었던 것일까.

'쳇! 들었으면 어쩔 건데. 내가 뭐 틀린 말 했나.'

괜한 오기에 정원이 고개를 반짝 들고 진하를 빤히 마주 보았다. 정작 그의 질문엔 대답도 않고 아무 일도 없었다는 듯 당돌한 그녀의 시선이 더없이 뻔뻔하다.

'수상해? 그러는 당신은 아주 이상해. 모르나?'

진하는 무심코 터져 나오려는 한숨을 지그시 눌러 삼켰다.

"점심."

"네?"

"점심은 어떻게 할 겁니까?"

"아, 점심. 그게……, 정말 어떻게 할까요?"

말똥말똥 그를 쳐다보는 동그란 눈동자가 한숨이 나올 만큼 천연덕스럽다.

진하는 다시금 불쑥 솟는 불편한 감정을 애써 다잡았다. 그리고 그대로 돌아서 카페 안으로 걸음을 옮겼다. 잠시 머뭇거리던 그녀가 조용히 뒤따르는 기척이 느껴졌다.

진하는 주방에서 간단한 점심을 준비했다. 이것저것 잡다하게 설명을 하다 보니 어느새 점심시간이 훌쩍 지난 것이다. 그런데 그새 자리를 비운 그녀가 테라스에 쪼그리고 앉아 있었다. 진하는 짧은 순간 다채롭게 변화하는 그녀의 표정을 신기하게 바라보았다. 아이처럼 눈을 반짝이는가 싶더니 금세 심각해지고, 대뜸 웃으며 고개를 갸웃거리다 버럭 인상을 쓴다. 하다하다 꽃들에게 그의 뒷담화까지 늘어놓았다.

그 모든 것이 너무나 자연스러워 무심코 말을 걸고 말았다.

평소의 그라면 절대 있을 수 없는 일임에도 불구하고 의식조차 하지 못했다. 딱히 대답이 궁금한 것도 아니었다.

'역시, 불편해.'

현성의 부탁도 있고, 스치듯 한 번 보았을 뿐인 여자를 굳이 피하는 것도 우스워 채용을 결정했다. 하지만 진하는 채 하루가 지나기도 전에 다시금 회의를 느꼈다.

직설적으로 파고드는 커다란 눈망울도, 어디로 튈지 모르는 공처럼 엉뚱한 행동들도 도무지 적응이 되지 않았다. 조막만한 얼굴에 선명하게 묻어나는 감정도, 거침없는 표현들도 그저 불편한 감정을 불러일으킬 뿐이었다.

무언가 잘못된 기분. 항상 모든 것이 분명한 그로선 꽤 오랜만에 느끼는 모호함이 아닐 수 없었다.

정원은 터져 나오려는 한숨을 꾹꾹 눌러 삼켰다.

'아놔! 말을 하란 말이지. 사람 답답하게!'

환한 햇살이 눈부신 오후이건만 도살장에 끌려 들어가는 소의 심정이 이럴까. 뒷모습조차도 찬바람이 쌩쌩 불 것만 같다.

도대체 뭐가 문제인 것일까. 뭐가 그리도 마음에 안 들어서 뻑하면 시린 눈으로 사람을 빤히 쳐다보는지 모르겠다. 그래 놓고 말도 없이 훌쩍 돌아서 가 버리는 건 대체 어디서 배워먹은 고약한 버르장머리인지. 콱! 한 대 쥐어박으면 속이 시원하겠다.

카운터에 도착한 그가 정원 앞에 불쑥 접시를 내밀었다.

"……?"

신선한 야채와 햄 치즈가 먹음직스럽게 곁들여진 베이글 샌드위치가 접시 위에 예쁘게 놓여 있었다. 당황한 정원이 눈을 동그랗게 뜨고 진하를 보았다.

그새 머신 앞에 선 그의 어깨 너머로 진한 커피 향이 물씬 피어오른다. 이어 커다란 커피잔을 정원 앞에 내려놓은 진하가 그제야 천천히 입을 열었다.

"저녁도 샌드위치 정도는 준비할 수 있을 겁니다. 직접 만들어 먹어도 되고요. 그리고 원한다면 식사 시간을 따로 정합시다."

"아, 저 샌드위치 좋아해요. 감사합니다."

왠지 기분이 급 좋아진 정원이 배시시 웃으며 넙죽 인사를 했다. 사람이 배가 고프면 짜증이 나는 법. 그래서 그가 준비해 준 샌드위치와 커피가 이다지도 반가운 것이리라.

"사장님은 안 드세요?"

그의 미간에 슬쩍 주름이 잡혔다. 또 뭐가 불만인 것일까. 정원은 빠르게 머리를 굴렸다.

"아, 맞다. 저녁 시간. 아무래도 식사 시간은 정해 놓는 게 좋겠죠?"

첫날이라 미리 일을 배우기 위해 일찍 왔을 뿐, 정원의 정식 출근 시간은 오후 3시, 퇴근은 자정이었다. 지금껏 과외를 해 왔던 그녀인지라 근무 시간대도 별반 다르지 않았다. 게다가 저녁까지 공짜로 해결할 수 있다니 마다할 이유가 없다.

그나저나 저녁 시간 정하는 것이 뭐 대단한 문제라고 저리

인상을 굳히는 것일까. 아무튼 종잡을 수가 없는 사람이었다.

말없이 돌아선 그가 안쪽에 마련된 음반들을 뒤적거렸다. 묘한 침묵 속에 혼자 샌드위치를 먹자니 머쓱해진 정원이 불쑥 말을 이었다.

"이게 메뉴에 있는 샌드위치인가요?"

"그때그때 다릅니다."

"달라요?"

"주방에 레시피가 있을 겁니다. 그날 준비된 재료에 따라 레시피 대로 만들면 됩니다."

"어……, 그것도 제 담당인가요?"

그제야 고개를 든 진하가 차분하게 말을 이었다.

"그럴 일은 없겠지만, 내가 만약 자리를 비우게 되면 은 매니저가 관리합니다."

이건 또 무슨 소리? 카페 관리가 그녀의 주된 업무라고 하지 않았던가. 불현듯 메뉴에 길게 붙어 있던 와인 리스트를 떠올린 정원이 조심스럽게 말했다.

"저……, 제가 와인은 잘 모르는데요."

"몰라도 됩니다."

"네?"

"……."

"아, 네."

이유를 묻고 싶었지만 예의 서늘한 시선에 차마 입이 떨어지지가 않았다. 번번이 무슨 경우인지. 툭하면 말없이 사람 기를 죽인다. 정원은 대화를 포기하고 덥석 샌드위치를 베어 물었다.

"우와, 이거 정말 맛있네요. 진짜 사장님이 만드신 거예요?"

저도 모르게 감탄사를 내뱉은 정원이 새삼스러운 눈으로 진하를 보았다. 하지만 이어지는 무반응에 입술을 삐죽 내밀었다.

'아우, 대답 좀 해 주면 입이 삐뚤어지나. 체하겠네.'

너무나 맛있는 샌드위치가 순간 목에 턱 걸려 버렸다. 슬쩍 진하를 노려본 정원이 천천히 커피를 마셨다. 그리고 또다시 눈을 동그랗게 뜨며 감탄사를 토해냈다.

"우와, 커피도 죽인다아. 사장님 솜씨 좋으시구나."

그가 무슨 생각을 하는지 알 수 없는 얼굴로 정원을 물끄러미 돌아보았다. 그러고는 대뜸 엉뚱한 소릴 한다.

"마스터."

"네?"

"사장님이 아니라 마스터입니다. 앞으로는 마스터라고 부르세요."

이건 또 무슨 말인가. 반 토막도 아니고 불쑥불쑥 한마디씩 뱉는 말들이 난데없다 못해 불가사의할 정도였다. 하지만 어쩌랴. 그녀는 그저 생초짜 '을'에 불과한 것을.

"네. 그러죠, 뭐. 마스터."

그래, 딱 어울린다. 얼음마스터. 정원의 대답은 듣는 둥 마는 둥 그가 무심하게 고개를 돌렸다. 어쩜 저리도 한결같이 서늘하신지.

'아, 몰라. 입안에 거미줄을 치든, 곰팡이를 기르든 내 알 바

아니지. 흥! 내가 다시는 먼저 말하나 봐라.'

싸늘한 진하의 뒤통수를 샐쭉 노려본 정원이 낮게 한숨을 쉬며 손에 든 샌드위치를 덥석 물었다.

흘깃 시간을 확인한 정원이 부루퉁 입술을 내밀었다. 한 시간이 넘도록 그녀는 개미 한 마리 얼씬도 하지 않는 카페를 홀로 지키고 있는 중이었다.

"이건 뭐, 절간도 아니고……."

카페는 오후 내내 조용했다. 정원이 한 일이라고는 썰렁한 카페를 지키는 것뿐, 처음 하는 일이라고 잔뜩 긴장했던 것이 무색할 지경이었다. 그녀의 시선이 문득 주방으로 향했다.

'혼자 뭘 하는 거지? 안에 있기는 한 거야?'

하지만 선뜻 주방문을 열어 볼 수는 없었다. 혹여 그 너머에 있을 남자의 표정 없는 눈동자를 떠올리는 것만으로도 괜히 마음이 불편해진다.

그는 마치 정원이 보이지 않는 듯 아예 없는 사람 취급이었다. 어찌나 일관성이 넘치시는지 그녀도 어느새 그러려니 하고 있었다. 솔직히 잘 알지도 못하는 사람이 살가운 척 챙겨 줘도 불편한 것은 마찬가지 아니던가.

정원의 눈빛이 순간 슬쩍 풀어졌다.

"칫, 내가 왜 그렇게 싫은 건데."

지금껏 애써 무시하고 있었지만 솔직히 서운한 마음도 조금은 있었다. 아무런 감정도 담기지 않은 그의 눈빛에 자꾸 움츠러드는 것도 반갑지 않았다. 마음 같아선 똑같이 무심해지고 싶은데 그조차도 쉽지가 않아서 자꾸 심술이 났다.

그래서 정원도 되도록 부딪치고 싶지 않았다. 앞으로 계속 봐야 할 사람인데 더 이상 껄끄러워지는 것은 사양이다. 남은 하루가 참 길 것 같은 예감에 절로 한숨이 나왔다.

어느새 밤이 깊어가고 있었다. 띄엄띄엄 들어오던 커피 손님도 언제부턴가 뚝 끊기고 카페 안엔 생경한 재즈 선율만 나직이 깔리고 있었다. 여전히 말없이 안쪽에서 책을 읽고 있던 진하가 문득 고개를 들었다. 그리고 지금껏 그녀의 존재를 잊고 있었다는 듯 불쑥 말했다.

"오늘은 첫날이니까 이쯤에서 정리하고 들어가세요."

"네? 아직 시간이……."

카운터에 턱을 괴고 멍하니 앉아 있던 정원이 화들짝 놀라 시간을 확인했다. 퇴근을 하려면 아직 두 시간이나 더 남아 있었다. 하지만 진하는 아랑곳하지 않았다.

"한동안 문을 닫아서 손님도 없으니까, 이번 주는 분위기만 익히는 정도로 하고 일찍 마감합시다."

이제 화요일. 아직 카페의 모든 것이 낯선 정원으로선 마다할 이유가 없었다. 그녀의 대답은 듣지도 않고 진하가 불쑥 손을 내밀었다.

"여기 카페 키. 비상용으로 가지고 다니세요. 그럴 일이야 없겠지만, 혹 필요할 수도 있으니까."

일이 일찍 끝나는 걸 싫어할 사람이 있을까. 넙죽 키를 받아 든 정원이 순간 종일 쌓였던 감정도 잊고 밝게 웃어 보였다.

"그럼, 사장님 먼저 들어가세요. 제가 정리하고 갈게요."

"아닙니다. 오늘은 내가 하죠. 수고하셨습니다."

"아, 저기……."

무언가 더 말하려던 정원은 예의 차가운 침묵에 입을 꾹 다물었다. 이유도 없이 무조건 밀어내는 무례하기 짝이 없는 시선이었다. 일부러 무시하는 그런 수준이 아닌 명백한 거부의사가 여과 없이 읽혀든다.

'도대체 왜! 어째서! 이유를 알아야 답답하지나 않지!'

그가 아랑곳하지 않고 뒷정리를 시작했다. 어쩌면 저렇게 일관되게 사람을 무시할 수 있는 것일까. 정원이 생각할 수 있는 결론은 하나뿐이었다. 사람 싫은 것엔 이유가 없는 법.

'아쉬운 사람이 참아야지. 내가 무슨 힘이 있겠니.'

한숨지으며 미련을 떠는 것은 은정원의 스타일이 아니었다. 좋으면 좋고, 아니면 말고! 복잡한 것은 딱 질색이다.

정원은 씩씩하고 밝게 인사를 했다. 그가 돌아보든 말든 평소 모습 그대로.

"그럼 먼저 가 보겠습니다. 내일 봬요. 안녕히 계세요!"

그렇게 정원의 설레는 첫 출근이 심심 무쌍하게 막을 내렸다.

4. 정체가 뭐니?

 카페엔 제목도 모르는 재즈 연주곡이 나직이 흐르고 있었다. 재즈에 대해 잘 알지도 못할 뿐더러 딱히 관심도 없었지만 그가 직접 선곡해 둔 곡들은 문외한인 정원도 편안하게 즐길 만큼 감미로웠다.
 출입구 벽면이 네 칸의 개폐식 통 유리문으로 되어 있는 카페는 조명을 켜지 않아도 종일 환했다. 그래서 햇빛 좋은 오후엔 문을 활짝 열어 놓는다고 했다.
 커다란 유리문을 활짝 열면 테라스 가득한 꽃 상자 덕분에 방향제가 필요 없을 만큼 진한 향기가 밀려들었다. 달콤 쌉쌀한 커피 향과 어우러진 꽃향기가 더없이 매혹적이었다.
 카페 <그대를 위한 꽃다발>은 꽃집도 겸하고 있었지만 꽃을 보관하는 저온장고는커녕 화분도 없이 절화만 가득했다. 포장도 심플하게 갈색 소포지나 투명한 비닐로 말아 투박한 나무상

자에 가득 꽂아놓은 것이 다였다. 그럼에도 꽃은 그 자체로 화사하게 반짝거리며 카페를 장식하고 있었다.

테라스와 반대로 카페 내부는 지극히 절제된 인테리어가 주인처럼 서늘한 분위기를 자아냈다. 무게감이 느껴지는 짙은 나무로 된 바닥에, 시멘트의 질감을 고스란히 살린 벽이 모노톤의 차분함을 더했다. 정면으로 보이는 너른 벽 한 면은 바닥과 같은 나무로 마감해 묵직한 통일감을 주었다.

정면의 나무 벽을 길게 가로지르는 삼단의 선반 위에는 아무런 장식 없이 책이 가득했다. 꽃과 책이 어우러진 일종의 북 카페랄까. 출입문 오른쪽으로는 조금 들어가면 길게 바가 있고, 투명하게 반짝이는 와인잔들이 소품처럼 걸려 있었다. 그 너머로 고급 술병들과 멋스러운 와인 셀러가 시선을 사로잡았다.

바와 마주 보고 있는 투박한 시멘트벽엔 심플하고 아담한 아크릴박스 액자가 죽 붙어 있었다. 하나같이 희미한 선 몇 개가 그려져 있는 단순한 까만 사각형의 그림이 그나마 카페를 꾸미는 소품의 전부였다.

벽을 따라 적당한 간격으로 테이블이 놓였고, 꽤 넓은 홀 중앙에 생뚱맞게도 길고 커다란 탁자가 떡하니 자리를 차지하고 있었다. 너른 테이블 가운데 두서없이 책들이 쌓여 있고, 양쪽으로 무선 노트북을 배치해 언뜻 작업대 같은 분위기도 났다.

눈부시게 화려한 꽃들로 장식된 테라스와 반대로 서늘하게 톤다운 된 실내, 꽃과 책, 커피와 와인. 질서와 무질서가 아무렇지도 않게 공존하는 공간. 그래서일까. 얼핏 생뚱맞은 꽃집과 카페가 함께하는 <그대를 위한 꽃다발>은 어딘지 모르게 서늘하게 가라앉아 나른하고 느슨한 분위기가 감돌았다.

 대충 정리만 했을 뿐, 여전히 잡초가 살랑거리는 한갓진 마당이 그랬고, 현란한 꽃들과 기묘하게 가라앉은 서늘한 실내, 감미로운 재즈 음률과 달콤 쌉쌀한 와인, 그리고 유난히 짙게 배어나는 커피 향기가 그랬다.

 번화한 홍대 근처에 위치한 것이 믿기지 않을 만큼 심하게 조용하고 한산한 카페, <그대를 위한 꽃다발>이 정원의 첫 직장이었다.

 "으갸갸-!"

 오후 늦게 두어 자리 들었던 손님들이 빠지고 테이블을 정리하던 정원이 덩달아 늘어지는 어깨를 펴며 기운차게 기지개를 켰다. 그리고 홱 돌아서는데 웬걸, 조금 전까지 자리에 없던 진하가 그녀를 빤히 보고 있었다.

 '아놔, 저 아저씬 꼭 이럴 때만…….'

 하지만 그뿐, 정원을 무심하게 스쳐 지난 그가 손에 들고 있는 음반을 갈아 끼웠다. 오디오 옆에도 이름 모를 음반들이 즐비하건만 저건 또 어디서 들고 온 것일까. 잠시 멀뚱히 서 있던 정원이 문득 떠오른 생각에 진하를 대뜸 노려보았다.

 "사장…… 아니, 마스터! 어딜 가면 간다고 말씀 좀 해 주시죠?"

 "?"

 "손님이 왔는데 안 계셔서 놀랐잖아요."

삼십 분 전. 한동안 손님이 끊기는가 싶더니 언제나처럼 그가 말없이 사라졌다. 그리고 바로 한 쌍의 커플이 나란히 들어와 커피를 주문했다. 그런데 다른 때 같으면 바로 나타났을 진하가 감감무소식이었다. 급한 마음에 덥석 열어 본 주방엔 아무도 없었다. 주문이 간단한 아메리카노였으니 망정이지 정원은 정말 비명이라도 지르고 싶은 심정이었다.

"그래서요?"

그런데 이건 또 무슨 해괴한 반응이란 말인가.

"제가 커피 주문을 받았다니까요?"

"그런데요."

"그러니까 제가……!"

"뭐, 문제 있습니까?"

덥석 잘라내는 무심한 목소리에 정원이 멈칫 입을 다물었다.

'나, 참! 정말 뭐니?'

정말 몰라서 묻는 것일까. 하지만 답답한 건 정원뿐인 듯 일말의 흔들림도 없이 고요하게 가라앉은 그의 눈빛은 그림처럼 단정하기까지 하다. 정원이 이내 나직이 한숨을 내쉬었다.

"아니요, 됐습니다."

도대체가 말이 되지를 않는데 혼자 열을 내 봐야 무슨 소용일까. 이유도 모른 채 혼자 종종대는 것도 이제 슬슬 지친다. 카페를 말아먹든 비벼먹든 오너가 문제없다는데 뭘 더 어찌할까. 정원도 정말 더 이상 신경 쓰고 싶지 않았다. 진심으로!

정원이 여전히 유유자적 제 할 일만 하고 있는 진하의 뒤통수를 대놓고 노려보았다. 아무튼 자기 혼자 천하태평이다.

'그나저나 저 인간이 지금까지 주방에 있었던 게 아니란 말이지.'

어제까지만 해도 정원은 손님과 함께 바로 나타나는 그가 진짜 주방에 쿡 박혀 있는 줄 알았다. 아무리 봐도 주방과는 참 안 어울리는 분위기였지만 다른 생각은 하지 못했다.

'아니, 그럼 대체 어디에 있다 오는 거야.'

정원이 아는 공간은 1층이 전부였다. 주방에 딸린 자재 창고와 건물 뒤편 직원 휴게실, 지하 와인 저장고까지. 카페 자체는 아담했지만 딸린 공간을 생각하면 건물 전체 면적은 꽤 넓은 편이었다.

건물 뒤쪽에 주차되어 있는 차들과 출입문도 따로 있는 까닭에 정원은 나머지 층은 일반 사무실이려니 했다. 따로 사무실까지 두기엔 카페 규모가 그리 크지 않았고, 건물 전체를 쓴다고 보기에도 무리가 있었다. 그런데 문득 그게 전부가 아닐 수도 있다는 생각이 들었다.

'2층? 3층? 옥상이 있나?'

문득 호기심이 생겼지만 사적인 관심은 금물, 대놓고 물어볼 수도 없었다. 정원은 새삼 주방문을 노려보며 혼자 고민했던 것이 떠올라 울컥 짜증이 났다.

'아놔, 어딜 가면 간다 말도 못 해 주니? 그게 그렇게 어려운 일이야?'

정원이 안쪽에서 책을 읽고 있는 진하를 흘깃 쳐다봤다. 그리고 나직이 한숨을 내쉬었다.

'도대체 정체가 뭐니?'

첫 직장, 새로운 일, 낯선 불안감, 그리고 안도감. 정원은 취직이 됐다는 사실 하나만으로도 충분히 감사했다. 정말이지 이런 일로 고민하게 될 줄은 꿈에도 몰랐다.

너무나 든든했던 조건들이 이틀도 지나지 않아 불확실한 미래처럼 흔들리고 있었다. 이게 다 저 수상한 주인장 때문이다.

그럭저럭, 삐걱삐걱, 느린 듯 빠르게 일주일이 후딱 지나갔다. 카페는 평일이고 주말이고 상관없이 여전히 한가했다. 그리고 정원은 한가한 분위기에 힘입어 어렵지 않게 카페 일에 적응할 수 있었다.

늦은 오후, 정원은 버릇처럼 분무기를 들고 테라스로 향했다. 태양빛에 고스란히 노출된 꽃잎들이 마르지 않도록 가끔 물을 뿌려 주는 것도 정원의 일이었다.

물을 뿌리면서 잠시 카페를 둘러본 정원은 이제 제법 익숙해진 풍경에 왠지 모를 뿌듯함을 느꼈다. 낯선 카페 일을 아무렇지도 않게 해내는 자신의 모습이 신기할 정도였다.

'뭐, 따지고 보면 그나마도 얼음마스터 덕분인가.'

도가 넘치게 무심해서 그렇지 그동안 나름 지켜본 바, 딱히 눈치를 주거나 특별히 까다로운 구석은 없었다. 사실 말만 걸지 않으면 웬만하면 무사통과. 그녀가 무얼 하든 절대 신경 쓰지 않는다. 같은 공간에 있지만 다른 세계에 사는 것이나 마찬가지였다. 참다못한 정원이 가끔 뾰족하게 굴어도 그의 태도엔 변함이 없었다. 여전히 불쑥불쑥 사라지고 뜬금없이 나타났지만 그조차도 반쯤은 포기한 상태였다.

여느 때와 같이 조용히 사라졌던 진하가 다시 나타난 것은 오디오에 걸어놓은 음반이 지루한 반복을 시작할 즈음이었다. 카운터에 있는 그녀를 슥 지나쳐 말없이 음반을 고르는 뒷모습이 어찌나 얄미운지. 그냥 넘기려고 하다가도 정작 그를 보면 불쑥 오기가 솟는다.

정원은 무시하자 했던 각오도 잊고 덥석 입을 열었다.

"그런데 사장님."

이번엔 돌아보긴 하는데 어째 대답이 없다. 말없는 그의 시선에 정원이 커다란 눈을 말똥거리며 고개를 갸웃했다.

"아, 맞다. 마스터!"

망할! 마스터나 사장님이나 뭐가 다르다고. 그래도 이럴 땐 그의 무표정이 도움이 되었다. 반응이 없으니 실수를 해도 가볍게 넘길 수 있었다. 정원은 모른 척 말을 이었다.

"그게……, 말씀 편하게 하시라고요. 현성이랑도 가까우신 거 같던데 불편하잖아요."

잠시 침묵하던 그가 유난히 차가운 눈으로 정원을 일별했다.

"현성이와의 개인적인 친분만으로 은 매니저를 채용한 건 아닙니다. 혹시 그런 오해가 있었다면……."

"아니, 아니, 그런 뜻이 아니라……!"

당황한 정원이 급하게 고개를 저었지만 진하는 아랑곳하지 않고 무섭게 잘라 말했다.

"아무튼, 이참에 은 매니저도 분명히 알아두는 게 좋겠네요. 현성이와 친구라고 뭔가 다를 거란 생각은 하지 마십시오."

정원은 순간 머릿속이 싸하게 식는 기분이었다. 현성과의 친분에 기대어 무언가 바랄 생각 따위 꿈에도 해 보지 않았다. 이 무슨 말도 안 되는 오해일까.

내심 투덜거리면서도 아직은 서로에 대해 잘 몰라서 그러려니, 정원은 애써 좋게 넘겼다. 그런데 이제 보니 그는 섣부른 오해를 그대로 입에 올릴 만큼 그녀를 싫어하는 것이 분명했다. 굳이 해명하는 것이 우스울 정도로.

잠시 멍하니 진하를 바라보던 정원이 정색을 하고 딱 끊어 말했다.

"제가 실수를 한 거 같네요. 신경 쓰지 마세요."

그대로 홱 돌아선 정원은 분무기를 들고 테라스로 향했다. 해가 서서히 저물고 있어 굳이 물을 뿌려 주지 않아도 꽃잎이 마를 일은 없었지만 이번엔 정말 그와 같은 공간에 있고 싶지 않았다.

'대체 이유가 뭐니! 나한테 왜 그러는 건데!'

순간 당황스럽게도 왈칵 눈물이 날 만큼 서러운 감정이 밀려들었다. 이유도 없이 미움을 받는 기분이란. 도무지 익숙해질 것 같지 않았다. 그리고 그런 사소함에 일일이 휘둘리는 자신의 모습도 싫었다.

'아악! 이젠 정말 나도 몰라! 똑같이 무시해 주겠어! 이번엔

정말! 진짜란 말이지. 흥!'

 속으로는 버럭버럭 화를 냈지만 정작 물을 뿌리는 정원의 표정엔 기운이 하나도 없었다. 매번 그렇게 굳게 다짐을 해놓고도 똑같은 실수를 반복하는 것을. 그와 부딪쳐 봐야 그녀만 손해인 것을. 정말, 매우, 많이 억울하다.

'골치 아프게 됐군.'

 진하가 생각에 잠긴 얼굴로 꽃에 물을 뿌리는 정원을 바라보고 있었다. 그도 자신의 말이 과했음을 모르지 않았다. 하지만 왜일까. 그녀와 마주하면 평소와 다르게 생각지도 않았던 말들이 튀어나오곤 한다.

 가릴 것도 없이 속이 빤히 드러나 보이는 단순함과 명료함이 지금까지 알아왔던 누구와도 달랐다. 그래서일 것이다. 저 조그만 여자가 자꾸 거슬리다 못해 영 껄끄러웠던 이유는.

 경계심 없이 불쑥불쑥 다가드는 눈동자가, 계산 없이 날아드는 직선적인 질문들이, 일말의 사심도 없이 너무나 솔직해서 더 난감했다.

 감정을 숨길 줄도 모르면서 피해가는 요령조차 없었다. 그의 냉정함을 탓하며 상처 받은 얼굴로 눈물짓는 여자들은 오히려 편했다. 연약함을 무기로 무언가 기대하는 그런 얕은 감정에 휘둘릴 만큼 진하는 철없는 애송이가 아니었다.

 그녀는 대부분의 여자들이 그러하듯 아프다, 힘들다, 상처받았다, 특유의 여성성을 내세우는 법이 없었다. 솔직히 그 정도

거리를 두면 눈치를 챌 법도 하건만 이건 무슨 생각인지 한결같은 얼굴로 말을 걸었다. 부딪치고 깨지고, 의기소침하다가도 돌아서면 어느새 또 해맑게 웃는다.

스물일곱, 적지 않은 나이임에도 여전히 아이 같은 저 여자가 이상한 것이다. 어디서 어떻게 반응을 할지 도무지 감이 잡히지 않아서 더 피하게 된다. 싫고 좋고를 떠나서 낯설고 불편해서 가까이하고 싶지 않았다.

그런데도 코앞에서 왔다 갔다 종종거리는 모습을 보고 있노라면 왠지 모를 불안함에 눈을 뗄 수가 없었다. 그래서 되도록 마주치고 싶지 않았다. 눈에 보이지 않으면 부딪칠 일도, 신경 쓸 일도 없으니까. 그가 유난히 자주 자리를 비우게 되는 이유이기도 했다.

테라스 너머 어스름한 어둠이 내려앉고 있었다. 꽃에 물을 뿌리며 고집스레 돌아선 뒷모습이 참 작았다. 그럼에도 절대 꺾이지 않는 참으로 강한 눈을 가진 사람이었다. 그저 스치듯 한 번 보았을 뿐인데, 그 황량한 겨울날의 환한 미소가 새삼 선명하게 겹쳐진다.

'현성아, 네가 생각지도 못한 문제를 만드는구나.'

그대로 잊혔을 그 겨울의 기억이 새록새록 떠올라 자꾸 신경을 건드렸다. 이런 어정쩡한 느낌은 반갑지 않았다. 무엇이 되었든 변함없는 일상을 침범하는 것은 사양이다.

저녁 6시. 다른 때 같으면 간단하게 식사를 하고 느긋하게 작업실로 향했을 현성이 바쁘게 책상을 정리하며 퇴근을 서둘렀다. 오늘은 누가 뭐라 해도 카페에 가 볼 생각이었다.

정원을 취직시켜 놓고 정작 현성은 교수님에게 잡혀 지방 미술제에 끌려가 일주일 내내 꼼짝도 못했다. 덕분에 그동안 정원과도 짧은 통화 몇 번이 전부였다. 잘하리라 믿었지만 처음 해 보는 일이 쉽지만은 않을 터, 조교실을 나서는 현성의 걸음이 바빴다.

"강현성."

급하게 예대 로비를 가로지르던 현성은 난데없는 목소리에 설핏 인상을 썼다. 하지만 문 앞에 서 있는 여자를 보고 금세 반가운 미소를 지었다.

"어, 윤주 누나. 여기까지 웬일이야?"

"웬일은, 몰라서 묻니?"

윤주가 웃으며 자연스럽게 현성의 팔짱을 꼈다.

"아, 맞다. 꽃! 카페 갔었겠구나? 봤어?"

"봤어? 지금 그런 말이 나오니? 너 대체 무슨 속셈이야?"

"뭐가?"

"알면서 묻니?"

윤주가 처음 사랑에 빠지는 순간부터 말 한 마디 못 하고 포기하기까지, 가장 가까이서 지켜본 사람이 현성이었다. 그래서 그녀가 무엇을 걱정하고, 또 얼마나 오랫동안 아파했는지 누구보다 잘 안다. 현성이 가볍게 웃으며 고개를 저었다.

"은정원에 대해서라면 신경 꺼. 누나하고는 아무 상관없으니까."

"무슨 뜻이야?"

기약 없는 기다림은 사람을 나약하게 만드는 것일까. 한없이 당당할 것만 같았던 윤주의 눈가에 차마 숨겨지지 않는 불안이 묻어났다. 모든 것을 가졌고, 무엇 하나 꿀릴 것 없는 천하의 정윤주가 단 하나, 사랑 앞에서만큼은 한없이 작아진다.

현성이 사뭇 진지한 눈으로 단호하게 말했다.

"그 여자, 내 여자 할 거거든."

"뭐?"

놀란 윤주가 숨 쉬는 것도 잊고 빠르게 다시 물었다.

"진짜? 정말, 정말이니? 내가 잘못 들은 건 아니겠지?"

"내가 헛소리 하는 거 봤어?"

"그래도 이건……, 너무 갑작스럽잖아."

"마침 일자리도 필요했고, 이 기회에 가까이 두고 싶어서 형에게 부탁한 거야. 됐어?"

현성의 설명에도 윤주가 여전히 못마땅한 듯 새침하게 눈을 흘겼다.

"그래도 왜 하필 진하 씨 카페니?"

"왜? 가깝고 좋잖아. 뭐, 문제 있나?"

"너 정말 이럴래? 그걸 몰라서 묻니?"

"하하, 정말 괜찮다니까 그러네. 내가 설마 그 정도 생각도 없이 형에게 부탁을 했을까."

현성이 돌연 짓궂게 눈을 빛내며 윤주를 놀렸다.

"쓸데없는 걱정이 느는 걸 보니 누나도 이제 나이는 못 속이겠네."

"뭐야? 너어!"

서른. 하지만 아이처럼 삐죽 토라지는 윤주의 얼굴에서 나이를 읽어내기란 쉬운 일이 아니었다.

이름만 대면 알만큼 유명한 디자이너 플라워숍의 젊고 아름다운 오너이자 손가락에 꼽히는 플로리스트 정윤주. 하지만 현성 앞에선 성공한 커리어우먼의 대단한 프로필도, 섣불리 다가서기 힘들 만큼 도도한 프라이드도 보이지 않았다.

형제처럼 함께 자란 탓에 유난히 많은 기억을 공유하고 있어서일까. 현성과 함께할 때면 매사 분명한 그녀도 자신의 감정을 솔직하게 드러내고는 했다.

"하하. 걱정 붙들어 매시고, 여기까지 온 김에 카페에 가서 와인이나 한잔합시다."

못 이기는 척 현성을 따라 나서는 윤주의 눈가에 얼핏 그늘이 졌다. 누구보다 믿는 현성이지만 마음 한구석 드리우는 불안이 채 지워지질 않았다. 언제쯤이면 이런 불안함 없이 그를 떠올릴 수 있을까.

'나도 내가 왜 이러는지 잘 모르겠다. 현성아, 누나 어떡하니.'

정원을 본 첫날, 윤주는 카페를 나서는 길에 바로 현성을 찾았다. 하지만 지방에 내려갔다는 소식을 들었고, 그 후로 연락도 잘 닿지가 않았다. 그렇게 또 노심초사 기다린 일주일이었다. 그런데 다른 사람도 아니고 강현성이 사랑이란다. 차마 믿기지 않는 사실에 윤주가 확인하듯 다시 물었다.

"지금껏 아무 내색도 없었잖아."

"그럼? 광고라도 해야 하나? 아니면, 내가 미쳤다고 형에게 그런 부탁을 했겠어?"

"강현성이 사랑이라. 너라면 믿겠니?"

"못 믿을 건 또 뭐야. 내가 아직도 어린애로 보여? 잘 알면서 왜 이러시나."

무엇 하나 빠지지 않고 넘치는 현성이 여자라고 부족할 리 없었다. 하지만 윤주가 알기로 항상 가볍게 만나고 헤어지는 관계가 대부분이었다. 그런 현성이 하물며 사랑이란다. 당돌하지만 평범했던 정원의 첫인상을 떠올린 윤주가 불현듯 중얼거렸다.

"그래도 좀 의외다. 너 그런 스타일이었어?"

"내 스타일이 뭐?"

"지금까지 니 행적을 내가 모르니?"

"어허, 남자의 과거는 함부로 캐는 게 아니야. 묻어 두지? 안 그래도 골치 아프거든?"

여심을 흔드는 달콤한 외모와 다르게 현성은 까칠하고 차가운 성격이었다. 그런 그가 사랑을 말하며 곤란해 하는 모습이라니. 윤주가 짓궂게 웃으며 빙글거렸다.

"정말, 정말이구나. 웬일이니."

"남의 연애사엔 관심 끄시고, 누나야말로 형이랑 여전하지?"

순간 멈칫 물러서는 윤주의 눈빛이 무겁게 가라앉았다.
"그 얘긴 하지 말자."
이제 조금은 편해져도 좋으련만, 현성은 여전히 아픈 그녀의 사랑이 안쓰러웠다. 처음 사랑을 말하던 그때, 그 빛나던 모습은 다 어디로 사라진 것일까.

윤주는 큰누나 현화의 세상에 둘도 없는 친구이자, 사춘기 소년 시절 현성의 동경해 마지않았던 첫사랑이기도 했다. 하지만 소년은 어느새 자라 남자가 되었고, 세월은 동경하던 누이가 아픈 사랑에 힘겨워하는 평범한 여자라는 사실을 깨닫게 만들었다.

그래서 현성은 모든 사실을 알면서도 윤주를 차마 미워할 수가 없었다. 이제 곁에 없는 현화도 사랑하는 친구가 더 이상 아파하는 것을 바라지는 않으리라. 꽃 같은 누이는, 꽃보다 예쁘고 착했던 누이는 그런 사람이었다. 현성이 한숨처럼 나직이 중얼거렸다.

"누나도 인생 참 힘들게 산다. 안 지겹냐."
"그만해랬다."

그 사이 한걸음 더 물러선 윤주의 눈빛이 더 이상 다가오지 말라고 경고하고 있었다. 그 속에 담긴 상처가 너무나 깊고 어두워서 손을 내밀 수조차 없었다. 현성은 가볍게 화제를 돌렸다.

"앞으로 정원이 자주 볼 텐데, 잘 부탁해."
속 깊은 현성의 미소에 윤주가 빙글빙글 약을 올렸다.

"정원 씨는 그냥 후배라고 그러던데?"

"그새를 못 참고 또 조사에 나서셨어요? 그러지 말지."

"그렇게 걱정이 되면 미리 말을 해 줬어야지. 넌 연락도 안 되지, 나야말로 얼마나 기막혔는지 알아?"

"갑자기 결정된 거라 말해 줄 시간이 없었어. 내가 미리 계획하고 그러는 성격이 아니잖아."

"그나저나 만만치 않은 성격이던데? 조사는커녕 말 붙이기도 쉽지 않더라. 살짝 떠봤는데 영 시큰둥해서 더 헷갈렸잖아."

"어허, 우리 정원이 괴롭히지 마세요. 걔 건드리면 골치 아파져."

사랑 앞에서는 천하의 강현성도 별수 없는 모양이었다. 전전긍긍 감싸고도는 품새에 절로 웃음이 나왔다.

"어머머, 풋! 강현성이 어쩌다 이렇게 됐니. 좋을 때다. 잘해 보세요."

"그러잖아도 잘해 볼 생각입니다. 누나도 좀 잘해 봐라."

현성이 스치듯 가볍게 윤주를 돌아보았다. 그녀의 눈빛이 순간 아득하게 가라앉았다. 가벼운 말 한마디에도 속절없이 스러지는 그녀의 미소에 현성은 나직이 한숨을 내쉬었다.

"새삼 우리 큰누나가 참 대단하다는 생각이 든다."

"그래. 현화는 그랬지."

윤주가 이번엔 피하지 않고 아련하게 먼눈으로 중얼거렸다.

현성의 누나, 친구 현화는 너무나 예쁘고 착해서 질투조차 할 수 없는 친구였다. 누구에게나 사랑받고, 받은 것보다 더 많이 사랑할 줄 아는 마음이 넓은 친구. 그래서일까. 그녀가 있는 곳엔 항상 웃음과 행복이 가득했다.

 누구보다 가슴이 따뜻했던 친구 현화를 윤주는 참 많이 좋아했고 그만큼 닮고 싶어 했다. 그래서 사랑하는 사람의 시선이 친구에게 머무는 순간에도 차마 자신의 마음을 드러내지 못했다. 세상 누구보다 사랑하는 두 사람이어서 아파도 웃을 수밖에 없었다.

 그렇게 포기한 사랑이었다. 그럼에도 끝내 지워내지 못한 마음이 이토록 긴 기다림을 낳을 줄은 그녀도 미처 알지 못했다.

 사랑하는 친구를 잃은 슬픔 앞에서도 여전히 그를 바라보는 자신이 윤주는 끔찍하게 싫었다. 그 집요함이 무섭고 지독해서 차마 외면하고 싶었다. 하지만 눈먼 그녀의 심장은 여전히 그를 향해 뛰고 있었다.

 윤주에게 사랑은 아름답고 행복한 것이 아닌 잔인한 폭군이었다. 끝없이 이어지는 상념들을 애써 털어낸 윤주가 새삼 현성을 보았다. 장난처럼 가볍게 말했지만 윤주는 진심으로 현성의 사랑이 잘되기를 바랐다. 지독하게 이기적이고 잔인한 그녀의 사랑도 사랑이라고 지켜봐 준 마음 넓은 동생이었다. 그래서 그의 사랑은 아픔 없이 예쁘고 아름다운, 그저 행복하기만을 기도했다. 아프고 독한 사랑은 그녀 하나로 족하다.

 애잔하게 가라앉는 윤주의 눈빛에 현성이 한숨처럼 중얼거렸다.

 "어렵네, 어려워."

누구나 다 하는 사랑이 그녀에게만 유독 어렵고 잔인한 것 같았다. 하여 현성은 여지없이 단호한 진하의 마음을 알면서도 윤주를 차마 말릴 수가 없었다.

만물이 생생하게 피어나는 오월의 어느 날, 첫눈에 반한 사람이 생겼다며 붉게 상기된 얼굴로 종알대던 그녀의 모습을 현성은 여전히 선명하게 기억하고 있었다.

[현성아, 이 누나가 오늘 운명을 만났단다. 첫눈에 반한다는 게 이런 건가 봐. 생각만 해도 막 두근두근하는 거 있지?]

[뭐?]

대학생이 된 현성은 오랫동안 동경해 왔던 윤주와 조금이나마 가까워진 현실에 내심 기뻐하고 있었다. 그런데 이 무슨 마른하늘에 날벼락일까. 하지만 그의 기분과 상관없이 설렘 가득한 윤주의 얼굴은 눈이 부시도록 아름다웠다.

[현화한테는 당분간 비밀이다? 계집애, 내가 먼저 사랑에 빠진 걸 알면 질투한단 말이지.]

[나한텐 왜 말하는데?]

[왜라니? 누나가 사랑에 빠졌다니까 서운해? 우리 막내도 어서 어른이 돼서 사랑을 해야 할 텐데.]

변함없는 애 취급에 현성이 냅다 심통을 부렸다.

[나도 어른이거든? 민증 보여 줘?]

[호호. 그래, 그래. 우리 막내 이제 다 컸다. 그러니까 비밀 지켜 줄 거지?]

[아, 몰라. 내가 왜!]

[애는. 아직은 혼자 좋아하는 거라 현화한테 소개시켜 줄 수가 없단 말이야. 계집애 누군지 궁금하다고 조를 텐데 곤란하단 말이지. 이상한 건, 이런 감정이 처음이라 누구에게든 털어놓고 싶더라. 누나가 우리 막내를 많이 좋아하잖니.]

하지만 꿈꾸듯 행복한 얼굴로 종알대던 윤주의 첫사랑은 채 피어 보지도 못하고 시들어 버렸다. 그녀가 첫눈에 반했다던 남자가 현화를 사랑하게 될 줄 그 누가 짐작이나 했을까. 아직 어렸던 현성은 그렇게 윤주의 서글픈 첫사랑을 묵묵히 지켜볼 수밖에 없었다.

현화가 결혼하던 날, 밤늦게 그의 작업실에 찾아온 윤주는 자신이 했던 모든 말들을 잊어 달라며 소리 없이 눈물을 흘렸다. 그 밤, 현성은 어렸던 자신의 첫사랑에 안녕을 고했다. 그렇게 소년은 지독하리만치 한 사람만 바라보는 그들의 눈먼 사랑을 지켜보며 어른이 되었다.

현화가 결혼과 함께 진하를 따라 미국으로 떠나자 윤주는 영국 유학길에 올랐다. 뒤에 남겨진 현성도 입대를 하고, 시간은 아무 일도 없었던 것처럼 다시 무심하게 흘러 모든 것을 제자리로 돌려놓는 듯 보였다.

청천벽력과도 같은 비보가 날아들기 전까지.

5. 수상해, 아주 많이

카페는 해질녘이 되어서야 손님이 조금씩 늘기 시작했다. 메뉴를 볼 때와 반대로 진한 커피 향과 예쁜 꽃들 덕분에 카페를 나서는 사람들의 표정은 나쁘지 않았다. 가끔은 작은 부케를 하나씩 골라 들며 행복한 미소를 짓기도 했다.

처음 하는 일이지만 정원은 사람들의 미소에 마음이 따스해지곤 했다. 카페 매니저란 직업이 왠지 좋아질 것 같았다. 이유도 없이 자신을 싫어하는 저 얼음마스터만 아니면 더할 나위 없이 만족스러운 환경이었다.

시간이 멈춘 듯 묘한 카페 <그꽃>의 분위기에도 정원은 나름 잘 적응하고 있었다. 손님이 많지는 않았지만 끝없이 사람이 드나드는 장소인지라 못 견디게 지루하거나 답답하지도 않았다. 이젠 차갑고 무심한 얼음마스터마저도 카페 <그꽃>의 배경처럼 느껴질 정도였다.

"마스터, 주문이요."

안쪽에서 책을 읽고 있던 진하가 천천히 자리에서 일어났다. 역시나 그녀를 돌아보거나 대답을 하지는 않는다. 하지만 정원은 아랑곳하지 않고 주문을 읊었다.

커피머신이 안쪽에 있는 관계로 홀에선 진하의 모습이 거의 보이지 않았다. 바 안쪽으로 들어가야 그나마 어렴풋이 뒷모습이 드러날 정도였다.

정원은 바에 기대어 커피를 내리는 진하를 유심히 쳐다보았다. 단순한 동작조차도 어설프고 실수투성이인 그녀와 다르게 그의 손놀림은 군더더기 없이 정확하고 그림처럼 우아했다. 얄미운 얼음이라는 사실도 잠시 접어둘 정도로 유려하다.

커피를 서빙하고 돌아서는 정원의 귓가에 작은 탄성이 들려왔다. 인정하고 싶지 않았지만 그가 만든 커피는 감탄이 절로 나올 만큼 따뜻하고 향기로웠다.

'흥! 그럼 뭐하나. 인간성이 꽝인데.'

정원은 문득 그의 커피가 인간성을 담보로 하고 있는 것은 아닐까 생각했다. 그래서 커피는 더 없이 향기롭지만 정작 본인에게선 온기가 느껴지지 않는 것이다.

딸랑.

"어서 오세요!"

문 열리는 소리에 반갑게 인사를 하던 정원이 이내 버럭 인상을 썼다.

"강현성 너! 마침 잘 왔……!"

"나도 왔어요."

옆에서 반갑게 웃는 여자의 모습에 정원이 멈칫 멈춰 섰다. 정윤주. 출근 첫날 도도한 얼굴로 그녀를 훑어 내리던 그 여자였다. 꽃은 일주일에 두 번씩 들여놓는다고 했지만 정원은 아직 첫날을 제외하곤 그녀를 만날 일이 없었다. 정원은 오후에 출근했고 꽃은 오전에 오는 까닭이었다.

그런 그녀가 이번엔 180도 달라진 눈으로 살갑게 웃고 있는 것이 아닌가. 그 난감한 변화가 너무나 자연스러워 정원은 무심결에 넙죽 인사를 했다.

"아, 안녕하세요."

"호호, 놀랐어요? 현성이도 마침 정원 씨 보러 간대서 같이 왔어요. 기분 나쁜 거 아니죠?"

왠지 모호한 그녀의 말에 정원이 고개를 갸웃했다.

"네? 제가 왜……?"

"아, 그리고 오해는 하지 말아요. 현성이랑은 정말 친남매 같은 사이거든요."

무엇이 기분 나쁘다는 것인지, 또 무엇을 오해하지 말라는 것인지 정원은 언뜻 이해가 되지 않았다. 하지만 너무나 친절한 미소에 떠밀리듯 고개를 끄덕였다.

"아. 네……."

"진하 씨는 뭐 해요?"

"네?"

무심코 되묻던 정원은 뒤늦게 마스터의 이름을 떠올렸다. 서

진하. 어울리지 않게 참 다정하고 예쁜 이름.

"아, 사장…… 아니, 마스터요? 안에 계시는데요."

"그럼 난 빠질 테니 두 사람 이야기해요."

정원이 머뭇거리는 사이 윤주가 휑하니 안쪽으로 향했다. 처음과 달리 말투며 표정이며 나무랄 데 없이 다정하게 애교가 넘친다. 그럼에도 무언가 개운치 않은 기분에 윤주를 바라보는 정원의 시선이 곱지 않았다.

"뭘 그렇게 봐? 윤주 누나가 눈을 뗄 수 없을 만큼 그렇게 예뻐?"

눈치 없는 현성의 목소리에 정원이 퉁명스레 물었다.

"어떻게 된 거야?"

"뭐가?"

저 여자는 뭐냐고 따져 물으려던 정원은 의아함 가득한 현성의 눈빛에 입을 꾹 다물었다.

"아, 됐다. 아무것도 아니야."

딱히 무슨 일이 있는 것도 아니고, 시시콜콜 따져 봐야 자신만 우스워질 것을 아는 정원이었다. 솔직히 딱 떨어지게 설명할 자신도 없었다. 현성이 부루퉁한 정원의 어깨에 척하니 팔을 걸쳤다.

"어째 가까이 있는데도 얼굴 보기가 더 힘든 거 같다. 어때? 일은 할 만해?"

"할 일이 있어야 알지."

"무슨 대답이 그래?"

"내가 여기 일을 하러 온 건지, 시간 때우러 온 건지 모르겠다는 말이다."

카페 안을 둘러본 현성이 가볍게 웃으며 말했다.

"며칠 안 됐잖아. 나아지겠지."

"정말 그렇게 생각해? 제발 나아져야 할 텐데 말이지."

현성의 말대로 아직 일주일밖에 지나지 않았고 한동안 문을 닫은 여파도 무시할 수 없었다. 하지만 정원은 왠지 모를 찜찜함에 인상을 찡그렸다. 도대체 이 긴장감 없는 분위기를 어떻게 이해해야 할까.

정원이 중앙 테이블에 턱하니 자리 잡은 현성에게 짐짓 정중하게 물었다.

"자, 그럼 주문하시죠, 손님?"

"할 줄 아는 건 있으세요?"

싱글싱글 웃는 현성의 눈빛이 개구지다. 정원도 장단 맞춰 능청을 떨었다.

"커피?"

"흠, 그래? 그럼, 카푸치노 좋다."

현성의 취향을 잘 아는 정원이 눈살을 찌푸렸다.

"그냥 평소대로 드시죠?"

"아니, 오늘은 새로운 걸 맛보고 싶어졌어. 카푸치노로 주세요. 진하고 부드럽게!"

"아, 네. 손님."

"직접 만들어 주는 거지? 기대해도 되나?"

주문을 받아 적은 정원이 돌연 혀를 쏙 빼물었다.

"메롱이다. 흥!"

시시각각 변하는 표정이 어찌나 솔직한지 이럴 때의 그녀는 세상 물정 모르는 아이 같았다. 언제 어느 때나 군더더기 없이 명확하다. 그런 단순하고 분명한 점이 현성은 못내 좋았다. 그래서 지금껏 지켜보고만 있는지도 모르겠다. 지금까지는 그대로도 좋았다. 지금까지는.

"마스터, 현성이 커피는 제가 준비할게요."

정원은 마침 윤주의 커피를 내리는 진하에게 양해를 구했다. 흘깃 돌아보는 그의 표정은 여전히 이해 불가, 하라는 건지 말라는 건지 모르겠다. 정원은 아랑곳하지 않고 씩씩하게 커피머신 앞에 섰다. 현성 덕분에 얻은 직장이었으니 그녀의 작품을 음미할 자격은 충분했다. 그래 봐야 가장 기본인 에스프레소 추출에 불과했지만 말이다.

두 사람 사이에 맴도는 묘한 어색함을 지켜보던 윤주가 불쑥 끼어들었다.

"진하 씨, 너무 무뚝뚝하게 그러지 말고 정원 씨한테 좀 잘해 줘요. 안 그래도 낯설 텐데."

역시나 대답 없는 그를 보며 윤주가 배시시 애교 있게 웃었다.

"정원 씨가 이해해요. 원체 말이 적은 사람이라."

"아, 네."

편들어 달라고 한 것도 아닌데 웬 과분한 친절일까. 서툰 손

길로 커피를 준비하는 정원을 보며 윤주가 다시 말을 이었다.

"정원 씨, 이제 카페에 좀 익숙해졌나 봐요? 커피도 만들고?"

"아직 멀었어요. 그냥 기본 에스프레소 추출만 하는 걸요."

"하긴, 꽃 관리만도 까다롭죠? 보기보다 종류가 많아서 쉽지 않을 거예요."

"그래도 보고 있으면 기분이 좋아져요. 예쁘니까."

사근사근 물어오는 질문에 가볍게 대답하던 정원이 문득 미간을 찌푸렸다.

왜일까. 더없이 친절한데도 뭔지 모르게 자꾸 거슬린다. 정원은 사실 그녀가 이쯤에서 관심을 좀 꺼 줬으면 싶었다. 하지만 윤주는 한술 더 떠 진하까지 걸고 넘어졌다.

"진하 씨도 말 좀 해 봐요. 설마 이 사람 계속 이랬어요?"

"아, 저는 괜찮은데요."

"괜찮기는······. 앞으로 계속 같이 일하려면 서로 좀 편해져야죠."

솔직히 정원은 그의 침묵보다 과하게 친절한 윤주가 더 불편했다. 애써 편하게 지내고 싶은 생각도 없었다. 그가 친절하게 말을 걸다니 상상조차 되지 않는다.

"전 정말 괜찮아요. 신경 쓰지 마세요."

"에이, 괜찮을 리가 없잖아요. 진하 씨도 그러는 거 아니죠. 사람 불편해하는 거 알면서."

도대체 누가 불편하다고 했단 말인가. 친절도 이 정도면 괜한 참견이 아닐 수 없었다. 그때였다. 잠자코 지켜보던 진하가 불쑥 입을 연 것은.

"윤주 씨가……."

"응? 뭐요?"

'상관할 일이 아니야.' 진하는 무심코 뱉으려던 말을 애써 삼키며 고개를 저었다.

"아니, 아무것도 아니야."

"무슨 말인데 하다 말아요?"

진하의 안색을 살피는 윤주의 미소가 불안하게 흔들렸다. 그가 무슨 말을 하려는지 모를 사람이 아니었다. 그녀가 이토록 예민하게 반응하는 이유도 짐작이 됐다. 그만큼 정원에게 유난히 퉁명스러운 것이 사실이었다. 하지만 그 또한 일일이 설명해야 할 이유는 없다. 답답한 마음에 순간 팽팽하게 유지하던 경계가 툭 끊어졌다.

"윤주야."

"알았어요."

"그만 좀……!"

"아, 알았다고요."

묘한 긴장감에 정원이 커피를 들고 어정쩡하게 서 있었다. 분명 윤주와 대화를 나누고 있었던 것은 그녀였다. 그런데 이 이상한 분위기는 뭐란 말인가. 이럴 땐 모른 척 비켜 주는 것이 예의다.

슬그머니 자리를 벗어난 정원이 낮게 한숨을 쉬며 현성이 앞에 커피를 내려놓았다.

"뭐야?"

"뭐긴, 커피지."

에스프레소 더블 샷. 현성이 입꼬리를 말아 올리며 삐죽거렸다.

"내가 주문한 건 이게 아닌데요."

"아무래도 착각을 하신 거 같아서요. 원래 취향대로 가져왔는데, 바꿔 드릴까요?"

주로 밤에 작업을 하는 현성은 늦은 시간에도 에스프레소를 즐긴다. 현성이 맞은편에 앉아 뻔뻔하게 웃는 정원을 보며 실소를 흘렸다.

"하, 아무튼 누가 말려."

"내가 빨래니, 말리게."

"됐네요. 그걸 지금 농담이라고 하냐."

"다른 건 연습 좀 하고 익숙해지면 그때 만들어 줄게. 까다로운 강현성이한테 반품 안 당하려면 어쩌겠니. 아니면 마스터한테 다시 만들어 달라고 할까?"

현성이 당장 일어서려는 듯 들썩이는 정원을 보며 짓궂게 빙글거렸다.

"올해 안에 맛볼 수는 있는 거야?"

"뭐, 마스터만큼은 못 하겠지만 흉내는 낼 수 있지 않겠어?"

"과연."

"그러게, 과연."

현성은 역시 좋은 친구였다. 간만에 긴장하지 않고, 눈치 보지 않고 편하게 말할 수 있는 친구를 보니 그동안 답답했던 마음이 한결 풀리는 기분이었다.

정원의 시선이 문득 뒤쪽에 앉아 있는 윤주에게 닿았다. 그리고 언제 그렇게 심각했냐는 듯 다정하게 웃고 있는 그녀의 모습에 무심코 눈살을 찌푸렸다.

"그나저나 정윤주 씨, 너네 누나 친구라며? 현정 언니 말고 누나가 또 있었어?"

"응, 큰누나."

현성과 알고 지낸 지 삼 년. 한 살 위 누나 현정과 부모님은 졸업식 때 잠깐 인사를 나누기도 했다. 외국에서 공부 중이라는 큰형에 대해서도 들었지만 큰누나는 금시초문이다. 정원이 이어지는 설명을 기다리며 눈을 반짝였다.

"윤주 누나는 어릴 때부터 가족처럼 지내서 친누나나 같아."

"아. 그럼 사장, 아니 마스터 아저씨는 정윤주 씨를 통해 알게 된 거야?"

"그런 건 아니고……. 그냥 아는 형이야."

무언가 미진한 느낌이 들었지만 정원은 당장 궁금한 것부터 캐물었다.

"근데 저 두 사람 사귀는 사이니?"

"어떻게 보이는데?"

"뭐, 잘 어울리는 거 같기는 해."

"그래, 잘 어울리지."

사뭇 건조한 어조에 정원이 고개를 갸웃했다.

"정윤주 씨도 아니면 마스터랑은 대체 어떻게 아는 사인데?"
"그냥 아는 사이야."
"그러니까 그냥 어떻게……. 그냥 아는 사이가 어디 있니? 어째 말 돌리는 게 수상해."
"별 게 다 수상하네."

항상 분명하고 정확한 강현성이 오늘따라 슬슬 말을 돌리는 것도 이상했다. 하지만 현성은 아무렇지도 않게 화제를 바꿨다.

"은정원이, 첫 직장 소감이나 들어 보자. 일은 할 만해?"
"뭐 그럭저럭……, 이 아니고."

정원이 목소리를 살짝 낮추며 삐죽거렸다.

"저 아저씨 원래 그러니? 아니면 나한테만 그러는 거니?"
"무슨 소리야?"
"그게……."

막상 따지고 들려니 왠지 유치해지는 기분에 정원이 잠시 머뭇거렸다. 하지만 말을 꺼낸 이상 쉽게 물러설 현성이 아니었다.

"그게 뭐? 왜 말을 하다 말아?"

무어라고 해야 할까. 얼음마스터가 자신을 싫어한다고? 아니면 윤주라는 여자의 눈빛이 거슬린다고? 생각해 보면 무엇 하나 명확한 것이 없었다.

뚱하니 입술을 빼물고 있던 정원의 시야에 평소의 과묵함은 어쩌고 윤주의 말에 고개를 끄덕이는 진하가 들어왔다. 순간 그동안 꾹꾹 눌러왔던 불만이 툭 튀어나왔다.

"사람을 무시하는 것도 유분수지, 입에 본드를 발랐나."

현성이 비죽 웃으며 바로 아는 척을 했다.

"아, 난 또 뭐라고. 형이 말을 좀 아끼는 편이긴 하지."

"조옴? 넌 그게 아끼는 걸로 보이니? 진심 그렇게 생각하는 건 아니지?"

"하하. 형이 표현도 없고 무뚝뚝하긴 해. 그래도 겪어 보면 알겠지만 좋은 사람이야."

속편한 현성의 대답에 정원이 급기야 버럭 인상을 썼다.

"퍽이나! 좋은 사람이 지난겨울에 다 얼어 죽었다니? 대놓고 사람 말을 씹으며 무시하는데, 대체 어딜 봐서 좋은 사람이야?"

"에이, 뭔가 오해를 한 거겠지. 형이 얼마나 젠틀한데."

순간 정원의 목소리가 저도 모르게 높아졌다.

"젠틀? 젠틀이 언제 무매너에 개무시로 변했데? 두 번만 젠틀했다간 내가 화병으로 돌아가시겠단 말이지!"

"하하, 천하의 마이페이스 은정원 씨가 왜 이러시나. 언제부터 그런 데 신경을 다 쓰셨어요."

"그거야……! 아, 됐다. 내가 말을 말아야지."

불만 가득한 정원의 눈빛에 현성이 얄밉게 속을 질렀다.

"왜? 그 사이 형한테 관심이라도 생기셨나?"

"뭐어! 미쳤니?"

정원이 펄쩍 뛰며 소리를 질렀다. 동시에 무심한 진하의 시선과 의미심장하게 반짝이는 윤주의 눈동자가 그녀를 향했다. 머쓱해진 정원이 배시시 웃어 보이고는 고개를 낮게 숙이며 현성을 윽박질렀다.

"강현성, 너어! 죽을래?"

"오호, 반응이 제법 과격하잖아? 진짜 뭔가 있나 본데?"

"아, 진짜……!"

"훗! 그냥 본인 일이나 확실하게 하세요. 간단하잖아."

그제야 멈칫 정신을 차린 정원이 커다란 눈을 천천히 깜빡거렸다. 그 모습에 현성이 설핏 실소를 흘렸다.

"뭐, 다른 걸 바라셨나?"

"아, 아니, 그건 아니지만……."

어찌나 단순하신지. 그녀를 보고 있으면 시도 때도 없이 웃음이 나와서 좋았다. 사실 말은 그리했지만 현성이 더 잘 알고 있었다. 진하가 생각보다 훨씬 어려운 사람이라는 것도, 윤주가 보기보다 많이 불안정하고 복잡한 성격이라는 것도.

매사 단순 명료한 정원으로선 절대 이해할 수 없을 것이다. 극과 극. 절대 섞일 수 없는 부류의 사람들도 있는 법이다. 하지만 정원이라면 늘 그렇듯 혼자서도 씩씩하게 잘 지내리라 생각했다.

"형이 말이 좀 없어서 그렇지, 무리한 요구를 할 사람도 아니고. 카페 일만 잘해 주면 별문제 없을 거야."

"그건 뭐……, 그렇겠지."

낮게 중얼거린 정원이 고개를 들어 진하와 윤주를 물끄러미 바라보았다. 그렇게 각자 다른 생각을 담은 채 밤이 깊어가고 있었다.

별다른 일 없이 주말이 지나가고, 매주 월요일은 정기 휴무. 새로운 한 주를 시작하는 화요일이었다. 모자란 자재 입고를 위해 일찍 출근한 정원이 윤주를 도와 교체할 꽃들을 정리하고 있었다.

"그럼 이 꽃들은 다 어떻게 해요?"

"그냥 폐기 처분해요. 상태 괜찮은 건 수강생들 연습용으로도 좀 쓰고……."

정원이 눈을 동그랗게 떴다.

"에? 환불은 안 되고요?"

"환불이요?"

윤주가 속도 모르고 가볍게 웃었다.

"호호. 수공비 없이 원가만 받고 있는걸요. 안 그럼 이 가격이 나올 수가 없죠. 다른 숍엔 비밀이에요. 알죠?"

"아, 네에."

다른 숍을 알 게 뭐란 말인가. 정원은 눈앞의 상황을 도무지 이해할 수가 없었다. 이건 아무리 따져 봐도 명백한 적자였다. 절반도 팔리지 않는 꽃을 일주일에 두 번이나 들여놓다니.

솔직히 그 가격이라는 것도 별 의미가 없었다. 마진 없이 원가로 판매해도 일반 꽃집에 비해 확연히 비싸서 아무리 예쁘다 한들 매출이 많지 않았다. 쓸데없이 가짓수만 많고, 다루기 힘들고, 손 많이 가고, 이래서야 인건비도 안 빠지겠다.

"도대체 이걸 왜 하는 거야?"

윤주가 카페 안으로 들어가고 혼자 남은 정원이 새삼 떨떠름한 눈으로 호사스럽게 반짝이는 꽃들을 흘겨보았다.

"니들, 대체 정체가 뭐니? 수상해, 아주 마이, 진짜, 완전 수상해."

정작 묻고 싶은 사람은 따로 있었지만 정원은 사정상 - 그놈의 사적인 관심이 뭔지! - 버릇처럼 대답 없는 꽃들을 닦달했다. 솔직히 꽃이고 카페고 사람이고 할 것 없이 전부 다 수상하다. 알면 알수록 이상한 구석이 많은 곳이었다. 카페 <그꽃>은.

정원이 재고 정리까지 마치고 카페로 들어서자 마침 일어서던 윤주가 밝게 웃어 보였다.

"그럼 정원 씨, 이따 봐요."

"네?"

"나도 오늘이 유일하게 한가한 날이라. 저녁에 현성이랑 보자고 했어요. 괜찮죠?"

"그걸 왜……?"

자신에게 물어보는 것일까. 무심코 반문을 하던 정원은 너무나 해맑은 윤주의 눈빛에 그냥 고개를 끄덕였다.

"아, 네."

왠지 모르지만 무조건 그래야만 할 것 같은 느낌. 첫날 이후로 내내 친절하고 다정하게 웃어 보이는데도 윤주는 여전히 무언가 불편한 감정을 일으키는 사람이었다. 변함없이 무심한 진하와는 또 다른 의미로.

보통 카페가 가장 바쁠 저녁 시간. 하지만 카페 <그꽃>은 어둠이 내리고 밤이 깊어가는 데도 여느 때와 다르지 않았다. 한 가지를 제외하고.

도무지 반가워지지 않는 불청객이 하나, 틈만 나면 도장을 찍는 진상이 또 하나. 윤주와 현성, 두 사람이 너무나 자연스럽게 자리를 잡고 있었다.

'아놔, 이 분위기 싫단 말이지.'

현성에게 내줄 커피를 준비하는 정원을 잠시 바라보던 윤주가 가볍게 말을 붙였다.

"현성이랑 사이가 좋네요."

"미운정이라고 아세요?"

"미운정이 더 무섭다던데, 어쩌나."

진짜 하고 싶은 말이 뭘까. 그녀의 말속에 다른 의미가 담겨 있는 듯 느껴지는 것이 과연 착각인지 정원은 자신할 수가 없었다. 윤주가 알 수 없는 눈으로 정원을 빤히 보더니 불쑥 딴소리를 한다.

"현성이 좋은 남자예요."

"좋은 친구이기도 하죠."

"정말 그렇게 생각해요?"

커피를 들고 자리를 뜨던 정원이 애매한 물음에 고개를 갸웃했다.

"뭐가요?"

"아, 아니에요. 아무튼 두 사람 보기 좋아요."

"두 분도 보기 좋아요."

"고마워요."

낮게 깔리는 애잔한 음성에 정원은 무심코 윤주를 돌아보았다. 하지만 커다란 커피잔에 가려진 그녀의 눈빛을 읽어내기는 어려웠다.

두어 자리 있던 손님들도 일어서고 다시 조용해진 카페를 둘러보던 윤주가 갑자기 생글생글 웃으며 목소리를 높였다.

"다들 저녁 전이죠? 진하 씨, 새 매니저도 들어왔는데 회식 한번 안 해요? 마침 손님도 없고, 저녁도 먹을 겸 우리 회식 어때요?"

"네? 아, 저 괜찮은데……."

난데없는 제안에 놀란 정원이 자리에서 벌떡 일어났다. 회식이라니. 안 그래도 불편한데 비싼 밥 먹고 체할 일 있나. 절대 사양이었다. 그런데 그녀가 잠시 머뭇거리는 사이 현성이 초를 쳤다.

"나도 찬성! 역시 누난 센스가 있다니까."

윤주가 돌아앉으며 싱긋 웃었다. 확실히 오랜 세월 함께해 온 듯 스스럼없는 태도가 자연스러운 두 사람이었다. 그래도 그렇지, 당사자의 의견은 듣지도 않고 자기들끼리 신이 났다.

갑작스러운 상황에 난감해진 정원이 간절한 눈으로 진하를 보았다. 그러면 누가 뭐라 하든 냉정하게 No라고 하지 않을까. 하지만 웬걸, 고개를 젓지 않는다.

정원은 어느 결에 윤주와 나란히 카페를 나서고 있는 진하의 뒤통수를 지그시 노려보았다. 천하의 얼음마스터도 저 불여시

같은 여자에겐 약한 것일까. 정원은 어느새 종잡을 수 없는 감정 변화를 보이는 윤주를 불여시라 정의내리고 있었다.

네 사람이 도착한 곳은 고급 전통 일식집이었다. 으레 있는 간단한 회식을 생각했던 정원의 눈이 휘둥그레 커졌다. 작은 카페 회식을 이런 곳에서 하다니, 도대체가 상식을 뛰어넘는 사람들이 아닌가 말이다. 하지만 놀란 것은 그녀뿐인 듯 다들 당연한 얼굴로 자연스럽게 자리를 잡고 앉는다.

커다란 상 가득 화려하게 장식된 요리들을 보고 눈을 반짝이던 정원이 문득 이상한 느낌에 고개를 들었다.

맞은편에 앉은 두 남녀 사이에 묘하게 어색한 분위기가 돌았다. 연인이라고 보기엔 너무나 정중하고 조심스럽다. 하지만 정원의 생각은 길게 이어지지 않았다. 어느새 돌아가며 일본주를 따라 주던 진하의 시선이 그녀를 향하고 있었다.

"아, 고맙습니다."

급하게 술을 받은 정원이 예의상 그에게도 잔을 권했다.

"됐습니다."

그가 손을 들어 정원을 막더니 자신의 잔에 스스로 술을 따른다. 반쯤 일어났던 정원이 머쓱한 얼굴로 엉거주춤 자리에 앉았다. 사람 무안하게 만드는 것도 재주라면 재주다. 정원의 눈치를 살핀 현성이 빙긋 웃으며 설명을 보탰다.

"형은 여자한테 술 따르게 안 해. 정원이 너도 그런 거 싫어하잖아. 잘됐네."

"아, 그래?"

그럼 그렇다고 말을 해야지. 아무튼 발전이 없다. 현성이 이번엔 진하를 보며 말을 이었다.

"형도 참 그렇다. 그렇게 대뜸 거절부터 하면 오해하잖아. 정원이 앤 단순해서 말 안 하면 모르거든?"

정원이 대뜸 현성을 흘겨보았다. 편들어 주는 건 좋은데 어째 말끝이 이상하다.

"왜? 내 말이 틀려?"

그녀를 돌아보며 빙글빙글 웃는 모양이 한 대 때려 주고 싶을 만큼 얄미웠다. 하지만 어쩌랴. 사실이 그러한 것을.

정원은 문득 여전히 자신에게 닿아 있는 진하의 시선에 놀라 눈동자를 굴렸다.

'응? 왜 또? 뭐? 아, 몰라. 그러든지 말든지.'

정원은 눈앞에 가득 차려진 화려한 음식으로 관심을 돌렸다. 썩 내키는 자리는 아니었지만 어찌됐든 그녀를 위한(?) 회식이었으니 양껏 먹어 줄 테다. 본격적인 정원의 젓가락질에 윤주가 의외라는 듯 미소를 지었다.

"정원 씨 보기보다 잘 먹네요."

"아직 시작도 안 했는걸요."

정원의 대답에 현성이 짓궂게 웃으며 끼어들었다.

"그럼, 아직 멀었지. 그런 의미에서 이거도 먹어 봐."

현성이 내민 젓가락에 정체불명의 분홍빛 물체가 대롱거렸다. 그런데 무엇이든 거뜬히 해치울 것 같던 정원이 소스라치게 놀라며 냅다 소리를 질렀다.

"으왓! 뭐, 뭐야!"

진하와 윤주의 시선이 정원을 향했다. 하지만 현성은 아랑곳하지 않고 정원에게 젓가락을 쓱 디밀었다.

"개불이라고, 보기는 이래도 맛있어. 한번 먹어 봐."

정원이 생긴 것 못지않게 해괴한 이름의 그것을 피해 풀썩 물러앉았다.

"싫엇!"

"내가 헛소리 하는 거 봤어? 진짜 맛있다니까. 눈 딱 감고 한 번만 먹어 봐."

어느새 벽에 딱 붙어 앉은 정원이 단호하게 고개를 저으며 현성을 노려보았다.

"싫다니까! 강현성 너어! 이거 빨리 안 치워? 죽고 싶니!"

"안 먹으면 후회할 텐데……. 정말? 진짜라니까?"

빙글빙글 웃으며 권하는 현성의 눈빛에 고의성이 다분해 보였다. 행여 젓가락이 다가올까 눈을 부릅뜬 정원이 급기야 주먹을 불끈 쥐고 으름장을 놓았다.

"너 알면서 일부러 그러는 거지? 맞을래?"

"나 참. 그럼 낙지, 오징어는 어떻게 먹나?"

자못 집요하게 굴던 현성이 들고 있던 개불을 입에 넣으며 빙글거렸다. 그제야 슬금슬금 벽에서 떨어진 정원이 어물쩍 자리에 앉으며 현성을 구박했다.

"그건 발이 아니라 다리거든?"

"갖다 붙이기는……. 그거나 그거나 뭐가 달라."
"다리는 마디로 구분하지 않는단다."

정원이 벌게진 얼굴로 나름의 기준을 확실하게 못 박았다. 안 그래도 이래저래 불편한 회식 자리건만 이 무슨 망신인지 모르겠다. 짓궂은 현성이 오늘따라 원망스러울 따름이었다. 그런데 윤주가 분위기 파악 못 하고 불쑥 끼어들었다.

"두 사람, 무슨 얘기예요?"
"아. 얘가, 은정원 식으로 말하자면 발 많은 거랑 발 없는 걸 질색하거든. 그러니까 지렁이나 뱀 같이 꾸물꾸물 바닥을 기어 다니는 그런 거."
"그럼 발 많은 건?"
"지네, 거미 그런 거 있잖아. 왜, 발 많은 벌레 종류."
"호호. 정원 씨 안 그럴 거 같은데 의원걸요?"

악의 없이 생글거리는 윤주를 슬쩍 건너본 정원은 애써 딴청을 피웠다. 그래도 싫은 건 싫은 거다.

뒤처리는 장담할 수 없지만 정원도 바퀴벌레 정도는 커다랗고 무거운 책만 있으면 던져서 잡을 수 있었다. 말 그대로 발 없는 것과 발 많은 걸 조금 더 싫어할 뿐.

뭐, 그래, 좀 많이 싫어한다. 아니, 아주 많이 싫어한다. 사실은 정말, 기절하게 싫었다.

문득 고개를 돌리니 진하가 또 정원을 빤히 보고 있었다. 어째 옆에 앉은 윤주보다 그녀와 더 자주 눈을 마주치는 것 같았다. 그것도 꼭 난감한 순간만 골라서.

그렇게 보면 뭐? 어쩌라고? 흥! 메롱이다. 예의 무심한 듯 고요하게 가라앉은 그의 시선에 정원이 버릇처럼 혀를 쏙 내밀었다. 그리고 이내 소스라치게 놀라 고개를 홱 돌렸다.

'미쳤어, 미쳤어! 아우, 내가 못 살아. 죽자, 죽어.'

이게 다 저 눈빛 때문이다. 그 차갑고 무심한 눈동자와 마주치면 잘못한 것도 없이 일단 멈춤 상태가 됐다. 그리고 아무 생각 없이 말도 안 되는 실수를 하는 것이다. 지금처럼.

"갑자기 왜 그래? 뭐 또 문제 있어?"

현성이 당황스러워하는 정원의 안색을 살폈다.

"응? 아, 저, 저기……."

"어디 불편해?"

"아니! 그게 그러니까…… 아, 혀, 혀를 깨물어서."

아악! 이 멍청이! 핑계를 대도 꼭!

무심코 둘러대던 정원은 여전히 자신을 향하고 있는 진하의 시선에 순간 입 밖으로 비명이 튀어나오는 줄 알았다. 정말이지 눈앞에 쥐구멍이 있다면 이유 불문 들어가고 싶은 심정이었다. 그 와중에 현성은 의심 없이 가볍게 웃어넘긴다.

"하하, 천천히 먹어. 아무도 안 뺏어 먹는다."

"천천히 먹고 있거든?"

"아, 네. 천천히 많이 드세요."

뭐가 그리 좋은지 정원은 속도 모르고 웃는 현성에게 괜스레 짜증이 났다. 그리고 그런 자신의 모습에 지그시 입술을 깨물었다.

'정신 차리지? 현성이는 무슨 잘못이니.'

가볍게 툭탁거리는 두 사람을 흐뭇하게 바라보던 윤주가 불쑥 진하를 끌어들였다.

"정원 씨 귀여운 데가 있었네요. 그죠, 진하 씨?"

순간 서늘한 그의 입가에 설핏 미소가 스친 것 같았다. 얼씨구? 웃어? 정원은 자신이 메롱 한 것은 까마득히 잊고 멀뚱히 진하를 쳐다보았다.

'저 아저씨, 지금 나 비웃은 거지? 쳇!'

왠지 입안이 깔깔한 느낌에 정원이 뚱한 얼굴로 중얼거렸다.

"제가 원래 좀 귀엽죠."

"그러게요."

"에……, 농담인데 그렇게 덥석 인정하시면, 하하."

어색한 정원의 웃음에 윤주가 오히려 정색을 했다.

"왜요? 사실이 그런데."

"아, 네에. 고맙습니다."

역시 강적이다. 더 이상 말하기를 포기한 정원이 넙죽 인사를 하고 눈앞에 펼쳐진 요리들로 관심을 돌렸다.

'아, 몰라. 이왕 이렇게 된 거, 먹는 게 남는 거지.'

고민한다고 결과가 바뀌는 것도 아니지 않은가. 어차피 뻔친 망신살 더 이상 가릴 것도 없었다. 정원은 오로지 음식에만 집중하기로 마음을 먹었다.

현성과 윤주는 더없이 친숙한 분위기가 정말 친오누이 같았다. 솔직히 연인이라는 진하보다 현성과 더 가까워 보여서 오히려 이상할 정도였다.

사실 나란히 앉은 두 사람에게선 생각했던 것과 다르게 연인다운 분위기가 전혀 느껴지지 않았다. 한 걸음 떨어져 보면 여전히 그림처럼 잘 어울리는 커플인데 정작 가까이서 보면 보이지 않는 벽이라도 있는 듯 어색한 거리감이 느껴진다.

'이건 대체 뭐가 어떻게 되는 거야.'

정원은 모두들 웃고 떠드는 와중에도 홀로 떨어져 고요한 진하가 마음에 걸렸다. 간혹 고개를 끄덕이거나 짧게 대답은 했지만 묘하게 겉도는 느낌은 없어지지 않았다. 정원이야 잘 모르는 사람이니 그렇다 쳐도, 현성과 윤주는 외떨어진 그가 정말 아무렇지도 않은 것일까.

정원은 음식들을 열심히 먹으면서도 도무지 이해할 수 없는 그들의 관계가 새삼 궁금해졌다. 세 사람 사이에 흐르는 이 기묘한 이질감을 어떻게 설명해야 할까. 그녀가 모르는 무언가가 더 있는 것이 분명하다.

6. 누구에게나 하나쯤은 있는

 회식은 의외로 간단하게 끝났다. 윤주와 현성은 2차까지 가자고 졸라댔지만 역시나 얼음마스터에게 더 이상의 예외는 없었다. 진하가 차를 세워둔 학교까지 윤주를 에스코트하고 현성은 정원과 함께 버스를 기다렸다.
 늦은 밤, 심야버스 정류장은 인적 없이 고요했다. 저만치 멀어지는 두 사람의 뒷모습을 물끄러미 바라보던 정원이 불쑥 물었다.
 "저 두 사람 진짜 사귀는 거 맞아?"
 "왜?"
 "그냥 분위기가 왠지 좀 그래서."
 "신경 끄세요."
 자못 단호한 현성의 대답에 정원이 고개를 갸웃했다.
 "아니, 뭐 딱히 신경 쓴다기보다. 이상하잖아."

"뭐가 그렇게 이상해. 이상할 것도 많다."

"넌 그럼 저게 정상으로 보이니?"

처음으로 가까이서 지켜본 바, 정도의 차이가 있을 뿐 얼음마스터의 차갑고 서걱한 시선은 윤주라고 다를 것이 없었다. 더구나 연인이라고 보기엔 너무나 멀게 느껴지는 분위기였다.

순간 현성의 눈빛이 무겁게 가라앉았다.

"그냥 모른 척해. 그럴 만한 사정이 좀 있어."

자꾸 대답을 미루는 품새가 왠지 더 의심스럽다. 정원이 자 못 집요하게 현성을 다그쳤다.

"솔직히 불어. 너야말로 저 두 사람이랑 진짜 무슨 관계야?"

"어허, 은정원 씨가 언제부터 남 일에 그렇게 관심이 많으셨나."

"너도 저 얼음마스터랑 종일 있어 봐라, 그런 말이 나오나."

"뭐? 얼음마스터? 형이? 하하하."

정원이 속편하게 웃어대는 현성을 못마땅하게 쳐다보았다.

"내가 어지간히 싫은가 봐. 찬바람이 쌩쌩 분단 말이지."

"또 그 소리. 형이 정원이 널 언제 봤다고 싫어하겠어. 서로 잘 알지도 못하잖아."

"내 말이. 그런데 대체 왜 그러는 거냐고요."

"씩씩한 거 빼면 시체인 은정원 씨가 언제부터 이렇게 소심해지셨나."

"그러게나 말이다."

현성의 말이 틀리지 않음을 정원 자신이 가장 잘 알고 있었다. 어차피 정해진 답도 없는데 열 번, 백 번 생각해 봐야 무엇 할까. 그럼에도 풀리지 않는 감정이 낯설어 자꾸만 돌아보게 된다. 무언가 놓치고 있는 것 같은, 무언가 다른 이유가 있을 것 같은 이 애매한 느낌을 어떻게 설명해야 할까.

현성이 그녀의 어깨를 툭 치며 빙긋 웃었다.

"기운 내. 아직 낯설어서 그렇겠지. 익숙해지면 괜찮을 거야."

"그럴까."

정원은 언제나 그렇듯 항상 웃는 얼굴로 응원해 주는 현성이 새삼 고마웠다. 타인의 일에 무심한 그가 유난히 챙기는 사람 중 하나가 그녀임을 정원도 모르지 않았다. 일도 많고 탈도 많은 그녀인지라 무언가 해 주기는커녕 항상 도움만 받는 것도 사실이었다. 그럼에도 현성은 항상 기다렸다는 듯 달려와 말없이 곁에서 힘이 되어 주었다.

가끔은 왜 이렇게 잘해 주는지 의문이 들기도 했지만 정원은 딱히 물어보지 않았다. 굳이 이유를 따지는 것도 우스울 것 같아서. 진심이란 말하지 않아도 알아지는 것이니까.

정원은 눈앞에 서 있는 강현성이란 친구를 믿었다. 한 치의 의심도 없이 진심으로. 가진 것이 많지 않아 줄 것은 없지만 마음만은 항상 그랬다.

"현성아."

"응?"

"고맙다."

"뭐가?"

"그냥 다."

"싱겁기는."

현성이 낮게 웃으며 길게 늘어진 그녀의 머리칼을 흩뜨렸다. 괜히 멋쩍어진 정원이 모른 척 버스가 오는 쪽으로 시선을 돌렸다. 동시에 현성의 입가에 걸린 미소가 슬며시 지워진다.

'으이그, 이 미련 곰퉁이.'

지켜보는 것만으로도 좋았지만 현성은 사실 지켜볼 수밖에 없었다. 지금처럼 한 치의 의심도 없이, 온전히 믿는 얼굴로 솔직하게 '고맙다' 말할 때면 더 이상 어찌 다가서야 할지 알 수가 없어진다. 어찌나 올곧게 단순하신지, 그녀의 커다란 눈에 가득한 믿음이 자칫 흐려질까 두려운 것도 사실이었다.

진퇴양난. 처음부터 친구로 시작한 것이 문제였던 걸까. 다른 여자 같으면 벌써 넘어와도 수백 번 넘어왔을 텐데, 정원은 모든 것을 곧이곧대로 가감 없이 받아들였다. 언제부턴가 현성에겐 친구라는 벽이 세상 무엇보다 두껍고 단단하게 다가왔다.

정원과 알고 지낸 지 이제 삼 년. 편한 이성 친구라 생각했던 그녀가 어느 순간 소리도 없이 마음에 들어와 있었다. 처음 자신의 감정을 깨닫고 현성도 많이 놀랐다. 지금까지 만나왔던 여자들과는 너무나 달라서 당황스럽기도 했다. 하지만 현성은 이미 그녀에게 너무 많이 익숙해지고, 너무 많이 알아 버린 후였다.

처음부터 정원이 좋았던 것은 아니었다. 사실 그때 현성의 상태는 최악이었다. 제대를 하자마자 사랑하는 누나 현화의 사고 소식이 날아들었다. 사랑하는 사람이 어느 날 갑자기 세상에서 사라졌다는 사실을 믿을 수가 없었다. 믿기지도 않았다.

눈으로 보고도 믿지 못할 일이건만 이역만리 타향에 있던 누나는 그렇게 흔적도 없이 어느 날 갑자기 사라져 버렸다. 사람이 어떻게 그토록 허무하게 가 버릴 수 있는지, 현성은 지금도 여전히 이해가 되지 않았다. 하지만 현실은 더없이 냉정하고 잔인했다. 그럼에도 아무것도 변하지 않는 세상이, 아무렇지도 않게 살아가는 사람들이 원망스러웠다. 그 모든 현실을 현성은 차마 인정할 수가 없었다.

비틀린 마음으로 세상을 향해 무작정 화를 냈다. 아무도 곁에 두지 않았다. 누구도 믿을 수 없었다. 그 깊은 수렁에서 현성을 꺼내 준 사람이 정원이었다.

언제부턴가 거침없이 솔직하게 부딪쳐오는 정원이 옆에 있었다. 자기와 상관도 없는 일에 끼어들어 사사건건 잔소리를 쏟아냈다. 맑고 깊은 눈으로 빤히 바라보며 따뜻하게 말을 걸었다. 그녀의 올곧은 진심이 얼마나 단단하고 깊은지, 햇살 같은 미소가 얼마나 따뜻한지 겪어 보지 않으면 모른다. 언제 어느 때고 웃음을 잃지 않는 그녀의 꿋꿋함이 얼마나 큰 힘이 되는지도. 그래서 절대 잃고 싶지 않았다.

정원은 어떤 상황에서도 항상 씩씩하게 치열하게 진심을 다했다. 사는 것이 버거워 자신을 위한 시간을 내는 것조차 빠듯했지만 그래도 항상 웃는 여자였다. 냉정한 현실 앞에 주저앉아 울고 화내기보다 한 발 더 앞으로 나아가기 위해 노력한다.

그래서 현성은 지금껏 지켜보며 기다릴 수밖에 없었다. 정원에게 스스로를 돌아볼 수 있는 조금의 여유가 생기기를. 한 발 뒤에 있는 그를 언제고 돌아볼 수 있게 되기를.

그리고 이제야 그 기회가 찾아왔다고 생각했다. 그런데 정작 눈앞에 데려다 놓으니 마음이 조급해진다. 그렇게 현성의 고민은 점점 깊어가고 있었다.

윤주는 한 발짝 떨어져 조용히 걷고 있는 진하를 물끄러미 바라보았다. 걷고 싶다는 그녀를 묵묵히 따라오는 그의 표정은 여느 때와 다름없이 무심했다. 그런데 그 무심함이 오늘따라 더욱 시리게 느껴지는 것은 왜일까.

선연하게 맑은 이마 아래 서늘한 눈매가 까만 밤하늘처럼 깊고 어두웠다. 파르라니 날 선 하얀 셔츠가 그림처럼 어울리는 남자. 하지만 그는 이렇듯 바로 옆에 있어도 항상 너무나 멀었다. 그녀가 다가서는 만큼 그보다 더 멀어진다. 절대 닿을 수 없는 신기루처럼.

그런 그의 시선이 종종 그 아이에게 머무르는 것을 어찌 이해해야 할까. 그 눈길에 윤주는 가슴이 서늘하게 내려앉는 기분이었다. 왜. 어째서.

'내가 지금 무슨 생각을……. 그럴 리가 없잖아. 아니야. 아닐 거야.'

꽃 같은 현화는 누구에게나 사랑받는, 사랑할 수밖에 없는 친구였다. 그런 현화를 사랑한 사람이기에 그 마음을 다시 여는 것이 얼마나 어려운 일인지 윤주 자신이 가장 잘 알고 있었다. 그래서 윤주는 정원에게 머무는 그의 시선엔 아무런 의미도 담겨 있지 않음을 믿어 의심치 않았다. 그럼에도 자꾸 조급해지는 마음이 새삼 서러워진다. 애써 마음을 다잡은 윤주가 고개를 들었다.

"이제 밤바람도 제법 따듯하네요. 봄은 봄인가 봐요."

묻는 말이 아니면 대답조차 잘 하지 않는 진하가 운전석을 열어 주며 윤주를 보았다. 그 말 없는 거리가 일말의 여지도 없이 선명하다.

"운전 조심해."

"진하 씨."

윤주는 한 걸음 뒤로 물러서는 진하를 무심코 불러 세웠다. 그리고 생각지도 않았던 말을 불쑥 내뱉었다.

"현성이가 아직 말 안 했죠?"

"?"

"정원 씨에 대해서요."

"무슨……?"

"걔도 참 무슨 생각인지. 설명도 않고 무작정, 진하 씨 입장 곤란해지게……."

갑작스러운 사고로 현화를 잃고 난 후, 진하는 감정조차 모두 지워낸 사람처럼 누구에게나 일정하게 거리를 두었다. 그런 그에게서 변화를 기대하기란 그만큼 어려운 일이기도 했다. 그 어떤 말로도 그의 시선을 멈출 수는 없었다.

잠시 망설이던 윤주가 멋쩍게 웃으며 고개를 저었다.

"아니, 아니다. 실수. 내가 나설 문제가 아닌 거 같네요. 현성이도 생각이 있을 테니까 조만간 얘기하겠죠. 아무튼 정원 씨는 믿어도 되지 싶어요."

두루뭉술한 설명에 진하의 눈빛이 그제야 얼핏 굳어졌다. 윤주가 못 말리겠다는 듯 피식 웃으며 가볍게 말을 돌렸다.

"그러니까 정원 씨한테 너무 빡빡하게 굴지 말라고요. 난 분명히 경고했으니까 나중에 딴소리하기 없기예요."

"내가 알아들을 수 있게 말해 줄 수 없나?"

더 이상의 설명 없이 차에 오른 윤주가 시동을 걸며 생긋 웃었다.

"나머진 현성이한테 직접 들으세요."

백미러 속에서 점점 작아지는 진하를 흘깃 돌아본 윤주는 새어 나오는 한숨을 지그시 삼켰다. 그는 역시나 두 번 묻는 법이 없었다.

지금으로선 그 무심함이 차라리 나을지도 모르겠다. 솔직히 윤주는 변화를 원하면서도 변화가 두렵기도 했다. 사람의 마음이란 어디로 흐를지 자신도 알 수 없으므로. 언제까지고 기다릴 수 있으리라 생각했건만 조급해지는 마음을 다잡는 것이 점점 더 어려워지고 있었다.

윤주의 차가 시야에서 사라지는 것을 지켜보던 진하가 뒤늦게 중얼거렸다.

"그 꼬맹이와 현성이라. 그런 거였나."

왜 이런 기분이 드는 것일까. 묘한 안도감과 함께 가슴 한구석이 서늘하게 내려앉았다. 자못 긴장이라도 하고 있던 것처럼.

진하의 사정을 뻔히 아는 현성이 난데없이 여자를 데리고 왔을 때 눈치챘어야 했다. 충분히 짐작할 수 있는 일인데도 눈앞에서 알짱대는 작은 여자가 거슬려서 미처 생각하지 못했다.

정원의 등장은 그만큼 갑작스러웠다. 그래서였을 것이다. 그동안 그녀에게 그토록 예민하게 반응했던 것은. 변한 것은 아무것도 없었다. 오히려 현성의 여자라는 사실에 마음 한 편 자리했던 불편함이 한결 가벼워지는 것도 같았다. 이런 미묘한 기분을 무어라 설명해야 할까. 이유를 알 수 없는 낯선 기분에 어색한 웃음이 새어 나왔다.

"하, 이거 난감하네."

아이처럼 혀를 내밀더니 지레 놀라 당황하던 모습이란. 진하는 순간 자신이 잘못 본 줄 알았다. 개불에 놀라 벽에 들러붙어서도 꿋꿋하게 현성을 협박할 때는 어이가 없다 못해 절로 웃음이 나왔다. 그조차도 이럴진대 현성은 오죽할까.

감정이 고스란히 묻어나는 동그란 눈동자와 변화무쌍한 표정이 신기할 정도로 솔직한 여자였다. 게다가 말로는 설명하기 난감한 그 엉뚱함이란. 하나부터 열까지 어디로 튈지 모르는 공 같았다.

그런 낯선 감정들이 불편한 그와 반대로 현성은 좋은 것이리라. 진하로선 여전히 이해할 수 없는 여자였지만 이상하게도 묘하게 수긍이 되었다.

문득 고개를 들자 파릇한 봄 향기가 코끝을 간질인다. 그는 여전히 겨울 한가운데 서 있건만 시간은 생각보다 빠르게 흘러 갔다. 그렇게 다시 찾아오지 않을 것만 같은 봄이 소리 없이 다가와 있었다.

예상치 못한 회식으로 집 앞에 도착하니 자정이 조금 안 된 시간이었다. 도로 가까운 곳은 신축한 원룸들이 즐비했지만 그 뒤로 복잡한 골목을 따라 십여 분 올라가면 오래된 빌라와 주택들이 얼기설기 모여 있었다. 그 중에서도 꽤나 외진 곳에 위치한 낡은 주택의 2층이 정원이 신세를 지고 있는 큰집이었다.

불이 꺼진 집 안은 어둠 속에 잠겨 고요했다. 조심스레 현관문을 열던 정원은 안방에서 새어 나오는 큰어머니 미숙의 날선 목소리에 놀라 멈칫 멈춰 섰다.

"그래서! 정원이 쟤는 대체 언제까지 저렇게 둘 건데요?"

"거, 사람. 왜 또 그러나."

나직한 큰아버지 경환의 음성과 어렴풋이 들리는 TV 소리로 보아 불을 끄고 잠자리에 들기 전인 듯했다.

"우리 정수가 왜 멀쩡한 집 놔두고 남의 집에서 눈칫밥을 먹어야 하냐고요."

"어허, 말을 해도……. 눈칫밥은 누가 먹는다고 그래?"

"아무리 제 집만 하겠어요? 제대를 하면 뭐하냐고요. 집에서 편히 쉬기는커녕 밥 한 끼 제대로 못 해 먹이는데! 못난 부모 때문에 학비 보탠다고 그 고생을……. 내가 원 속상해서!"

지난달 제대를 한 정수는 모자란 학비를 벌겠다며 바로 숙식 가능한 아르바이트를 시작했다. 착한 사촌 동생으로선 나름 정원을 많이 생각하고 배려한 것이리라. 큰아버지 경환은 내색하지 않았지만 큰어머니 미숙까지 그런 것은 아니었다.

듣다 못한 경환의 목소리가 대뜸 굳어졌다.

"행여 정원이 앞에선 그런 소리 말어!"

"왜요? 당신은 아들보다 조카딸이 더 중하죠?"

"지금 그런 말이 아니잖아."

"정원이 그것도 그래요. 아무리 우리 정수가 착해서 저러고 나가 있다지만, 어쩜 미안한 기색도 없어. 독한 것!"

"거참, 정원이 걔가 공으로 있어? 생활비도 꼬박 내는데. 도대체가 사람이……!"

경환이 정원을 두둔하자 미숙의 음성에 바짝 날이 섰다.

"그럼 먹여 주고 재워 주고 하는데 생활비도 안 내요?"

"이 사람이 정말!"

"나나 되니까 지금까지 거둬 먹였죠. 아무튼 내 아들 고생하는 거 더 이상은 못 봐요. 당신이 알아서 해요."

"걔 사정 뻔히 알면서 지금 그런 소리가 나와?"

"우리는 뭐 사정이 좋아서 여태 봐줬데요? 그리고 그 정도 했으면 됐지 뭘 더 해요?"

"우리가 해 준 게 뭐 있다고……."

"못 해 준 건 또 뭔데요? 우리 할 도리는 다 했어요!"

보통 경환이 안색을 굳히면 못 이기는 척 물러서는 미숙이었지만 오늘은 작정을 한 듯 날카로운 음성이 이어졌다.

"그동안 모아둔 돈도 있을 거고, 마침 취직도 했다니 그만 제 살길 알아보라고 해요."

"걔가 돈이 어딨어. 저번에 정연이 등록금도 보탰다며!"

"우리가 언제 보태 달랬어요? 지가 눈치 보이니 마지못해 내놓은 걸 내가 모를 줄 알아요?"

정원이 굳이 생활비를 내면서까지 큰집에 머무른 것은 혼자 남겨지는 것이 싫어서였다. 그래도 가족이니까. 미숙이 억지를 쓰자 한숨 섞인 경환의 타박이 이어졌다.

"당신도 그러는 거 아니야. 아무리 받을 게 따로 있지. 정원이 그게 벌면 얼마나 번다고 나도 모르게 그 돈을 넙죽 받아! 사람이 염치가 있으면 마음이라도 좀 곱게 써! 그 조그만 게 의지할 데 없이 혼자 된 거 딱하지도 않아? 사람이 대체 왜 그래."

"나라고 이러고 싶어 그래요? 내가 넉넉한데도 그러냐고요! 당신이 조금만 잘해 봐요. 내가 이러나. 솔직히 저도 할 만하니까 했겠지, 없으면 어떻게 해요?"

"……."

"말이 나왔으니 말이지 내가 뭘 그렇게 잘못했는데요? 왜 나만 나쁜 사람 만들어요? 나라고 정원이 딱한 거 몰라서 이래요? 그래도 내 새끼 힘들게 하면서까지 봐줄 수는 없는 거잖아요. 나도 정말 할 만큼 했다고요!"

미숙이 작정한 듯 내처 경환을 몰아댔다.

"그리고 솔직히 서방님 그리 됐는데도 정원이 저거 그 비싼 등록금 내면서 끝까지 학교 졸업하는 거 봐요. 당신이 몰라 그런 소릴 하는 거지, 생긴 거랑 다르게 얼마나 독한데. 그런 건 꼭 제 어미를 닮……."

"그만 못 해!"

경환이 갑자기 버럭 소리를 지르며 말을 잘랐다. 미숙도 당황했는지 급하게 말을 돌린다.

"아니, 이이가! 내가 뭐 틀린 소리 했어요? 다 큰 조카딸은 그렇게 안쓰러운 사람이 고생하는 처자식은 눈에도 안 보이지!"

"그만하랬지! 당신 정말 끝까지……!"

"아이고, 내 팔자야. 금쪽같은 내 새끼는 남의 집에서 고생하는데 어미라는 건 나이 꽉 찬 조카딸년 밥이나 해 주고 있고."

길어지는 미숙의 넋두리에 정신을 차린 정원은 그때까지 잡고 있던 현관문을 살그머니 닫았다. 그리고 작게 심호흡을 하며 다시금 소리 내어 문을 열었다.

"다녀왔습니다."

안방 문이 벌컥 열리더니 당황한 경환의 얼굴이 보였다.

"흠, 흠! 그, 그래, 정원이 이제 오냐."

"큰아버지, 아직 안 주무셨어요?"

"이제 자야지. 아, 엄마는 자니까 따로 인사할 거 없다."

현관문을 잠그고 돌아선 정원은 아무렇지도 않게 말을 받았다.

"저 내일부턴 늦을 거예요. 기다리지 마시고 먼저 주무세요."

"그래, 일은 힘들지 않고? 밤늦게까지 너무 무리하는 거 아니냐?"

"대신 오후에 출근하잖아요. 사장님도 좋은 분이고, 일도 어렵지 않아요. 걱정 마세요."

"그래. 피곤할 텐데 씻고 쉬려무나."

"네. 안녕히 주무세요."

꾸벅 인사를 하고 작은방으로 들어선 정원은 방문을 등진 채 턱 끝에 걸려 있던 긴 한숨을 토해냈다.

학생용 책상과 옷장, 이층 침대만으로도 꽉 차는 작은 방이었다. 애초 정원의 짐은 다 풀지도 못하고 좁은 베란다에 쌓여 있었다.

큰집도 처음부터 이렇게 형편이 나쁜 것은 아니었다. 작은 공장을 운영하다 자금난으로 부도를 맞았고, 계속되는 경기 침체에 회생할 방법이 없었다. 급한 대로 정수가 군에 입대를 하고서야 막내 정연을 겨우 입학시킬 수 있을 정도였다.

아버지가 돌아가시고 이제 2년. 지금은 기숙사가 있는 대학에 들어갔지만 정원은 고3 수험생인 정연과 방을 같이 썼다. 학비 문제로 정수가 군에 입대를 하고도 형편이 더 나빠져 집을 줄인 탓에 남는 방도 없었다.

큰아버지는 남자인 정수가 거실에서 생활하면 된다고 했지만 정원은 그렇게까지 할 생각이 없었다. 그녀라고 눈치가 없을까. 정원은 다음 학기가 시작하기 전에 작은 원룸이라도 구해 나갈 계획이었다. 그나마 당장 생활할 방을 구할 정도의 적금이 조만간 만기였다. 마침 안정적인 직장도 구하지 않았던가.

"그래도 뭐, 다행이잖아. 좋은 게 좋은 거라고……."

딱히 예상하지 못한 일도 아니었다. 사실 미숙의 말보다 혼자라는 생각에 서글퍼진다. 말은 그리하지만 미숙도 마음이 약한 사람이었다. 눈에 밟히면 있는 대로 다 퍼 주는 성격이어서 받은 것도 적지 않았다.

"엄마라……."

무심코 새어 나온 단어가 정원에겐 참으로 낯설고 어색했다. 다른 사람들에겐 분명 세상에 둘도 없이 친근하고 따뜻한 존재일 텐데 그녀에겐 아니었다. 애써 기억에서 지워낸 단어. 그럼에도 떠올릴 때마다 어김없이 가슴을 치는 존재.

정원이 네 살 때 죽었다는 엄마 영인은 사실 어딘가에 잘 살고 있을 것이다. 어른들은 그녀가 모르는 줄 알고 지금껏 쉬쉬했지만 네 살이면 그래도 어느 정도 기억이 남아 있을 나이였다. 그것이 아주 인상적인 장면이라면 더욱 선명하게.

꽃이 만발하던 어느 봄날, 정원은 꽃보다 예쁜 엄마가 눈물을 흘리며 미안하다고 말하던 모습을 영화의 한 장면처럼 또렷이 기억하고 있었다. 그 후로 다시는 엄마의 품에 안겨 보지 못했던 것도, 아빠가 슬퍼할까 봐 더 이상 엄마를 찾지 않았던 것도 모조리 기억한다. 그 기억 속에 엄마의 장례식 장면이 없었다는 사실조차도.

하지만 정원은 굳이 내색하지 않았다. 그들을 버린 엄마를 끝까지 마음에 담고, 어린 딸을 위해 항상 웃으며 곁을 지켜 줬던 사랑하는 아빠 선환을 위해서. 그렇게 기억 속에서조차 지워 버린 엄마라는 단어였다.

"하, 이제 와 무슨...... 씻고 잠이나 자자."

애써 무거운 생각들을 털어낸 정원은 옷을 갈아입고 살금살금 욕실로 향했다. 그 사이 부부는 잠이 들었는지 집 안은 여느 때처럼 고요하다. 간단하게 샤워를 하고 양치를 마친 정원은 거울에 비치는 자신의 얼굴을 새삼 멀거니 바라보았다.

"엄마란 말이지."

기실 정원은 아빠 선환을 닮은 구석이 많지 않았다. 굳이 닮은 곳을 꼽자면 남들보다 커서 작은 감정 변화도 선명하게 드러나는 까만 눈동자 정도일까.

선환은 어린 딸과 자신을 버리고 떠난 모진 사람임에도 엄마 영인을 끝까지 마음에서 놓지 않았다. 몇 장 남아 있지 않은 그녀의 사진 또한 소중히 간직했다. 그래서 정원은 자신이 엄마 영인을 더 많이 닮았다는 사실을 알고 있었다. 선환은 그조차도 좋아했지만 같은 이유로 정원은 가늘고 여려 보이는 외모도, 곱상한 얼굴도 마음에 들지 않았다.

어릴 때부터 정원은 누가 가르쳐 주지 않아도 그림 그리는 것을 좋아했고, 곧잘 따라 그렸다. 환하게 웃으며 좋아하는 선환을 위해서 더 열심히 그린 것도 있었다. 엄마라는 사람이 그 그림을 포기하지 못해 꿈을 찾아 떠났다는 사실을 알기 전까지.

고3, 입시를 얼마 남겨두지 않은 명절이었다. 모두 잠든 깊은 새벽, 화장실을 가다 우연히 어른들의 대화를 듣게 된 정원은 그 자리에서 그림을 포기하고 싶었다. 넉넉지 않은 형편에도 선환이 너무나 원해서 계속했을 뿐 별다른 미련도 없었다.
하지만 실망하는 아버지의 얼굴을 차마 볼 수가 없어서 정원은 끝내 그만두겠다는 말을 하지 못했다. 남겨진 딸이 유일한 희망이자 삶의 보람이었던 선환에게서 그 작은 행복마저 뺏을 용기가 나지 않았다. 그래서 모든 사실을 모르는 척 숨기고 웃었다.
정원은 웃는 모습이 선하고 우직한 아빠를 닮고 싶었다. 그래서 웃으며 혼자서도 열심히, 행복하게 살겠다고 약속했다.
문득 정신을 차린 정원은 애써 입꼬리를 말아 올리며 낮게 중얼거렸다.
"은정원, 웃어. 넌 잘할 수 있어. 울 아빠 딸이니까."
정원은 소중한 사람을 끝까지 지켜냈던 아빠 선환을 세상 누구보다 사랑했다. 그리고 그런 사랑을 버린 엄마라서 혼자가 되어 갈 곳이 없어도 찾지 않았다. 정원에게 엄마는 4살 때 죽은 사람이었다.

"안 돼! 헉!"
가위에 눌렸는지 식은땀을 흘리며 몸을 뒤채던 진하가 거친 숨을 몰아쉬며 번쩍 눈을 떴다. 순간 숨 쉬는 법을 잊어버린 듯 바로 돌아오지 않는 호흡에 애써 다잡은 시야가 흐릿하게 멀어진다. 무의식 저편 아득한 어둠이 다시금 스멀스멀 기어 나와 발목을 잡아당겼다.
"하아."

진하가 천천히 심호흡을 하며 무겁게 가라앉은 몸을 일으켜 세웠다. 식은땀으로 흠뻑 젖은 몸에 힘이 들어가지 않았다. 이제 익숙해질 법도 하건만 변함없이 반복되는 악몽 앞에서 진하는 여전히 아무것도 할 수가 없었다.

햇살이 아른아른하는 봄이 다가오면 아지랑이처럼 가슴 깊이 묻어둔 짙은 어둠도 스멀스멀 기어 나온다. 꽃샘추위가 다가오는 봄을 시샘하듯, 잃어버린 봄을 되새기듯 다시 악몽이 시작되는 것이다.

하여 진하는 봄이 싫었다. 봄은 그에게 허락되지 않는 모든 것을 의미했다. 무의식 저편에 남아 있는 상처의 조각이 악몽으로 나타나 그의 숨통을 조여 왔다. 예전엔 끝없이 반복되는 악몽에 잠드는 것이 두려울 정도였다.

이제 시간이 흘러 그 정도는 아니었지만 아득한 겨울을 보내고 봄의 문턱을 넘는 일은 여전히 쉽지 않았다. 시간과 함께 무뎌질 법도 하건만 기억하는 것보다 잊는 것이 더 어려운 진하에겐 그 모든 것들이 여전히 선명하게 남아 있었다.

"이번엔 잘 넘어가나 했더니, 또 시작인가."

침실 조명을 켜고 천천히 물 한 잔을 마신 진하가 나직이 한숨을 쉬었다. 하얗게 바랜 그의 얼굴 위로 짙은 피로감이 내려앉았다.

많이 좋아졌다고는 하지만 다시 시작된 악몽은 한 번으로 끝나는 법이 없었다. 한동안 마음을 놓고 있던 탓에 그 여파가 더 크게 느껴지는 것도 있었다. 오랜만에 찾아온 칠흑 같은 어둠의 잔상이 그렇게나 무겁고 끔찍했다.

 잠시 숨을 돌리자 창 너머 어슴푸레 밝아오는 하늘이 그나마 답답한 가슴을 한결 틔워 주었다. 진하는 혼자 남겨지는 것이 싫었다. 하지만 사람들의 시선에 둘러싸여 있는 것은 더 싫었다.

 그에 대해 다 안다는 얼굴로 걱정스럽게 바라보는 눈빛도 물론 반갑지 않았다. 그래서 모두 버리고 떠나왔다. 가장 아름다웠던 기억 속의 그곳으로 혼자가 되어 다시 돌아온 것이다.

 그렇게 시작한 카페 일은 나쁘지 않았다. 모르는 사람들의 무심하게 스쳐 지나가는 눈빛이 진하는 오히려 편했다. 혼자이지만 혼자가 아닌 카페의 평범한 일상이 지금 그가 원하는 전부였다. 더 이상은 무엇도 바라지 않았다.

 진하는 오늘도 그런 하루가 기다리고 있다고 생각했다.

 광란의 클럽 데이가 시작되는 마지막 주 금요일. 불금, 거리엔 사람들이 넘쳐났다. 하지만 카페는 여전히 한갓지게 두세 자리 정도 채워졌다 비워지기를 반복할 뿐, 더 나아질 기미가 보이지 않았다.

 정원은 처음으로 카페가 북적대지 않아서 다행이라는 생각을 했다. 제아무리 씩씩하고 단순한 그녀라도 기운이 나지 않는 날이 있었다. 그만큼 지난밤 묻어둔 기억의 그림자가 꽤나 짙었다. 언제까지 매달려 있을 수도 없지만 단번에 딱 잘라낼 수도 없는, 어떻게 해도 익숙해지지 않는 어두운 그림자가 누구에게나 하나쯤 있는 법이다.

멍하니 앉아 있던 정원이 문득 시간을 확인하고 자리에서 일어났다. 퇴근 시간이 가까워서인지 진하도 어느새 자리를 비우고 보이지 않았다. 정원이 몇 개 남은 컵을 정리하고 돌아설 때였다. 갑자기 문이 벌컥 열리더니 서넛의 남자들이 우르르 들어왔다.

"야, 물 좋은 데 널렸는데 굳이 이런 구석까지 와야 돼? 다른 데 없어?"

"인마, 이게 다 너 때문이잖아. 그러게 왜 사고를 쳐서 계집애가 눈에 불을 켜고 찾아다니게 만들어. 사람까지 풀었다는데 한동안은 꼼짝 못 하겠더라. 그냥 찌그러져 계셔."

말하는 태도하며, 반짝반짝하는 차림새며 좀 논다 하는 클럽족이 분명했다. 벌써 일차는 했는지 휘청하는 품새가 심상치 않았다. 털썩, 중앙 테이블에 주저앉은 남자가 정원을 보고 대뜸 손가락질을 했다.

"이봐, 거기!"

"네? 저요?"

화들짝 놀란 정원이 눈을 동그랗게 떴다. 내내 심드렁하던 남자가 갑자기 싱긋 웃는다.

"그럼 여기 언니 말고 또 누가 있나? 술 좀 가져오지?"

"어, 어떤 술……."

잔뜩 취한 손님은 처음이라 당황한 정원이 후다닥 메뉴를 챙겼다. 그런데 그녀를 빤히 쳐다보던 남자가 갑자기 벌떡 일어나더니 느끼하게 얼굴을 들이댄다.

"오호, 이제 보니 언니 딱 내 취향인데? 까짓 거, 귀여우니까 내가 쏜다. 여기서 제일 비싼 술! OK?"

"하! 저거 정신 못 차리고 또 시작이다. 거기 귀여운 언니, 당첨!"

"자자, 이리 앉으시고……."

잽싸게 정원의 손목을 낚아챈 남자가 다짜고짜 테이블로 잡아끌었다.

"아니, 여긴 그런 곳이……!"

"에이, 뭘 빼고 그러시나. 내가 비싼 걸로 쏜다니까."

거칠고 우악스러운 손아귀에 더럭 겁이 난 정원이 아등바등 버텼지만 술에 취한 남자의 힘을 어찌 당할까. 남자가 마침 주방을 나서는 진하에게 소리쳤다.

"어이! 여기 술 가져와. 안주도 좋은 걸로 깔아 보고. 오늘 매상은 내가 책임진다."

"손님 이러시면 안……!"

"어허! 너무 튕겨도 재미없지. 장사 하루 이틀 하나."

순간 파랗게 질린 정원이 무서운 것도 잊고 와락 소리를 질렀다.

"여긴 그런 곳이 아니라고……!"

"그 손 놓지."

상황과 어울리지 않는 이질적인 울림 때문일까. 소란스럽던 남자들의 시선이 일제히 진하에게 닿았다. 어느새 정원 옆에 선 그가 예의 담담한 얼굴로 서 있었다.

"어라? 이건 또 뭐야?"

순간을 놓치지 않고 손목을 빼낸 정원이 후다닥 진하의 뒤로 몸을 숨겼다. 그녀를 잠시 스쳐본 그가 흔들림 없이 단조롭게 말을 이었다.

"여긴 술집이 아닙니다."

"그럼 저건 술이 아니고 물인가?"

"그건 사람을 위한 거지, 개한테 주는 게 아니야."

고저 없이 담담한 목소리가 오히려 더 무섭게 들리는 순간이었다. 예상치 못한 기세에 멈칫하던 남자가 이내 거칠게 달려들었다.

"뭐라고? 이 자식이 미쳤나."

험악한 기세에 놀란 정원이 질끈 눈을 감았다.

"으악!"

"나가."

비명과 함께 이어지는 나직한 음성에 슬그머니 눈을 떠 보니 험악한 기세로 덤벼들던 남자의 팔이 뒤로 꺾인 채 진하의 손에 잡혀 있었다. 흥분한 남자가 고래고래 소리를 질렀다.

"너 이 새끼, 뭐야! 손님한테 이래도 돼? 여기 사장 어디 있어. 사장 나오라고 해!"

진하가 차가운 눈으로 남자의 일행에게 으름장을 놓았다.

"이대로 조용히 나가는 게 신상에 좋을 거야. 여차하면 이 친구 팔이 부러질 테니."

"씹……! 이거 안 놔! 니들 뭐 해! 이 새끼 안 떼어놓고!"

진하가 안색 하나 변하지 않고 농담이 아니라는 듯 남자의 팔을 더욱 세게 조였다.

"으악! 헉!"

"진짜 험한 꼴을 봐야 정신을 차릴 건가? 얌전히 있는 게 좋을 텐데?"

남자가 비명을 지르며 파랗게 질리자 일행이 어쩔 줄 모르고 움찔 굳는다. 진짜 팔이라도 부러트릴 기세에 놀란 정원이 저도 모르게 진하를 잡아 세웠다.

"저, 저기 마스터……."

짧은 순간 진하가 셔츠 자락을 움켜쥐고 있는 그녀의 손을 스쳐보았다. 정원은 그제야 자신이 그의 옷깃을 잡고 있었다는 사실을 깨닫고 슬그머니 곱은 손을 풀어냈다.

그녀를 잠시 바라본 진하가 단호하게 말을 잘랐다.

"은 매니저, 경찰에 신고하세요."

"네?"

"신고하란 말 못 들었습니까."

그제야 정신을 차린 정원이 후다닥 카운터로 물러나자 남자와 일행이 발작적으로 소리를 질러댔다.

"이 새끼가 정말! 우리가 누군 줄 알아? 죽고 싶어?"

"저 새끼 저거, 또라이 아냐?"

하지만 진하는 아랑곳하지 않고 제 할 말만 했다.

"개처럼 끌려 나갈 건가, 아니면 이대로 조용히 나가 주시겠습니까."

"무슨 장사를 이따위로 해! 이거 미친 거 아냐? 윽!"

진하가 다시금 남자의 팔을 바짝 조이며 냉정하게 말을 잘랐다.

"냄새나는 입 닫고 조용히 나가라고 했어. 정말 팔이라도 부러져야 말을 들을 건가?"

"너 이 새…… 으악!"

남자가 숨넘어가게 비명을 지르며 질질 끌려 나간 것은 그야말로 순식간의 일이었다.

7. 잃어버린 시간

　남자들을 쫓아내고 카페 안으로 들어온 진하의 시선이 자연스럽게 정원을 찾았다. 그녀가 잠깐 사이 신고를 취소하며 사과를 하고 있었다. 그런데 왜일까. 그 모습에 울컥 기분이 상하는 것은.
　'대체 무슨 정신으로…….'
　하얗게 질려서 떠는 와중에 저 차분한 대처는 또 뭐란 말인가. 참 알 수 없는 여자였다.
　인기척에 정원이 움찔 놀라며 고개를 들었다. 그리고 이내 아무렇지도 않은 척 담담하게 입을 열었다.
　"신고한 거 취소했어요."
　하지만 진하는 여전히 수화기를 꼭 쥐고 있는 그녀의 손을 놓치지 않았다. 불현듯 그의 옷자락을 꼭 잡고 있던 작은 손이 떠올랐다. 그의 시선을 느낀 정원이 후다닥 수화기를 놓더니 꾸벅 고개를 숙였다.

"고맙습니다."

곤욕을 치른 것도, 봉변을 당한 것도 그녀인데 도대체 무엇이 고맙다는 것인지 진하는 순간 이해가 되지 않았다. 이유 없이 가슴이 답답해진다.

하얗게 질린 얼굴로 떨고 있던 그녀가 진짜 신고를 할 수 있으리라 생각하지 않았다. 그럼에도 굳이 경찰을 부르라고 시킨 것은 혹시 모를 상황에 대비해 뒤로 물러나 있으라는 뜻이었다. 사실 그런 상황에서 냉정하게 대처할 수 있는 여자가 몇이나 될까.

그럼에도 진하의 기분은 전혀 나아지지 않았다. 오히려 무언지 알 수 없는 낯선 감정들이 가득 치고 올라온다.

당연히 잘 했다고, 괜찮으냐고 물어봐야 했다. 하지만 생각과 반대로 그의 입에선 엉뚱한 소리가 튀어나왔다.

"그런 인간들을 뭐하러 상대합니까. 그 정도 구분도 안 돼요?"

"네? 그……, 손님이잖아요."

어지간히 당황한 듯 순간 커다랗게 열린 눈동자에 채 걷히지 않은 두려움이 고스란히 묻어났다. 진하는 왠지 그조차도 마음에 들지 않았다. 순간 울컥 감정이 넘쳤다.

"손님은 무슨 얼어 죽을……!"

사뭇 거친 음성에 그녀의 가는 어깨가 다시 한 번 움찔 긴장했다. 무엇 하나 숨길 줄 모르는 커다란 눈동자가 방향을 잃고 불안하게 흔들린다. 진하는 무심코 터져 나오려는 거친 숨을 지그시 삼켰다.

'제기랄!'

순간 그의 옷깃을 붙잡고 있던 하얀 손이 다시금 눈앞에 아른거렸다. 왜 이다지도 화가 나는 것일까. 그럴 이유가 없는데도 불구하고 이성보다 감정이 앞서 넘실거렸다.

이렇게 충동적으로 반응하는 건 절대 서진하답지 않은 일이었다. 그럼에도 길을 잃은 감정이 차마 가라앉지 않았다. 진하가 굳은 얼굴로 천천히 잘라 말했다.

"은 매니저, 명심하세요. 여긴 카페지 싸구려 술집이 아닙니다."

끝끝내 눈물 한 방울 흘리지 않고 버텨내던 그녀가 순간 고개를 바짝 치켜세웠다.

"저도 술집 종업원이 아니라 카페 매니저거든요?"

하지만 말과 다르게 앞치마를 그러쥔 그녀의 손은 여전히 가늘게 떨고 있었다. 그의 옷자락을 잡고 있던 그 순간처럼. 다시금 마음이 불편하게 뒤틀린다.

"알면 됐습니다."

불쑥 말을 자른 진하는 그대로 카페를 정리하기 시작했다. 이런 석연찮은 느낌은 좋지 않았다. 아주 많이.

정원은 뭐가 어떻게 된 것인지 정신이 하나도 없었다. 아니, 상황은 분명했다. 그럼에도 납득할 수 없는 감정들이 머릿속을 뜨겁게 휘저었다.

'보자 보자 하니까 이 아저씨가 정말!'

구분을 못 해? 싸구려 술집이 아니야? 정원은 어느새 놀란 것도 잊은 채 눈앞의 무심한 등짝을 노려보았다.

'내가 왜 당신한테 그런 말을 들어야 하는데!'

따스한 위로의 말 따위 기대하지도 않았다. 그래도 이런 식은 정말 아니었다. 지금껏 아이들만 가르쳐 온 정원으로선 상상조차 하지 못한 일이기도 했다. 그녀야말로 난생처음 겪는 일에 정말이지 기절하는 줄 알았다. 그래도 어떻게든 정신을 차리고 해결해야 한다고 마음을 다잡았다. 그래서 무서워도 도망치지 않았고, 눈물이 나려는 것도 참았다.

일이니까, 일이라서!

뒤늦게 나타난 그가 취객들을 꼼짝 못 하게 휘어잡고 몰아냈을 땐 다리에 힘이 풀려 그대로 주저앉는 줄 알았다. 저 무심한 등짝이 그 순간만큼은 너무나 든든해서, 이런 사람이면 앞으로 무슨 일이 있어도 안심할 수 있겠구나 싶은 생각마저 들었다.

술에 취했다고는 하나 건장한 남자 서넛을 순식간에 제압하는 모습은 그만큼 인상적이었다. 평소 말없이 무심하고 느슨한 모습과 너무나 달라서 놀란 와중에도 그가 다시 보였다.

그토록 무섭게 화를 내는 것조차 정원은 내심 고마웠다. 그녀를 보호하고 지켜 준 것 같아서 놀란 마음에 위로가 되었다.

그런데 뭐가 잘못된 것일까. 생판 모르는 남이라도 이럴 수는 없었다. 도대체 왜! 어째서! 그동안 쌓인 설움까지 한꺼번에 봇물 터지듯 밀려들었다.

"대체, 내가 왜 그렇게 싫은 건데요."

서늘한 그녀의 목소리에 테이블 위에 의자를 올려놓던 진하가 멈칫 돌아섰다. 하지만 역시나 무감한 눈으로 말없이 바라만 본다.

"그렇게 쳐다보지만 말고 말을 해 보라고요! 말을!"

정원의 목소리가 조용한 카페 안을 날카롭게 베어 나갔다. 하지만 그의 표정은 여전히 오리무중. 감정이 묻어나지 않는 까만 눈에선 아무것도 읽어낼 수가 없었다.

주먹을 그러쥐고 천천히 호흡을 가다듬은 정원이 그동안 쌓인 감정들을 빠르게 토해냈다.

"대체 내가 뭘 그렇게 잘못했죠? 내가 왜 그렇게 싫은 건데요! 이유라도 알아야 설명을 하든, 화를 내든 할 거 아니에요! 나도 더 이상은 못 참아요. 안 참을 거라고요!"

"지금 그 말은 그만두겠다는 소립니까?"

"뭐라고요?"

정원은 순간 잘못 들은 것은 아닌지 자신의 귀를 의심했다. 급기야 마지막까지 잡고 있던 이성이 홀랑 날아가 버렸다.

"이 아저씨가 정말! 지금 그런 말이 아니잖아요! 계속 이렇게 나올 거예요?"

"……."

"또! 내가 뭐 못 알아들을 말이라도 했어요? 사람이 말을 하면 대답을 해야지, 멀뚱멀뚱 쳐다만 보는 건 대체 무슨 경운데요? 그렇게 말도 없이 보기만 하면 나더러 뭘 어쩌라고요!"

그녀를 묵묵히 지켜보던 진하가 불쑥 딴소릴 했다.
"싫어한 적 없습니다."
"뭐요? 싫어한 적이 없어? 그걸 지금 믿으라는 거예요?"
번번이 사람을 유령 취급하며 무시해 놓고 싫어한 적이 없다? 이어지는 그의 침묵에 정원은 정말 머릿속이 확 뒤집히는 기분이었다.
"이봐, 이봐. 또! 지금 이건 뭔데요? 이러면서 싫어한 게 아니란 말이 그렇게 쉽게 나와요?"
"뭐가 말입니까."
"정말 몰라서 물어요? 대체 나한테 이러는 이유가 뭐냐고요!"
높아지는 정원의 음성에 그가 슬쩍 인상을 썼다. 그리고 얄밉도록 담담하게 말을 이었다.
"뭔가 오해를 한 거 같군요. 그쪽에 대해 잘 알지도 못하는데 싫어할 이유가 없지 않습니까."
그나마도 어쩌면 하는 말마다 사람 속을 제대로 뒤집는다.
"싫어하는 게 아니면, 왜 그렇게 사람 말을 무시하는데요!"
"……."
"봐요. 지금 또 그러잖아요!"
진하가 이번엔 나직이 한숨을 쉬었다. 그녀는 머리 꼭대기까지 화가 나서 씩씩대는데 고작 한숨이라니. 정말이지 미치고 팔짝 뛸 노릇이었다. 어찌해야 저 가면 같은 얼굴이 벗겨질까.
그제야 정원을 제대로 마주한 진하가 난감한 듯 턱을 슬쩍 문질렀다.

"그러니까…… 무슨 대답을 어떻게 해야 하나 생각중입니다만."

"뭐요?"

이건 또 무슨 귀신 씻나락 까먹는 소리일까. 답답해 돌아가실 때쯤 한마디씩 뱉는 말마저도 이해할 수 없기는 마찬가지였다. 그의 눈가에 처음으로 곤란한 기색이 떠올랐다.

"그게 그러니까…… 내가 언제 그쪽을 무시했다는 건지……."

이 인간이 지금 뭐라는 거니? 그런데 그가 진짜로 모르는 것처럼 진지한 눈으로 정원을 보고 있었다. 그러니까 저 남자도 표정이란 것이 있기는 한 모양이었다.

그리고 문득 정말로 모르는 것이 아닐까 하는 생각이 들었다. 어이없지만 정말 그런 것도 같았다. 순간 화를 내는 것도 잊어버린 정원이 저도 모르게 조곤조곤 설명을 했다.

"그러니까 사람이 말을 하면 듣는 시늉이라도 해야죠. 그게 기본적인 예의 아닌가요? 그런데 아저씨는 묻는 말에 대답은커녕 삑하면 무시나 하고, 그러니까 내 말은……, 사실이 그렇잖아요. 내가 무슨 말만 하면 번번이 씹었잖아요. 아니에요? 그랬거든요?"

"……."

"이것 봐요, 또!"

진하가 이번엔 진짜 아니라는 듯 손을 들어 그녀의 말을 막았다.

"아, 그게, 무시한 게 아닌데 무시했다고 따지면 내가 뭐라고 대답해야 합니까."

"뭐라고요?"

그러니까 이건 그녀가 이유도 없이 화를 낸다는 뜻? 순간 정원의 눈빛이 험악해졌다.

"하다 하다 이젠 별……, 뭐 이런 경우가 다……!"

그런데 이 남자 상황 파악 못 하고 다시 복장 뒤집는 소릴 한다.

"내가 원래 그런 사소한……."

"지금 이게 사소하다고요? 진짜 그렇게 생각해요?"

그 어느 때보다 심각하고 진지하게 화를 내고 있는데 사소하다니! 살기등등한 정원의 눈빛에 그도 당황했는지 급하게 말을 이었다.

"아, 그런 말이 아니라……."

"이봐요, 아저씨!"

제대로 열이 받은 정원이 그의 말을 뚝 끊고 버럭 소리를 질렀다. 그런데 저 표정은 또 뭘까? 멀뚱히 바라보는 그의 눈빛이 뭔가 불만스럽게 반짝거렸다.

왜? 또 뭐! 정원은 순간 할 말도 잊고 그의 눈을 빤히 마주 보았다. 저건 그러니까.

"아, 알았어요. 마스터!"

그런데 어째 말을 뱉고 나니 더 황당하다. 이 와중에도 호칭에 신경을 쓰는 저 남자나 알아서 맞춰 주고 있는 자신이나 이상하기는 매한가지.

"아, 진짜! 지금 그런 게 중요해요?"

정말이지 너무나 멀쩡한 얼굴로 태연하게 정신을 빼놓는다. 어이없는 상황에 순간 하려던 말을 잊어버린 정원이 다짜고짜 성질을 부렸다.

"아이, 참! 무슨 말을 할지 까먹었잖아요! 마스터든 아저씨든 지금 그게 무슨 상관이에요! 평소엔 마스터, 기분 나쁘면 사장님, 화가 나면 아저씨! 됐어요?"

"……"

"왜요, 불만이에요? 불만이 있으면 말을 해 보든가."

"……"

"아, 맞다. 사소하다고 했어요? 내가 지금 사소한 문제로 이러는 걸로 보여요? 그런 식으로 사람을 우습게 만들면 안 되죠! 사람이 말을 하는데 들은 척도 하지 않으면, 그게 무시가 아니고 뭔데요? 그런 일이 한두 번이냐고요!"

이젠 대답이고 뭐고 필요 없었다. 정원은 그동안 차마 못 한 말들을 몽땅 쏟아냈다.

"그리고 사장님은 잘 모르시나 본데, 그렇게 가타부타 말도 없이 빤히 쳐다보면 상대방이 얼마나 당황스러운지 알아요? 내가 무슨 큰 잘못이라도 저지른 거 같단 말이죠. 그래요? 그래서 매번 그런 눈으로 사람을 보는 거예요?"

정원으로선 다른 생각이 들지 않았다. 표정도 없이, 아무런 감정도 담지 않고 바라보는, 무심하다 못해 차가운 그의 시선은 사람을 이유도 없이 긴장하게 만들었다.

왜 저렇게 보는 것일까. 뭐가 잘못 됐나? 내가 무슨 실수라도 한 걸까? 정말이지 별별 생각이 다 든다. 아니면 사람을 그토록 무감하게 볼 수는 없었다. 발치에 굴러다니는 돌멩이도 아니고 하물며 사람을 말이다. 저 남자는 자신이 어떤 눈을 하고 있는지 정말 모르는 것일까.

 진하가 생각에 잠긴 얼굴로 정원을 물끄러미 쳐다봤다. 사람을 마주 볼 땐 그 안에 당연히 감정이 담겨 있어야 한다. 지금처럼. 그런데 기껏 한다는 말이 가관이다.

 "은 매니저도 딱히 신경 쓰는 것처럼 보이지 않았습니다만."
 "이 아저씨가 정말! 누가 그래요? 내가 신경 안 쓴다고!"
 "그러는 은 매니저는 누가 그럽니까. 내가 그쪽을 무시한다고."
 "그, 그건……."
 어라. 이건 예상치 못한 반격이다.
 "무시한 게 아니라 딱히 대답할 말이 없었던 것뿐입니다."
 "……?"
 "그럴 의도는 아니었지만 그래도 무시당하는 기분이 들었다면 사과하죠. 그렇다고 내가 어떻게 할 수 있는 문제는 아닌 거 같지만……."

 잘나가다 또 딴소리다. 게다가 이 남자 정말 모르는 것 같았다. 도대체 어떻게 하면 이렇게까지 모를 수 있는지 이해가 되지 않았지만 얼핏 드러난 눈빛은 진심이었다. 정원이 짜증스레 따져 물었다.

"그럼! 앞으로도 계속 무시하겠다는 뜻인가요?"
"……."
"또!"
"무시하는 게 아니라고 했습니다만."

그나마 이젠 즉각 대답이 나왔다. 여전히 제대로 된 답은 아니었지만 모른다는데 어찌할까. 허탈한 마음에 정원이 한숨처럼 그를 타박했다.

"무시하는 게 아니라면 대답이라도 좀 제대로 하란 말이죠."
"대체 무슨 대답을 원하는 겁니까?"
"그게……!"

정원이 이마를 짚으며 눈살을 찌푸렸다.

"아니, 그걸 몰라서 물어요, 지금?"

어떻게 된 사람이 기본적인 의사소통에 대한 개념조차 없는 것일까. 이 남자 알면 알수록 대책이 없다. 잠시 뭔가 곰곰이 생각하던 진하가 불쑥 입을 열었다.

"그럼 이렇게 합시다."
"?"
"나도 모르는 일로 더 이상 오해를 사고 싶지는 않으니까, 앞으로 또 무시당하는 기분이 들면 그렇다고 말을 해요."
"뭐라고요?"

이건 또 무슨 멍멍이 풀 뜯어 먹는 소리인지. 순간 정원은 그가 말을 하든 말든 그냥 두는 것이 더 나을지도 모르겠다는 생각이 들었다. 어쩌 대화가 이어질수록 머리가 아파온다.

그가 너무나 멀쩡한 얼굴로 고개를 기울였다.

"뭐, 문제 있습니까?"

문제? 저것도 일종의 버릇일까. 앞뒤 없이 뚝뚝 끊어 먹는 것으로도 모자라 묘하게 거슬리는 말투였다. 들을 때마다 기분이 나빠지는.

"아니, 그걸 어떻게 일일이 다 말로 해요!"

"기분이 나쁘다면서요? 솔직히 난 어떤 부분을 말하는지 잘 모르겠으니까 은 매니저가 짚어 주면 고쳐 보겠다고 말하는 겁니다."

정원이 할 말을 잃고 그를 멀거니 바라보았다.

정말이지 두 손 두 발 다 들었다. 입을 닫고 있어도 답답하고, 입을 열면 더 답답하고. 당최 답이 없었다. 이런 사람이랑 대화를 해 보겠다고 열을 낸 스스로가 안쓰러울 지경이었다.

머리 꼭대기까지 화가 난 것도 잠시, 순식간에 바닥까지 추락한다. 감정이 롤러코스터보다 더 급하게 널을 뛰었다. 이 남자는 정말이지 심장에 좋지 않았다. 아주 많이.

결국 이렇다 할 결론도 없이 맥이 빠져 버린 정원은 휴게실에서 유니폼을 갈아입고 그대로 소파에 주저앉았다. 놀란 데다 성질까지 있는 대로 부리고 나니 머릿속이 휑하다.

"생긴 것만 멀쩡하면 뭐하냐고요."

어이없고, 기막히고, 황당하고. 아무튼 설명이 되지 않을 정도로 이상한 사람이었다. 서진하라는 남자는.

다들 멀끔한 겉모습에 속고 있는 것이 분명했다. 더없이 분명하고 확실할 것 같은 얼굴로 그렇게 무게를 잡더니 실상은 아무것도 없는 허깨비가 아닌가 말이다.

정원은 문득 그 스스로 알려고 하지 않는 것일지도 모른다는 생각이 들었다. 단순히 무심한 성격이라고 단정 짓기엔 무언가 좀 달랐다. 그의 눈은 누구에게도 향하지 않고, 그 누구도 들이지 않는 벽과 같았다. 철저히 혼자인 것에 익숙한 눈. 그래서 굳이 스스로 의식하지 않는 한 기본적인 소통조차 어려운 것이리라.

"자기가 무슨 자폐 환자야? 뭐니, 대체."

낮게 웅얼거리는 정원의 눈동자가 가늘게 흔들렸다. 정원은 사실 그와 같은 눈을 너무나 잘 알고 있었다. 그래서 더 거슬렸는지도 모르겠다.

그 눈이 무엇도 보고 있지 않음을 너무나 잘 알아서. 아무것도 담겨 있지 않은 텅 빈 동공이 너무나 익숙해서 오히려 피해지지가 않았다. 그의 눈에 비치는 무채색의 세상이 손에 잡힐 듯 선명하게 느껴져서 싫었다. 그래서 정원은 사실 끝까지 알고 싶지 않았다. 정말이지 모르고 싶었다.

그녀도 그런 눈으로 세상을 보던 때가 있었다. 엄마에 관한 진실을 모두 알게 됐던 그때, 정원은 모든 것을 외면한 채 자신의 상처와 아픔 앞에서 힘들고 버겁다는 이유로 도망쳐 버렸다. 그렇게 세상에서 제일 불행한 사람인 양 연민에 빠져 무엇도 돌아보지 않았다.

그 시절의 정원은 겉으로만 멀쩡해 보였을 뿐, 그 안에 아무것도 없었다. 그렇게 세상에 벽을 쌓고 혼자가 되어 스스로를 고립시켰다.

세상과 거리를 두고 혼자가 되는 것은 그다지 어려운 일이 아니었다. 마음을 주지 않으면 그냥 그렇게 스쳐 지나가는 것이 인간관계였다. 아무도 보지 않고, 아무도 들이지 않으니 마음 아플 일도 없었다. 정원은 아빠 선환의 앞에서만 웃을 수 있으면 그것으로 좋았다.

그렇게 그녀에게도 무채색으로 고요하게 의미 없이 지워 버린 시간들이 있었다. 세상에 단 한 사람, 사랑하는 아빠가 발병하여 자리에 눕기 전까지 그랬다. 그리고 정신을 차렸을 땐 남은 시간이 많지 않았다.

"아, 몰라. 잘 알지도 못하는 사람이잖아. 그 속을 알게 뭐람."

다 지난 일이다. 이제 와 새삼 떠올린다고 무엇이 바뀔까.

정원은 선환과의 약속을 지키기 위해서라도 그런 어리석은 선택은 두 번 다시 하지 않으리라 다짐했다. 후회는 한 번으로 족하다.

사람은 혼자 살 수 없다. 아버지를 보낸 후에야 깨달은 뼈아픈 진실이었다. 괜히 가라앉는 기분을 애써 털어낸 정원이 시계를 보았다.

"에고, 늦었네."

가방을 챙겨든 그녀가 마지막으로 주변을 휘휘 돌아보았다. 휴게실은 제법 아늑하게 꾸며져 있었다. 흔한 캐비닛 대신 작지만 클래식한 옷장과 콘솔을 세트로 맞춰 놓았고, 소파도 침대 겸용으로 실용적인 면을 생각했다.

책상 위엔 업무용 PC와 간단한 티세트가 있었고, 정수기와 함께 작은 냉장고까지 갖춰져 있어 부족함이 없었다. 간단하게 샤워 가능한 화장실도 딸려 있어서 사실 웬만한 기숙사보다 나아 보였다. 손님도 많지 않은 카페의 달랑 하나뿐인 직원용 휴게실이라고 보기엔 좀 과할 정도로.

"아무튼 알수록 이상하다니까."

미리 마감을 해 둔 상태라 카페엔 더 할 일이 없었다. 갑작스러운 소동으로 흩어진 테이블도 그가 정리를 해서 정원은 문단속만 하면 되었다. 그런데 비어 있어야 할 카페에 얼핏 사람 그림자가 어른거린다.

"엄마야!"

자라보고 놀란 가슴 솥뚜껑 보고 놀란다던가. 정원의 비명 소리에 낯익은 얼굴이 돌아본다. 이미 퇴근한 줄 알았던 진하가 문 앞에 떡하니 서 있었다.

"어? 아직 퇴근 안 하셨어요?"

"버스 타는 곳이 어딥니까."

"네?"

"버스 타는 곳이 어디냐고 물었습니다. 앞장서세요."

앞뒤 없는 그의 행동에 당황한 정원이 되물었다.

"왜, 왜요?"

"아까 일도 있고, 혹시 모르니까."

이런 경우를 병 주고 약 준다는 거다. 같은 이유로 정원은 전혀 반갑지 않았다.

"클럽 데이라 사람도 많고 괜찮아요."

"술 취한 사람도 많아서 위험합니다."

그가 다짜고짜 카페 문을 열더니 정원을 바라보았다. 아무튼 안하무인이 따로 없다.

"괜찮……."

"다른 문제라도 있습니까."

문제야 항상 그에게 있는 것을, 저 남자는 대체 언제쯤에나 알게 될까? 내심 고개를 저은 정원이 미적미적 말을 끌었다.

"정말 괜찮은데……."

"현성이 때문에라도 안 됩니다."

정원이 고개를 갸웃했다.

"현성이가 왜요?"

"안 그래도 그 녀석이 오늘 일을 알면 걱정할 텐데 어떻게 혼자 보냅니까. 현성이한테까지 잔소리 듣고 싶지는 않습니다."

어떻게 된 사람이 말을 할수록 더 오리무중이다. 현성이가 걱정하는 것까지는 그렇다 쳐도 잔소리라니. 말끝에 묻어나는 묘한 어감에 정원이 재차 물었다.

"그러니까 현성이가 왜……."

"갑시다."

제대로 된 대화 한번 하기가 하늘에 별 따기보다 더 어렵다. 잠시 우두커니 서서 진하의 등짝을 노려보던 정원이 낮게 한숨을 쉬었다.

"네네. 갑시다. 가요."

어쩌겠는가. 목구멍이 포도청이라. 오늘따라 유난히 가슴 깊이 진하게 와 닿는 현실이었다.

골목을 나서자 역시나 거리엔 사람들이 넘쳐났다. 파티가 피크에 오른 시간, 시끄럽고 북적거리는 와중에 일단의 술 취한 무리가 정원의 곁을 스쳐 지났다.

"어마!"

"조심! 잘 좀 보고 다녀요."

순간 긴 팔이 불쑥 튀어나와 그녀의 어깨를 감싸 안았다. 덩달아 귓가에 떨어지는 낮은 음성까지. 소스라치게 놀란 정원이 신경질적인 반응을 보였다.

"아, 사장님 때문에 더 놀랐잖아요!"

팩 쏘아붙이며 고개를 돌리자 이번엔 그의 얼굴이 바로 눈앞에 떡하니 버티고 있었다. 그림처럼 잘 다듬어진 이목구비가 생각할 여지도 없이 시야를 가득 메운다. 예기치 못한 상황에 정원이 그대로 굳어 버렸다.

짧은 순간 두 사람 사이로 어색한 침묵이 흘렀다. 그리고 그가 먼저 묵묵히 반보 뒤로 물러났다. 뒤늦게 정신을 차린 정원이 화들짝 놀라 넙죽 인사를 했다.

"아, 고, 고맙습니다."

멀거니 정원을 보고 있던 진하가 불쑥 입을 열었다.

"아까는……."

"네?"

급하게 돌아보는 정원의 시선에 그가 새삼 입을 꾹 다물었다.

"아니, 아닙니다."

왠지 모를 당황스러움에 정원은 그가 먼저 말을 걸었다는 사실조차 깨닫지 못했다. 무슨 말을 하려고 했는지도 절대 궁금하지 않았다.

'아, 진짜! 갑자기 뭐니?'

정류장까지 가는 길이 새삼 너무나 멀게 느껴졌다. 제아무리 정신을 차리려고 애를 써도 도무지 생각이 모아지지 않는다. 그에게 잡혀 있던 어깨가 뒤늦게 이유도 없이 화끈거렸다. 번개라도 맞은 것처럼 눈앞이 하얗게 흐려진다.

진하가 따라오든 말든 정신없이 걷던 정원은 마침 저 앞에 멈춰 서는 버스를 보고 안도의 한숨을 내쉬었다.

"아, 저기 버스 오네요. 그럼 먼저 가 보겠습니다."

"조심해서 들어가요."

그의 인사는 듣는 둥 마는 둥 정원은 버스를 향해 뛰었다. 심야버스인지라 뛸 필요까진 없었지만 이유 없이 마음이 급했다. 사실 이유 따위 생각하고 싶지 않았다. 최대한 빨리 그 자리에서 벗어나고 싶었을 뿐.

진하는 버스를 향해 뛰는 정원의 뒷모습을 멀거니 지켜보고 있었다. 다시 봐도 참 작은 여자였다. 평소 야무지고 강단 있는 모습에 잊고 있었지만 사실이 그랬다. 건조한 그의 눈가에 얼핏 곤혹스러운 기색이 스쳤다.

"이제 와 사과를 한다고 뭐가 달라지나."

애써 외면했지만 명백한 그의 실수임을 모르지 않았다. 감정에 치여 이유도 없이 그녀에게 화를 냈으니 사과를 하는 것이 옳았다. 하지만 진하에겐 그조차도 쉬운 일이 아니었다.

누군가에게 화를 내고, 실수를 하고, 사과를 하고. 지극히 평범하고 당연한 일들이 언제부턴가 그에겐 너무나 멀고 낯선 무엇이 되어 있었다.

"하! 서진하 꼴이 우습게 됐구나."

어떻게 말해도 다 변명이었다. 그럼에도 진하는 결국 아무 말도 할 수가 없었다. 그런 스스로가 한심해서 한숨이 나왔다.

지금껏 그가 알아왔던 누구와도 달라서 불편함이 앞섰다. 그래서 더 상대하기가 껄끄러웠고, 답지 않지만 되도록 마주치지 않게 피해 온 것도 사실이었다. 그럼에도 사사건건 이유도 없이 자꾸 부딪쳐서 피곤함이 쌓였다. 사소한 일에 밑도 끝도 없이 예민해지는 자신이 진하도 정말 마음에 들지 않았다.

"그나저나 그런 걸 신경 쓰고 있었나."

거침없는 미소가 너무나 환해서 뒤에 숨겨진 여린 눈동자를 미처 배려하지 못했다. 그저 원래 그런 사람이려니, 보이는 모습 그대로 무심하게 넘겼다.

하지만 그런 그녀에게도 한계는 있는 모양이었다. 급기야 넘쳐 버려 방방 뛰는 모습이란. 당황스럽도록 솔직하고 직선적인 감정들이 너무나 선명해서 오히려 낯설었다.

새삼 돌이켜 보니 타인과 감정적으로 부딪친 것도 참 오래전 일처럼 까마득했다. 지금껏 그에게 정면으로 곧장 다가드는 사람도 드물었다.

거리를 두면 두는 만큼 멀어지는 것이 사람이다. 굳이 먼저 나서서 손을 내미는 경우도 드물었다. 사람 또한 이기적인 동물이라 손해 보는 일은 본능적으로 피하는 법이었다. 그것이 아무리 가까운 지인이라 할지라도.

진하를 오래 알아왔던 사람조차도, 아니 그런 경우는 더욱 조심하는 편이었다. 그만큼 철저하게 차단하고 살았다. 사람도, 감정도, 자신을 포함한 모든 것들을.

그럼에도 그는 여전히 주변의 이목을 끌었고 원치 않는 관심에 시달리고는 했다. 부질없이 다가와 일방적으로 자기들의 감정을 밀어붙였다. 단순히 그의 외모나 배경, 분위기에 혹해서 덤벼드는 경우는 말할 것도 없었다.

그런데 저 작은 여자는 어느 경우에도 속하지 않았다. 사심 없이, 편견 없이, 그에게 무언가 요구하는 것이 아니라, 있는 그대로 솔직하게 부딪쳐 온다. 너무나 평범해서 오히려 불안할 만큼 욕심 없이 현재에 최선을 다한다. 그뿐이었다.

"하, 대체 어쩌라는 건지……."

그녀는 항상 개인적인 호기심과는 무관한 소소한 일상을 말했다. 아주 사소한 일상에 관한 질문들, 스스럼없이 주고받는 대화. 오래 알고 지내온 지인처럼 자연스럽게 성큼성큼 다가왔다. 그래서 오히려 더 머뭇거리게 된다는 것을 어떻게 설명해야 할까.

진하는 실제로 정원을 무시한 것이 아니라 어디서부터 어떻게 대답해야 할지 알 수가 없었다. 그 차이를 어떻게 설명한단 말인가. 진하야말로 알고 싶었다.

오랫동안 사람들의 시선을 차단하며 혼자 지내온 진하로선 그런 소소하고 평범한 질문들이 더 낯설었다. 너무나 달라서, 너무나 엉뚱해서 순간 할 말을 잃어버린다. 하지만 그녀는 절대 이해하지 못하리라.

진하는 자신이 평범한 일상에서 얼마나 멀리 떨어져 있는지 새삼 깨닫고 있었다. 이젠 너무나 익숙해진 침묵이 그녀 때문에 순간 너무나 낯설게 느껴져 당황스러울 지경이었다.

'이건 뭐, 답이 없군.'

그녀는 동그란 눈을 말똥거리면서 진하가 쳐놓은 경계를 거침없이 파고들었다. 너무나 당연한 것들을 너무나 당연하게 잊고 사는 그를 이상하게 바라본다.

아련한 기억 저편에 묻어둔 무언가가 자꾸 고개를 들었다. 그 자신도 이젠 잊었다고 생각하고 애써 지우고 살았던 그런 감정들, 기억들을 아무렇지도 않게 건드렸다.

유난히 커다란 눈동자에 고스란히 드러나는 감정의 조각들이 반짝반짝 그의 시야를 흔들었다. 보고 싶지 않아도 너무나 잘 보여서 피할 수조차 없었다.

툭.

"에이 씨! 뭐야, 길 한복판에서!"

술에 취한 남자가 진하를 스쳐 지나며 투덜거렸다. 문득 눈을 드니 여전히 소란스럽고 분주한 사람들 틈바구니 속이었다. 울고, 웃고, 소리 지르고, 흔들거리며 어울리고, 흩어지고를 반복한다. 사람 사는 풍경은 어딜 가나 별반 다르지 않았다. 하지만 진하는 그 별다를 것 없는 세상을 한참 동안 낯선 눈으로 바라보고 있었다.

어쩌다 이렇게 멀리 와 버린 것일까. 너무나 당연하게 놓아버린 사소한 일상들이 이젠 아득하니 멀게만 느껴져 순간 감당이 되지 않았다. 너무나 당연한 것들을 생경한 눈으로 바라보고 있는 자신을 납득할 수도 없었다.

'쓸데없는 생각.'

아무것도 아닌 일들에 흔들리는 자신이 못내 마음에 들지 않았다. 새삼스러울 만큼 생경한 무언가 잠시 떠올랐다 빠르게 지워졌다. 달라진 것은 아무것도 없었다. 달라져야 할 이유도 없었다.

진하는 복잡하게 엉겨드는 상념들을 애써 밀어냈다. 그리고 아무 일도 없었다는 듯 천천히 걸음을 옮겼다. 텅 빈 가슴 가득 서걱서걱 마른 바람이 분다. 누군가 잃어버린 시간들을 반추(反芻)하듯이.

8. 같지만 다른 하루

　대판 뒤집은 것이 무색할 만큼 두 사람은 아무렇지도 않게 필요한 말만 하면서 주말을 보냈다. 솔직히 정원은 될 대로 되라 반쯤 포기한 심정이었다. 그런데 그조차도 괜한 걱정이었던 듯, 정작 그는 아무런 내색도 하지 않았다.
　그나마 내내 눌러왔던 감정들을 풀어낸 덕분일까. 그럼에도 정원은 전처럼 불편하거나 어색하지 않았다. 오히려 무언가 만만해진 기분이랄까.
　마침 환기를 위해 활짝 열어놓은 문으로 햇살을 가득 머금은 꽃향기가 밀려들었다. 하지만 카운터 끄트머리에 앉아 있는 그녀의 표정은 그리 밝지 않았다.
　"에휴."
　새로운 일에 익숙해지기가 무섭게 정원은 위기감을 느끼고 있었다. 문제는 오늘만 유난히 한가한 것이 아니라 주말이고 평일이고, 밤이고 낮이고 항상 손님이 없다는 사실이었다. 이대로라면 어느 날 갑자기 카페가 문을 닫는다고 해도 전혀 이상하지 않았다.

정원은 카페가 이토록 한가한 이유를 알 수가 없었다. 심하게 심플하고, 차분하지만 흠잡을 데 없는 인테리어에, 분위기나 음악도 특별함을 찾는 요즘 트렌드와 충분히 부합했다.

전문 와인 바에 뒤지지 않을 만큼 잘 구비된 와인 리스트의 가격은 문외한인 정원이 보기에도 환상적으로 착했고, 몇 가지 안 되지만 커피 또한 단연코 빼어나다고 자부할 수 있었다.

적당히 오픈된 장소가 카페 입지로 나쁜 것도 아니었다. 무엇보다 한 블록만 나가면 바로 번화한 H대 앞이 아니던가.

'이게 다 저 얼음마스터 때문이라니까. 카페가 무슨 얼음 공장인 줄 아나.'

명색이 카페 사장이 한없이 화사해도 시원찮을 마당에 이건 뭐, 어쩌라는 건지. 그 일관성 넘치는 태도는 손님이라고 예외가 아니었다. 여자건 남자건 묻는 말에 제대로 대답하는 꼴을 못 봤다. 그림 같은 비주얼이 그야말로 무용지물. 얼음처럼 차가운 눈으로 쎄하게 노려보면 오던 손님도 달아날 판이다.

'성격에 문제가 있다니까. 저럴 거면 도대체 카페는 왜 하는 거야.'

새로 얻은 직장이 그 어느 때보다 중요해진 정원의 한숨이 절로 깊어졌다.

"땅 꺼지겠다. 웬 한숨?"

마침 문을 열고 들어선 현성이 비죽 웃으며 농을 던졌다. 손님인 줄 알고 벌떡 일어나던 정원이 이내 맥 빠진 얼굴로 주저앉았다.

"왔냐."

"뭘 그렇게 넋 놓고 있어? 매니저씩이나 돼서는 군기 빠진 거 봐라."

"내가 한숨 안 쉬게 생겼니?"

"왜 또? 뭐가 마음에 안 드시나?"

정원은 현성이 자리에 앉자마자 기다렸다는 듯 걱정을 늘어놨다.

"말이 매니저지, 알바생도 하나 없는데 무슨……. 하긴 손님도 없구나. 이래서야 어떻게 유지하는지 심히 궁금하다."

"그건 그대가 걱정할 문제가 아니지."

"내 밥줄이 달린 문젠데 어떻게 걱정을 안 하니? 이건 뭐, 파리도 날다가 졸게 생겼거든?"

"큿! 말하는 거 하고는……."

"그나저나 학교는 어쩌고 또 왔어?"

만연한 봄. 4월, 5월은 주요 전시와 크고 작은 공모전이 몰려 있는 계절이기도 했다. 안 그래도 한동안은 시간 빼기 어려울 것 같다고 투덜대지 않았던가.

"그야, 금쪽같은 휴식 시간을 쪼개서. 고맙지? 장하지? 사랑스럽지?"

"헐, 대낮부터 술 마셨니? 네, 네, 아주 장하십니다. 니가 이러고 있는 걸 교수님이 보셔야 되는데. 심히 안타까운 일이다."

"좋으면서 왜 이러셔."

"한 대 맞기 전에 그만하지?"

사실 현성은 학교 근처 카페라 정원을 매일 볼 수 있으려니 기대가 컸었다. 그런데 지척에 두고도 시간이 나질 않으니 괜히 마음만 더 조급해진다. 그녀가 과외로 바쁠 땐 한 달에 한 번 보는 것도 어려웠건만 이젠 일주일도 너무 길었다.

"그나저나 너 정말 우리 사장이랑 어떻게 아는 사인지 말 안 해 줄 거야?"

"말해 줄 것도 없다니까."

"아무리 생각해도 이상하단 말이지. 말처럼 그렇게 친해 보이지도 않더만."

"뭐가 그렇게 궁금한데? 나야, 형이야?"

그녀가 잠시 눈을 깜빡이더니 단순한 성격대로 주섬주섬 대답한다.

"음, 궁금하다기보다는 뭐랄까. 강현성 성격에 저런 왕얼음, 무매너 아저씨랑 친하다니 이상하잖아."

"내 성격이 어때서?"

"몰라서 묻니?"

"내 성격 좋은 거야 만인이 다 아는 사실인데, 뭐 문제 있어?"

정원이 갑자기 버럭 소리를 질렀다.

"아, 그놈의 문제는 아무 데서나 튀어나와. 그럼 문제가 없니?"

"응? 갑자기 무슨 소리야?"

"에휴, 말해 뭐하겠냐. 그냥 그런 게 있단다."

"실없기는……."

"너도 만만치 않거든? 담벼락과 맞먹는 얼음마스터에 요사스런 꽃누나까지. 강현성이 폭 넓은 인간관계에 내가 요즘 마이 놀라는 중이란다."

"하하, 무슨……."

"현성이 왔구나."

순간 지레 놀란 정원이 질끈 입술을 깨물었다. 저 인간은 꼭 이럴 때만 골라서 나타난다.

"어, 형. 어디 갔다 와요?"

"위에."

얄미울 정도로 담담한 그의 대답에 정원이 팩 쏘아붙였다.

"마스터, 어딜 가면 간다고 말 좀 해 달라니까요?"

"……."

"네?"

"내가 왜 은 매니저에게 일일이 보고를 하고 다녀야 합니까."

역시나 한 박자 늦게, 여전히 한 대 때려 주고 싶을 만큼 예쁘게도 대답한다. 하지만 이제는 정원도 쉽게 물러서지 않았다.

"그럼, 마스터가 자리 비울 때 들어오는 주문을 저더러 어쩌라고요."

"지금은 안 된다고 하십시오."

"에엣? 그런 게 어디 있어요?"

정원이 기막힌 얼굴로 진하를 빤히 쳐다보았다. 아무리 장사에 신경을 안 쓴다지만 이건 정도가 심하다.

"은 매니저는 그냥 할 일만 하면 됩니다."

"그러니까! 제가 카페 매니저거든요."

"이제 간단한 커피 정도는 가능하잖습니까."

"커피 정도가 아니라 에스프레소 추출뿐이죠! 그리고 마스터는 제가 아니라 사장님이잖아요! 에 또, 그러니까…… 맞다. 다른 메뉴는 어떡해요!"

"레시피 있잖습니까. 그대로 만들면 됩니다."

소귀에 경을 읽은들 이보다 더 답답할까. 누가 사장이고 누가 직원인지 모르겠다. 오늘은 조용히 넘어가나 했건만 정원은 어느새 또 혼자 열을 올리며 따지기 시작했다.

"제가 하면 맛이 안 난단 말이죠. 그리고 주방 일은 제 책임이 아니거든요? 처음부터 그렇게 말씀하지 않으셨나요?"

"토스트기 있습니다만."

"토스트는 샌드위치가 아니잖아요!"

정원이 버럭 짜증을 냈다. 하지만 진하는 유유자적 선반에서 무언가를 꺼내 쓱 내밀었다. 그리고 담담한 얼굴로 짧게 말했다.

"됐습니까."

눈앞에 딸기잼과 땅콩버터가 떡하니 놓여 있었다. 그녀가 버럭버럭 따진 것이 무색할 만큼 천연덕스럽다.

"사장님!"

"마스터."

만담처럼 이어지는 두 사람의 대화를 지켜보던 현성이 불쑥 웃음을 터트렸다.

"큿! 아하하하하……."

"나 지금 심각하거든? 웃지 마라."

딸랑!

현성을 노려보던 정원이 마침 들려오는 출입문 소리에 환하게 웃으며 돌아섰다.

"어서 오세요."

제길, 이래서 습관이란 참 무서운 것이다. 냅다 메뉴를 집어 든 정원이 빙글거리는 현성과 얄밉도록 뻔뻔한 진하를 번갈아 흘겨보며 낮게 으름장을 놓았다.

"너, 좀 이따 보자. 사장님도요!"

싱글거리며 정원의 뒷모습을 쫓던 현성이 문득 진하를 보았다. 아무 일도 없었다는 듯 컵의 물기를 닦는 모습이 여느 때와 다름없었다.

"형, 진짜 왜 그래?"

"뭐가."

툭 끊어내는 말투와 건조한 눈빛이 여전히 서늘하다. 하지만 정원을 대하는 그의 태도는 현성이 보기에도 뭔가 미묘하게 달랐다. 꼬집어 말할 수는 없지만 딱 정리되지 않는 애매함. 언제나 넘치지 않게 선이 분명한 진하이기에 더 분명하게 느껴진다.

"형 원래 그런 캐릭 아니잖아. 뭐, 은정원이 놀리는 재미는 있지만."

"그런 거 아니야."

"물론 아니겠지. 형이 그럴 사람도 아니고······. 그래도 좀 의외긴 하네."

그제야 진하가 시선을 들어 현성을 마주 보았다.

"난 형이 나름 친절한 성격이라고 생각했거든. 그런데 내가 잘못 알았나. 이제 보니 꽤나 까칠하잖아."

두 사람이 많이 다른 성격인 것은 현성도 익히 알고 있었다. 하지만 그가 아는 진하는 원체 사람에게 관심이 없었고, 정원 또한 집요하게 파고드는 성격이 아니어서 시간이 지나면 무심하게 잘 지낼 줄 알았다. 이건 뭔가 예상 밖의 상황이었다.

"뭐, 대책 없는 정원이 성격을 생각하면 십분 이해는 되는데. 그래도 날 봐서 좀 살살 해 줘요. 쟤 보기보다 여려."

"너한테 그런 소리를 들을 만큼은 아니라고 보는데. 무슨 문제라도 있나?"

"네, 네, 어련하시겠어요. 하긴 뭐, 너무 친절해도 좀 그런가?"

애초에 친절은커녕 어떤 경우에도 흔들리지 않을 사람임을 알기에 부탁한 자리였다. 그래서 설명도 없이 무턱대고 정원을 밀어 넣었고 의심조차 하지 않았다.

지금껏 현성이 보아온 서진하라는 남자는 그만큼 분명하고 확실한 사람이었다. 그런데 그의 눈빛이 생각보다 완고하다. 이번엔 진하가 서빙 중인 정원을 보며 불쑥 물었다.

"너야말로 대체 무슨 생각이야."

"오호, 눈치챘어? 어떻게 알았데? 형은 말해 주기 전엔 절대 모를 줄 알았는데."

"윤주가……."

"그럼, 그렇지. 아무튼 아줌마, 그새를 못 참고……. 뭐, 안 그래도 말하려고 했는데 잘됐네. 내가 요즘 일에 치여서 시간이 나야 말이지. 그러니까 두루 부탁 좀 하자고요."

환한 현성의 미소를 물끄러미 바라보던 진하가 스치듯 중얼거렸다.

"너야말로 의외였어."

"어허, 다들 왜 이러시나. 정원이가 어때서."

"많이…… 다르니까."

"내 말이 그거지. 달라서 좋아. 재미있고 귀엽잖아."

가볍게 말하지만 현성의 눈빛은 진심이었다. 문득 두 남자 사이로 조용한 침묵이 내려앉았다. 현성은 달라서 좋다지만, 진하는 달라서 불편했다. 그렇게 각자 다른 생각을 품은 채 어제와 같지만 다른 하루가 천천히 지나가고 있었다.

퇴근길. 집 앞에 다다른 정원의 안색이 언뜻 흐려졌다. 이 시간이면 어두워야 할 집 안에 불이 환했다. 왠지 모를 불길함에 그녀의 걸음이 빨라졌다.

큰어머니 미숙이 환하게 불이 켜진 거실에 주저앉아 서럽게 울고 있었다. 그런데 정작 경환은 달랠 생각도 않고 평소 피우지도 않는 담배를 입에 문 채 한숨만 내쉰다.

정원이 급하게 신발을 벗어 던지고 미숙에게 다가갔다.
"큰엄마, 무슨 일이에요? 왜 그러세요?"
점심을 먹고 집을 나설 때만 해도 별다른 일 없이 평온한 하루였다. 그런데 그 사이 무슨 일이 일어난 것일까. 돌연 미숙의 울음소리가 높아졌다.
"아이고, 불쌍한 내 새끼를 어쩌나. 아이고……."
"거, 누가 보면 초상이라도 난 줄 알겠네. 그만 울지 못해!"
경환답지 않은 고함 소리에 미숙이 더욱 서럽게 통곡을 했다.
"그럼 이 상황에 웃어요? 당장 합의금 마련 못 하면 고소하겠다잖아요! 아이고, 정수야. 불쌍한 내 새끼. 아이고……."
합의금? 고소? 갑자기 튀어나온 정수의 이름에 정원이 놀라 되물었다.
"이게 무슨 소리예요? 정수한테 무슨 일 생겼어요?"
"그러게 어쩌려고 운전을 하면서 졸아, 졸기를! 에이, 모자란 녀석 같으니라고……."
경환의 말이 떨어지기 무섭게 미숙이 발끈해서 소리쳤다.
"걔가 일부러 그랬어요? 오죽 피곤했으면 운전을 하면서 졸았을까. 이게 다 부모 잘못 만나서…… 아이고, 정수야."
정원이 서럽게 흐느끼는 미숙의 어깨를 끌어안았다.
"큰아버지, 정수 사고 났어요? 많이 다쳤어요? 대체 무슨 일인데요! 큰엄마, 진정하세요. 이러다 쓰러지면 어쩌시려고 그래요."
"내가 지금 진정하게 됐니! 지금 그런 속 편한 소리가 나와?

아이고, 정수야. 아이고."

"어허, 이 사람이. 왜 괜한 정원이한테 그러나!"

"내 새끼가 지금 다 죽게 생겼는데 당신은 이 와중에도 그런 걸 꼭 따져야겠어요? 우리 정수 어떻게 할 건데요. 어떡할 거냐고요! 어디 그렇게 잘나신 분이 해결 좀 해 보시구랴! 부모가 돼가지고 그 정도도 못해 주면서 무슨 할 말이 있다고 큰소리예요, 지금! 아이고, 내 팔자야. 아이고."

"죽긴 누가 죽는다고 그래! 사람이 말을 해도 꼭……."

흠칫 시선을 피하는 경환의 어깨가 낮게 가라앉았다. 하지만 미숙은 물러서지 않았다.

"그럼 당신은 정수가 이대로 고소를 당해야 속이 시원하겠어요? 어쩜, 아비가 돼서 그렇게 무심할 수가 있어요? 당신은 걱정도 안 돼요?"

"이 사람이 진짜, 말이면 다야?"

"내가 뭐, 틀린 말 했어요? 어디 할 말 있으면 해 봐요!"

점점 험악해지는 분위기에 정원이 불쑥 끼어들었다.

"큰아버지, 이게 대체 무슨 소리예요? 여기서 이러고 있어도 되는 거예요? 정수는요?"

"크게 다친 건 아니고, 몇 군데 금이 가서 입원시켰다. 우선 필요한 거 좀 챙기러 들어왔는데…… 다시 가 봐야지."

"그럼 정수는 괜찮은 거예요?"

"그게……, 다친 게 문제가 아니라 피해자가 고소를 하겠다고 난리구나."

"네? 피해자가 많이 다쳤어요? 어쩌다가……."

"아니, 그런 건 아니고. 깜박 졸다가 신호를 못 보고 앞 차를 받았다는데. 이게 또 책임보험밖에 없는 영업용 차라서 문제가 되는 모양이야. 많이 다치지도 않았는데 합의금을 내놓으라고 드러누웠구나. 어이구, 칠칠치 못한 놈. 내가 속이 터져서……."

"그만하길 천만다행이지, 당신은 왜 자꾸 정수한테 뭐라 그래요! 애비라는 사람이 그런 말밖에 못 해요? 남들은 자식 일이라면 어떻게든 못 해 줘서 안달인데 당신은 어째 그래요? 그러는 거 아니에요. 남한테 하듯이 식구들한테도 좀 해 보라고요."

"이 사람이 무슨 말을 그렇게 해! 내가 있는데 안 하나?"

"왜들 이러세요. 그만하세요. 진정하고 어떻게든 방법을 찾아봐야죠."

미숙이 무너지듯 정원의 어깨에 기대며 흐느꼈다.

"난 진정 못 한다. 내 새끼 저러다 잘못되면 내가 어떻게 사니. 아이고, 정수야."

대충 상황을 파악한 정원이 조심스레 물었다.

"그래서 얼마나 부족한데요?"

"전세 보증금이라도 빼 봐야지."

경환이 정확한 대답을 피하며 전세금을 들먹이자 미숙이 날카롭게 비아냥거렸다.

"아이고, 참 잘나셨소. 이제 다 같이 길바닥으로 나앉게 생겼구랴."

"이 사람이 정말! 그럼 당장 어쩌자고?"

잠자코 있던 정원이 불쑥 끼어들었다.

"제가 보탤게요."

"뭐? 니가 무슨 돈이 있어서!"

"적금 든 거 있어요. 그거 해약하면 모자란 돈은 채울 수 있을 거예요."

이제 두어 달만 더 부으면 만기인 적금이었다. 하지만 정원은 아무 내색도 하지 않았다. 경환이 대뜸 인상을 썼다.

"안 된다. 그게 어떻게 모은 돈인데. 사람이 염치가 있지. 생각도 말거라."

"지금 그게 문제가 아니잖아요. 우선 급한 일부터 해결 봐야죠. 돈이야 또 모으면 되는걸요. 그나마 정수가 크게 다치지 않아서 얼마나 다행이에요. 그러니까 큰아버지도 너무 뭐라 하지 마세요."

경환의 주름진 이마에 고인 근심이 더욱 깊어졌다. 하지만 이내 완강하게 고개를 저었다.

"그래도 어떻게 네 돈을 받아! 전세 보증금을 빼면 뺐지, 그건 절대 안 된다."

"무슨 말씀이세요. 큰아버지 자꾸 이러시면 저 섭섭해요. 제가 남이에요? 명색이 큰누난데 그 정도는 하게 해 주세요. 지금껏 신세졌는데 이럴 때라도 도와야죠. 그래야 저도 식구들 볼 면목이 서죠. 네?"

"신세는 무슨! 행여 그런 생각은 하지 마라."

"그러니까요. 큰아버지도 그런 소리 하지 마세요. 조카딸도

딸인데 자꾸 사양하시면 남이라서 그런다고 생각할 거예요."

경환이 애잔한 눈으로 정원을 바라보았다. 그녀가 무슨 마음으로 하는 말인지 모르지 않았다. 그래서 더욱 받을 수가 없었다.

자신이 부족해 동생이 남기고 간 하나뿐인 핏줄을 제대로 돌봐주지도 못했다. 그래서 항상 마음이 쓰이고 눈에 밟히는 아이였다. 그럼에도 항상 밝고 씩씩하게 웃어 줘서 고마운 아이였다.

차마 혼자 두고 갈 수가 없어 눈도 제대로 감지 못하던 동생의 얼굴이 어른거렸다. 그런 제 아비를 편하게 보내 주기 위해 끝까지 웃어 보이던 작은 어깨가 새삼 눈에 밟혔다. 그 애틋한 마음을 어찌 다 말로 할까.

마음 편히 기댈 곳이 없어서 제대로 울지도 못하는 외로운 아이였다. 그럼에도 혈육이라고 항상 웃으면서 살뜰하게 챙기는 마음이 더없이 깊고 예쁜 딸이었다. 아무리 급하다고는 해도 제 자식 위하자고 저 작은 어깨에 짐을 지울 수는 없었다.

지친 얼굴로 나직이 한숨을 내쉰 경환이 고집스레 고개를 저었다.

"너도 뭔가 계획이 있을 거 아니냐. 그 돈을 어찌 받아. 그렇게는 못 한다."

보다 못한 미숙이 덥석 정원의 손을 잡았다.

"고맙다, 정원아. 정말 고마워."

"어허, 이 사람이 어딜······!"

경환이 난처한 얼굴로 미숙을 채근했다. 하지만 막무가내로 매달리는 그녀를 차마 떼어놓지는 못했다.

"큰엄마도 그러니까 기운 차리세요. 이러다 쓰러지기라도 하면 어쩌시려고 그래요. 정수가 속상해 할 거예요."

"그래, 그래. 기운 차려야지. 고맙다. 고마워."

"에이, 뭐가요. 가족인데 당연하죠. 이럴 때 아니면 언제 돕겠어요."

미숙이라고 자신이 내민 손에 면목 없음을 모르지 않았다. 하지만 어미가 자식 앞에 무엇을 마다할까. 미숙이 정원을 품에 안으며 차마 미안한 눈물을 훔쳐냈다.

"그래, 그래. 내가 정말…… 미안하다, 미안해."

"왜 자꾸 그러세요. 저 괜찮다니까요. 돈으로라도 해결할 수 있으니 다행이라고 생각하세요. 진짜 사람이라도 크게 상했으면 어쩔 뻔했어요."

"그래, 그래. 네 말이 맞다. 암, 그렇고말고."

가만가만 정원을 쓸어내리는 미숙의 메마른 손이 애달팠다.

"어허, 이것 참……."

차마 말리지도 못하고 돌아서는 경환의 눈가가 아릿하게 젖어들었다. 그렇게 한숨 섞인 밤이 깊어가고 있었다.

어수선한 집안 분위기에 주말을 어찌 보냈는지 정원은 정신이 하나도 없었다. 그리고 카페가 쉬는 월요일. 정원은 아침 일찍 일어나 통장을 들고 집을 나섰다.

조그마한 원룸이라도 얻으려고 모아왔던 돈이었다. 하지만 모자란 합의금을 보태고 나니 그녀의 손에 남는 금액은 얼마 되지 않았다.

여전히 못마땅해 하는 큰아버지를 달래 합의를 본 정원은 병실에 들러 미안해하는 정수를 다독였다. 오전 내내 잡혀 있다 병원을 빠져나온 그녀가 뒤늦게 나직이 한숨을 쉬었다.

"이제 어쩐다."

꿋꿋하게 웃어 보였지만 답답하기는 정원도 마찬가지였다. 안 그래도 거동이 불편한 정수가 퇴원을 하면 당장 지낼 곳이 마땅치 않았다. 어찌됐든 그녀가 방을 비워야 하는 상황인 것이다. 앞으로 서너 달은 여유가 있으려니 했건만 갈수록 태산이었다.

경환은 어떨지 몰라도 미숙은 합의금이 해결되자 벌써부터 정원의 눈치를 보고 있었다. 아무리 잘 지내려고 노력해도 역시 한계는 있는 법. 정원은 큰집에 더 이상 짐이 되고 싶지 않았다.

"고시원이라도 알아봐야 하나."

따로 방을 얻기엔 턱없이 모자란 보증금에 다른 대안이 떠오르지 않았다. 터덜터덜 걸음을 옮기는 그녀의 어깨 위로 눈부신 오월의 햇살이 켜켜이 부서져 내렸다.

정원은 그 길로 오후 내내 카페와 되도록 가까운 곳에 위치한 고시원들을 둘러보았다. 하지만 종일 발품을 팔고 돌아다녀도 마음에 차는 곳을 발견하기란 생각만큼 쉽지가 않았다.

제일 무난해 보이는 고시원으로 마음을 정한 정원이 집으로 가는 버스를 기다리며 설핏 인상을 썼다.

"어떻게 된 게 우리 카페 휴게실보다 못하니."

오죽하면 카페 휴게실이 웬만한 고시원보다 넓고 환경도 좋았다. 정원은 문득 떠오른 생각에 피식 실소를 지었다.

"칫! 그림의 떡이로구나. 뭐, 어때. 생각도 못 해 보나."

사정이 이쯤 되자 별생각이 다 들었다. 여관도 아니고 주르륵 늘어선 고시원의 방문들을 처음 봤을 땐 차마 좋다고 할 수가 없었다. 지금껏 혼자 살아 본 적이 없는 정원으로선 낯선 경험이기도 했다. 그럼에도 절대 변하지 않는 현실이 암담할 따름이었다.

제아무리 겁 없고 씩씩한 그녀라지만 혼자라는 생각이 들면 가슴 한편이 서늘하게 추워졌다. 그래서 정원은 다른 생각이 비집고 들어오지 못하도록 더 밝게 웃었고, 더 열심히 움직였다. 힘들다고 주저앉아 울기엔 살아간다는 의미가 작지 않은 까닭이었다.

무엇보다 마지막 눈을 감는 순간까지 온전히 딸을 위해 살았던 선환을 위해서라도 맥없이 주저앉을 수는 없었다. 사랑하는 이를 잃는 아픔에 비하면 이 정도 현실쯤이야 더 이상 무섭지 않았다.

"후, 어떻게든 되겠지."

어느새 뉘엿뉘엿 해가 저물고 있었다. 맥없이 길게 늘어진 그림자가 그녀의 마음 같았다. 정원은 자꾸만 아래로 떨어지는 어깨를 애서 추스르며 고개를 들고 하늘을 보았다.

시야를 가득 물들이는 오렌지 빛 노을이 눈물 나게 따스하다. 알록달록 달콤하게 물든 새털구름이 날아갈 듯 가벼웠다.

무거운 마음으로 아래만 보고 걸으면 삭막한 회색빛 도시 풍경이 전부처럼 느껴진다. 하지만 이렇게 조금만 고개를 들어도 환하게 트인 하늘이 펼쳐져 있었다. 누구에게나 공평하게 똑같은 모습으로.

곱게 물든 하늘을 잠시 바라보던 정원이 씩 길게 미소를 지었다.

"괜찮아. 다 사람 사는 곳인걸. 괜찮아, 괜찮을 거야."

부딪쳐 보기도 전에 걱정부터 하는 건 은정원 스타일이 아니다. 피할 수 없으면 즐기라 했던가. 인생엔 절대 리바이벌이 없는 법. 앞으로 나아가지 않으면 변하는 것도 없었다.

화요일. 꽃 정리를 마치고 주방에서 식자재를 체크하던 정원이 문득 떠오른 생각에 설핏 인상을 썼다. 그리고 낭패한 얼굴로 카페에 불쑥 고개를 내밀었다.

"마스터! 어쩌죠? 깜박하고…… 어? 아직 계셨네요?"

뒤늦게 윤주를 발견한 정원이 멈칫 분위기를 살폈다.

"제가 눈치 없이, 방해가 됐나요?"

빤히 읽히는 정원의 표정에 진하는 내심 한숨을 쉬었다. 평소 윤주의 태도를 생각하면 충분히 오해하고도 남음이 있었다. 사실 지금껏 누가 오해를 하든 말든 신경 쓰지 않았다. 설명할 필요도 없고, 그럴 이유도 없으니까.

하지만 눈치랑은 담쌓은 정원이 새삼 윤주 앞에서 머뭇거리자 이유도 없이 거슬렸다. 당연하다는 듯 그림처럼 앉아 있는 윤주도, 고개를 삐죽 내민 채 눈을 굴리는 정원도 마음에 들지 않는다.

"무슨 일입니까."

"아, 저번 주 마감하면서 원두 체크하는 걸 깜박했어요. 죄송합니다."

정원이 꾸벅 고개를 숙였다. 평소라면 진하의 차가운 눈빛이 불만스러워 삐죽거렸겠지만 명백한 실수에 그럴 수가 없었다.

주말 내내 집안일에 정신이 팔려 어떻게 보냈는지 기억조차 나지 않았다. 그래도 공과 사는 분명해야 하는 법. 개인적인 사정으로 일에 지장을 주었으니 할 말이 없기도 했다. 정원이 조심스럽게 진하의 눈치를 살폈다.

"어떡하죠?"

"그거라면 괜찮습니다. 앞으로도 원두는 신경 쓰지 않아도 됩니다. 내가 알아서 준비할 테니까."

정원이 반색을 하며 눈을 동그랗게 떴다.

"정말요? 다행이다. 완전 걱정했잖아요. 그런데 어떻게 아셨어요?"

"정말 몰라서 묻는 겁니까?"

"뭘요?"

윤주가 돌연 가볍게 웃으며 끼어들었다.

"정원 씨도 참, 바리스타가 원두 재고를 모르면 되나요. 그 정도는 당연하죠. 진하 씨가 로스팅도 직접 하잖아요. 괜히 마스터가 아니거든요."

"아, 그랬구나. 어쩐지……."

"어머, 정원 씨 진짜 몰랐나 봐요?"

"그게……, 알아야 하나요?

아무도 말해 주지 않는 걸 무슨 수로 안단 말인가. 게다가 카페엔 로스팅 기계도 보이지 않았다. 윤주가 뜬금없이 활짝 웃으며 종알거렸다.

"뭐 그런 건 아니지만 같이 일하는 직원이 모르는 것도 이상하죠."

정원의 시선이 새삼 무표정한 진하에게 향했다. 말하는 분위기로 보아 제법 실력 있는 바리스타인 모양이었다. 어쩐지 커피가 심하게 맛있다 했다.

그나저나 커피 전문점을 표방한 것도 아니고, 거창하게 복잡한 커피 이름들을 늘어놓지도 않아 그냥 아담하고 한산한 카페처럼 보이건만 전문 바리스타라니. 정말 정체가 뭘까?

"이 사람 정말 프로거든요. 커피 맛을 보면 알 수 있잖아요. 그건 정원 씨도 동의하죠?"

"아, 네."

묘하게 들뜬 윤주의 목소리에 정원이 다시금 고개를 지그시 기울였다. 보면 볼수록 어색하고 부자연스러운 분위기가 물씬 풍기는 커플이었다. 그래서일까. 정원은 자신이 상관할 일이 아님에도 불구하고 두 사람에게 자꾸 시선이 갔다.

그림자가 길게 늘어지는 늦은 오후. 짧은 기간이었지만 정원은 진한 향에 중독되듯 커피의 매력에 푹 빠져들었다. 마음껏 커피를 마실 수 있는 것이 카페 일의 장점이기도 했다.
적당히 따뜻하고 향긋한 커피 한 잔과 감미로운 재즈 선율. 당장 눈앞에 닥친 일들을 생각하면 비현실적으로 느껴질 만큼 호사스러운 한때였다.
정원은 애써 무겁게 떠오르는 상념들을 털어냈다. 다행히 사고가 나기 전에 직장을 구했고, 적금만으로 무사히 해결할 수 있었다. 여기서 더 바라면 욕심이리라.
정원의 시선이 문득 바의 안쪽에서 책을 읽고 있는 진하에게 닿았다. 지난번 취객의 소동 이후, 낮엔 여전히 종종 사라졌지만 날이 어두워지면 꼬박 자리를 지키고 있었다. 말은 하지 않아도 신경을 쓰는 모양이었다.
'역시 이상한 사람이야.'
세상과 동떨어져 홀로 유유자적 평화롭다. 아직 월말 정산을 해 보지는 않았지만 카페가 돌아가는 모양이 분명 적자였다. 그럼에도 그는 여전히 아무런 불만도 걱정도 없어 보였다. 어떻게 저럴 수가 있을까.
"마스터, 정말 걱정 안 되세요?"
잠깐 고개를 들었다 다시 책으로 향하는 그의 시선에 정원이 입술을 삐죽 내밀었다.

"이 무슨 팔자에도 없는 신선놀음인지, 월급 받기 민망하단 말이죠."

"은 매니저는 충분히 제 몫을 하고 있습니다."

"아, 네에."

사람 놀라나 싶게 무심한 눈빛과 담담한 목소리도 어느새 커피만큼 익숙해져 있었다. 딱히 그녀만 그런 것은 아닌 듯 진하도 이젠 거의 반사적으로 대답하는 수준이었다. 무시하고 넘어가면 꼬치꼬치 물고 늘어져 두 배로 길어지는 잔소리의 위력이기도 했다. 그동안의 변화라면 변화랄까.

"근데 마스터, 인테리어는 대체 누구 취향이에요?"

그가 이번엔 고개도 들지 않고 짧게 대답했다.

"내 취향."

"그럼 꽃도 마스터 취향? 의외네요. 근데 왜 절화만 팔아요? 꽃다발은 솔직히 보기에만 예쁘지, 손해 보는 장사잖아요. 관리는 또 어찌나 까다로우신지. 이건 꽃이 상전이라니까요."

"화분은 물 줘야 하니까."

역시나 이상한 대답.

"절화도 물 갈아 줘야 하거든요?"

"꾸준히 관리하려면 신경 쓰이고 번거롭습니다."

익숙해진 만큼 그에 대해 조금 더 알게 된 부분이 있다면 이런 점이 아닐까. 대답하기 곤란하거나 꺼려하는 내용이면 말투가 정중하다 못해 지극히 건조해진다.

진하를 슬쩍 노려본 정원이 대답을 하든 말든 대놓고 투덜거렸다.

"흠, 솔직히 꽃다발이 손은 더 많이 가지 않나? 그럼 여기 책들도 다 마스터 취향이에요?"

"……."

"보기와 많이 다르시네요."

순 딱딱한 인문서만 읽을 것 같은데 카페 구석구석 꽂혀 있는 책들은 의외로 다양하게 구비되어 있었다. 인문서는 물론 동서양 고전을 비롯해 장르별 베스트셀러까지 빠짐없이 갖추어 놓아 작은 도서관을 방불케 한다. 카페 물품 목록에 책 구매 비용이 따로 책정되어 있는 것은 물론이었다.

진열된 책들은 대부분 신간이었지만 바(bar) 안쪽에는 좀 더 개인적인 느낌의 낡은 서가가 있었다. 오랜 시간 공들여 모은 듯 고운 손때가 묻어나는 책과 음반들.

그래서일까. <그꽃>은 평범한 북 카페라고 하기엔 어딘가 좀 미묘하게 다른 분위기를 풍겼다. 오픈된 공간임에도 종종 남의 집에 들어온 듯 사적인 느낌이 곳곳에 배여 있다. 그런 부분은 꼭 주인장을 닮은 카페랄까. 사람을 상대로 장사를 하면서 정작 사람에겐 전혀 관심이 없는 얼음마스터 말이다.

정원이 다시 꽃으로 시선을 돌렸다.

"그런데 마스터, 꽃은 왜 저렇게 여러 가지를 주문해요? 잘 팔리는 거 위주로 갖다 놓는 게 낫지 않을까요? 어차피 안 팔리면 다 버려야 하는데 아깝잖아요."

"괜찮습니다."

"괜찮긴 뭐가 괜찮아요. 버리는 게 절반 이상인데. 안 팔리는 꽃은……."

그가 갑자기 읽던 책을 덮으며 정원의 말을 잘랐다.

"그만하지. 안 팔아도 됩니다."

"네에? 그런 말이 어디 있어요?"

"은 매니저는 시키는 일만 하면 되는 거 아닌가?"

"그래도 그런……."

지금껏 본 적 없는 싸늘한 눈빛. 왠지 모르지만 예의 무심함과는 많이 달랐다. 이번엔 진짜 뭔가 실수를 한 기분이랄까. 갑자기 자리에서 일어난 진하가 여지없이 선을 그었다.

"내 경영방침에 불만 있습니까?"

그런데 이건 또 무슨 조화일까. 매정한 그의 눈빛에 정원은 괜스레 마음이 상했다. 무언가 실수를 한 건 알겠는데 그럼에도 당황스러울 만큼 서운함이 밀려들었다.

"불만이야 당연히 많죠! 그걸 몰라서 물으세요?"

진하가 설핏 인상을 굳혔다. 하지만 팩 돌아선 정원은 분무기를 들고 이미 꽃이 있는 테라스로 향하고 있었다.

'내가 뭐 틀린 말 했어? 아악! 짜증나. 내가 뭘 어쨌다고 성질이야, 성질이……!'

기실 그가 대놓고 화를 낸 것도 아니건만 왜 이런 기분이 드는 것일까.

사람과 사람 사이엔 굳이 말로 하지 않아도 알아지는 것들이 있었다. 딱히 표현은 안 했지만 정원은 내심 진하와 많이 편해졌다고 생각했다. 그녀가 아무리 떽떽거려도 매번 무던하게 넘어가서 살짝 마음이 풀어진 것도 사실이었다.

마치 딴 세상 사람인 양, 이해가 안 될 정도로 답답한 구석은 여전했지만 보기보다 어렵지 않은 사람이라는 것도 어렴풋이 느껴졌다. 오히려 아등바등 빡빡하게 살아온 그녀와 너무 달라서 좋은 점도 있었다.

'좋아? 저 말 안 통하는 인간 담벼락이?'

정원의 손이 순간 멈칫 굳었다. 그리고 이내 버럭 인상을 쓰며 눈앞의 꽃을 노려보았다.

'니가 정녕 제정신이 아니구나.'

그럼에도 애매하게 거슬리는 이 찜찜함은 무얼까. 정원은 버릇처럼 꽃다발 앞에 쪼그리고 앉아 곰곰이 생각에 빠져들었다.

진하는 언제나 그랬듯 제 자리에서 정원의 하는 양을 지켜보고 있었다. 조그만 입술이 삐죽삐죽, 말간 눈가에 미처 토해내지 못한 불만이 가득 고인다.

풀썩 쪼그리고 앉은 그녀가 역시나 꽃들과 대화를 시도했다. 이제는 익숙하다 못해 당연해져 버린 풍경이었다.

"하······."

진하는 무심코 허탈한 한숨을 내쉬었다. 그리고 그런 자신의 모습에 흠칫 인상을 썼다.

매번 이런 식이다. 과하게 파고드는 질문에 거리를 두는 것도 잠시, 어느새 풀어져서는 까마득히 잊어버렸다. 현성이 따로 부탁할 필요도 없이 그녀는 너무나 쉽게, 너무나 당연하게 그의 일상을 흔들었다. 문제는 그녀가 아니라 진하 자신이었다.

얼핏 달라진 것은 없어 보였다. 두 사람의 대화는 여전히 삐걱거렸고 가끔은 이유를 알 수 없는 잔소리까지 덤으로 쏟아졌다. 혼자서도 어찌나 잘 떠드는지 정신을 차려 보면 그가 저도 모르게 열심히 대답을 하고 있었다. 그리고 지금처럼 뒤늦게 브레이크를 걸고 끊어낸다.

하지만 그조차도 지나고 나면 끝이었다. 왜 그랬는지조차 기억에 없었다. 그리고 같은 일이 또 반복됐다. 대화하고, 끊어내고, 토라지고 다시 대화한다.

'좋지 않아.'

진하의 시선이 다시금 정원에게 향했다. 그녀가 이번엔 꽃을 뜯어먹기라도 할 것처럼 무섭게 노려보고 있었다. 언뜻 진짜 그럴 수도 있다는 생각이 들었다. 어찌나 엉뚱한지 겉으로 보이는 모습과 실제 성격의 간극이 참으로 난감한 여자였.

깔끔하게 묶어 내린 긴 갈색 머리칼이 오후 햇살에 금실처럼 너울지며 드리웠다. 동그란 이마, 굴곡 없이 모양 좋은 코, 금방이라도 잔소리를 쏟아낼 것처럼 야무진 입술. 오밀조밀한 이목구비를 따라 흐르는 선이 섬세했다.

화장도 하는 둥 마는 둥 립글로스로 간단히 마무리한 얼굴이 유난히 어려 보인다. 덕분에 턱을 괴고 동그마니 앉아 있는 옆모습이 철부지 아이 같았다.

하여 디테일 없이 심플한 카페 유니폼이건만 그녀가 입고 있으면 가늘고 여린 선이 도드라져 묘하게 위태위태한 느낌이 들었다. 이유도 없이 가끔 돌아보게 될 정도로.

'쓸데없는 생각.'

그녀는 종종 무엇이 진짜인지 종잡을 수 없을 만큼 다른 모습으로 사람을 당황스럽게 만들었다. 너무나 현실적인 반면 대책 없이 무방비했고, 절대 흔들릴 것 같지 않은 단단함 뒤로 부서질 듯 여린 속내를 드러내기도 했다.

더 없이 단순한 성격이면서 때로 놀랍도록 예리하고, 겉모습만으로 쉽게 판단하거나 현혹되는 법도 없었다.

가장 난감한 것은 그가 괜찮다는데, 하지 말라는데 자꾸 왜냐고 묻는 것이었다. 그리고 끝없이 무언가 할 일을 만들고 의견을 물었다. 지금껏 그만둔 매니저들과는 또 다른 이유로 곤란한 사람이었다. 새로운 매니저는 일을 너무 열심히 했다. 필요 이상으로.

딸랑.

"어서 오세요."

카페 문 열리는 소리에 발딱 일어선 그녀가 햇살처럼 환하게 웃었다. 동시에 그녀를 보고 있던 진하의 눈빛이 깊게 가라앉았다.

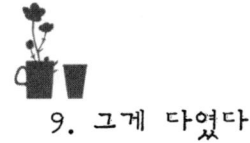

9. 그게 다였다

 월요일. 입원했던 정수가 퇴원하는 아침이었다. 일찌감치 일어난 정원은 전날 밤 냉동실에 넣어 뒀던 사골을 꺼내 미숙에게 내밀었다.
 "큰엄마, 정수 오늘 퇴원이죠? 이거 고아 먹이세요. 뼈 붙는 덴 사골이 좋대요."
 아침상을 치우던 미숙이 놀란 눈으로 정원을 보았다.
 "아니, 뭐 이런 걸 다……."
 "그동안 일하느라 고생했을 텐데 보약은 못 해도 보신 정도는 해 줘야죠."
 머뭇머뭇 사골을 받아든 미숙의 눈가에 급기야 말간 물기가 어렸다.
 "고맙다. 정원이 너도 많이 고될 텐데……."
 "무슨 말씀이세요. 저야 큰엄마 덕분에 든든하게 집밥 먹고 다니잖아요. 이럴 때 아님 언제 누나 노릇 해 보겠어요."
 살며시 정원의 손을 잡은 미숙이 머뭇머뭇 쓰다듬었다.
 "고맙다. 고마워. 내가 정말 너 볼 면목이 없구나."
 "에이, 또 그러신다. 가족끼리 그런 말이 어디 있어요."
 "그래도…… 고맙다. 정원아."
 차마 고개를 들지 못하는 미숙의 정수리에 하얗게 내려앉은 서리가 시리게 가슴을 울렸다. 그녀의 고된 삶을 대변하듯이.
 정원이 애써 웃으며 미숙의 마른 어깨를 끌어안았다.
 "저야말로 큰엄마한테 정말 많이 고마워요."
 "아니다. 아니야. 내가 해 준 게 뭐가 있다고."
 "해 준 게 왜 없어요. 저 큰엄마한테 받은 거 엄청 많아요. 그런 말 마세요."
 그제야 고개를 든 미숙이 거친 손을 들어 정원의 뺨을 쓸어 내렸다.
 "그래, 그래. 우리 맏이 덕분에 엄마가 참 든든하구나."
 "그걸 이제 아셨어요?"
 "그러게. 엄마가 미련해서 그걸 이제야 알았구나. 이제야."
 슬며시 고개를 돌리며 눈물을 훔치는 미숙의 여린 어깨 위로 봄 햇살이 화사하게 흩어졌다. 두 사람의 마음에도 그렇게 봄이 찾아오고 있었다.
 휴무인 월요일. 정수가 일주일 만에 퇴원을 하는 날이기도 했다. 정원은 식구들을 기다리며 그동안 정들었던 작은 방을 찬찬히 둘러보았다.

고3이었던 사촌 여동생과 부대끼며 일 년, 그리고 또다시 일 년 남짓. 장성한 조카인 그녀를 이만큼 거두어 준 것만으로도 참 고마운 일이었다. 정원도 더 이상은 무리라는 것을 잘 알고 있었다.

현명한 사람은 머무를 때와 떠날 때를 분명히 안다고 했다. 지나친 것은 모자람만 못하다고도 했다. 이 이상 머물면 당장은 아니더라도 다시금 불편한 마음이 앙금처럼 쌓이리라. 정원은 그동안 신세졌던 마음의 빚을 조금이라도 갚은 지금이 바로 그때라고 생각했다.

짐 가방을 거실에 내놓은 정원이 한숨 돌리는데 마침 큰아버지 부부와 정수가 현관문을 열고 들어왔다. 먼저 그녀를 발견한 정수가 성한 손으로 뒤통수를 긁으며 멋쩍게 웃어 보였다. 그리고 안으로 성큼 들어서며 넙죽 고개 숙인다.

"누나! 정말, 미안해. 그리고 고마워."

"또 그런다. 무슨 소리야. 그만하길 정말 다행이지."

정원도 마주 웃으며 멍이 채 가시지 않은 이마와 깁스한 팔을 조심스레 살폈다. 정수가 아무렇지도 않다는 듯 씩씩하게 웃으며 성한 손으로 불쑥 거수경례를 했다.

"충성! 앞으로 정말 잘할게!"

"말이라도 고맙네."

"정말이야. 두고 보라니까."

장난스럽게 말했지만 큰아버지를 닮아 우직하고 순한 눈가에 진심이 가득 묻어났다. 정원이 피식 웃으며 고개를 끄덕였다.

"오냐, 알았다. 기대하겠어."

경환이 문 앞의 짐을 발견하고 얼핏 인상을 굳혔다.

"그런데 정원아, 저 가방은 뭐냐?"

"아, 정수도 퇴원했는데 편히 쉬게 해 줘야죠."

"그래서?"

"그게……"

"됐다. 방은 그대로 네가 쓰고, 정수는 거실에서 생활하면 돼. 딴생각 마라."

정원이 대답할 틈도 없이 미숙도 한마디 거들었다.

"그래, 정원아. 네가 갈 데가 어디 있다고……"

"아니, 전 괜찮은데……"

"어허, 괜찮기는! 아빠 말 들어."

단호한 경환의 태도에 정수와 미숙도 말리고 나섰다.

"누나가 이러면 내가 서운하지. 나야말로 괜찮거든? 다리는 멀쩡하단 말이지."

"그래, 정원아. 네가 이렇게 나가면 우리가 어떻게 발을 뻗고 자니. 이러는 거 아니야."

예상외로 완강한 반대에 부딪힌 정원은 사뭇 당황스러웠다. 시기가 조금 앞당겨졌을 뿐, 언제고 해야 할 독립이었다. 많이 생각하고 어렵게 결정한 만큼 이제 와 망설일 이유도 없었다. 잠시 생각을 정리한 정원이 조심스레 말을 골랐다.

"저기, 제가 좀 알아봤는데요."

"누나, 설마 고시원 같은 데 들어가려는 건 아니지?"

"뭐? 고시원?"

성급한 경환의 다그침에 정수를 설핏 흘겨본 정원이 설명을 보탰다.

"큰아버지, 요즘은 고시원도 좋아요. 정수, 넌 잘 알지도 못하면서 왜 그러니."

"무슨 소리야, 누나. 시커먼 내 친구 놈들도 고시원에서 한 달을 못 버티더라."

"그 정도는 아니거든?"

"누나야말로 모르는 소리 마. 고시원이 얼마나 좁고 불편한데. 방음도 안 되지, 보안도 나쁘지. 무엇보다 어떤 사람들이 드나드는 줄도 모르면서 여자 혼자 그런 데서 생활하는 거 정말 위험하거든? 생각도 하지 마. 아버지, 고시원은 절대 안 돼요."

정수의 말에 경환의 표정이 더욱 굳어졌다.

"정수 말이 아니라도, 그런 데 어떤 놈들이 있는 줄 알고 다 큰 처녀가 혼자 들어가! 절대 안 된다."

"큰아버지, 그게 아니라……."

"안 된다면 안 되는 줄 알아. 정원이 너, 이럴 작정으로 적금까지 헌 게야?"

"저 못 믿으세요? 정말 괜찮다니까요."

서운함을 감추지 못하는 큰아버지의 모습에 당황한 정원이 씩씩하게 웃었다.

"누나가 고시원 생활을 하게 만드느니 내가 간다. 고시원."

"정수, 너야말로 그 팔로 무슨 소리니?"

보다 못한 미숙이 급기야 정원의 손을 잡으며 말리고 나섰다.
"정원아, 조금 불편하겠지만 그냥 같이 지내면 안 되겠니? 엄마가 부탁하마. 응?"
"엄마까지 왜 이러세요."
경환이 다시 한 번 단호하게 말을 잘랐다.
"안 된다고 했다. 그렇게 알고 이 얘긴 여기서 끝내자."
"큰아버지, 그게……."
"어허!"
그녀가 너무 쉽게 생각했던 것일까. 하지만 하루 이틀도 아니고 정원 하나로 인해 식구들의 불편이 너무 많았다.
썩 좋다고 말할 수는 없었지만 고시원도 다 사람 사는 곳이었다. 아무리 생각해 봐도 기회가 닿았을 때 독립을 하는 것이 옳았다. 정원이 잠시 머뭇거리는 사이 경환이 다시 한 번 못을 박았다.
"안 된다면 안 되는 줄 알아. 정수야, 누나 짐 당장 들여놔라."
"아, 아니, 큰아버지, 정수가 오해한 거예요. 그게 그러니까 고시원이 아니고요!"
다급해진 정원이 가방을 막아서며 외쳤다. 그리고 식구들의 시선을 피하며 빠르게 머리를 굴렸다.
'어, 어쩌지?'

"여기니? 생각보다 조용하구나."

"네?"

잠시 카페 문 앞에 멈춰 서서 숨을 고르던 정원이 화들짝 놀라 고개를 들었다. 미숙이 호기심 가득한 눈으로 주변을 둘러보며 말했다.

"안 들어가니?"

"네? 아, 저기……."

여기까지 오는 동안에도 내내 못마땅해 하던 경환이 걱정스레 입을 열었다.

"왜? 뭐 문제라도 있는 게야? 역시 미리 연락을 하고 왔어야……."

"아, 아니에요. 오늘은 휴일이라 사장님도 안 계시고…… 그, 그리고 얘기는 이미 다 해 놨어요. 아무 때나 들어와도 된다고 그랬는걸요. 여기 카페 키도 있잖아요."

"이거 원, 정말 이래도 괜찮은 건지 모르겠구나. 너무 갑작스러워서."

"큰아버지도 참, 정말 괜찮다니까요. 걱정 마세요."

자못 씩씩하게 웃어 보인 정원이 큼지막한 캐리어의 손잡이를 고쳐 잡았다. 그리고 차마 내키지 않는 마음을 다잡고 천천히 걸음을 옮겼다.

'미쳤지. 미쳤어.'

어쩌다 여기까지 오게 됐는지 정원은 그저 기가 막힐 따름이었다.

[그게, 고시원이 아니고요. 그러니까 그게…… 맞다. 카페!]
식구들이 의아한 눈으로 정원을 보았다.
[카페?]
[네, 카페에 직원용 숙소가 하나 있어요.]
급하게 둘러댄다는 것이 하필이면 왜 카페였을까. 하지만 의구심 가득한 가족들의 시선에 정원은 자신의 말을 주워 담을 틈도 없이 말도 안 되는 설명을 주절주절 늘어놨다.
[제가 하는 일이 카페 관리라고 말씀드렸죠? 그러니까 그게 말이 매니저지 일종의 월급 사장 같은 거예요. 그래서 사장님이 혹시 출퇴근하기 힘들면 숙소를 사용해도 좋다고 하셨거든요.]
역시나 정수가 제일 먼저 의심을 했다.
[무슨 그런 카페가 다 있어?]
[아, 그게 좀 특이하긴 한데, 우리 사장님이 그…… 바리스타 일로 바빠서 자잘한 카페 업무에 신경 쓰는 걸 싫어해. 그러니까, 원래 그…… 뭐라고 해야 하나? 그래, 전담 매니저를 구했었거든. 그런데 요즘은 그런 사람 구하기가 쉽지 않잖니. 그래서 휴게실로 쓰면서 비워 놓은 거래.]
정수는 여전히 미심쩍어했지만 순진한 미숙은 의외로 쉽게 넘어갔다.
[그럼 그렇다고 처음부터 말을 했어야지.]
[저야 말하려고 했죠. 그런데 설명할 기회도 안 주셨잖아요. 정수가 고시원이라고 지레짐작한 거예요.]

그렇게 넘어가는가 싶은 마음에 정원은 내심 가슴을 쓸어내렸다. 그런데 잠자코 듣고 있던 경환이 불쑥 나선 것이다.

[그래, 그럼 어디 한번 가 보자꾸나. 내 눈으로 확인을 해야 안심하고 널 맡기지.]

[네?]

[그 사장이란 사람한테 인사도 하고.]

[아, 아니, 그러지 않으셔도……!]

정원이 다급히 말리고 나섰지만 경환은 완고했다.

[무슨! 사람이 본데없이 그러는 거 아니다. 갑자기 신세를 지게 됐는데 인사라도 제대로 해야지.]

[그래. 이런 일엔 어른들이 나서서 말을 해 둬야 그쪽도 너한테 함부로 못 하는 거야. 큰아빠 말 들어.]

미숙까지 고개를 끄덕이며 따라나서자 당황한 정원이 급하게 핑계를 댔다.

[아니, 그게 그러니까…… 아, 오늘은 쉬는 날이라 사장님도 안 계세요.]

[그래? 그럼 우선 네가 지낼 숙소만이라도 보자꾸나. 어떤 곳인지는 알아둬야지.]

그리고 정신을 차려 보니 어느새 카페 앞이었다.

'아니, 거기서 왜 카페가 튀어나오니. 제정신이야?'

정원은 새삼 터져 나오려는 한숨을 꾹꾹 눌러 삼켰다. 갑갑한 마음에 고시원보다 카페 휴게실이 더 낫겠다는 생각은 했었다.

하지만 생각은 생각일 뿐, 현실적으로 가능하지가 않은 일이었다. 정말이지 일이 이렇게 꼬일 줄은 상상조차 하지 못했다.

정원은 코앞에 닥친 상황이 제발 꿈이기를 바랐다. 하지만 믿을 수 없게도 이 또한 현실이었다. 바싹 타는 속을 애써 가라앉힌 정원이 어두운 카페 안을 지그시 노려보았다.

'설마, 아무도 없겠지?'

지금으로선 카페가 휴일이라는 것이 유일한 희망이었다. 다행히 비상 키도 있었다.

'괜찮아. 괜찮을 거야. 잠깐 들어가서 휴게실만 보여 드리고 나오면 되는걸. 문제없어.'

하지만 아무리 마음을 다잡아도 발걸음이 천근만근 무거웠다.

"카페가 정말 한적하고 깔끔하네."

불쑥 고개를 내미는 미숙의 목소리에 바짝 긴장하고 있던 정원이 화들짝 놀라 대답했다.

"네? 아, 네."

"정원아, 그런데 너 안색이 왜 그러니? 어디 아프니?"

"아니, 아무렇지도 않아요. 괜찮아요."

"괜찮기는. 얼굴이 말이 아닌데."

"아니, 정말……."

고개를 젓던 정원은 카페 안에서 들려오는 목소리에 그대로 굳어 버렸다.

"거기 누구…… 은정원 씨?"

정원은 차마 고개도 돌리지 못하고 두 눈을 꾹 감았다.

'아니야, 그럴 리가 없어. 그 인간이 여기 왜!'

너무 긴장한 나머지 환청이 들린 것이리라. 조명도 꺼진 빈 카페에 사람이 있을 리 없었다. 하지만 그녀의 간절한 바람은 이내 무참히 무너졌다.

"은 매니저, 무슨 일입니까? 오늘은……."

정원보다 먼저 진하를 발견한 미숙이 흘깃 넘겨보며 나직이 물었다.

"아무도 없을 거라더니 저 사람은 누구니? 혹시 사장님?"

정원이 하얗게 빈 얼굴로 멀거니 미숙을 보았다. 하지만 이번에도 그녀보다 미숙이 빨랐다.

"어머, 마침 사장님이 계셨나 보네요. 안녕하세요. 처음 뵙겠습니다. 정원이 엄마예요."

"아, 네. 안녕하십니까."

"사장님이 생각보다 많이 젊으시네. 혹시 결혼은……."

정원은 순간 눈앞이 하얗게 탈색되는 느낌에 주먹을 꼭 그러쥐었다. 마침 뒤따르던 경환이 이어지는 미숙의 말을 막아선다.

"흠! 이 사람이 지금 무슨 소리를……."

"아, 왜요? 내가 뭐 못 할 말이라도 했어요?"

"어허, 그래도……."

"아, 알았어요. 그만하면 되잖아요."

미숙이 물러서자 이번엔 경환이 악수를 청하며 진하 앞으로 나섰다.

"초면에 이렇게 불쑥 죄송합니다. 정원이 애비 되는 사람입니다. 우리 아이가 갑자기 신세를 지게 돼서, 이거 뭐라 인사를 드려야 할지……."

"그게 무슨……?"

점입가경이라. 얼떨결에 경환과 악수를 나눈 진하가 묘한 눈으로 정원을 돌아보았다.

차마 돌아보지도 못하고 석상처럼 굳어 있던 정원이 그제야 천천히 고개를 들었다. 하지만 눈앞이 깜깜하기는 마찬가지. 두 발이 땅에 닿아 있지 않은 것처럼 아무런 느낌도 없었다. 마음 같아선 그냥 이대로 흔적도 없이 사라졌으면 싶었다.

하지만 이미 벌어진 일. 절대 피할 수 없는 것이 바로 눈앞의 현실이다. 그녀 혼자라도 어떻게든 이 말도 안 되는 상황을 이어가야만 했다. 어차피 삶은 할 수 없어도 해야만 하는 부조리의 연속이다.

단 몇 초의 짧은 침묵이 정원에겐 영겁처럼 길게 느껴졌다. 깜박깜박. 무심하게 움직이는 눈꺼풀을 따라 정원은 머릿속에 휘몰아치는 끔찍한 폭풍을 어렵사리 밀어냈다. 그리고 일말의 미동도 없이 말간 얼굴로 아무렇지도 않게 입을 열었다.

"마스터, 전에 말씀하신 직원 숙소 말인데요. 왜 저보고 언제든 써도 좋다고 하셨잖아요."

순간 진하의 눈가에 짙은 의구심이 떠올랐다. 그 변화가 너무나 선명해서 비현실적으로 느껴질 정도였다. 아무리 담벼락과 친구 먹는 얼음마스터라도 이런 말도 안 되는 상황에 어찌 놀라지 않을까.

하지만 벼랑 끝에 몰린 정원은 그의 감정까지 돌아볼 여유가 없었다. 경환과 미숙이 이상한 점을 눈치채기 전에 어떻게든 이 자리부터 벗어나야 했다. 지금으로선 입이 무거운 그에게 모든 것을 걸어 볼밖에 방법이 없었다.

정원은 우선 그와 멀뚱히 마주 보고 선 경환의 앞으로 끼어들었다.

"큰아버지, 진짜 괜찮다니까요. 자꾸 이러시면 사장님도 불편해 하세요."

"아무리 그래도 사람이 염치도 없이 그러면 안 되지."

경환의 시야를 가리고 천천히 돌아선 정원이 간절한 눈으로 진하를 보았다.

'제발……'

저도 모르게 꽉 마주 잡은 손마디가 아프도록 하얗게 도드라졌다. 아무것도 모르는 그가 딱히 무엇을 해 줄 수 있을까. 하지만 지금 그녀가 기댈 수 있는 사람 또한 아무것도 모르는 저 남자밖에 없었다.

할 수만 있다면 정말 소리 내어 기도라도 하고 싶은 심정이었다. 그게 무엇이든 이 상황만 벗어날 수 있으면 되었다. 다행히 진하는 묵묵히 그녀의 설명을 기다리고 있었다.

정원이 바짝 마른 입술을 질끈 깨물었다. 더 이상 다른 길은 없다.

"제가 큰아버지께 허락부터 받고 말씀드린다고 했잖아요. 그래서 오늘 시간 난 김에 한번 보시겠다고 오신 거거든요."

여전히 알 수 없는 그녀의 말에 진하의 눈빛이 서늘하게 가라앉았다. 하지만 큰아버지 부부가 지켜보는 앞에서 정원이 할 수 있는 일은 많지 않았다.

그런데 이 남자 무슨 생각인지 묵묵히 정원의 하는 양을 지켜보기만 한다. 오히려 그의 과묵함(?)이 마음에 들었는지 경환이 한결 편해진 얼굴로 다시 한 번 정중하게 인사를 했다.

"이거 참, 사장님 뵐 면목이 없습니다. 그래도 과년한 딸아이가 어디서 지낼지는 알아둬야 할 거 같아서 이렇게 실례를 무릅쓰고 찾아왔습니다. 우리 정원이 앞으로 잘 부탁드립니다."

미숙도 덩달아 한마디 보탠다.

"아시겠지만 우리 아이가 야무지고 부지런해서 다른 걱정은 안 하셔도 될 거예요. 잘 부탁드려요."

여전히 말은 없었지만 정원은 시간이 지날수록 그의 눈빛이 미묘하게 짙어지는 것을 알 수 있었다. 단호한 입가에 묻어나는 서늘한 냉기가 그녀의 가슴 한편을 슥 베고 지나간다. 그 느낌이 너무나 선연하게 닿아서 심장이 뛰는 법을 잊은 듯 움츠러들었다.

순간 정원은 이유도 없이 울컥 치솟는 참담함에 그대로 주저앉아 눈물을 쏟을 뻔했다.

'정신 차려, 은정원.'

하지만 지금은 아니었다. 그럴 수도, 그래서도 안 되었다. 그가 어떤 시선으로 자신을 바라보든, 무슨 생각을 하고 어떤 오해를 하든 당장은 중요하지가 않았다. 우선 어른들부터 무사히 보내 드린 후에. 생각도 설명도 그 후에. 그 다음에.

애써 진하의 시선을 외면한 정원이 그림처럼 밝게 웃으며 경환과 미숙의 손을 잡아끌었다.

"제가 지낼 곳도 보셔야죠. 이쪽이에요. 따라 오세요."

"그래, 그럼."

경환이 다시 한 번 진하를 향해 고개를 끄덕였다. 무슨 생각인지 모르지만 그가 다행히도 큰아버지 부부에게 정중히 고개를 숙여 주었다. 그것만으로도 정원은 마음 깊이 감사할 수 있었다. 지금 이 순간만큼은 그것으로 모두 되었다.

휴게실을 가볍게 둘러보고 나와서도 인사를 하는 부부를 서둘러 데리고 나온 정원은 버스 정류장에 도착해서야 가벼운 한숨을 내쉬었다. 그녀의 안색을 살피던 경환이 무겁게 입을 열었다.

"정말 혼자 괜찮겠냐?"

정원이 짐짓 밝게 웃으며 씩씩하게 대답했다.

"그럼요. 보셨잖아요. 고시원보다 안전하고 주변 환경도 좋아요. 걱정 마세요."

"이거 원, 갑자기 무슨 일인지……."

경환이 차마 말을 잇지 못하고 낮게 한숨을 쉬었다. 졸지에 숙소로 둔갑한 휴게실을 둘러보며 연신 감탄을 내뱉던 미숙도 차마 발이 떨어지지 않는지 정원의 손을 잡고 머뭇거렸다.

겉으로 보기엔 낡고 좁은 큰집보다 휴게실이 나을지도 몰랐다. 하지만 막상 낯선 곳에 그녀를 혼자 두고 가려니 썩 내키지 않는지 부부의 안색이 어두웠다. 잘해 주든 못해 주든 곁에 두고 챙기는 것과 어찌 비할까.

미숙이 도저히 안 되겠는지 조심스레 입을 열었다.

"정원아, 그냥 집에……."

"에이, 왜 또 그러세요. 정연이처럼 기숙사 보낸 셈 치세요. 솔직히 비교해 봐도 정연이 기숙사보다 좋은걸요."

미우나 고우나 그래도 이 년 남짓 부대끼며 살아온 가족이었다. 그 마음을 정원이라고 어찌 모를까. 미숙이 차마 미안한 마음에 고개도 들지 못하고 말없이 그녀의 손등을 토닥였다.

"고맙다, 정원아. 그동안 서운했던 거 있으면 다 풀어. 엄마 마음 알지?"

"그런 말씀 마세요. 제가 서운할 게 뭐 있어요. 자꾸 이러시면 저 화내요? 다시 안 볼 것도 아닌데 자꾸 왜 그러세요. 저 이제 집에 가지 마요?"

"아니, 아니다. 그럴 리가 있니."

끝내 미숙의 눈가가 촉촉하게 젖어들었다.

"쉬는 날 찾아뵐게요. 그럼 되죠?"

"그래, 그래. 꼭 와야 한다?"

"그럼요. 제가 집 말고 갈 데가 또 어디 있다고요."

두 사람을 말없이 지켜보던 경환이 새삼 카페 골목을 돌아보며 낮게 혀를 찼다.

"허, 이거 원. 사장이란 사람도 생각보다 너무 젊어 보이고."
"그러게 결혼은 했다니?"

이어지는 미숙의 질문에 행여 다른 말이 나올까 정원이 급하게 말을 돌렸다.

"여기 현성이가 소개시켜 줬다니까요? 현성이 아시잖아요. 그리고 저 은선환 씨 딸 은정원이에요. 못 믿으세요?"

"믿지, 믿어. 아무튼 조금만 더 고생하거라. 형편 되는 대로 집이랑 가까운 데 월세라도 한 칸 구해 보마."

"정말 안 그러셔도 된다니까요. 정수 복학도 해야 하고 정연이도 있고, 앞으로 돈 들어갈 일 많잖아요. 전 걱정 마세요."

"무슨 소리. 지금은 당장 형편도 그렇고 경황이 없어 어쩔 수 없이 네 고집대로 따른다만, 다 큰 처녀가 혼자 남의 집 살이 오래하는 거 아니다. 요즘 세상이 얼마나 험하고 무서운데. 그렇게 알거라."

미숙도 고개를 끄덕이며 정원의 손을 다시금 꼭 잡았다.

"그래, 정원아. 그건 큰아빠 말이 맞아. 밥 꼭 챙겨 먹고 알았지?"

"네. 제 걱정은 마시고 조심해 들어가세요."

어렵사리 큰아버지 부부를 보낸 정원은 버스가 멀어지는 모습을 멀거니 바라보다 정류장 벤치에 그대로 주저앉았다. 산 너머 산이라. 이렇게 앉아 있을 상황이 아니건만 차마 일어설 용기가 나지 않았다. 햇살이 따스한 오후인데 손끝부터 싸하게 한기가 올라온다.

정원은 한동안 그렇게 미동도 않은 채 하얗게 탈색된 자신의 손끝을 멍하니 바라보고 있었다. 세상이 덩달아 하얗게 지워진다. 진심으로 아무 생각도 나지 않았다. 손끝으로 혼이라도 빠져나간 것처럼 멍하니 꼼짝도 할 수가 없었다.

은정원 방전되다. 씩씩한 척, 아무렇지도 않은 척 웃는 것도 더 이상은 못 할 것 같았다. 그 사람 앞에서 이런 참담한 기분을 들키지 않고 제대로 설명할 자신도 없었다. 사실 어디서부터 어떻게 설명을 해야 할지도 모르겠다.

정원은 종종 자신이 하루살이 같다는 생각을 했다. 어제도 없고, 내일도 없이, 그저 오늘 하루가 전부인 양 앞만 보고 살아간다. 그조차도 종종 힘에 부쳐 한숨이 쏟아져 나왔다.

그런데 이젠 그 한 치 앞조차 막막해서 이대로 흔적도 없이 사라져 버렸으면 싶었다. 정말 그럴 수만 있다면 다른 것은 어떻게 되어도 좋았다. 머리끝까지 차올랐던 눈물도 그새 말라 버렸는지 가슴이 휑하다. 눈물은커녕 한숨조차 쉽게 나오지 않았다. 덩그러니 세상에 혼자 남겨진 것 같은 기분에 가슴 가득 먹먹한 서러움이 대책 없이 밀려든다. 여기서 무엇을 더 어찌해야 할까. 누가 좀 알려줬으면 좋겠다.

'대체 무슨 일인 거지?'

진하는 정원의 일행이 보이지 않을 때까지 별다른 내색 없이 제자리에 서 있었다. 그리고 카페 입구에 덩그러니 놓여 있는 커다란 캐리어를 물끄러미 바라보았다.

카페가 쉬는 월요일. 진하는 새로 개봉한 원두를 시음해 보고 있던 중이었다. 로스팅을 할 때마다 한 번도 거른 적 없는 일과 중 하나였다.

커피는 로스팅 이틀 후부터 가스가 빠져나가고 숙성이 되면서 개봉하고 일주일까지가 제일 맛있었다. 그런 이유로 손님이 많든 적든 개봉한 원두는 일주일 이상 쓰지 않는 것이 카페 <그꽃>의 유일한 원칙이기도 했다.

"아, 커피라도 한 잔 권했어야······."

이미 식어 버린 커피를 보며 무심코 중얼거리던 진하가 이내 실소를 지었다.

"하, 내가 지금 무슨 소리를······."

이런 상황에 커피라니. 스스로 말해놓고도 어이가 없었다.

다만 한 가지, 하얗게 질린 정원의 얼굴을 마주한 순간 그날 밤이 떠올랐을 뿐이다. 그의 옷깃을 구명줄인 양 꼭 부여잡고 있던, 하얗게 도드라진 그 작은 손이 이유 없이 겹쳐 보였다. 커다랗게 열린 채 가늘게 떨고 있는 동공도 잡힐 듯 선명하게 다가들었다.

갑작스럽기도 했지만 그 찰나의 느낌 때문에 진하는 일련의 상황을 우선 지켜보기로 했다. 영문 모를 소리에도 한마디 질문조차 하지 않았다.

왜일까. 썩 기분이 좋지 않은데도 무작정 그래야만 할 것 같았다. 겁에 질려 표정 없이 활짝 열린 동공이, 부러져라 꼭 마주 잡은 하얀 손마디가, 날아갈 듯 창백한 안색이 그렇게 말하고 있었다. 그냥 모른 척 있어 달라고.

 어째서 아무런 의미도 없는 그런 것들이 자꾸만 눈에 들어오는 것일까.

 "역시 좋지 않아."

 낮게 중얼거리며 다 식은 커피잔을 비운 진하의 시선이 문득 벽에 걸린 시계에 닿았다. 생각보다 시간이 꽤 흘렀건만 그녀는 여전히 돌아오지 않고 있었다. 덩그러니 놓여 있는 커다란 캐리어가 자꾸 눈에 밟힌다.

 '도대체가……'

 생각할 겨를도 없이 카페를 나선 진하는 어느새 골목을 벗어나 버스 정류장이 보이는 큰길에 도착해 있었다. 그리고 더 이상 걸음을 옮기지 못한 채 그대로 멈춰 섰다. 십여 미터 앞, 버스 정류장 벤치에 고개를 숙이고 무방비하게 앉아 있는 정원이 보였다.

 '계속 저러고 있었던 건가.'

 잠깐 사이 몇 대의 버스가 멈춰 섰다 요란스레 떠나간다. 사람들이 부산스럽게 오르내리는 와중에도 그녀는 고개 한 번 들지 않았다. 그냥 그렇게 무심히 지나치는 사람들 속에서 마치 버려진 인형처럼 미동도 않고 앉아 있었다.

 늦은 오후. 나른한 봄 햇살에 길게 늘어진 가로수 그림자들이 그녀의 작은 어깨 위로 어른거린다. 그 부서지는 햇살의 무게만으로도 그녀는 당장 무너질 듯 위태로워 보였다.

 또다시 얼마의 시간이 흘렀을까. 멀찌감치 떨어져 정원을 지켜보던 진하의 눈동자가 순간 크게 흔들렸다.

'내가 지금 여기서 뭘 하고 있는……!'

애초에 어쩌다 여기까지 오게 됐는지도 모르겠다. 왜 이렇게 서서 그녀를 지켜보고 있는지도 알 수 없었다. 지금 눈앞에 벌어지고 있는 일들을 어찌 해석해야 할지 차마 가늠이 되지 않았다.

그럼에도 진하는 쉽게 자리를 뜨지 못했다. 그렇다고 넋 나간 얼굴로 앉아 있는 정원에게 더 이상 다가가지도 않았다. 그냥 그 자리에 석상처럼 서 있을 뿐, 그게 다였다.

10. 달콤 쌉쌀한

  카페 문 앞에서 잠시 걸음을 멈춘 정원은 자꾸 움츠러드는 어깨를 곧게 폈다. 느슨하게 늘어지기 시작한 그림자가 생각보다 오랜 시간 지체했음을 말해 주고 있었다.
  '어쩌겠니. 그래도 하는 데까지는 해 봐야지.'
  그는 여전히 한 치의 흐트러짐도 없이 그림처럼 그 자리에 있었다. 그런데 왜일까. 정원은 변함없는 그 모습에 왠지 마음이 놓였다. 무엇이 그다지도 두려웠는지, 왜 그렇게 비참한 기분이 들었는지 순간 기억이 나지 않았다.
  그냥 그랬다. 지금 상황이 아무것도 아닌 것처럼. 아무 일도 일어나지 않은 것처럼. 다른 누구도 아닌 저 남자가 그런 기분을 들게 했다. 조금 전까지만 해도 가장 피하고 싶은 사람이었음에도 불구하고 말이다. 말로 설명할 수 없는 이상한 느낌.
  '괜찮아, 괜찮을 거야.'

정원은 차분하게 마음을 가라앉히고 심호흡을 하며 카페 문을 밀었다. 그리고 말없는 진하의 시선을 똑바로 마주 보았다. 지금 순간만큼은 고요하게 가라앉은 그의 눈빛이 무겁지도 차갑지도 않았다.

정원은 더 생각할 것도 없이 넙죽 고개를 숙였다.

"죄송합니다. 그리고 아무것도 묻지 않고 넘어가 주셔서 고맙습니다."

상황이 어찌되었든 오늘만큼은 그의 침묵이 넘치게 고마웠다. 천천히 고개를 들자 진하가 평소와 같은 얼굴로 그녀를 보고 있었다. 그리고 필터와 원두를 꺼내며 담담하게 말했다.

"앉아요."

목소리나 분위기만 보면 진짜 아무 일도 없었다는 듯 평온했다. 그에겐 정말 별다른 일이 아닐지도 모른다는 생각이 들 정도였다. 그래서일까. 갑자기 긴장이 풀려 버린 정원이 무너지듯 의자에 앉았다.

그가 지금껏 장식용인 줄 알았던 주전자(?)를 들고 우아하게 커피 드립을 시작했다. 따뜻한 물줄기가 진한 향기와 함께 커피 알갱이들을 부풀리며 크림 빛 거품을 만들었다. 아무것도 가미하지 않은 원두 본연의 씁쓸한 향이 따스하게 주변을 감싸며 퍼져 나간다.

그 말없는 온기가 기댈 곳 없이 지친 정원의 마음을 어루만져 주는 것만 같았다. 마지막 한 방울까지 완전히 내려지기를 기다린 그가 천천히 두 번째 드립을 했다. 조그마한 원을 그리며 흘려내는 물줄기에 고운 거품이 풍성하게 올라온다.

느릿느릿 여유로워 보이고, 섬세하고 정확한 움직임이 자유롭지만 울림이 분명한 재즈 선율과 닮아 있었다. 그저 물을 붓고 커피를 내리는 과정이라고 단순하게 정의 내리기엔 기계로 단번에 뽑아내는 에스프레소 원액과는 느낌부터가 달랐다.

정원은 천천히 조금씩, 하지만 끊이지 않고 방울방울 떨어져 내리는 맑고 진한 액체를 홀린 듯 바라보았다. 드립 커피 특유의 투명하면서도 선명하게 깊은 색감이 바닥까지 가라앉은 그녀의 기분마저 맑게 걸러 주는 느낌이었다. 마치 시간이 멈춘 듯 찰나 모든 것을 잊게 만든다.

"마셔요."

어느새 커피 드립을 끝낸 진하가 조용히 잔을 내밀었다. 흠칫 놀라 고개를 든 정원이 커피처럼 짙게 가라앉은 그의 눈동자를 물끄러미 쳐다보았다. 잠시 그녀를 마주 보던 진하가 말 없이 자신의 커피를 따랐다.

이상한 사람. 도대체 무슨 생각을 하고 있는 것일까. 정원은 앞에 놓인 커피잔을 멀거니 바라보았다. 그는 이렇게 공들여 직접 드립한 커피를 닮은 것 같았다.

속이 비칠 듯 투명해 보이지만 정작 들여다보면 아무것도 보이지 않는다. 시간을 들여 정확한 단계를 거쳐야지만 제대로 된 향기와 깊은 맛을 낼 수 있는 것처럼 쉽게 자신을 드러내지도 않았다. 그럼에도 커피가 고유한 향기로 스스로의 가치를 증명하듯, 그 자체로 왠지 믿음이 가는 사람이었다.

천천히 커피잔을 손에 든 정원의 눈동자가 일순 크게 흔들렸다. 손끝에 닿는 아릿한 온기가 가슴 가득 여지없이 파고들었다. 짙고 깊은 향기에 왠지 모를 감정이 울컥 치고 올라온다. 저도 모르게 커피잔을 꼭 감싸 쥔 정원이 나직이 중얼거렸다.

"고맙습니다."

왜 이런 기분이 드는 것일까. 아무것도 해결된 것은 없는데, 막막하기는 매한가진데, 머릿속도 여전히 백지처럼 하얀데, 그럼에도 대책 없이 마음이 놓였다. 지금 이 순간만큼은 백 마디 말보다 말없이 건네진 커피 한 잔이 더없이 따뜻하게 가슴을 적신다.

퍼석하게 마른 입술을 달래듯 부드럽게 번지는 따스함에 마지막까지 쥐고 있던 무언가가 서서히 녹아내렸다. 정원은 그것만으로도 충분하다고 생각했다. 사실 이유 따위는 필요 없을지도 모른다. 정원이 한결 편안해진 마음으로 고개를 들었다.

"……."

순간 무방비하게 마주친 진하의 시선에 정원은 미처 할 말을 잃어버렸다.

언제부터 또 저렇게 그녀를 지켜보고 있었던 것일까.

생각해 보면 매번 그랬다. 고개를 들면 언제나 그 자리에 그림처럼 그의 시선이 머물러 있었다. 뭔가 할 말이 있는 듯, 아니 늘 그렇게 지켜보고 있었던 것처럼. 결국 보다 못한 정원이 먼저 묻고는 했지만 처음 시작엔 항상 말없는 그의 시선이 있었다.

정원은 하려던 말도 잊은 채, 물끄러미 진하의 눈을 마주 보았다. 그가 먼저 말하지 않는 것을 익히 알면서도 버릇처럼 기다렸다. 왜 그렇게 보고 있는지, 무슨 말을 하고 싶은 것인지. 그런데 이번엔 진짜 그가 먼저 입을 열었다.

"이제 정리가 좀 됐습니까?"

"네? 아, 네."

잠시 딴생각을 하던 정원이 놀라 고개를 끄덕였다.

"그럼 이제 무슨 일인지 들어 봅시다."

"아, 저기 그게……."

도대체 어디서부터 어떻게 말을 해야 할까. 어찌 설명을 한다 해도 과연 그가 온전히 이해할 수 있을까. 정원의 머릿속이 다시금 복잡하게 엉켜들었다.

하지만 그녀의 걱정과 달리 진하는 느긋하게 커피를 마실 뿐이었다. 그 모습에 정원은 더 이상 생각하기를 포기했다. 백만 번을 더 생각한대도 변하는 것은 없었다.

"갑자기 사정이 생겨서 당장 지낼 곳이 필요했거든요."

그의 눈가에 새삼 짙은 의구심이 떠올랐다. 당황한 정원이 급하게 설명을 보탰다.

"아니, 진짜 여기서 지낸다는 말이 아니고요. 어른들이 걱정을 많이 하셔서 우선 안심시켜 드리려고 그런 거거든요."

"그게 무슨……?"

"짐도 지금 바로 옮길 거니까 걱정 마세요. 정말 죄송합니다."

다시 한 번 사과를 한 정원은 지그시 입술을 깨물었다.

어쩌 말을 할수록 미궁에 빠져드는 기분이었다. 뭘 더 어떻게 해야 지금 이 상황을 제대로 설명할 수 있을까. 과연 설명이 가능한지도 모르겠다. 그가 자신을 어떤 눈으로 보고 있을지 생각만으로도 머리꼭지에 불이 날 것처럼 화끈거렸다.

문득 낮은 한숨 소리가 들린 것 같았다. 그리고 여전히 담담한 그의 목소리가 이어졌다.

"그러니까, 지금 당장 지낼 곳이 필요해졌다는 말입니까? 그런데 어른들이 걱정하시는 이유가 카페 휴게실과 무슨 상관이……? 그리고 저 짐을 지금 당장 어디로 옮긴다는 겁니까?"

참으로 간결하고 일목요연하다. 그녀가 생각해도 뒤죽박죽 말이 안 되는 설명들을 용케 알아들은 그에게 감사할 지경이었다. 애써 고개를 든 정원이 이어 말했다.

"그게, 원래는 근처 고시원에 들어갈 계획이었거든요. 그런데 큰아버지가 반대를 하셔서 저도 모르게 카페 휴게실을……."

산 너머 산이라. 굽이굽이 지뢰밭이 따로 없었다. 정원은 한숨이 터져 나오려는 것을 집어 삼키며 다시 고개를 떨어트렸다.

'하아, 내가 생각해도 참 말이 안 되는 걸 어쩌냐고.'

진하는 두서없이 짧기까지 한 그녀의 설명을 되짚어 생각하며 말없이 남은 커피를 비웠다.

이상한 여자. 평소엔 시시콜콜 끝없이 잔소리를 쏟아내면서 정작 자신의 일에는 참으로 서투르다. 그녀와 상관도 없는 카페 일엔 적극적으로 나서서 잔소리를 쏟아내면서 정작 스스로를 변호하고 설명할 줄은 몰랐다. 당당하다 못해 일견 뻔뻔스럽기까지 했던 그간의 행동들을 생각하면 의외의 모습이 아닐 수 없었다.

왜일까. 그럼에도 또 한편으론 전혀 이상하지 않은 것은. 당장이라도 무너질 듯 여린 뒷모습도, 변명 한마디 제대로 못 하는 두서없이 어설픈 모습도 당연히 알고 있었던 것처럼 낯설지가 않았다.

이 여자, 짐작은 했지만 겉으로 보이는 것과 참 많이 다르다. 거칠 것 없이 당당하고 씩씩해 보이는 겉모습이 전부가 아니었다. 이제 보니 실상은 정반대일지도 모른다는 생각이 들었다. 현성이 그토록 전전긍긍, 보호하려고 애쓰는 이유를 알 것도 같았다.

진하가 문득 떠오른 생각에 불쑥 물었다.

"현성이도 이 사실을 압니까?"

"네? 현성이요?"

동그란 눈을 무심하게 깜박이던 정원이 뒤늦게 질문을 이해한 듯 낮게 중얼거렸다.

"아, 현성이도 있었지."

당연히 현성도 아는 상황이라 여겼건만 반응이 영 이상했다. 이어지는 대답은 한술 더 떴다.

"현성이한테는 당분간 모르는 걸로 해 주세요. 걔가 알면 괜히 시끄러워지거든요."

"아니, 왜……?"

"절대! 절대 안 돼요. 아셨죠?"

그녀가 손까지 홰홰 저으며 거듭 강조를 했다. 이런 사실을 알면 현성은 당연히 가만히 있지 않을 것이다. 더구나 친히 부탁까지 받은 진하의 입장에선 모른 체할 수 없었다.
"그래도 현성이는……."
"아, 현성이는 됐다니까요?"
"아무리 그래도 현성이가……."
정원이 급기야 버럭 신경질을 내며 진하의 말을 막았다.
"아니, 여기서 왜 자꾸 현성이가 나오는데요? 걔는 이 일과 아무 상관없거든요?"
"그게 무슨? 현성이는……."
"아무리 친한 친구라도 보여 주고 싶지 않은 부분이 있어요."
진하가 미처 대꾸할 틈도 없이 정원의 말이 빠르게 이어졌다.
"저도 염치가 있지, 현성이한테 더 이상 신세지고 싶지 않거든요. 좋은 일도 아닌데 구구절절 설명하기도 싫고요. 지금 이 상황만으로도 충분히 넘쳐요. 그리고 이건 현성이랑 전혀 상관없는, 제 개인적인 일입니다."
뭔가 어긋나는 느낌에 진하가 다시 한 번 분명하게 말했다.
"현성이는 그렇게 생각하지 않을 거 같은데요. 나중에라도 알게 되면 서운해 할 겁니다."
"그 부분도 제가 감당할 문제죠. 그러니까 한동안은 아무 말도 하지 말아 주세요. 여기서 걔까지 난리피우면 정말 피곤해지거든요."
"그래도……."

"거참, 말귀 못 알아들으시네. 글쎄, 이건 제 문제라니까요? 현성이랑 아무 상관도 없는, 지극히 개인적인 문제. 모르시겠어요?"

그런데 이 남자 무슨 생각인지 또 훌쩍 건너뛰고 딴소리다.

"그나저나 그 고시원이라는 곳은 지낼 만합니까?"

움찔 긴장한 정원이 짐짓 가볍게 대답했다.

"뭐, 다 사람 사는 곳인데 괜찮지 않을까요?"

"그 말은 여기보다 낫다는 말?"

"네? 그건……."

"하긴 고시원이 더 나았다면 어른들이 걱정하실 이유도 없겠군요."

그제야 상황을 완전히 파악한 진하가 간단하게 결론을 내렸다.

"그럼, 그냥 여기서 지내는 걸로 합시다."

"네? 여기서 지내라고요?"

예상치 못한 엉뚱한 결론에 정원은 순간 자신의 귀를 의심할 수밖에 없었다. 하지만 잘못 들은 것이 아닌 듯 그가 말없이 고개를 끄덕였다. 화들짝 놀란 정원이 정신없이 손사래를 쳤다.

"아니, 아니, 그럴 수는 없……!"

"어차피 어른들도 그렇게 알고 계시고, 직접 오셔서 부탁까지 하고 가셨는데. 난 거짓말할 생각 없습니다."

"아니, 그건 그냥 제가 실수로……. 그러니까 정말 그러겠다는 말이 아니거든요?"

그런데 이어지는 그의 대답이 더 가관이다.

"뭐 문제 있습니까?"

"다짜고짜 그렇게 말씀하시면…… 어, 그게 저야 고마운 일이지만……. 아니, 아니. 그게 아니라……."

"현성이 때문입니까."

"네? 현성이는 또 왜요?"

"그럼 현성이하고 상의해서 더 나은 방법을 알아봅시다."

도대체 여기서 강현성이 왜 자꾸 튀어나오는 것일까. 정원이 급기야 정신줄을 놓고 버럭 성질을 냈다.

"아니, 지금까지 제 말을 어디로 들으신 거예요? 현성이 소개로 여기서 일을 하게 된 건 사실이지만, 그게 이 문제랑 무슨 상관이죠? 대체 몇 번을 말해야……!"

순간 미묘하게 거슬리는 느낌에 정원의 눈매가 슥 가늘어졌다.

"설마, 뭔가 다른 오해가 있는 건가요? 그래요?"

"아, 그게……."

"하! 뭐, 이런 황당한……."

지금껏 그의 행동에 이유가 있었음을 깨달은 정원의 표정이 대뜸 싸늘하게 굳었다.

"그런 이유라면 더더욱 사양하겠습니다. 어차피 고시원으로 들어갈 생각이었으니까 신경 쓰지 마세요. 그리고 분명히 말씀 드리는데 현성이랑 저, 그런 관계 아닙니다. 친구, 그 이상도 이하도 아니니까 다른 오해는 하지 말아 주세요."

"알았습니다. 어찌됐든 고시원보다는 여기가 낫다니 나중에 현성이가 알게 되더라도……."

"아, 진짜! 현성이랑은 그냥 친구라니까요! 도대체 몇 번을 말해야 알아들을 거죠? 그런 식의 오해 정말 불쾌하거든요?"

정원이 잔뜩 핏대를 세우며 진하를 노려봤다. 사실 지금 중요한 것은 사소한 오해 따위가 아님에도 불구하고 왈칵 짜증이 솟았다.

솔직히 스스럼없는 현성과의 관계를 오해하는 시선쯤이야 처음도 아니었다. 누가 의심을 하든 말든 신경 쓸 이유도 없었다. 그런데 이번엔 평소처럼 쉽게 넘어가지지가 않았다.

"그게, 그쪽이랑 현성이가……."

"현성이랑 제가 뭐요? 어쩌다 그런 오해가 생겼는지 모르지만 현성이는 친구라니까요. 설마 친구가 무슨 뜻인지 모르세요?"

말없는 그의 시선에 정원이 다시금 삐죽 쏘아붙였다.

"왜 또 뭐가 못 미더운데요? 설명이 더 필요해요? 그러니까 지금까지 쭉 그렇게 생각했단 말이죠? 와, 기막혀. 어쩜 이런……!"

단순한 오해임을 알면서도 정원은 잠시 자신의 처지를 잊을 만큼 뭔가 굉장히 억울하고 분한 기분이 들었다. 자리에서 벌떡 일어난 그녀가 다시금 또박또박 인사를 했다.

"오늘 있었던 일은 정말 죄송하게 됐습니다. 다시 한 번 사과드리죠. 말없이 그냥 넘어가 주셔서 정말 고마웠어요. 그럼 이만 가 보겠습니다."

"잠깐."

"?"

"알았습니다. 무슨 말인지 이해했어요. 현성이랑은 친구, 그 이상도 이하도 아니다. 됐습니까?"

정원이 어이없는 얼굴로 진하를 멀거니 보았다. 엎드려 절 받기도 아니고 참 일찍도 알아듣는다. 그런데 이 남자 얼토당토않게 딴소리다.

"사정이 어찌됐든 나도 어른들께 부탁받은 이상 고시원은 안 됩니다."

"네? 그게 무슨……?"

"문제 있습니까?"

지금 그걸 말이라고 하니! 정원은 버럭 튀어나오려는 말을 애써 삼키고 차분하게 숨을 골랐다.

"그건 어쩌다 실수로 나온 말이라니까요? 사장님이 신경 쓰실 필요 없다고요."

"신경 쓰입니다."

"그러니까 죄송하다고……!"

"고시원보다 여기가 낫다면서요. 그런데 뭐가 문젭니까. 아, 제 오해에 기분이 상했다면 미안합니다. 사과하죠. 하지만 나도 어른들께 부탁받은 이상 그냥 넘어갈 수는 없습니다. 여기서 지내는 게 좋을 거 같군요."

"아니, 그건……!"

정원이 미처 할 말을 찾지 못하고 멍하니 진하를 보았다. 그가 언제부터 이렇게 말을 잘하게 된 것일까. 더구나 큰아버지의 부탁까지 들먹이며 말도 안 되는 이유를 너무나 당연하게 만들고 있었다.

사실 당장 아쉬운 사람은 정원이었다. 하지만 상황이 이렇게 되자 선뜻 고개를 끄덕일 수가 없었다. 눈앞의 남자야말로 생판 모르는 남이 아니던가. 그런데도 그는 거리낌이 없었다.

"그럼 오해도 풀렸으니 그렇게 결론 냅시다."

"아니, 저……."

정원은 순간 처음 대하는 그의 단호함에 차마 말을 잇지 못하고 입술을 깨물었다. 이유 불문 무조건 수긍하게 만드는, 그 어떤 의구심도 떠올릴 수 없게 사람을 압도하는 강인한 눈빛. 정원은 어느새 그냥 그렇게 정해진 것처럼 고개를 끄덕이고 있었다.

"고맙습니다."

급반전. 막막함에 한숨조차 쉴 수 없었던 하루가 어느새 한바탕 꿈처럼 멀어져 간다. 진하는 아무 일도 없는 것처럼 원두들을 정리하고 있었다. 정원은 항상 그렇듯 군더더기 없이 그림처럼 움직이는 그의 뒷모습을 멀거니 바라보았다.

'잘……된 거지? 괜찮은 거 맞지?'

정말 이대로 된 것일까? 그녀에겐 세상이 깜깜할 정도로 심각한 문제였건만 저 남자로 인해 너무나 쉽게 아무렇지도 않은 일이 되어 버렸다. 현실에서 한 발짝 떨어져 마치 다른 세상에 사는 사람처럼 그에게선 어떤 파문도 일지 않는다.

'당신이란 사람은 뭐가 이렇게 쉽니.'

어려운 듯 보이지만 알고 보면 쉬운 남자. 하지만 알수록 더 어려워지는 남자. 풀리지 않는 수수께끼처럼 도무지 답이 떠오르지 않는다.

'역시 연구대상이라니까.'

전화위복이라. 꿈에도 생각 못 했던 황당한 결과였지만 인생은 예측불허! 정원은 눈앞의 현실에 충실하기로 했다. 사실 더 이상 묻고 따지고 생각할 기운도 없었다.

정원은 그제야 커다란 숙제를 마친 아이처럼 가슴 깊이 안도의 숨을 쉬었다. 그리고 이젠 익숙해진 침묵에 버릇처럼 테라스로 시선을 돌렸다. 흐드러지게 만개한 꽃들이 짙게 내려앉는 노을 속으로 아른아른 녹아든다.

멍하니 테라스를 바라보던 정원이 문득 떠오른 생각에 진하를 돌아보았다.

"아, 맞다. 마스터!"

그도 창밖을 보고 있었던 것일까. 언제나처럼 무심한 눈동자가 그녀를 향하고 있었다. 잠시 고개를 갸웃한 정원이 급하게 말을 이었다.

"현성이는 몰라도 윤주 씨한테는 미리 말해 둬야 하지 않을까요?"

진하의 미간에 얼핏 그늘이 졌다.

"윤주야말로 이 일과 무관한 사람입니다만."

"그렇게 말씀하시면 안 되죠. 혹시라도 윤주 씨가 알게 되면 오해할 수 있잖아요."

"오해할 일 없습니다."

윤주에 대해 잘 안다고 할 수는 없지만 예민하기가 칼날 같은 여자였다. 그런데 오해할 일이 없다니. 분위기가 좀 묘해서 그렇지 사귀는 것이 분명한데 대답 참 단순 명료하다.

사람이 다 자기 같은 줄 아나. 내심 고개를 저은 정원이 조심스레 말을 골랐다.

"아무리 그래도 어떻게……."

"윤주가 왜요?"

뚝 끊고 들어오는 서늘한 그의 목소리에 흠칫 놀란 정원이 커다란 눈을 깜박거렸다.

"왜라니요? 그러니까 두 분이……."

"그쪽이야말로 무슨 오해를 하는지 모르지만 윤주와는 아무 사이도 아닙니다."

"에? 정말요?"

생뚱맞은 정원의 반응에 진하가 안색을 굳혔다.

"무슨 뜻입니까?"

예상치 못한 사실에 놀란 정원이 차마 말을 잇지 못하고 멀거니 진하를 보았다. 생각해 보면 현성도 분명하게 사귄다 말한 것은 아니었다. 아니라고 딱 잘라 말하지 않았을 뿐, 새삼 생각하니 뭐 하나 분명한 것이 없었다.

차갑게 굳어 있는 그의 표정에 정원이 퍼뜩 정신을 차렸다.

"아, 저 그게…… 죄송합니다. 저야말로 오해한 거 같네요."

넙죽 사과를 하는 그녀의 귓불이 빨갛게 달아올랐다.

'아니면 아니라고 분명하게 말을 해 줘야지. 강현성 너, 죽었어!'

현성과의 관계를 오해했다며 펄펄 뛴 그녀로선 난감하기 짝이 없는 상황이었다. 누가 이렇게 될 줄 알았나. 사람 일은 역시 한 치 앞을 알 수가 없다.

진하는 차마 고개도 들지 못하고 어쩔 줄 몰라 하는 정원의 정수리를 말없이 바라보았다. 어지간히 당황한 듯 빨갛게 상기된 목덜미가 눈에 들어왔다. 그리고 이내 자신이 과민하게 반응했음을 깨달았다.

그가 아무리 거리를 두고 멀리해도 사람들은 윤주와의 관계를 쉽게 오해했다. 윤주가 감정을 숨기지 않을 뿐더러, 진하 자신도 굳이 설명할 필요를 느끼지 못한 탓이었다.

카페를 하면서도 진하는 사람들과 어울리는 법이 없었다. 그런데 누구에게 무슨 설명을 할까. 돌이켜 보니 누군가에게 자신을 설명하는 것도 참 오랜만이었다.

그래서일까. 순간 오해에 대한 불편한 감정이 그대로 넘쳐 버렸다. 진하 자신도 놀랄 만큼 날것 그대로 치고 올라오는 감정이 낯설 지경이었다.

그가 모든 것을 정리하고 한국으로 들어왔을 때, 현성과 윤주는 아무것도 묻지 않았다. 그리고 얼마 후 난데없는 윤주의 고백에 놀란 중에도 분명히 선을 그었다. 그녀의 감정이 어떻든 그때도 지금도 진하로선 여지가 없었다.

하지만 마음이란 것이 말처럼 쉽지 않음을 사랑하는 사람을 잃어 본 진하는 너무나 잘 알고 있었다. 그래서 윤주에게도 정리할 시간이 필요하다고 생각했다. 이제는 그마저도 너무 오래 방치한 느낌이 들었지만 지금까지는 그랬다.

사실 정원이 현성을 어떻게 생각하느냐는 진하에게 중요한 문제가 아니었다. 현성이 부탁한 것도 있고, 의도하지 않았지만 그 모든 사정을 알면서 냉정하게 모른 척할 수 없었을 뿐이다. 무엇보다 당장은 다른 방법이 떠오르지도 않았다. 진하는 무심코 나오려는 한숨을 꾹 눌러 삼켰다.

"윤주가 알면 당연히 현성이도 알게 될 텐데, 괜찮겠습니까?"
"그건……! 안 되죠. 하하."

움찔 놀라 어색하게 웃어 보인 정원이 다시금 꾸벅 고개를 숙였다.

"여러모로 죄송합니다."

순간 진하의 눈매가 슬쩍 가늘어졌다. 대체 뭐가 그렇게 죄송하다는 것일까. 이젠 굳이 괜찮은 척 웃는 모습조차도 마음에 들지 않는다.

당장은 아니겠지만 언젠가는 현성도 알게 될 일이었다. 더구나 친구든 연인이든 현성이 잠시 기댄다고 부담을 지울 녀석도 아니었다. 그 또한 모르지 않을 터. 하지만 그녀는 모든 것을 혼자 감내하며 끝까지 현성을 배제했다.

진하는 사실 정원이 왜 그렇게까지 고집을 부리는지 이해할 수 없었다. 이해하고 싶지도 않았다. 그래서 더 답답함을 느끼는지도 모르겠다.

"그럼 이 문제는 여기서 마무리 짓도록 하죠."

"저기, 집세는……."

난데없이 불쑥 집세라니. 진하는 정말이지 순간 그녀의 머릿속을 열어 보고 싶어졌다. 이 와중에 대체 어디서 저런 생각이 튀어나오는 것일까.

진하가 기막혀 하든 말든 정원이 동그란 눈을 말똥거리며 대답을 기다리고 있었다. 물론 그녀가 잘못한 것은 없었다. 하지만 진하는 이런 상황에서조차 씩씩하게 웃는 정원을 보며 다시금 이유를 알 수 없는 답답함을 느꼈다. 그의 목소리가 돌연 서늘하게 가라앉았다.

"필요 없습니다."

"아니, 그럼 안 되죠. 이러시면 제가 너무 부담스럽……."

"어차피 카페 관리는 매니저 재량이니까 휴게실을 어떤 용도로 쓰든 무방합니다."

정원의 말을 덥석 자르고 결론을 내린 진하는 그대로 돌아섰다. 더 이상 상대하면 그녀 입에서 또 무슨 말이 튀어나올지 알 수 없었다.

정원이 성큼 멀어지는 진하의 뒷모습을 멀거니 바라보았다. 순간 뭐가 어떻게 된 일인지 어리둥절했다.

"왜, 또. 뭐가 맘에 안 드는데."

정원이 낮게 중얼거리며 입술을 삐죽 내밀었다.

새삼 처음 출근했던 날이 떠올랐다. 그런데 이번엔 그때보다 더 난감하고 이상한 기분이 들었다. 낯선 곳에 혼자 덩그러니 남겨진 느낌. 덩달아 차마 떠올리고 싶지 않은 기억들이 스멀스멀 기어 나온다. 정원의 눈동자가 불현듯 가늘게 흔들렸다.

"가면 간다, 말이라도 좀 하고 가지. 그게 뭐 그리 어렵다고. 칫."

고마운데, 오늘 있었던 일들을 생각하면 말할 수 없이 고마운데도 뜬금없이 불퉁 심사가 꼬였다. 사실 고마운 마음보다 무정하게 돌아선 것에 대한 서운함이 더 크게 느껴져 당황스러울 정도였다. 물에 빠진 사람 구해 놨더니 보따리 찾는 격이랄까.

그럼에도 정원은 덩그러니 홀로 남겨지는 그 막막함이 싫었다. 어느 날 갑자기 엄마가 사라졌던 그때처럼, 유일한 가족이었던 아빠가 세상을 떠난 그 순간처럼. 찰나 맞닥트린 적막한 현실에 그대로 주저앉고 싶어진다.

그의 뒷모습에 오늘따라 유난히 가슴 한구석이 서늘하게 추워졌다. 타이밍도 어찌나 정확한지, 마음이 약해지는 순간 더 차갑게 대하는 느낌도 들었다. 마치 일부러 그러는 것처럼.

"아직 제대로 인사도 못 했는데……."

난데없이 울컥 넘치는 낯선 감정에 코끝이 찡하게 아렸다. 흠칫 놀란 정원이 자리에서 벌떡 일어나며 거칠게 눈가를 쓸어내렸다.

"어머, 나 왜 이러니. 미쳤나 봐."

딱히 슬프지도 않은데, 아픈 것도 아닌데, 이유를 알 수 없는 눈물이 왈칵 쏟아졌다. 모든 일이 더할 나위 없이 잘 해결됐는데 그럼에도 가슴 한편이 먹먹했다.

기뻐해야 하는데 마음 놓고 기뻐할 수가 없었다. 그렇게 혼자 남겨진 정원은 어둠이 내려앉기 시작한 텅 빈 카페 안을 한동안 서성거렸다.

네온사인이 조명처럼 반짝이는 늦은 저녁. 서둘러 카페 문을 닫은 정원은 테이블 위에 놓인 보따리를 보며 재차 안도의 한숨을 내쉬었다.

"하마터면 큰일 날 뻔했네."

집으로 돌아갔던 미숙이 경황이 없어 아무것도 챙기질 못했다며 밑반찬과 부식거리를 잔뜩 싸들고 다시 카페를 찾아온 것이었다. 계획대로 고시원에 들어갔다면 바로 들통이 났을 상황에 정원은 새삼 식은땀이 났다.

"정신 차리자. 고맙다고 절을 해도 부족한 마당에 어디서 투정이니."

정원으로선 이유 불문 고마운 것이 사실이었다. 그야말로 아무런 이유도, 조건도 달지 않고 생판 남인 그녀의 사정에 맞춰 준 것이다. 어이없게도 사실이 그랬다.

정원은 다시 한 번 카페를 둘러보았다. 미숙과 정수가 들이닥치기 전까지 정원은 기분 전환 삼아 카페의 구석구석을 먼지 한 톨 없이 닦아내고 있었다. 기분이 가라앉을 땐 몸을 움직이는 것이 차라리 나았다.

이제 단순한 일터가 아닌 진짜 내 집처럼 익숙해져야 할 공간이었다. 정원은 안 그래도 카페 일에 슬슬 재미를 붙여가고 있었다. 카페 운영엔 관심을 보이지 않는 진하의 무심함에 불만도 많았다. 정원의 입가에 문득 작은 미소가 걸렸다.

"이왕 이렇게 된 거 제대로 해 볼까? 우선 새로 생긴 내 방부터!"

커다란 캐리어를 끌고 안으로 들어가는 정원의 발걸음이 자못 가벼웠다.

11. 절대 있을 수 없는 일들

"아, 맞다. 이불."

따로 손댈 것도 없이 대충 짐을 푼 정원이 침대로 변신한 소파를 보며 난감한 표정을 지었다. 일찌감치 고시원에 들어가 필요한 것들을 준비할 생각이었는데 일이 꼬이는 바람에 정신을 차리고 보니 이미 까만 밤이다.

"후, 여기서 가까운 마트가 어디더라."

마지막까지 버라이어티한 하루에 절로 한숨이 새어 나왔다. 정원은 더 늦기 전에 지갑을 찾아들고 나설 준비를 했다. 어찌 됐든 시간은 흐를 것이고, 잠을 자려면 이불이 필요하니까.

똑똑.

"엄마야!"

마침 문을 나서려던 정원이 난데없는 노크 소리에 소스라치게 놀라 뒷걸음질 쳤다. 카페 휴무일. 빈 건물에 사람이 있을

리 없었다.

정원은 순간 온갖 생각이 다 들었다. 신고를 해야 하나? 소리를 질러야 할까? 건물 뒤로는 지나다니는 사람도 많지 않은데 소리를 지르면 과연 들릴까? 새삼 혼자라는 사실이 끔찍하게 무서웠다.

똑똑.

이어지는 노크 소리에 흠칫 긴장한 정원이 들고 있던 핸드폰을 꽉 움켜쥐었다. 동시에 불현듯 이상한 생각이 들었다. 노크? 불청객이 노크도 하던가?

"누, 누구세요!"

-문 좀 열어 보죠.

문 너머에서 들려오는 익숙한 음성에 정원은 순간 그대로 주저앉을 뻔했다. 말도 없이 가 버릴 땐 언제고, 난데없이 무슨 일인가 싶었다. 벌컥 문을 열어젖힌 정원이 놀란 마음에 와락 성질을 부렸다.

"무서워 죽는 줄 알았잖아요!"

"왜요. 무슨 일 있습니까."

순간 너무나 멀쩡한 그의 눈빛에 괜히 머쓱해진 정원이 퉁명스레 중얼거렸다.

"아, 아무것도 아니에요. 그런데 이 시간에 웬일이세요? 아까 퇴근하신 거 아니었어요?"

그가 별다른 내색 없이 손에 들고 있던 커다란 가방을 내밀었다.

"받아요. 생각해 보니까 이불이 없을 거 같아서……. 세탁만 해 놓은 새 거니까 그냥 쓰면 됩니다. 더 필요한 건 없습니까?"

난데없는 이불 보따리에 정원이 눈을 휘둥그레 떴다.

"이걸 어디서……."

"뭐가 말입니까?"

그렇게 물어보면 뭐라 대답한단 말인가. 사람 말문 막는 것도 참 재주다. 진하가 아랑곳하지 않고 이어 말했다.

"더 필요한 게 있으면 말해요. 우선 위에 있는 거라도 가져다 줄 테니까."

위? 정원의 눈이 순간 가늘어졌다.

"혹시……, 위층에서 지내세요?"

"특별히 다른 일이 없으면. 뭐, 문제 있습니까?"

그럼, 문제가 없니! 하지만 정원은 차마 내색할 수가 없었다. 당황한 그녀가 어색하게 웃으며 빠르게 고개를 저었다.

"아뇨! 아니에요. 당연히 문제없죠. 무슨 문제가 또 있겠어요, 하하. 이불은 고맙게 잘 쓸게요. 그럼 올라가세요."

넙죽 인사를 건넨 정원이 냅다 문을 닫았다. 그리고 그대로 주저앉아 멍하니 이불 가방을 바라보았다.

'그냥 사무실이 아니었어? 여기서 산단 말이지.'

잠시 생각을 정리한 정원이 한숨처럼 낮게 중얼거렸다.

"차라리 잘됐다고 해야 하나."

커다란 건물에서 혼자 밤을 보낸다는 것은 생각보다 무서운 일이었다. 잠깐이지만 낯선 인기척에 기절하게 놀랐던 정원은 같은 건물에 그가 있다는 사실만으로도 왠지 안심이 되었다. 어이없게도 한 지붕 아래 동거 아닌 동거를 하게 되었지만 무엇이 되었든 혼자보다는 나았다.

진하는 갑자기 닫힌 문 앞에 어리둥절한 얼굴로 잠시 서 있었다. 그리고 이내 가볍게 고개를 흔들며 돌아섰다.

'뭐가 또 마음에 안 드시나.'

사실 진하는 집으로 올라가서도 꼬리를 무는 생각에 아무것도 할 수가 없었다. 그리고 정신을 차려 보니 깜깜해진 창밖을 보며 이불을 꺼내들고 있었다. 굳이 챙기지 않아도 되는 것을 알면서도 괜히 마음이 쓰였다.

그런데 저 반응은 대체 뭐란 말인가. 천천히 걸음을 옮기며 생각을 곱씹던 진하가 멈칫 멈춰 섰다.

"설마, 몰랐던 건가."

겉으로 보기엔 잘 드러나지 않았지만 건물의 2층과 3층은 복층 구조로 내부에서 연결이 되어 있었다. 사무실 겸 그의 개인 공간으로 쓰기 위해 처음부터 그렇게 설계했다.

현성과의 관계로 미루어 당연히 알고 있으려니 했건만 문득 모를 수도 있겠다는 생각이 들었다. 그녀의 말대로라면 아직 현성 혼자만의 감정이 분명했고, 생각보다 더 많은 것을 알고 있는 것 같지도 않았다.

그야말로 사적인 관심을 가지지 않는다. 참 이상한데서 철저하다.

"하, 강현성이 짝사랑이라."

새삼 생각할수록 어이가 없었다. 예전 같으면 직접 들었어도 절대 믿지 못할 일이었다. 하지만 이젠 진하도 그럴 수 있다고 자연스럽게 이해가 되었다.

지극히 평범한 여자였다. 그런데 스스로를 꾸미지 않는 그 평범함 때문에 오히려 더 눈에 밟힌다.

"그나저나 이를 어쩐다."

진하 역시 지금 상황이 마음에 들지 않았다. 잘못하면 중간에서 그의 입장이 난처해질 수도 있었다. 하지만 어쩌겠는가. 몰랐으면 모르되, 알면서 모른 체할 수는 없었다. 나중에 현성이 알게 되더라도 고시원보다는 나을 터. 이미 그의 손을 떠난 문제였다.

"뭐 하나 쉽게 넘어가는 법이 없군."

보이는 그대로가 전부인 그녀의 솔직한 성격이 가끔 사람을 더 난감하게 만들었다. 분명 아쉬운 것은 그녀인데 모른 척 눈 감고 묻어가는 법이 없었다. 쉽게 갈 수 있는 길이 있는데도 끝끝내 고집을 부린다. 그래서 오히려 더 신경이 쓰였다.

그렇다고 정원의 선택을 괜한 자존심이라고 폄하할 생각은 없었다. 옳다고 믿는 대로 행동하는 것이 점점 더 어려워지는 세상이었다. 눈앞에 쉬운 길이 있다면 더더욱.

그녀 나름 관계에 대한 자기만의 기준을 지키기 위해 최선을 다하고 있는 것이다. 남자 여자를 떠나 친구라는 관계를 깨트리지 않기 위한 노력이기도 했다.

"골치 아프게 됐는걸."

생각하지 않으려 애를 써도 자꾸 생각이 났다. 같은 공간에서 일을 하다 보니 피할 수도 없었다. 피하기는커녕 한시도 가만히 있질 않고 눈앞에서 알짱대는 통에 이젠 눈을 감아도 보일 지경이었다.

그런데 이제 같은 건물에서 생활한다니. 아닌 밤중에 홍두깨라. 진하야말로 난데없이 무슨 일인가 싶었다. 하지만 아무리 생각을 해도 당장은 다른 대안이 없었다.

그럼에도 여전히 무언가 석연치 않은 느낌에 머리가 지끈거렸다. 왜 자꾸 이런 기분이 드는 것일까. 그렇게 한 지붕 아래 두 개의 생각이 밤이 깊도록 이어졌다.

'뭐, 뭐니.'

떼굴떼굴, 정원의 커다란 눈동자가 빠르게 주변을 쓱 훑어보았다.

눈앞에 보이는 모든 것이 꿈처럼 멀었다. 낯선 천장, 낯선 침대, 하물며 햇살이 부서져 내리는 실내 공기마저 낯설기 그지없었다. 그런데도 전혀 놀랍지는 않았다.

'으이그, 이 화상아. 그 상황에서 잠이 오든?'

차마 인정하고 싶지 않은 현실이 너무나 적나라해서 어처구니가 없었다. 불안함에 잠이 안 올 것을 걱정한 것이 무색하리만치 너무나 잘, 심하게 잘, 잔 것이다.

햇살이 들이치는 창문을 멀뚱히 바라보던 정원이 다시 이불을 뒤집어쓰며 앓는 소리를 냈다.

"아우, 은정원. 너란 인간은 대체!"

어제 그 난리를 치러놓고! 어쩌면 아침이 되어 눈을 뜨는 순간까지 단 한 번도 깨지 않고, 꿈도 없이 단잠을 잘 수가 있는 것일까. 혼자 남겨졌다는 감상에 빠져 찔끔거린 것이 새삼 민망할 지경이었다.

정원은 차마 일어날 생각도 못하고 이불 속에 웅크리고 누워 지난밤의 일을 천천히 곱씹어 보았다.

그러니까 그가 던져주고 간 이불 보따리를 끌어안고 잠시 고민하다 일어나서 샤워를 한 것까지는 좋았다. 편안한 옷으로 갈아입고 새로운 환경에 적응해 보겠다며 호기롭게 누워 본 것도 나쁘지 않았다. 그런데 그대로 긴장이 풀려 잠이 든 것이다.

누에고치처럼 꼼짝 않고 벽에 붙어 있던 정원이 꾸물꾸물 이불 밖으로 고개를 내밀었다. 벽에 걸린 시계를 보니 아침 일곱 시가 조금 넘었다. 그러니까 장장 열 시간 가까이 숙면을 취하신 게다.

"저거 고장 난 거 아냐?"

그제야 벌떡 일어나 앉은 정원이 눈을 비비며 시계를 노려봤다. 하지만 커다란 시계의 초침은 한 치의 어긋남도 없이 정확하게 움직이고 있었다. 정원이 핸드폰을 찾아 두리번거리며 낮게 중얼거렸다.

"이럴 수는 없어. 그래, 시간이 틀렸을지도 모르잖아."

아무리 그녀라도 그 상황에서, 그 일을 겪고도 이렇게 빨리 회복될 수는 없었다. 정녕 그러고 싶지 않았다. 그런데 핸드폰은 또 어디다 던져둔 것일까. 당최 보이지를 않는다.

침대 위에 우두커니 앉아 눈을 껌뻑이던 정원이 갑자기 벌떡 일어나며 기지개를 켰다.

"으갸갸-. 아, 몰라. 좋은 게 좋은 거지 어쩌겠어."

어차피 벌어진 일. 이미 지나간 시간들이다. 벅벅 머리칼을 뒤집으며 욕실로 향하는 정원의 입가에 싱긋 해맑은 미소가 피어났다.

정원과 반대로 밤새 뒤척이다 새벽녘에야 잠이 든 진하는 해가 머리 꼭대기에 이르러서야 간신히 눈을 뜰 수 있었다. 그나마도 온갖 꿈에 시달리느라 잠을 잔 것 같지가 않았다. 그런데 그 꿈이라는 것이 또 황당했다.

동거(?) 기념도 아니고, 하다못해 이젠 꿈속까지 쫓아와 잔소리다. 익숙한 악몽 대신 찾아온 은정원은 또 다른 의미로 반갑지 않았다. 진하는 스스로 생각해도 어이없는 상황에 절로 한숨이 나왔다.

"후, 정말 난감하군."

어렵사리 자리에서 일어난 진하의 눈가에 피곤함이 가득 묻어났다. 여느 날과 똑같은 하루임에도 그의 상태는 전혀 그렇지가 못했다. 이런 경우를 두고 눈앞이 깜깜하다고 하는 것이리라.

그 어느 때보다 긴 하루가 될 것 같은 예감에 진하는 말 그대로 눈앞이 깜깜했다. 시작부터 무언가 단단히 어긋난 느낌. 단단하게 쌓아올린 그의 일상이 너무나 우습게 무너지고 있었다.

"어, 일찍 내려오시네요? 안녕히 주무셨어요?"

커피를 마시기 위해 카페로 향하던 진하는 불쑥 다가드는 목소리에 흠칫 멈춰 섰다. 정원이 카페 마당 한가운데 서서 그를 향해 활짝 웃고 있었다.

그 미소가 너무나 환해서 진하는 순간 자신의 눈을 의심했다. 하지만 아무리 다시 봐도 그녀의 미소는 진짜였다. 눈부시게 빛나는 봄 햇살 아래, 환하게 웃는 그녀의 얼굴에선 한 점 그늘도 느껴지지 않았다.

진하는 눈앞의 상황을 도무지 이해할 수가 없었다. 어떻게 저럴 수가 있을까. 어쩜 저렇게 아무 일도 없었던 것처럼 밝게 웃을 수가 있는 것일까. 하늘이 무너져 내린 것처럼, 길가에 버려진 인형처럼 그렇게 하릴없던 뒷모습이 아직도 눈앞에 선명한데, 무겁고 우울한 기색이라고는 찾아볼 수가 없었다.

물론 진하도 어제처럼 무거운 모습을 기대한 것은 아니었다. 하지만 채 하루도 지나지 않았는데 기억조차 없는 사람처럼 생생하게 해맑지 않은가. 너무나 아무렇지도 않게 밝아서 오히려 불안할 지경이었다.

말 없는 그의 시선에 정원이 고개를 갸웃했다.

"아침 식사는 하셨어요? 아, 아침이라고 하기엔 시간이 좀 애매한가? 하하."

진하는 세상에 이해 못 할 일은 없다고 생각했다. 하지만 이젠 그조차도 자신할 수가 없었다. 아무리 생각해도 절대 이해

되지 않는 여자가 눈앞에 떡하니 있지 않은가. 하물며 같은 공간에서 숨을 쉬고, 말을 하고, 일을 하고……, 또 함께 생활을 한다.

'하, 이런 바보 같은……!'

진하는 그제야 무엇이 잘못되었는지 확실하게 깨달았다. 저 작은 여자가 왜 그리도 껄끄러웠는지, 왜 그렇게 불편했는지, 어째서 가만히 두고 볼 수가 없었는지, 갑자기 너무나 분명하게 보였다. 미처 피할 수도 없이 눈앞에 펼쳐진 진실이 무섭게 다가든다.

진하는 무섭게 흔들리는 마음을 애써 진정시켰다. 그리고 다시금 눈앞에 서 있는 여자를 똑바로 바라보았다.

'아니야. 아닐 거야. 그럴 리가 없어.'

아이 같은 여자였다. 당돌하고, 단순하고, 그래서 해맑은. 그뿐이었다. 착각이리라. 착각이 분명했다. 그저 너무 달라서, 이상해서 당황스러움에 잠시 흔들린 것이 분명했다. 그 이상은 없었다. 절대 아니었다.

'미친, 이젠 별생각을 다 하는구나.'

그녀의 엉뚱함엔 전염성이 있는 것이 분명했다. 그러지 않고서야 이런 말도 안 되는 결론이 나올 이유가 없었다. 두서없이 떠오르는 상념들을 애써 밀어낸 진하가 여전히 마당 한가운데서 고개를 기울이고 서 있는 정원을 보았다.

하지만 진하는 미처 알지 못했다. 지금껏 누구도 담지 않았던 그의 눈동자가 여전히 정원을 향해 거침없이 흔들리고 있다는 사실을. 절대 있을 수 없는 일들이 아무렇지도 않게 벌어지고 있었다.

"마스터? 어디 안 좋으세요?"

말없이 생각에 잠긴 그가 이상해 보였는지 정원이 걱정스러운 얼굴로 물었다. 그제야 정신을 차린 진하가 흠칫 뒤로 물러섰다.

"아, 아닙니다. 그나저나 지금 뭐 하는 겁니까?"

정오가 가까운 시간, 그늘 한 점 없는 마당 한가운데 쪼그리고 앉아 있던 정원을 떠올린 진하의 눈매가 슬쩍 굳어졌다. 그러고 보니 차림새도 가관이다.

낡은 멜빵바지에 낡은 야구 모자를 쓰고, 커다란 목장갑을 낀 손에 어디서 났는지 녹슨 모종삽까지 들려 있었다. 하지만 그녀는 여전히 눈치 없이 질문에 대답은 않고 딴소리였다.

"왜 벌써 내려오세요? 뭐 할 일이라도……."

"카페 오픈하려고……."

버릇처럼 무심코 대답하던 진하가 불쑥 인상을 썼다.

"아니, 그게 아니라 지금 뭐하는 거냐고 물었습니다만."

하지만 정원에겐 이제 그의 냉정함이 더 이상 통하지 않았다.

"카페를 이렇게 일찍 여세요? 아, 그럼 저도 일 시작할까요?"

뜬금없는 대답에 진하가 또 말없이 정원을 보았다. 일을 한다는 말이 여기서 왜 튀어나오는 것일까. 하지만 그녀의 표정은 당장이라도 일을 시작하겠다는 듯 말똥말똥 해맑았다. 더이상 생각하기도 귀찮아진 진하가 짧게 말했다.

"왜요?"

"왜는요. 여기서 지내는 동안엔 저도 카페 일을……."

진하의 눈매가 돌연 날카로워졌다.

"은 매니저는 평소대로 하면 됩니다."

"그래도……."

"괜찮습니다."

그가 여지없이 끊어내자 정원이 그제야 한발 물러섰다.

"아, 네. 그러죠, 뭐."

진하는 버릇처럼 터져 나오려는 한숨을 지그시 눌러 삼켰다. 그냥 모른 척, 아닌 척 묻어가도 좋을 일이었다. 그렇게 하나부터 열까지 굳이 따지지 않아도 되건만 그녀는 쉽게 넘어가는 법이 없었다.

진하도 모르지 않았다. 정원의 입장에선 이 모든 상황들이 부담스러울 수밖에 없을 테고, 결국엔 빚처럼 느껴지리라. 하지만 그래도 마음에 들지 않았다. 당사자인 그가 괜찮다는데 뭐가 문제란 말인가.

너무나 당당하고 밝게 웃어서 잠시 잊고 있었다. 저 환한 웃음 뒤에 숨겨진 헛헛한 한숨을.

저 여자는 골칫덩어리 사고뭉치였다. 생각하지 않으려고 해도 생각이 난다. 잊으려고 하면 끝없이 사고를 치며 더 열심히 그의 머릿속을 헤집고 다녔다. 멀리하면 더 가까이 다가서고, 피하려고 돌아서도 그곳에 또 그녀가 있었다.

그보다 더 큰 문제는 눈앞에 없어도 끝없이 어른거린다는 사실이었다. 돌아서는 진하의 눈가에 진한 한숨이 묻어났다.

정원이 성큼 멀어지는 진하의 뒷모습을 멀거니 바라보았다.

'저혈압이야? 유난히 까칠하네.'

퍼석한 그의 얼굴이 왠지 마음에 걸렸다. 밤사이 마음이 바뀐 것일까. 어째 쉽게 넘어간다 싶었다. 사정 모르는 정원의 눈가에 불만이 그득 고였다.

'그러게 이왕 이렇게 된 거 일한다니까. 왜 말리고 그러셔.'

그리고 문득 떠오른 생각에 진하를 불러 세웠다.

"아, 저기요! 마스터."

흘깃 돌아보는 그의 눈빛이 오늘따라 유난히 시리다. 저도 모르게 침을 꼴깍 삼킨 정원이 조심스레 말을 이었다.

"출근 전엔 제 개인 시간이니까 마음대로 해도 되겠죠?"

"내가 관여할 일은 아닌 거 같군요."

서늘하게 떨어지는 목소리에 정원이 급기야 입술을 삐죽 내밀었다.

"쳇! 말하는 거 하고는……."

"뭐라고 했습니까?"

귀도 밝아! 내심 투덜거린 정원이 미운 놈, 떡 하나 더 주는 심정으로 활짝 웃으며 씩씩하게 대답했다.

"아니! 아무것도 아니에요. 일 보세요."

커피를 마시며 한동안 카페 안을 서성이던 진하가 다시 밖으로 나와 정원의 하는 짓을 지켜보았다. 쪼그리고 앉아 풀 뽑기에 한참이던 그녀가 그제야 불쑥 고개를 들었다.

"왜요?"

"……."

"아, 이거요?"

진하의 시선을 따라가던 정원이 싱긋 웃으며 손에 들린 잡초를 들어 보였다. 그리고 아무렇지도 않게 이어 말했다.

"마당이 이렇게 넓은데 아깝잖아요. 너무 방치한 거 같아서 정리 좀 하려고요. 그동안은 근무 중에 자리를 비우기가 그래서 마음만 있었는데, 마침 잘됐잖아요."

"그럴 필요……."

"아, 제가 좋아서 하는 일이니까 신경 쓰지 마세요. 그리고 정원도 카페 일부니까 매니저가 관리하는 게 맞죠."

정원이 지지 않고 진하의 말을 막아섰다. 보나 마나, 들으나 마나 완전 재미없는 얼굴로 '괜찮습니다.' 할 것이 분명했다. 그런데 뭔가 더 할 말이 있는 듯 잠시 서 있던 그가 말없이 돌아선다.

"내가 잘못 봤나."

정원이 모자를 고쳐 쓰며 눈을 슬쩍 문질렀다. 눈이 시리도록 반짝이는 봄 햇살 아지랑이 탓에 잘못 본 것이 분명했다. 얼음마스터가 하물며 그녀를 보고 웃을 리가 없지 않은가.

"쳇. 그럴 리가 없지."

다시 쪼그리고 앉아 잡초를 뽑기 시작한 정원이 입술을 삐죽 내밀었다. 그런데 얼핏 돌아보는 진하의 입가에 작은 미소가 스쳐 지났다.

'그럼, 정원이 정원을 관리하는 건가.'

순간 기묘하게도 내내 가라앉았던 기분이 가벼워졌다. 역시나 저 여자는 이상하다.

진하는 더 이상 고민하지 않기로 했다. 아무리 생각을 곱씹어 봐야 다른 답이 나올 리도 없었다. 자꾸 생각하고 돌아보니 쓸데없는 감정이 생기는 것이리라.

그런 진하의 생각을 알 리 없는 정원은 버려진 그의 정원을 열심히 보살피고 있었다.

"정원 씨? 정원 씨가 이 시간에 왜……?"

오전 시간을 몽땅 투자해 마당 정리를 끝낸 정원이 잡초들을 한 곳으로 모아놓고 뿌듯하게 돌아볼 때였다. 낮은 울타리 너머 꽃다발을 한 아름 안아 든 윤주가 놀란 눈으로 정원을 연신 훑어 내리고 있었다.

'아차, 맞다.'

화요일, 윤주가 꽃을 가져오는 날이었다. 윤주를 까마득히 잊고 있었던 정원이 순간 할 말을 찾지 못하고 머뭇거렸다.

'어, 어쩌지?'

황당하고 낯선 아침을 맞이한 정원은 간단하게 세안을 하고 열심히 아침을 챙겨 먹었다. 어찌됐든 다 먹고 살자고 하는 일 아니던가. 생각해 보니 전날 아침 이후로 진하가 내려준 커피 한 잔 말고는 먹은 것이 없었다.

아침까지 든든히 먹고 난 정원은 제일 먼저 할 일을 찾았다. 잠시 잠깐이라도 머리를 비우고 아무렇지도 않은 듯 그렇게 잊고 싶었다. 머리가 복잡할 때는 경험상 아무 생각 없이 할 수 있는 단순 노동이 최고였다.

정원에게 현실은 항상 가차 없이 냉정하고 잔인했다. 생각할 여지도 없이 무작정 들이닥치고, 머리 터지게 고민한들 답은 주어지지 않았다.

끝없이 이어지는 생각에 매몰되지 않기 위해 정원은 무언가 잡고 몰두하는 방법을 택했다. 자칫 답 없는 고민에 발목을 잡히면 아무것도 하지 못하고 그대로 무너질 수 있음을 너무나 잘 알기 때문이었다.

혼자라는 것은 그래서 좋지 않았다. 끝없이 바닥을 치고, 끝내 무너지더라도 결국은 혼자, 아무도 돌아봐 주지 않는다. 무너지는 것도, 일어서는 것도 오로지 홀로 해야 한다. 혼자는 그런 것이었다. 옆에서 묵묵히 따뜻한 눈으로 지켜 주던 아빠는 이제 세상에 없었다.

하지만 이번엔 좀 더 생각하고 준비했어야 했는지도 모르겠다. 윤주와 마주한 찰나의 순간이 정원에겐 그 어느 때보다 길게 느껴졌다. 울타리 너머에서 미심쩍게 반짝이는 윤주의 눈빛에 더구나 아무 생각도 나지 않는다.

"출근을 좀 당겼어. 퇴근 시간이 너무 늦는 거 같아서."

언제 나왔는지 정원의 곁을 쓱 지나친 진하가 꽃다발을 받아 들며 대답했다. 그제야 정원에게서 시선을 거둔 윤주가 배시시 녹아날 듯 웃었다.

"그랬구나. 그러잖아도 현성이가 걱정하던데 잘됐네요."

카페로 들어가던 윤주가 수북이 쌓인 잡초를 발견하고 환하게 웃으며 정원을 돌아보았다.

"정원 씨 덕분에 정원이 환해졌네요."

나머지 꽃들을 들고 뒤를 따르던 정원의 표정이 어정쩡하게 이지러졌다.

'저거 지금 칭찬이니?'

벙어리 사촌 흉내를 내는 얼음마스터마저 익숙해지고 있건만, 저 여자만큼은 도무지 적응이 되지 않는다. 도대체 뭐가 문제인 것일까.

"이제 직접 오지 말고 사람 시키지?"

평소처럼 윤주에게 커피를 내어 준 진하가 대뜸 말을 꺼냈다. 커피잔을 내려놓고 진하를 바라보는 윤주의 눈매가 날카롭다.

"갑자기 왜요?"

"바쁘잖아."

"아무리 바빠도 여기 올 시간은 있어요. 새삼스럽게 왜 그래요?"

진하는 무심코 뱉으려던 말을 꾹 눌러 삼켰다. 꽃만 부탁했을 뿐, 진하는 처음부터 윤주가 찾아오는 것을 반대했다. 하지만 그녀의 고집은 누구도 말릴 수가 없었다. 그저 기다리겠다,

바라만 보겠다. 윤주는 그것만으로도 좋다고 했다.

차마 건드릴 수조차 없게 홀로 깊어만 간다. 독이 되어 버린 사랑을 가슴에 담고 있으니 점점 더 황폐한 불모지가 되어간다. 기다림에 집착이 더해지고, 그리움이 병처럼 깊어지는 그녀의 시선에 진하는 답답함을 느꼈다. 어쩌다 이렇게 된 것일까.

두 사람 사이로 잠시 어색한 침묵이 내려앉았다.

"마스터, 오늘은……!"

주방에서 불쑥 나타난 정원이 이내 뭔가 이상한 분위기를 느낀 듯 눈동자를 굴렸다. 하지만 그뿐, 역시나 성격대로 거침없이 툭 말을 뱉는다.

"어……, 아직 계셨네요? 그런데 무슨 일 있나요?"

아무튼 이상한 데서만 감이 빠르다. 문제는 감만 빠를 뿐, 눈치는 절대 보지 않았다. 오히려 윤주가 예민하게 반응했다.

"일은 무슨……!"

"아무 일도 없습니다."

"아, 네에."

가파르게 이어지는 두 사람의 대답에 잠시 눈을 깜빡이던 정원이 고개를 주억거렸다. 평소 늘어지는 잔소리를 생각하면 어이없을 만큼 참 순순히도 물러선다. 꼬인데 없이 단순 명쾌한 그녀의 성격이 이럴 때는 좋았다.

'좋아? 후, 서진하. 이러지 말자.'

내심 고개를 저은 진하가 가볍게 말을 돌렸다.

"무슨 일입니까?"

"아, 그게. 저……."

정원이 미처 말을 잊지 못하고 동그란 눈을 깜박거렸다. 자기가 먼저 말을 걸어 놓고 저건 또 무슨 짓인가 싶다. 진하가 눈살을 찌푸리며 다시 물었다.

"또 뭐가 문젭니까?"

"아, 그런 거 아니거든요? 그리고 문제가 있으면 해결이라도 해 주시게요?"

발끈한 정원이 한마디도 지지 않고 종알거렸다. 낮게 한숨을 내쉰 진하가 말을 바꿔 다시 물었다.

"그럼 뭔데요?"

"아, 저기, 그게…… 하. 하. 까먹었어요. 생각나면 다시 말씀드릴게요."

잠시 머뭇거리던 정원이 어색하게 웃으며 돌아서는데 윤주의 목소리가 덜미를 잡았다.

"진하 씨, 그러지 좀 말라니까. 정원 씨가 어려워하잖아요."

"그런 거 아닌데요."

정원이 바로 정색을 했지만 윤주는 아랑곳하지 않았다.

"정원 씨가 이해해요. 진하 씨도 참. 현성이를 봐서라도 그러지 말라니까요."

대꾸할 틈도 없이 윤주가 해사하게 웃으며 정원을 보았다.

"이젠 익숙해질 때도 됐는데 참 어렵네요. 그죠?"

"전 진짜 괜찮은데……."

"응? 정원 씨도 참, 나한테까지 부담 가질 필요 없어요. 서로

돕고 지내야죠. 안 그래요?"

정원은 저도 모르게 주먹을 꾹 그러쥐었다. 여전히 변함없이, 말을 참 이상하게 잘하는 사람이었다. 굳이 아니라고 말하는 것도 우스워진 상황에 정원의 시선이 말 없는 진하에게 닿았다. 그리고 다시 윤주를 마주 보았다.

"고맙습니다."

정원이 마지못해 인사를 하고 돌아섰다. 더 이상 무슨 말을 할까.

끝까지 입을 다물고 있는 진하나 웃는 낯으로 이해 못 할 소리를 하는 윤주나 이상하기는 마찬가지였다. 분명 아무 사이도 아니라고 본인에게 들었건만 윤주의 눈빛은 확연히 다른 말을 하고 있었다.

주방으로 돌아온 정원이 싱크대 위에 꺼내놓은 재료들을 다시 냉장고에 넣으며 중얼거렸다.

"저 아저씨, 아침도 안 먹은 거 같던데……."

꽃들을 정리한 정원은 흙먼지를 털어내고 간단히 씻은 후 유니폼으로 갈아입었다. 그리고 평소처럼 창고와 주방을 정리하며 오픈 준비를 했다.

그렇게 한 시간 남짓, 정원은 당연히 윤주가 돌아갔으리라 생각했다. 하지만 여전히 그림같이 앉아 있는 그녀의 모습에 정작 하려고 했던 말을 삼킬 수밖에 없었다.

'거참, 이상하게 눈치가 보인단 말이지.'

정원은 사실 진하에게 앞으로 점심을 같이 먹자고 말하려던

참이었다. 동거라고 하기엔 이상했지만 아래위층 같은 건물에서 지내게 된 것 또한 분명하니까. 같은 공간에서 생활하고, 일도 같이 하는데, 각자 밥을 먹는 것이 더 이상하지 않은가 말이다.

앞으로 언제까지 이 생활이 이어질지는 모르지만 집세도 안 받는다는 위인이다 보니 정원은 밥이라도 해 줘야 마음이 편할 것 같았다. 마침 냉장고엔 큰엄마가 싸 준 반찬들도 넘치게 많았다.

'좀 이따 다시 말해 봐야겠네.'

두 사람에 대해 궁금해 하는 것도 잠시, 정원은 어느새 아무렇지도 않게 진하와 함께 밥 먹을 궁리를 하고 있었다.

12. 아슬아슬 평화롭게

　정원은 요 며칠 진하의 무심함에 오히려 고마움을 느끼고 있었다. 같은 건물 아래위층에 살게 됐지만 걱정한 것이 무색할 만큼 그의 태도는 변함이 없었다.

　여전히 말이 없었고, 여전히 무심했으며, 툭하면 사람을 무시하는 것도 똑같았다. 그렇게 두 사람은 겉으로나마 아무렇지도 않게 각자의 영역을 지키며 일상을 유지하고 있었다. 아슬아슬(?) 평화롭게.

　점심이라도 같이 먹자고 청했지만 일언지하 거절당한 정원은 더 이상 신경 쓰지 않기로 했다. 뭔가 하려고 할수록 오히려 거리를 벌리며 인상을 굳히니 방법이 없었다. 굳이 강요해서 마음이라도 바뀌면 괜스레 머리만 아파진다. 정원도 더 이상의 문제는 사절이었다.

　기묘한 동거를 시작한 지 채 일주일도 되지 않은 오늘은 정원의 첫 월급날이기도 했다. 바야흐로 계절의 여왕이라는 5월이었고, 어린이날도 어버이날도 어떻게 지나갔는지 모르게 사건 사고로 정신이 없었지만 아무튼 무사히 한 달을 채운 것이다.

'얼쑤, 진짜 월급이다. 신기하네.'

인터넷 뱅킹으로 통장의 잔고를 확인한 정원은 감회가 새로웠다. 지금껏 소규모 그룹으로 아이들만 가르쳐서 월급 자체가 처음이었다. 레슨비는 조각조각 들어오기 때문에 금액으로만 따지면 월급이 일견 더 크게 느껴지는 것도 있었다.

한 달이라는 시간 동안 정말 많은 일들이 일어났다. 처음 해보는 낯선 일이라며 걱정했던 것이 무색할 만큼 달라진 상황이 새삼 신기할 따름이었다. 하지만 뿌듯함도 잠시, 카페 월말 정산을 하던 정원의 표정이 자못 심각해졌다.

'지금까지 이런 상태로 어떻게 유지를 한 거야.'

차마 월급을 받기가 민망할 정도로 수익률이 제로에 가까웠다. 정원은 터져 나오려는 한숨을 어렵사리 집어 삼켰다.

'이건 뭐, 망해도 벌써 여러 번 망했겠다.'

특유의 분위기 탓인지, 학생보다 알음알음 찾아오는 직장인들이 주 고객인 것도 한몫했다. 그나마 잘 구비된 와인 리스트 반응이 좋았지만 테이블이 꽉 차도록 손님이 드는 경우는 손으로 꼽았다.

'어디 남들 모르게 돈을 쌓아놓기라도 했나? 딱히 하는 일도 없어 보이더만……'

정원의 시선이 안쪽에서 책을 읽고 있는 진하에게 닿았다. 그녀의 공식적인 출근 시간은 오후 2시. 카페의 오픈 시간은 그나마도 귄장 마음대로 왔다 갔다 했다. 아무튼 기본적으로 오픈 준비는 진하가 하고 마지막 뒷정리는 정원이 하는 시스템이었다.

정원은 카페 매니저라는 일이 진심으로 마음에 들었다. 각각의 삶을 살아가는 타인들이 서로 다른 각자의 이야기를 가지고, 같은 공간에서 시간을 함께한다. 제각기 다른 삶의 조각들이 한 공간에서 자연스럽게 어울리고, 머물고, 흩어졌다.

그 찰나의 다채로운 인간사가 카페라는 공간에 담겨 있었다. 사람과 사람이 마주 앉아 소통하는 장소. 서로의 온기를 나누며 작은 휴식이 되어 주는 카페야말로 온전히 사람들을 위한 공간이 아닐까.

마음 같아선 정말 오래오래 잘해 보고 싶은 일이었다. 아니, 그녀의 상황을 생각하면 오래오래 잘 돼도 시원찮을 판이다. 정원이 대뜸 진하를 불렀다.

"마스터! 메뉴 좀 확실하게 정하면 안 될까요?"

그가 버릇처럼 말을 받았다.

"왜 또……."

"왜라뇨. 정말 장사하기 싫으세요?"

"뭐, 문제 있습니까."

"어머, 모르셨어요? 당연히 문제 많죠!"

그리고 늘 그렇듯 넘치는 정원의 잔소리가 이어졌다.

"솔직히 메뉴도 제대로 정해 놓지 않은 카페가 어디 있어요? 달랑 샌드위치라고만 써놓고 무슨 샌드위치인지, 종류는 뭐가 있는지 당최 알 수가 없잖아요. 아무리 맛있으면 뭐하냐고요. 일관성이 없잖아요, 일관성이."

잠시 숨을 고른 정원이 할 말이 남은 듯 진하를 새침하게 노려보았다.

"몇 개 안 되는 사이드 메뉴도 그래요. 달랑 치즈 몇 종류, 카나페 몇 가지. 좀 부실하다는 생각 안 드세요? 커피랑 와인 빼면 고를 수 있는 게 없잖아요. 정말 이래도 되는 거예요? 아니, 제가 왜 이런 걱정까지 해야 하죠?"

미리 준비라도 한 것처럼 종알종알 구구절절 막힘이 없다. 정말 잔소리 하나는 타고난 것 같았다. 잠자코 듣고 있던 진하가 짧게 한마디 했다.

"괜찮습니다."

"괜찮긴 어떻게 괜찮아요!"

뭐가 불만인지 그녀가 또 버럭 인상을 쓴다.

"아, 백번 양보해서 사장님은 괜찮다고 쳐요. 그런데 전 절대, 네버! 안 괜찮거든요? 어떻게 구한 직장인데, 사장님도 그렇게 무책임하게 말씀하시면 안 되는 거라고요."

분명히 일 년 이상 길게 일할 사람을 구한다고 말했건만 저건 또 어디서 튀어나온 소린지 모르겠다. 듣다 못한 진하가 툭 말을 끊었다.

"은정원 씨 해고할 계획 없는데······."

"해고? 저도 정당한 사유 없이는 절대 못 받아들이죠."

팩 쏘아붙이던 정원이 한 박자 늦게 멈칫 진하의 눈치를 살폈다. 누가 뭐라 해도 그가 카페의 주인장인 것이다.

"아, 그게…… 마스터가 절 해고하기 전에 가게가 먼저 망할 거 같단 말이죠. 제 말은."

"그건 매니저가 걱정할 문제가 아닙니다."

"계속 적자가 나는데 어떻게 걱정을 안 해요? 이러다 진짜 망하면 어쩌려고요. 전 정말 심각하거든요?"

"괜찮다고 했습니다."

정원이 못마땅한 눈으로 진하를 노려보았다.

'카페가 무슨 취미 생활이야? 지금 무슨 자선 사업해? 이게 어떻게 괜찮을 수가 있냐고!'

도대체 저 말도 안 되는 여유는 어디서 기인한 것일까. 문제를 제대로 알고는 있는지조차 의심스러웠다.

정원은 언제부턴가 진하가 싫어하든 말든 하고 싶은 말을 가감 없이 뱉고 있었다. 웬만한 일엔 눈 하나 꿈쩍하지 않는 그의 무심함에 익숙해진 탓이었다. 아무튼 오늘만큼은 정원도 그냥 넘어갈 수 없었다.

"사장님 부자예요? 이렇게 계속 적자 나도 괜찮을 만큼?"

"……."

"그럼, 카페 하기 전엔 뭐 하셨는데요?"

"……."

"아, 지금은 제가 살짝 기분이 나쁘니까 사장님 할 거거든요?

사장님이든 마스터든 뭐 그리 중요하다고 매번 그렇게 걸고넘어지는 건데요?"

그의 미간에 얼핏 그늘이 졌다. 하지만 역시나 반응은 참 미미하시다. 정원은 어느새 답답해 죽을 것 같던 그의 무표정에서 너무나 쉽게 감정을 읽어내고 있었다.

"후-."

뻔뻔하리만치 당돌한 그녀의 태도에 진하가 드디어 낮게 한숨을 내쉬었다. 참으로 인간적인 반응에 정원이 무슨 노다지라도 발견한 양 활짝 웃었다. 그리고 순간 겁을 상실하고 내처 물었다.

"물려받은 재산이 많으신가 봐요?"

"회사 다녔습니다."

기대하지 않은 대답에 정원이 눈을 휘둥그레 떴다.

"에엣? 정말요? 심심해서 카페 차린 거 아니고요?"

"무슨 뜻입니까?"

자못 진지한 그의 눈빛에 정원이 불현듯 입술을 깨물었다.

'으이그, 이 밥통아. 그럼 정말이지. 저 아저씨가 농담할 사람이니?'

찔끔한 정원이 웃음으로 얼버무리며 조심스레 다시 물었다.

"무슨 일을 하셨는데요?"

"세일즈……."

"네에?"

자못 과격한 그녀의 반응에 진하가 얼핏 인상을 굳혔다. 하지만 정원은 너무나 놀라운 사실에 잠시 정신줄을 놓쳤다.

"세일즈먼…… 그게 그러니까…… 영업? 마스터가 진짜 영업을 했었다고요? 정말? 우와, 절대 안 어울려! 거짓말이죠?"

"?"

"아, 아니. 그게, 상상이 잘 안 돼서 말이죠. 마스터는 뭐랄까……."

진하가 의문이 가득한 눈으로 그녀를 빤히 보았다. 그 모습에 정원은 정작 다른 생각을 하고 있었다.

'암, 인간은 자고로 저래야지. 감정이 보이니까 이제 좀 사람 같네. 좋잖아?'

왠지 기분이 확 좋아진 정원이 싱긋 웃으며 가볍게 말을 이었다.

"아무튼! 그러니까 일이 안 맞아서 회사 그만둔 거죠? 그래서 카페 차리신 거예요?"

"사적인……."

"아, 네."

그럼 그렇지. 어쩐지 유난히 잘나간다 싶었다. 냅다 대답을 던진 정원이 고개를 돌리며 들으라는 듯 중얼거렸다.

"아우, 세상은 참 불공평하다니까."

들고 있던 책을 제자리에 꽂던 진하가 문득 그녀를 돌아보았다. 하지만 정원은 아랑곳하지 않고 삐죽삐죽 심통을 부렸다.

"사. 적. 인. 질문 아니거든요? 저는 뭐 혼잣말도 못 하나요?"

"물려받은 재산 같은 거 아닙니다."
마지못한 대답에 정원이 고개를 번쩍 들었다.
"정말 아니에요? 그럼 뭔데요?"
그녀가 자못 심각한 얼굴로 진하를 빤히 쳐다봤다.
"아저씨, 진짜 로또 맞았어요?"
"훗!"
너무나 진지한 정원의 눈빛에 진하가 무심코 실소를 흘렸다. 도대체가 저런 결론은 어디에서 튀어나오는 것일까. 정신 놓고 말똥말똥 바라보는 표정조차 너무나 해맑아서 어이가 없었다.
갑작스러운 그의 웃음에 놀란 정원이 저도 모르게 불끈 주먹을 쥐었다.
'아싸, 웃었다.'
그리고 이내 뭔가 무안한 기분에 톡 쏘아붙였다.
"아, 왜 웃어요?"
"나는 웃지도 못합니까?"
"아니 뭐, 그런 건 아니지만……."
너무나 자연스럽게 묻어나는 그의 미소에 당황한 정원이 급하게 모니터로 시선을 돌렸다.
'갑자기 뭐지? 완전 이상하잖아!'
순간 얼굴에 열이 확 오른다. 덩달아 심장이 덜컥 내려앉았다. 모니터에 떠 있는 숫자들이 빠르게 뛰는 심장 소리에 맞춰 빙글빙글 춤을 추는 것만 같았다.
'뭐니. 아우, 정신없어!'

늦은 밤, 낮게 가라앉은 바의 조명이 고마울 지경이었다. 음반을 고르느라 진하가 저만치 안쪽에 뒤돌아 있는 것도 다행이었다. 하지만 박자를 잃고 들썩거리는 심장은 정원의 정신을 홀랑 빼놓기에 충분하고도 넘쳤다.

'미쳤어. 미쳤나 봐.'

그런데 가슴 한편 차오르는 이 뿌듯함은 또 뭐란 말인가. 화끈거리는 볼을 슬며시 감싸 쥔 정원의 입가에 움찔 경련이 일었다. 애써 참으려 해도 실없는 웃음이 삐죽 새어 나온다.

'그런데 정말 웃었잖아. 헤헤.'

정말 바보 같았지만 왠지 멈춰지지가 않았다. 미친 심장과 함께 기분까지 덩달아 온 사방을 방방 날아다닌다. 얼음마스터가 드디어 웃었다.

'장하다! 은정원!'

진하의 웃음 하나에 정원은 마감할 때까지 내내 기분이 좋았다. 왜 기분이 좋은지 굳이 따져볼 생각도 하지 않았다. 그저 아주 어려운 문제 하나를 해결한 기분이랄까. 일종의 성취감 같은 것일지도 모르겠다.

지난 한 달여 나름 혼자 고군분투했던 그녀에게 주어진 상장 같기도 했다. 그도 아니라면 나름의 오기였을까.

정원은 언제부턴가 그의 일거수일투족 조그마한 변화에도 예민하게 반응하고 있었다. 워낙에 감정을 드러내지 않는 사람이라 저절로 집중하게 된다. 그렇게 조금씩 미묘하게 변화하는 표정들을 알아내는 재미가 또 나쁘지 않았다.

꽁꽁 싸매고 감출수록 오히려 더 궁금해지는 것이 사람의 심리였다. 하지 말라고 하면 더 하고 싶어진다. 그래서일까. 이젠 그의 무심함에 화가 나기는커녕 어찌하면 저 가면 같은 얼굴을 깨트릴까 궁리를 하는 정원이었다.

하지만 정원은 정작 그만큼 신경을 쓰고 있는 자신의 변화에 대해선 의식하지 못했다. 그저 그에 대해 조금이라도 알게 되면 좋았고, 뭔가 반응을 보였다는 사실만이 중요할 뿐.

금요일. 카페에서 생활하게 된 첫날 윤주에게 딱 걸리는 바람에 졸지에 출근 시간이 당겨진 정원은 새로 들어온 꽃들을 정리하느라 분주했다. 잠시 테라스 쪽을 바라본 진하의 입가에 문득 가벼운 미소가 떠올랐다.

'훗, 로또라……'

농담 같지도 않은 말을 그리도 진지하게 물어보다니, 그래서 더 황당했다. 그의 직업에 대해서도 뭔가 단단히 오해를 하고 있는 것 같았지만 딱히 정정해 줄 필요성을 느끼지 못했다.

정원에겐 그가 예전에 무슨 일을 했는지가 중요하지 않았다. 눈앞의 현실에 집중할 뿐, 지나간 과거에 집착하지 않는다. 그녀는 카페가 말 그대로 진짜 망할까 봐 걱정이었다.

'진짜 단순하다니까.'

그녀에겐 지극히 현실적인 문제겠지만 진하로선 엉뚱하고 난데없는 결론이 아닐 수 없었다. 진하뿐만 아니라 지금까지 누구도 그런 식으로 생각하지 않았다.

손님이 많고 적고 그런 문제가 아니었다. 정말 돈을 알고, 세상을 아는 계산적인 사람이라면 카페 분위기만 보고도 소위 견적이 나오는 것이다. 그녀는 현실적이다. 하지만 세상은 정원이 아는 것보다 더 복잡하고 무서운 곳이었다.

'욕심이 없다고 해야 하나.'

진하는 평범하고 소박한 그녀의 걱정들이 왠지 나쁘지 않았다. 돈이라는 괴물과 얽힌 세상의 욕망이 얼마나 탐욕스럽고 파괴적인지 잘 아는 까닭이었다.

난데없는 그의 미소에 윤주가 예민하게 반응했다.

"어머, 무슨 생각을 하는데 혼자 그렇게 웃어요?"

"아, 아무것도 아니야."

"왜요. 같이 좀 웃죠?"

말없이 커피를 건네는 진하를 향해 윤주가 환하게 웃어 보였다.

"진하 씨 그렇게 웃는 모습, 정말 오랜만인 거 알아요? 보기 좋아요."

"그 정도였나?"

"어머, 그걸 지금 몰라서 물어요?"

"훗."

불현듯 정원의 말투가 생각나 웃음이 나왔다. '그걸, 지금 몰라서 물어요?' 그녀는 끝없이 그렇게 다그쳤다. 도무지 이해할 수 없다는 듯이.

윤주가 고개를 갸웃했다.

"오늘 정말 이상하네. 무슨 좋은 일 있어요?"

"왜? 난 웃으면 안 되나?"

순간 그녀의 표정이 어둡게 한 톤 낮아졌다.

"무슨 소리. 진하 씨 웃는 모습 보니까 좋은걸요. 이제 좀 웃기도 하고 그래요. 그럴 때도 됐잖아요."

순간 진하의 입가에 걸려 있던 작은 미소가 씻은 듯 지워졌다. 왜 웃었는지조차 까마득히 생각나지 않았다. 커피를 내놓고 돌아서는 진하의 눈가에 짙은 어둠이 번졌다.

'그럴 때라……'

윤주는 항상 그랬다. 정작 진하 자신보다 더 많은 것을 생각하고 앞서간다. 하지만 그럴수록 그의 마음은 더 멀어지는 것을 그녀는 알지 못했다. 그에 대해 많은 것을 아는 윤주는 항상 굳이 떠올리지 않아도 되는 것까지 되새기게 만들었다. 잊기를 바라면서 정작 잊지 못하게 만드는 것 또한 그녀임을 어떻게 설명해야 할까.

딱히 윤주만 그런 건 아니었다. 그를 안다고 생각하는 대부분의 사람들은 이제 그만 잊으라고 말했다. 잊고 새롭게 시작하라고. 하지만 그럴수록 진하는 더 깊은 미궁으로 빠져드는 기분이었다.

잊으라 하는 그들 덕분에 오히려 더 선명해지는 것도 있었다. 그리고 한편으론 왜 잊어야 하는지, 어떻게 잊어야 하는지 여전히 알 수가 없었다.

사랑하는 사람이었다. 사랑했던 사람이었다. 꽃다운 나이에 너무나 허망하게 스러져 간, 그래서 더 가슴 아픈 사랑이었다. 처음처럼 아프지 않다고 해서 기억까지 지워지는 것은 아니었다. 잊을 수 없는 것을 어찌 잊으라 하는지 진하는 도무지 이해가 되지 않았다.

흐르는 시간에 희석되어 이젠 웃을 수 있게 된 것도 사실이었다. 하지만 윤주의 말처럼 그럴 때가 되어서, 잊히고 지워져서 그런 것이 아니었다. 어불성설. 마음대로 지울 수 있는 것은 기억이라 하지 않는다. 기억에는 유효기간이 없다.

사랑은 잃었어도 사랑했던 기억은 선명하게 남아 있었다. 하지만 기억은 실재하는 사랑이 아니었다. 완벽하게 아름다운 기억조차 찰나의 추억일 뿐, 추억을 품고 살아가기엔 사람의 기억이란 너무나 불완전했다. 사랑은 추억만으로 할 수 있는 것이 아니었다.

시간과 함께 무뎌진 마음은 처음처럼 아프지도 힘들지도 않았다. 그래서 진하는 그 사랑이 여전한지도 알 수 없었다. 그 자신도 모르는 마음을 윤주라고 어찌 알까.

그 사랑이 여전하다고 제아무리 우겨도 진실이 될 수 없음을 그 자신이 누구보다 잘 알고 있었다. 함께할 때 비로소 완전해지는 것이 사랑이었다. 불완전한 기억만으로 할 수 있는 일은 아무것도 없었다. 윤주의 조심스러운 눈빛에 오래 묵은 상처의 흔적이 불현듯 각인처럼 욱신거렸다.

상처가 아물고 무뎌졌어도 떠올리면 아픈 것이 잃어버린 사랑이었다. 완전하지 않은 기억 속에 조각조각 흔적으로만 남아 있더라도 끝내 지워지지는 않는다. 하물며 그때와 같지 않다고 하여 잊을 수 있는 것이 아니었다.
'언제쯤 네가 인정할 수 있을까.'
마음이 비어 있어도 그 자리에 윤주가 들어올 수는 없었다. 그녀가 아무리 기다린다 해도 가능한 일이 아니었다. 진하의 눈가에 거친 바람이 일었다. 텅 비어 버린 마음에도 칼날 같은 바람이 스친다. 잃어버린 사랑을 확인시켜 주듯이.

토요일 오후. 카페는 여느 때와 다름없이 한가했다. 오픈과 동시에 자리를 잡고 앉아 한가한 오후 시간을 보내곤 하는 몇몇 단골들도 오늘은 일찌감치 일어났다. 가끔이지만 지금처럼 정적이 찾아오듯 카페가 휑하니 비는 시간이 있었다. 그럴 때면 진하도 훌쩍 자리를 비운다.
테이블을 정리하고 혼자 남은 정원은 노트를 꺼내 커피 레시피를 찬찬히 읽어 보았다. 그리고 커피를 만들던 진하의 뒷모습을 떠올리며 머신 앞에 섰다.
"놀면 뭐하냐고······."
에스프레소 추출은 가능했지만 정원은 딱히 다른 레시피에 도전할 생각이 없었다. 연습을 한다고 해도 진하의 커피를 따라가지 못할 뿐더러 만들 일도 없으리라 여겼기 때문이다. 하지만 이젠 상황도 달라졌고 본격적으로 카페 일을 익혀 볼 작정이었다.
"우선 우유를 데우고 거품을 만든다. 좋았어!"

치익.

정원이 피처를 들이대는 동시에 스팀 소리와 함께 우유가 부글부글 끓기 시작했다.

"뭐야, 우유 너 제대로 안 해?"

하지만 그녀가 인상을 쓰든 말든 우유는 순식간에 넘칠 듯 끓어올랐다.

"응? 어라? 어? 어? 안 돼! 넘치지 마. 으악! 안 돼! 그만! 앗! 뜨……!"

놀란 정원이 결국 피처를 놓치는 순간이었다.

"조심!"

"엄마야!"

등 뒤에서 불쑥 튀어나온 커다란 손에 기겁한 정원이 펄쩍 넘어갔다. 벽에 부딪칠 줄 알았던 정원이 낯선 감각에 질끈 감은 눈을 슬며시 떠 보았다.

그러니까 이 부드러운 듯 꽉꽉한 느낌은 벽이나 바닥이 아니라 사람이 분명했다. 그것도 남자! 순간 바짝 얼어버린 정원의 머리 위에서 익숙한 음성이 툭 떨어졌다.

"지금 뭐 하는 겁니까."

화들짝 놀라 물러서는 정원의 팔을 이번엔 진하가 덥석 잡아당겼다.

"위험!"

"어마!"

정원의 등 뒤로 커피머신이 아슬아슬하게 닿아 있었다. 한

손엔 피처를, 또 한 손으로는 그녀의 팔을 꽉 움켜쥔 진하가 서늘한 눈으로 정원을 내려 보았다. 하지만 이미 정신이 반쯤 나간 그녀는 커다란 눈을 더 커다랗게 뜨고 그대로 굳어 버린 상태였다.

진하가 문득 한숨을 쉬며 다시 물었다.

"뭐 하는 거냐고 물었습니다."

그제야 그와 바짝 붙어 서 있다는 사실을 깨달은 정원이 차마 시선 둘 곳을 찾지 못하고 입술을 깨물었다. 그에게 잡혀 있는 팔이 새삼 불에 덴 듯 화끈거렸다. 어지간히 놀랐는지 미친 심장이 덩달아 같이 널을 뛴다.

"저, 저기, 팔 좀……."

진하가 말없이 한 발 뒤로 물러나며 팔짱을 끼고 정원을 보았다. 마치 지금 상황을 설명해 보라는 듯.

여전히 잡혀 있는 양 화끈거리는 팔을 슬슬 문지르던 정원은 불쑥 심통이 났다. 대체 언제부터 보고 있었던 것일까. 그녀야말로 그가 불쑥 튀어나오는 바람에 놀라 기절하는 줄 알았다. 새삼 그의 품에 안겨 있던 장면이 떠올라 애써 진정시킨 심장이 다시 툭 떨어져 내린다.

'아우! 진짜 심장마비 걸리겠네. 아무리 그래도 그렇게 인상을 쓰냐. 칫!'

너무 놀라 우왕좌왕하는 그녀를 잡아 줬다는 사실도 왠지 고맙지가 않았다. 괜한 오기에 고개를 바짝 쳐든 정원이 눈앞에 버티고 있는 진하를 똑바로 보았다.

"커피를 좀 만들어 보려고요. 연습해야 늘죠."
"계속하세요."
"네?"
그가 들고 있던 우유 피처를 쓱 내밀었다.
"연습."
얼결에 피처를 받아든 정원이 소리 없는 비명을 질렀다.
'뭐, 뭐야. 이제 그만 가지? 왜 그렇게 버티고 서 있는 건데!'
안 그래도 정신이 하나도 없는데 그가 비킬 생각은 않고 불쑥 입을 열었다.
"해 보세요."
"뭐, 뭘……?"
"커. 피. 연. 습."
입을 떡 벌리고 굳어 있던 정원이 하는 수 없이 고개를 끄덕이며 돌아섰다. 하지만 뒤통수가 근질거리는 느낌에 정작 아무 생각도 나지 않는다. 멀뚱멀뚱 머신을 바라보던 그녀가 지그시 입술을 깨물었다.
'먼저 스팀을 켜고…….'
치익.
스팀이 들어오는 소리에 정원이 허겁지겁 피처를 들이댔다. 동시에 그의 손이 또 불쑥 튀어나왔다.
"헉!"
놀라 숨이 넘어가든 말든 그녀의 손목을 단단하게 감싸 쥔 진하가 스팀을 끄며 낮게 주의를 주었다.

"스팀을 켜기 전에 피처부터 위치를 잡아야죠. 스팀 바는 고온이니까 데지 않게 조심하세요."

귓가에 툭툭 떨어지는 나직한 음성에 그러잖아도 당황한 정원은 정신이 하나도 없었다. 스팀 아래 피처 위치를 잡아 준 그가 물러나는 동시에 바짝 얼었던 그녀의 팔이 움찔 경련을 일으켰다.

"아, 뜨……!"

"그러니까 조심……!"

기다렸다는 듯 날아드는 소리에 바짝 긴장한 정원이 무심코 신경질을 냈다.

"갑자기 튀어나오니까 그러죠. 놀랐잖아요!"

"계속 같은 자리에 있습니다만."

"그, 그게……!"

그런 뜻이 아니잖아! 너무나 담담한 그의 눈빛에 정원이 차마 말을 잇지 못하고 입을 꾹 다물었다. 왠지 혼자 바보가 된 기분이다. 하지만 정원이 성질을 내든 말든 그는 얄밉도록 멀쩡한 얼굴로 제 할 말만 했다.

"다시 해 보세요. 한 번 끓은 우유는 거품이 안 나니까 잊지 말고."

정원이 애먼 커피머신을 노려보았다.

'지가 맘대로 끓겠다는데, 나보고 어쩌라고!'

역시나 스팀을 올리자마자 부글거리기 시작한 우유가 금세 넘칠 듯 끓어오른다. 정원이 터져 나오는 비명을 삼키며 재빨리 레시피를 확인하는 순간이었다.

"초보자가 한눈을 팔면 어쩝니까."

다시 잽싸게 피처를 뺏어든 진하가 눈살을 찌푸렸다. 연이은 돌발 상황에 급기야 정신줄을 놓은 정원이 버럭 짜증을 냈다.

"그렇게 불쑥불쑥 튀어나오지 좀 말란 말이죠. 마스터 때문에 더 정신이 없잖아요. 누구 심장마비로 죽는 꼴 보고 싶어요?"

대뜸 질러놓고 지레 놀란 정원이 눈을 동그랗게 떴다. 그리고 어이없는 눈으로 바라보는 그에게 냅다 사과를 했다.

"죄송합니다. 조심하겠습니다."

이 죽일 놈의 성질머리. 아무튼 되는 일이 없다. 고개도 들지 못하고 그대로 돌아선 정원이 애먼 입술을 잘근거렸다.

"거품을 만들 땐 스팀 끝을 피처 가장자리에 붙이지 마세요. 노즐이 우유에 닿지 않도록 살짝 떼어놓은 상태에서 스팀을 켜는 겁니다. 그래야 우유 안에 공기가 주입되거든요."

진하가 아랑곳하지 않고 설명을 하며 다시 우유 피처를 내밀었다. 덜컥 터져 나오려는 한숨을 지그시 삼킨 정원이 다시 그의 말대로 움직여 보았다.

"아니, 그게 아니라……."

예고 없이 스팀을 끄고 성큼 다가서던 진하가 멈칫 그녀를 보았다. 그리고 정원이 한 걸음 물러서는 것을 기다려 손을 내밀었다. 피처를 받아든 그가 다시 우유를 따르더니 차분하게 설명을 했다.

"이렇게 피처랑 노즐이 45도 정도 되게 기울여야 스팀이 피처의 벽면을 타고 돌면서 우유가 안에서 회전을 일으켜 거품을 만들어요. 그럼 스팀 노즐을 깊게 담갔다가 높낮이를 조절하면서 고운 거품을 내면 됩니다."

치익.

진하가 스팀을 켜고 자연스럽게 시범을 보이며 말을 이었다.

"처음엔 스팀을 많이 열어서 고운 거품이 어느 정도 생기면 줄이면서 회전을 많이 주세요. 회전을 많이 주면 줄수록 거품이 미세하고 단단해져서 모양이 흐트러지지 않습니다."

순식간에 크림 같은 거품을 만들어 낸 진하가 피처를 넘겨주며 마저 설명했다.

"처음에 공기를 많이 넣어서 거품 섞는 시간을 늘리면 더 미세한 벨벳 거품을 만들 수 있어요. 우유가 너무 뜨거워지면 굵은 거품만 생기고 굳어질 수 있으니까 유념하고요. 온도는 70도 이상 올라가지 않게 65도쯤에서 스팀레버를 잠그면 됩니다."

말투는 여전히 딱딱했지만 정원은 왠지 처음처럼 긴장이 되거나 어렵게 느껴지지 않았다. 오히려 꼼꼼하게 짚어가며 자세히 설명해 주는 건 그 나름의 친절함이 아닐까 하는 생각이 들었다. 그녀의 부탁(?)대로 한 템포 늦춰 다가오는 것처럼.

"자, 다시 해 보세요."

피처를 들고 다시 커피머신 앞에 선 정원이 열심히 설명대로 따라해 보았다.

"No, No. 그게 아니라……."

이번엔 넘치지 않고 제대로 거품이 올라왔건만 그가 고개를 저었다.

"거품이 올라오는 것을 잘 보고 스팀을 조절해야죠."

스팀을 신경 쓰면 회전이 더뎠고, 회전을 잘하면 이번엔 스팀이 문제였다. 그리고 그때마다 놓치지 않고 날카로운 지적이 따라붙었다. 가볍게 시작한 커피 만들기가 어느새 스파르타식 주입 교육으로 둔갑해 버린 것이다.

'친절은 무슨! 피도 눈물도 없는 얼음마스터 같으니라고!'

같은 동작을 얼마나 반복했을까. 드디어 제법 그럴 듯한 거품이 올라오는 모습에 정원이 활짝 웃으며 고개를 들었다.

"No, No. 좀 더······."

"아, 나도 안다고요. 아는데, 그게 한 번에 돼야 말이죠."

말없는 그의 시선에 퍼뜩 정신을 차린 정원이 피처를 움켜쥐고 속으로 비명을 질렀다.

'으아, 내가 못 살아. 드디어 간이 배 밖으로 나왔구나.'

이게 대체 몇 번째인지. 정원이 에라 모르겠다, 다시금 넙죽 사과를 했다.

"죄송합니다. 생각대로 쉽게 되지를 않네요."

"천천히 하세요."

정원이 고개를 번쩍 들었다.

"그럼 이제 그만해도 될까요? 고맙습니다."

대체 뭐가 고마운 것인지 알 수 없었지만 정원은 서둘러 인사를 하고 카운터로 빠져나왔다. 그리 많은 시간이 흐른 것도 아닌데 순간 기운이 쏙 빠졌다. 역시나 저 남자를 가까이 하는 건 심장 건강에 아주 나쁘다.

"수고하셨습니다."

"네?"

한숨 돌리는 사이 불쑥 내밀어진 커피잔에 정원이 고개를 번쩍 들었다. 이건 또 무슨 의미인 것일까.

도대체가 알 수 없는 사람이었다. 묻는 말에는 제대로 대답도 안 하면서 가끔 의외의 행동으로 사람을 놀라게 한다. 그깟 거품이 뭐라고 그렇게 닦달하더니 조금은 미안했던 걸까.

삐죽 진하의 뒤통수를 흘겨본 정원이 천천히 카푸치노를 마셨다. 그러고는 이내 너무나 다른 맛에 고개를 갸웃했다.

"응? 사장님이 만든 거랑 제가 만든 거랑 왜 이렇게 다르죠?"

"우유 거품에 차이가 있어서 그런 겁니다."

"?"

"우유는 55도 이상에서는 단맛이 강해지고, 65도 이상에서는 고소한 맛이 납니다. 그 차이를 이용해서 카페라떼와 카푸치노의 맛을 조절하는 거죠. 은 매니저는 우선 우유 거품을 만드는 것부터 익숙해지세요. 거품이 미세하고 단단할수록 부드러운 맛이 납니다."

"이거 생각보다 어렵네요. 그러니까 제가 만들 일은 없겠죠?"

"혹시 모르니까 연습은 해 두는 게 좋겠죠."

내심 안심하고 있던 정원은 생각지 못한 대답에 정신이 번쩍 났다.

"카페에 안 계실 때도 있어요?"

"……."

"아, 네."

입안 가득 부드럽게 퍼지는 카푸치노가 돌연 씁쓸하게 느껴졌다.

'그놈의 사생활은 무슨 국가 비밀이라도 돼? 아무튼 별나.'

진하가 자리를 비울 때마다 정원은 커피를 만들어 보기로 했다. 딱히 할 일도 없는데다 천천히 연습해도 된다고 했으니, 우유를 따르는 손길에 거침이 없었다. 얄밉도록 담담한 그의 등짝을 떠올리자 재료를 아끼고 싶은 생각도 들지 않는다.

'흥! 내가 몽땅 다 써 버릴 테다!'

맛은 장담할 수 없었지만 얼른 익숙해져야 아까처럼 당황스러운 사태가 벌어지지 않으리라. 이제 단독 커피 레슨은 절대 사양이었다. 또 그런 일이 생기면 이번엔 정말 심장마비로 죽을지도 모른다.

13. 아주 많이 이상한 일

 심장마비를 일으키는 첫 번째 커피 레슨 이후, 정원은 짬짬이 연습을 겸해 종류별로 커피를 만들어 마시고 있었다. 사실 그녀가 좋아하는 커피는 아무것도 첨가되지 않은 아메리카노였다. 하지만 커피를 만드는 것은 또 다른 매력이 있었다.
 하얀 우유 거품과 달콤한 캐러멜이 짙은 커피 향과 섞여 부드럽게 녹아드는 모습은 기분 좋은 설렘을 선사한다. 그나마 조금 연습했다고 모양새가 나오는 것이 신기할 따름이었다. 정원의 입가에 어느새 캐러멜처럼 달달한 미소가 떠올랐다.
 "나도 한 잔 부탁합니다."
 "네?"
 난데없는 소리에 정원이 입술에 거품을 잔뜩 묻힌 채 고개를 홱 돌렸다. 언제 나타났는지 진하가 멀뚱히 그녀를 보고 있었다. 정원이 코끝을 찡그리며 다시 물었다.

"지금 뭐라고 하셨어요?"

"거기……."

진하가 거품을 가리키며 한 발 앞으로 다가섰다. 지레 놀란 정원이 후다닥 물러서며 그를 노려보았다.

"왜, 왜요?"

"거기 입술에 거품."

"아."

괜히 멋쩍어진 정원이 입술에 묻은 거품을 생각 없이 날름 핥았다. 그리고 여전히 입술에 닿아 있는 그의 시선에 순간 열이 확 올랐다. 동시에 미친 심장이 무섭게 곤두박질친다.

'헙!'

이유를 알 수 없는 당혹감에 놀란 정원이 부릅뜬 눈을 빠르게 깜박거렸다. 그러고는 별안간 요란한 딸꾹질이 터져 나왔다.

"히끅, 헙! 딸꾹."

커다랗게 열린 그녀의 눈가에 당혹스러움이 잔뜩 묻어났다. 정원은 이러다 진짜 심장마비로 죽을 수도 있겠다는 생각을 했다. 아주 심각하고 진지하게.

진하는 그녀에게 무슨 일이 일어나고 있는 것인지 두 눈으로 보고 있으면서도 이해가 되지 않았다. 애처럼 입술에 거품을 잔뜩 묻히고 말똥거리더니 갑자기 얼굴을 붉히며 딸꾹질을 한다. 도대체가 일관성이 없었다.

'하나만 좀 하지.'

진하가 저도 모르게 한숨을 내쉬었다.

"커피 한 잔 만들어 보라는 게 그렇게 놀랄 일입니까."

"네? 히끅! 그, 그게…… 헙!"

멈추지 않는 딸꾹질에 어지간히 당황했는지 그녀의 얼굴이 순식간에 새빨개졌다. 그런데도 손에 쥔 커피잔은 끝까지 내려놓지 않는다. 넘칠 듯 찰랑거리는 커피가 내내 거슬렸던 진하가 급기야 손을 뻗었다. 덩달아 놀란 정원이 후딱 뒷걸음질을 쳤다.

"뭐……!"

"어, 조심!"

아슬아슬하게 커피잔을 낚아챈 진하가 눈살을 찌푸렸다. 도대체 그가 뭘 어쨌다고 사사건건 저리도 놀란단 말인가. 한 발 다가설 때마다 움찔거리며 물러서는 그녀의 모습에 진하는 괜히 기분이 상했다.

"조심하세요."

"죄송……."

정원이 다시금 흠칫 놀라며 넙죽 고개를 숙였다. 커피잔을 뺏느라 좁혀진 거리에 동그란 그녀의 머리가 그의 가슴에 닿을 듯 스쳤다. 그리고 물러날 틈도 없이 고개를 번쩍 든다. 찰나 마주친 두 사람의 시선이 급격히 줄어든 간격만큼 빠르게 얽혀들었다.

"!"

진하의 눈동자가 일순 크게 흔들렸다. 아이처럼 빨간 볼이, 커다랗게 열린 까만 동공이 시야를 가득 메우며 성큼 다가들었다. 달콤한 커피 향과 함께 그녀의 열기가 손에 잡힐 듯 고스란히 느껴졌다.

정신없는 것도 옮는 것일까. 정처 없이 흔들리던 그의 시선이 무심코 쌕쌕 밭은 숨을 토해내는 작은 입술에 닿았다. 달콤한 캐러멜 향이 데일 듯 뜨겁게 다가들었다.

흠칫 놀란 진하가 저도 모르게 한 걸음 뒤로 물러섰다. 동시에 잠시 멈춘 듯했던 그녀의 딸꾹질이 급하게 터져 나왔다. 어색한 분위기를 일거에 몰아내기라도 할 것처럼.

'아악! 진짜!'

정원은 멈추지 않고 계속되는 딸꾹질에 찔끔 눈물이 나올 만큼 신경질이 났다. 주책도 이런 주책이 없었다. 도대체 왜 거기서 딸꾹질이 터져 나오느냐 말이다. 얼굴은 또 왜 이렇게 미친 듯 화끈거리는지, 정신이 하나도 없었다.

그 와중에도 정원은 깊숙이 파고드는 그의 시선에 흠칫 숨을 멈췄다. 왜인지는 모르지만 심장 가까이 성큼 다가드는 무언가가 깊고 어두운 그의 눈동자 가득 일렁거렸다. 찰나 시간이 그대로 멈춰 버린 듯 영원처럼 길게 느껴졌다.

하지만 다시금 터져 나온 딸꾹질에 정원의 생각은 더 이상 이어지지 않았다. 이젠 얼굴이 아니라 온몸에 불이라도 붙은 것처럼 화끈거린다. 당황한 정원이 질끈 입술을 깨물었다.

'으아, 뭐니. 이 황당한 시추에이션은!'

정말이지 마음 같아선 그대로 재가 되어 사라졌으면 싶었다.

"여기 물."

멈칫 고개를 들자 진하가 한 치의 흐트러짐도 없는 얼굴로 어느새 물컵을 내밀고 있었다. 어쩜 저렇게 한결 같을 수 있는지 불가사의할 지경이었다.

 내심 고개를 저은 정원이 쉼 없이 튀어나오려는 딸꾹질을 애써 참으며 물컵을 받아들었다.

 "고맙습니다. 힉!"

 상황이 이쯤 되자 정원은 오히려 마음이 편해졌다. 이미 상상하는 것 이상을 보여 줬는데 뭘 더 가릴까. 이 남자 앞에선 정말 별꼴을 다 보이는 것 같았다.

 애써 마음을 비운 정원이 심호흡을 하며 단번에 물을 마셨다. 우선은 딸꾹질이라도 멈춰야 생각이란 걸 할 수 있지 않겠는가. 그녀를 잠시 지켜보던 진하가 무심하게 물었다.

 "괜찮습니까?"

 "아, 네. 괜찮…… 흡!"

 안 괜찮다, 절대로. 이런 상황에서 어떻게 괜찮을 수가 있을까. 하지만 정원은 급하게 숨을 멈추고 빠르게 고개를 끄덕였다. 더 이상의 추태는 사양이다. 이젠 정말 더 떨어질 바닥도 없었다.

 그래도 주말이라고 거리에 네온이 반짝이기 시작하자 카페도 반짝 활기가 돌았다. 정원은 그나마 다행이라는 생각에 평소보다 더 열심히 일을 했다.

 차마 진하의 얼굴을 똑바로 쳐다볼 수가 없었다. 그의 곁을 지날 때마다 멈췄던 딸꾹질이 다시금 튀어나올 것만 같았다.

정원은 어서 빨리 오늘이 끝나기를 간절히 바라며 재차 시간을 확인했다. 하지만 시간이 멈춘 듯 바늘은 저녁 내내 제자리걸음 중이었다.

"은 매니저."

"네!"

정원이 화들짝 놀라 고개를 들었다. 난감하도록 홱 뒤집어지는 그녀의 대답에 몇 남아 있는 손님들이 흘깃 돌아본다. 머쓱해진 그녀가 머리를 긁적이며 어색하게 웃어 보였다. 진하가 뭔가 미심쩍은 듯 정원을 빤히 보았다.

"어디 불편합니까?"

"아, 아니요. 조, 좋아요!"

고개를 붕붕 저으며 씩씩하게 대답하던 정원이 입술을 질끈 깨물었다. 괜찮은 것도 아니고, 대체 뭐가 좋다는 걸까. 말은 또 왜 더듬는지 모르겠다.

"뭐, 그럼 다행인데……."

담담하기 그지없는 그의 목소리에 정원은 매번 혼자 실수를 연발하는 자신이 싫어졌다. 더불어 예기치 못한 두근거림에 정신이 혼미해진다.

'아, 짜증! 도대체 뭐니?'

저 남자야말로 왜 평소에 안 하던 짓을 해서 사람을 혼란스럽게 만드는 것일까. 뜬금없이 커피를 만들어 보라더니 이번엔 먼저 말도 건다.

그녀의 시선을 의식했는지 진하가 다시금 덥석 물어왔다.

"왜요?"

"네?"

"무슨 할 말 있습니까?"

이건 또 뭔지 모르겠다. 지금까지 그 어떤 질문도 정원의 몫이었지 저 남자는 아니었다. 그녀가 아무리 뚫어져라 노려봐도 되돌려 묻는 법 또한 없었다. 그런데 이젠 아는 척으로 모자라 질문까지 한다.

'뭐야. 갑자기 왜 이러는 건데!'

당황한 정원이 눈을 동그랗게 뜨고 진하의 얼굴을 멀거니 보았다. 그녀가 그럴수록 진하의 눈빛은 점점 더 진지해졌다. 어떻게든 지금 상황을 벗어나야 한다는 생각에 정원은 떠오르는 대로 말을 뱉었다.

"아, 아까 커피 말씀하셨죠?"

"그건……."

"지금 만들어 볼까요?"

다른 말이 나올세라 불쑥 앞으로 나선 정원이 눈을 반짝거렸다. 꼭 만들게 해 달라는 듯.

"아니, 불편하면……."

"아니요! 괜찮아요."

정원이 고개를 붕붕 저으며 그의 시선을 피해 후다닥 커피머신 앞에 섰다. 그리고 새삼 심호흡을 하며 레시피가 진하라도 되는 양 뚫어져라 노려보았다.

진하는 비장한 얼굴로 머신 앞에 선 정원을 보며 낮게 한숨을 쉬었다. 도대체 오늘따라 왜 저러는지 모르겠다.

'역시 어디가 안 좋은 건가. 하긴, 좋은 게 더 이상하지.'

휴게실을 숙소로 쓰기 시작한 지 일주일이 채 되지 않았지만 그녀는 예상보다 훨씬 더 잘 지내고 있었다. 오히려 전보다 더 열심히 종종거리며 할 일을 찾아 움직인다.

하지만 진하는 그럴수록 그녀가 더 신경 쓰였다. 그 밝음이, 씩씩함이, 변함없이 환한 웃음이, 오히려 더 불안하고 위태롭게 느껴졌다. 그래서 마음과 달리 자꾸만 시선이 갔다.

같은 이유로 언제부턴가 그녀의 질문에 나름 열심히 대답도 해 주고 있었다. 작고 왜소한 어깨가 자꾸만 떠올라서 전처럼 무심하게 지나칠 수가 없었다.

왜인지는 모르지만 그래서는 안 될 것 같은 기분에 대답을 하다 보니 이젠 곧잘 대화가 이어지기도 했다. 그리고 어느새 그런 소소한 일상에 익숙해지고 있는 자신의 모습에 곤혹스러움을 느꼈다.

무엇도 의식하지 않고 자연스럽게 대화를 나눈다. 무심코 새어 나오는 웃음이 생경하면서도 나쁘지 않았다.

무참한 현실 앞에서 무너지기는커녕 있는 그대로 인정하고 받아들이는 정원을 보면서, 진하는 한편으로 스스로를 돌아볼 수 있었다. 앞이 보이지 않아도 꿋꿋하게 앞으로 나아가는 그녀의 모습에 다른 의미로 생각도 많아졌다.

그는 무엇을 지키고자 지금 이 자리에 있는 것일까. 하고 있는 일과 장소만 달라졌을 뿐. 사랑을 잃고 세상이 무너졌을 때, 모든 것을 등지고 일 속으로 도망치듯 숨어 버린 그때와 별반 달라진 것이 없었다.

더 이상 물러설 곳이 없어서 돌아온 곳이었다. 그런데 이제 보니 그조차도 제대로 된 답이 아니었다. 똑바로 앞을 향하는 정원의 시선에서 진하는 여전히 과거의 그림자를 안고 멈춰 있는 자신을 발견했다. 그는 그때로부터 얼마나 달라졌을까. 왠지 자신할 수가 없었다.

'현화야. 내가 지금까지 뭘 하고 있었던 걸까.'

진하는 삼 년 만에 처음으로 아프게 보냈던 사랑을 온전히 떠올릴 수 있었다. 지우려고 노력하지 않고, 잊으려고 애쓸 필요 없이, 당연하고 자연스럽게 생각이 났다. 아픔 없이, 슬픔도 없이 그저 아름다웠던 기억으로.

'현화야, 아직 늦지 않았을까.'

진하는 그녀를 잃고 난 후 처음으로 사랑했던 사람을 마음으로 불러 보았다. 너무나 쉽게, 아무렇지도 않게 사랑을 추억할 수 있었다. 그래서 고마웠다. 아무것도 하지 않았지만 눈앞의 작은 여자가 가능하게 해 준 일이었다.

진하는 더 이상 고민하지 않기로 했다. 고민한다고 변하는 것도 없었다. 언제부턴가 그는 그저 보이는 그대로 흘러가도록 두고 있었다.

정원이 자못 긴장한 눈으로 그를 빤히 쳐다보고 있었다. 천천히 커피를 한 모금 마신 진하가 잔을 내려놓으며 물었다.

"왜 그렇게 봅니까."

"아니. 그냥 좀 어떤가 궁금해서……."

"테스트 같은 거 아니니까 긴장할 필요 없어요. 웬만큼 익숙해진 거 같아서 만들어 보라고 한 것뿐입니다. 어떤 커피를 만드나 싶어서."

"레시피 대로 하면 다 똑같은 거 아니에요?"

"사람마다 조금씩 달라요."

"하긴, 마스터 커피는 훠얼씬 맛있으니까."

정원이 평소처럼 입술을 삐죽거렸다. 묘하게 어지럽던 그녀의 눈빛이 내내 신경 쓰였던 진하는 그제야 마음이 놓였다. 저도 모르게 피식 웃음이 났다.

"훗. 그런 뜻이 아닌데……."

"네?"

"아니, 아닙니다."

"그래서 어떤데요?"

뭐가 그리도 좋은지 그녀의 눈동자가 생생하게 반짝거렸다. 진하가 느긋하게 말을 받았다.

"뭐가요?"

"아, 그래서 제 커피는 어떠냐고요."

당신을 닮아서 솔직하고 따뜻하지. 하지만 진하는 불현듯 떠오른 답을 차마 입 밖으로 내어 말하지 못했다. 너무나 난데없이 다가드는 낯선 감정 때문이었다. 난감하고 또 난감해서 새삼 조심스러웠다.

"이 정도면 급할 때 은 매니저가 주문을 받아도 되겠습니다."

"정말요? 정말이죠?"

정원이 갑자기 카운터 너머로 몸을 숙이며 불쑥 다가들었다. 저도 모르게 멈칫 뒤로 물러난 진하가 멀뚱히 그녀를 보았다.

"뭐가 그렇게 좋습니까?"

"아, 솔직히 마스터가 그렇게 말해줄 줄 몰랐거든요. 또 거품이, 회전이! 뭐, 그럴 줄 알았죠. 하하."

순간 해맑게 웃는 정원의 얼굴이 시야 가득 꽃처럼 활짝 피어났다. 미처 피할 사이도 없이. 찰나 입술이 마르는 느낌에 진하는 들고 있던 커피를 홀짝 마셨다. 그리고 굳은 얼굴로 딱딱하게 말했다.

"며칠 안 됐는데 이 정도면 무난하다는 얘기지, 아직 완전히 맡길 정도는 아닙니다."

"누가 뭐래요? 그리고 마스터가 있는데 제가 커피를 왜 만들어요?"

"아무튼 나쁘지 않습니다."

"고맙습니다."

자신이 만든 커피를 마시는 진하를 바라보는 정원의 입가에 흐뭇한 웃음이 가득 피어났다. 그러고도 한참을 비실비실 새어 나오는 웃음을 멈출 수가 없었다. 언제 그렇게 기분이 바닥을 쳤는지 모르게 이젠 방방 날아다니고 있었다. 스스로도 어이없었지만 이유 따위 생각하고 싶지 않았다.

'뭐, 좋은 게 좋은 거지.'

정원은 낯선 남자와 함께하는 생활에 너무나 쉽게 익숙해지고 있었다. 오히려 차가워 보이는 이면에 보일 듯 말 듯 숨겨진 나름의 친절함을 발견할 때면 가슴 한구석이 따스해지는 기분이었다.

굳이 따지지 않아도 그냥 알아지는 것들이 있다. 저 남자는 표현이 서투른 것이지 나쁘지 않았다. 그래서 더 고마웠다.

서투른 사람의 진심어린 친절은 아주 작은 것일지라도 의외의 파장을 일으킨다. 의도하지 않아서 오히려 사람의 마음을 깊숙하게 파고들어 크게 울린다.

정원으로선 참으로 오랜만에 느끼는 따스함이었다. 기댈 곳 없이 홀로 버텨내야 하는 그녀에게 아무런 이유 없이, 바라는 것도 없이 쉴 공간을 내어 준 사람이었다. 그에겐 작은 일이었겠지만 정원에겐 덩그러니 혼자 남겨진 현실 속에서 발견한 작은 희망 같았다.

잘 알지도 못하면서, 어이없고 황당한 상황을 있는 그대로 믿어 준 사람이기도 했다. 광고 카피처럼 묻지도 따지지도 않는다. 현실과 조금 떨어진 곳에서 혼자 유유자적 살고 있는 저 남자에게는 그조차도 너무나 당연한 것처럼 그랬다.

그가 이유 없이, 바라는 것도 없이 그저 믿어 준 것처럼 정원도 믿었다. 얼음처럼 차가워 보이지만 마스터는 따뜻한 사람이다.

늦은 밤, 현성과 윤주가 나란히 들어와 자리를 잡고 있었다. 두 사람 모두 늦은 시간에 찾아왔지만 평소와 다르지 않은 모습이었다.

정원은 여느 때와 같이 현성의 커피를 준비했다. 다만 오늘은 에스프레소가 아닌 숨겨진 비장의 한 수, 카푸치노였다. 일단 마스터에게 합격점을 받았으니 첫 작품은 역시 현성에게 자격이 있다고 생각한 정원이었다.

손님들도 대부분 빠져나가고 한산한 분위기에 진하가 가볍게 윤주를 보았다.

"요즘 부쩍 잦은 거 같네."

"왜요?"

"한창 바쁠 시기 아닌가?"

"이상하네. 저번에도 그러더니. 내가 여기 오는 게 싫어요?"

말없는 진하의 시선에 윤주의 눈빛이 조심스럽게 가라앉았다.

"진하 씨."

와인잔을 쥔 윤주의 가는 손마디가 하얗게 도드라졌다. 하지만 진하는 더 이상 할 말이 없었다. 아니, 하고 싶은 말이 있어도 윤주가 원하는 말은 절대 아니었다.

언제나 그랬다. 윤주와는 대화다운 대화가 길게 이어지질 못했다. 항상 제자리를 맴도는 끝없는 반복만이 있을 뿐. 한 치의 어긋남도 없이 매번 똑같은 결론을 가지고 씨름한다. 항상 무심하기만 하던 진하의 눈가에 돌연 시린 바람이 일었다.

"내가 무슨 말을 할지 윤주가 더 잘 알지 않나?"

"내 대답도 알지 않아요?"

"윤주야."

잠시 진하를 마주 보던 윤주가 시선을 피하며 와인잔을 비웠다. 그리고 여전히 고개를 들지 않은 채 나직이 중얼거렸다.

"그렇게 부르지 말아요. 나 이제 철부지 어린애 아니에요."

"이제 정말 그만해라."

여느 때와 다른 단호한 어조에 당황한 윤주가 급하게 말을 막았다.

"지금까지 잘 지내왔잖아요. 갑자기 왜 또 이래요? 진하 씨도 안 되는 일, 나는 가능할 거 같아요? 마음이 내 마음대로 됐으면 여기까지 오지도 않았어요. 진하 씨가 포기해요."

대체 무얼 포기하란 말인가. 윤주의 고집스러운 눈동자가 여전히 끝없는 벽처럼 단단하게 막혀 있었다. 그가 아무리 말해도 메아리조차 돌아오지 않는다.

"윤주야."

"그렇게 부르지 말라니까요?"

왠지 심각한 분위기에 숨죽이고 있던 정원이 놀라 움찔했다. 찰나 채 식지 않은 스팀 노즐이 그녀의 손등을 스쳤다.

"앗! 뜨……!"

낮은 비명 소리에 진하가 반사적으로 돌아보며 성큼 다가왔다.

"조심하라고 몇 번이나 말했잖아! 대체 정신을 어디다 두고……!"

"아, 저 괜찮……!"

자못 과격한 기세에 놀라 흠칫 물러선 정원이 덴 손을 뒤로 숨겼다. 하지만 진하는 아랑곳하지 않고 그녀의 손을 거칠게 잡아당겼다.

차가운 물이 선뜻하게 닿는 느낌에 정원이 자신의 손목을 틀어쥐고 있는 커다란 손을 멍하니 쳐다보았다. 이 남자의 이런 반응은 정말이지 상상조차 못했다. 이게 대체 어떻게 된 일일까.

"무슨 일이에요?"

윤주가 놀라 자리에서 일어났다. 그제야 정신을 차린 정원이 먼저 입을 열었다.

"저, 정말 괜찮은데……."

순간 마주친 진하의 눈동자가 낯선 감정을 가득 담고 크게 일렁였다. 찰나 드러난 감정의 조각이 참으로 선연해서 정원은 잠시간 그의 눈을 멀거니 바라보았다. 아득하도록 깊고 까만 동공이 순간 심장 가까이 성큼 파고든다.

흠칫 당황한 정원이 여전히 잡혀 있는 손을 잡아당겼다.

"저, 저기, 손……!"

그제야 멈칫 한 걸음 물러선 진하가 언제나처럼 담담하게 말했다.

"조심해요."

"고, 고맙습니다."

정원이 애써 그의 시선을 피하며 손의 물기를 닦았다.

'미, 미쳤나 봐. 정신 좀 차리지?'

이 무슨 조홧속일까. 저 남자의 시린 눈동자가 따뜻하게 느껴지다니. 정신 나간 눈이 착시현상을 일으킨 것이 분명했다. 그러지 않고서야 심장이 이렇게 미친 듯 뛸 이유가 없었다. 마침 윤주의 목소리가 진하를 가볍게 나무랐다.

"왜 진하 씨가 화를 내고 그래요. 정원 씨 괜찮아요? 진하 씨 때문에 더 놀랐겠다."

퍼뜩 정신을 차린 정원이 급하게 고개를 저었다.

"괜찮아요. 소란 피워 죄송합니다."

"정원아, 왜 그래? 무슨 일이야?"

어느새 달려온 현성이 카운터 너머로 고개를 내밀고 있었다.

"아무것도 아니야."

"다쳤어? 어디 좀 봐봐."

이래저래 당황한 정원의 목소리가 뾰족해졌다.

"아니라니까!"

순간 사람들의 시선이 정원을 향해 모여들었다.

'망할!'

내심 고개를 저은 정원이 흐트러진 표정을 수습하며 다시 말했다.

"아, 그게…… 스팀에 살짝 스쳤어. 진짜 별일 아니야."

"조심 좀 하지. 또 덜렁댔구나?"

"아니거든?"

"아니긴 뭐가 아냐. 덜렁대지 말고 잘 좀 해 보세요."

뒤로 빠지는 진하를 따라 윤주가 다시 자리에 앉는 것이 보였다. 그제야 한숨을 돌린 정원이 짜증스레 현성을 흘겨봤다.

"자꾸 시비 걸면 커피고 뭐고 없다?"

"어허! 손님한테 말하는 거 봐라."

여느 때와 같은 가벼운 대화이건만 정원의 눈빛이 새삼 낮게 깔렸다.

"한 대 맞고 갈래, 그냥 곱게 갈래?"

"하하, 그럼 진짜 기대해 보겠어. 파이팅!"

현성을 자리로 돌려보낸 정원은 그제야 낮게 한숨을 내쉬었다. 미친 심장이 여전히 정신을 못 차리고 벌렁거렸다. 긴장으로 하얗게 도드라진 손끝이 가늘게 떨려왔다. 저도 모르게 에이프런을 움켜쥔 정원이 입술을 깨물었다. 이건 뭔가 아주 많이 이상하다.

14. 나한테 왜 이러니

 우여곡절 끝에 만들어 낸 카푸치노를 탁자 위에 내려놓은 정원이 낮게 한숨을 쉬었다.
 "오늘은 아무래도 날이 아닌갑다. 커피 한 잔 만들 때마다 이 무슨 난린지……."
 "무슨 소리야? 또 무슨 일 있었어?"
 "아니, 아무것도 아니야. 그나저나 이 누님의 첫 작품에 대한 소감이나 말해 보셔. 어때?"
 애써 혼란스러움을 밀어낸 정원이 현성을 빤히 보았다.
 "모양은 그럴 듯한데?"
 "모양만?"
 사실 그녀가 보기에도 모양엔 별문제가 없었다. 하지만 커피에 대해 잘 모르는 정원으로선 다른 의미로 현성의 평가가 매우 궁금했다. 전문가인 진하는 무엇보다 현실감각이 심하게 없는 얼음마스터 아니던가.

부러 느릿느릿 커피를 음미하던 현성이 짓궂게 웃었다.

"뭐, 맛도 그럭저럭 나쁘지 않네. 여기 원두가 워낙 좋거든."

"무슨 의미야?"

"아니, 맛있다고. 연습 좀 했나 봐? 제법인데? 하하."

이러니저러니 해도 정원은 기분이 나쁘지 않았다. 첫술에 배부르랴. 입맛 까다롭기로 유명하고 빈말은 절대 하지 않는 현성이었다. 문득 침묵이 감도는 바를 돌아본 정원이 고개를 숙이며 대뜸 따져 물었다.

"강현성 너! 왜 그랬어?"

"뭘?"

"저 두 사람 사귀는 거 아니라며?"

천천히 커피잔을 내려놓는 현성의 눈매가 얼핏 가늘어졌다.

"무슨 소리야?"

"몰라서 묻니?"

"어떻게 알았어?"

"뭐야, 진짜 아니었어?"

정원은 웃음기 없는 현성의 눈빛이 오히려 당황스러웠다. 어쩌면 두 사람에 대해 그다지 깊이 아는 것은 아닐지도 모른다고 생각했던 것이다. 그런데 그의 눈은 다른 말을 하고 있었다.

"정식으로 사귀는 건 아니지만 윤주 누나가 기다리고 있는 건 사실이야."

"기다려? 뭘?"

"형을."

하루가 멀다 하고 보는 사이에 뭘 더 기다린단 말인가. 여전히 무언가 선명하지 않은 설명에 정원이 설핏 인상을 썼다.

"이건 또 무슨 귀신 씻나락 까먹는 소리야. 뭐가 그렇게 복잡하니?"

"훗, 그런 게 있어. 그러니까 신경 꺼. 그나저나 퇴근 시간 당겨졌다며?"

"어? 으, 응."

방심하고 있던 정원이 갑작스러운 물음에 흠칫 긴장하며 눈을 굴렸다. 거짓말을 잘 못 하는 탓에 순간 지레 놀란 것이다. 현성이 아무런 의심도 없이 싱글거렸다.

"잘됐다."

"뭐, 뭐가?"

"으이그, 이 둔탱아. 바래다주려고 그러지."

"뭐? 갑자기 왜……!"

당황한 정원의 목소리가 삐죽 높아졌다.

"왜는, 몰라서 묻나. 그동안은 바빠서 못 챙겼지만 오늘부터는 내가 기사 해준다."

"됐거든? 난 기사부릴 능력 안 된다."

"내가 능력되니까 괜찮아."

"싫다고 했지."

"으이그, 이 곰탱아. 이럴 땐 그냥 모르는 척 가만히 있는 거야."

정원이 돌연 정색을 했다.

"강현성."

"왜."

"그런 건 나중에 애인 생기면 애인한테 해 줘라. 나 말고."

하지만 사정을 알 리 없는 현성은 거침이 없었다.

"예행연습도 모르나."

"아, 진짜 됐다니까. 우리나라 완전 청정구역인 거 모르니? 땅을 파 봐라, 기름 한 방울 나오나. 그리고 우리 집이랑 니 작업실은 완전 반대 방향이거든? 기름 낭비, 시간 낭비. 도대체 그 짓을 왜 하겠다는 건데?"

"풋! 기름 안 나오면 청정구역이야? 하하."

정원은 끝까지 분위기 파악 못 하고 웃어대는 현성에게 와락 짜증이 일었다.

"농담 아니야. 나 지금 진짜, 완전 진지하거든? 너가 자꾸 이러니까 사람들이 오해하잖아!"

"하루 이틀이야? 답지 않게 신경 쓰는 척은. 너야말로 새삼 왜 그래?"

"이참에 신경 좀 쓰고 살아 보련다."

장난기 없는 정원의 눈빛에 현성이 그제야 멈칫 인상을 굳혔다. 하지만 이내 남은 커피를 비우며 빙글빙글 말을 돌렸다.

"아무튼 시간도 됐으니까 정리하고 나가자."

"뭐?"

"일 끝났잖아. 모처럼 한가한 내가 무료 봉사한다니까. 지금까지 뭐 들었어?"

"애가 진짜! 됐다니까? 너야말로 내 말이 어려워서 못 알아듣니?"

자못 험악한 정원의 목소리에 현성이 그제야 한발 물러서며 싱글거렸다.

"고집은. 좋아, 대신 내일은 카페 쉬는 날이니까 드라이브 가자."

"뭐, 뭘 가?"

"카페 일도 어느 정도 익숙해졌을 테고, 어찌됐든 봄인데 꽃구경은 해 줘야지. 가까운 데 드라이브라도 다녀오자고요."

도대체 현성이 갑자기 무슨 마음을 먹고 이러는 것인지 정원은 짐작이 되지 않았다. 원래도 거칠 것 없는 성격이지만 오늘따라 유난히 집요하다. 뒤늦게 사태의 심각성을 깨달은 정원이 말없이 현성을 바라보았다.

"왜 또. 뭐가 불만이셔? 말을 해, 말을."

여전히 웃는 얼굴이었지만 현성의 눈빛은 더없이 진지했다. 정원의 마음도 덩달아 무겁게 가라앉았다.

'갑자기 이러는 니가 불만이지. 강현성.'

잠시 머리를 굴리던 정원은 문득 이 모든 것이 답답하고 무겁게 느껴졌다. 현성은 잘한다고 하는 행동이겠지만 정원으로선 신경 쓸 일이 하나 더 늘어나는 것뿐이었다. 매번 뭐가 이렇게 어려운지 모르겠다.

'안 그래도 복잡한데 나 좀 가만히 내버려 두란 말이다.'

정원은 목 아래 걸린 말을 지그시 눌러 삼켰다. 그래, 이건 괜한 짜증이다.

그녀가 어떤 상황인지, 어떤 마음인지 알 리 없는 현성을 탓할 일이 아니었다. 물론 아무 일 없어도 거절했겠지만 지금처럼 곤란함을 느끼지는 않았으리라. 그럼에도 이유 없이 자꾸 꼬이는 기분에 마음이 좋지 않았다. 정원이 고개를 저으며 자리에서 벌떡 일어났다.

"됐다. 내가 말을 말아야지. 아무튼 내일은 안 돼. 집에 가야 해."

현성의 눈빛이 순간 날카롭게 빛났다.

"이건 또 무슨 소리야? 은정원한테 내가 모르는 집이 따로 있었어?"

"응? 아. 그, 그게……."

뒤늦게 실수를 깨달은 정원이 차마 말을 잇지 못하고 커다란 눈을 깜박거렸다. 더불어 현성의 눈가에 떠오른 의구심이 확신으로 변했다. 그가 웃음기 없는 얼굴로 다시 물었다.

"뭐야. 무슨 일인데 말을 못 해?"

"……."

"뭐냐니까? 은정원, 너 말 돌릴 생각 말고 제대로 대답해."

딱 걸렸다. 단호한 현성의 말에 정원은 눈을 질끈 감았다.

'인간아, 죽자. 죽어. 이제 어쩔 거야!'

어쩌면 이다지도 단순한지 정원은 한숨이 절로 나왔다. 진하에게 비밀로 해 달라며 신신당부한 것이 무색하게, 일주일도 못 넘기고 스스로 뽀록을 내다니. 정말이지 답이 없었다.

자못 심각한 분위기에 뒤에서 지켜보던 윤주가 불쑥 끼어들었다.

"현성아, 왜 그래? 정원 씨, 무슨 일 있어요?"

"아, 아무것도 아니에요."

주춤 물러서는 정원의 손목을 잡아 세운 현성이 날카롭게 추궁했다.

"아니긴 뭐가 아니야. 나 분명히 들었거든? 네가 큰집 말고 또 어딜 간다는 건지 똑바로 대답 안 할래? 대체 무슨 소리냐고 묻고 있잖아."

"현성아, 나중에……."

"나중에? 그 소린 뭔가 있긴 있다는 얘기네. 당장 말하지? 나 화낸다."

기세등등해서 몰아붙이는 현성도 곤혹스럽건만, 호기심 가득한 윤주의 시선까지 더해져 정원은 아무 생각도 할 수가 없었다. 현성에게 잡힌 손목을 풀고 다시 자리에 앉은 그녀가 차마 말을 잇지 못하고 들고 있던 쟁반을 방패처럼 꼭 끌어안았다.

'어, 어쩌지?'

어디서부터 어떻게 무슨 말을 해야 할까. 정원이 고개도 들지 못하고 마른 입술을 자근자근 씹어댔다. 지금 순간만큼은 현성이 진정 원망스러웠다.

'내가 뭘 어쨌다고…….'

지난 일주일 동안 애써 잊고 지냈던, 가슴 한쪽으로 꾹꾹 미뤄놨던, 그저 막막하고 암담하기만 했던 그 기억들이 순식간에 올올이 되살아났다. 세상에 혼자 남겨진 것처럼 오갈 데 없이 길 한복판에 하염없이 서 있던 그 순간으로 다시 돌아간 기분이었다.

아등바등 종종거리며 아닌 척, 괜찮은 척, 붙잡고 버티던 세상이 다시금 우르르 무너져 내린다. 묵묵히 테이블 모서리를 노려보고 있던 정원은 돌연 알 수 없는 감정에 울컥 서러워졌다.

'정신 차려. 니가 지금 신파 찍을 때니.'

난데없이 시큰거리는 눈을 부릅뜬 정원이 안 그래도 부르튼 입술을 잘근거렸다. 문득 마음대로 울지도 못하는 자신의 처지에 한숨이 나왔다.

'하! 이 상황에 웬 눈물. 웃기는 거지.'

울다가 웃으면, 하는 실없는 생각에 절로 자조 섞인 실소가 새어 나왔다. 찰나 스치는 짧은 웃음 끝을 봤는지 현성의 눈매가 매섭게 가늘어졌다.

"은정원, 넌 지금 웃음이 나와? 얘가 또 이런 식으로 사람을 잡네."

아무튼 안 되는 날은 뭘 해도 안 되는가 보다. 정원은 더 이상 피할 수 없는 상황에 천천히 고개를 들었다. 하지만 역시나 무슨 말을 어떻게 해야 할지 생각날 리 만무했다.

그때였다. 등 뒤에서 예상치 못한 대답이 들려온 것은.

"은 매니저 여기서 지낸다."

가장 먼저 반응한 것은 역시 현성이었다.

"뭐? 형, 지금 뭐라고 했어?"

벌떡 일어난 현성이 의자 모서리를 부서져라 쥐고 있었다. 한 박자 늦게 윤주가 파랗게 질린 얼굴로 진하를 보았다.

"진하 씨, 그게 지금 무슨 말……!"

"다시 말해 봐. 누가 어디서 지낸다고? 내가 제대로 들은 거 맞아?"

현성의 눈가에 난폭한 바람이 일었다. 하지만 진하는 폭탄을 툭툭 던지면서도 차분하기 그지없었다.

"맞아. 은정원 씨 여기, 카페 휴게실에서 지내고 있어. 일주일 됐다."

"그게 무슨……! 말도 안 돼. 형이……, 형이 어떻게!"

"이봐요, 아저씨!"

자못 험악해지는 분위기에 퍼뜩 정신을 차린 정원이 뒤늦게 진하를 막아섰다. 하지만 그녀를 돌아보는 진하의 시선은 전혀 흔들림이 없었다.

"어차피 언제든 알게 될 일입니다."

"그건……!"

지금껏 고민한 것이 무색할 만큼 진하의 대답은 참으로 간단하고 명료했다. 썩 좋은 상황이라고 할 수는 없었지만 그의 말이 틀린 것도 아니었다. 사실을 있는 그대로. 더 이상 무슨 말이 필요할까.

하지만 현실은 현실. 정원에겐 간단하지도, 명료하지도 않은 일이라는 것이 문제였다. 아니나 다를까. 현성이 버럭 소리를 질렀다.

"이게 지금 대체 무슨 소리야!"

그리고 정원을 날카롭게 다그쳤다.

"은정원, 니가 설명해. 니가 왜 여기서 지내는데? 아니, 그럴 필요 없다. 당장 짐 싸."

"뭐?"

밑도 끝도 없는 말에 정원이 인상을 썼다. 하지만 이성이 날아간 현성은 막무가내였다.

"설명은 나중에 들어도 되니까, 우선 짐 싸. 나랑 가자고!"

정원은 순간 자신이 무슨 소리를 들었는지 이해할 수가 없었다. 난데없이 어디를 가자는 것인지, 다짜고짜 뭐하자는 얘긴지, 기가 막혀 말도 나오지 않았다. 순간 또 울컥 가슴 깊이 눌러놓은 무언가가 치고 올라왔다.

왜, 어째서, 항상, 자신은 이렇게 누군가의 짐이 되어 버리는 것일까. 제 발로 혼자 서는 것조차 왜 이렇게 어려운 것일까. 왜 이렇게 매번 무기력하게 이리저리 휘둘리게 되는 것일까. 왜!

'나한테 정말 왜들 이러니.'

막막함에 세상에라도 따져 묻고 싶었다. 그냥 하루하루 조용히 평범하게 살고 싶을 뿐인데 그조차도 마음대로 되지 않는다.

가진 것 없는 현실 따위 익숙해진 지 오래였다. 항상 마지막까지 내몰리는 상황도 이젠 웃으며 받아들일 수 있었다. 하지만 이렇듯 한 번씩 예고 없이 치고 올라오는 무력함은 대처할 방도가 없었다. 발밑에 구멍이 뚫린 것처럼 까만 어둠 속으로 한없이 무너져 내린다.

또 다른 현실이 저편에서 차갑게 조소하며 무참하도록 달콤하게 유혹하듯이 그녀 스스로 내려놓기를 종용했다. 아등바등 버틸 필요 없다고 귓가에 달라붙어 소곤거리며 끝없이 흔들어 댄다. 정말 이대로 놓아 버리면 현실이라는 벼랑 끝에서 벗어나 편해질 수 있을까.

막무가내로 밀어붙이는 현성에게 두 눈 질끈 감고 져줄 수도 있는 문제였다. 눈앞에 내밀어진 손을 잡는 것은 그 어떤 일보다 쉬웠다. 잡기만 하면 되니까.

하지만 정원은 차마 그럴 수가 없었다. 그리 쉽게 잡으면 안 되는 손이었다. 그리 쉽게 이용하면 안 되는 마음이었다. 무엇보다 정원은 자신을 속이면서까지 현성에게 의지하고 싶지 않았다.

무엇보다 이대로 현성이 내민 손을 잡으면 은정원은 더 이상 은정원일 수 없을 것만 같았다. 그리고 정원은 자신이 아닌 다른 무엇도 되고 싶지 않았다. 절대로.

멀뚱히 앉아 있는 그녀가 답답했는지 현성이 덥석 손목을 잡아끌었다.

"내 말 못 들었어? 지금 당장 가자니까! 일어나!"

정원이 자신의 손목을 그러쥔 현성의 손을 물끄러미 바라보았다.

세상에서 가장 믿을 수 있는 친구. 강현성은 그것만으로는 부족할 만큼 넘치게 고마운 사람이었다. 현성이라면 언제나 자신의 편에 서서 그 어떤 경우에도 의지가 되어 줄 것임을 믿어 의심치 않았다. 하지만 그건 강현성과 은정원이 친구일 때의 이야기였다.

현성이 무엇 때문에 그녀의 인생을 떠맡는단 말인가. 그가 무슨 이유로 아무런 연고도 없는 은정원의 해결사 노릇을 하느냐 말이다. 우정은 자선사업이 아니다. 그런 이유로 정원은 현성의 진심을 동정이라고 가볍게 치부하고 싶지도 않았다. 눈앞의 현실이 아무리 시궁창이라지만 아직 그 정도 바닥은 아니었다.

친구 앞에서 더 이상 비참해지기 싫었다. 구멍이 뻥뻥, 너덜너덜하게 해진 마음을 무방비하게 고스란히 들키는 것도 사양이었다. 무엇보다 자꾸 기대고 싶어지는 나약한 마음과 싸우는 것 자체가 피곤했다.

정원이 차분한 눈으로 나직이 현성을 불렀다.

"강현성."

"왜? 더 할 말 있어? 있어도 나중에 해. 난, 너 여기서 지내는 거 못 봐."

"현성아, 진정하고……."

"내가 지금 진정하게 됐어?"

"여기, 내가 일하는 직장이야."

정원은 당장 끌어낼 것처럼 기세등등한 현성을 애써 잡아 세웠다. 하지만 현성에겐 그 어떤 말도 들리지 않는 것 같았다.

"그래서? 그게 뭐!"

"너 지금 이러는 거 실수……."

"실수? 지금 그걸 말이라고 해?"

현성을 달래던 정원의 눈빛이 돌연 차갑게 가라앉았다.

"말이 아니면 뭔데."

"은정원, 너 진짜!"

정원이 한 치의 물러섬도 없이 또박또박 말을 받았다.

"네가 이렇게 우긴다고 내가 그냥 따라나설 거 같아? 나를 그렇게 몰라? 진정해. 진정하고 우선 앉아. 그래야 설명을 하든, 대화를 하든 할 거 아냐."

"이 상황에 대체 무슨 말이 더 필요한데!"

현성이 끝까지 고집을 부리자 정원은 더 이상 설득하기를 포기했다. 진하의 말대로 언젠가 알게 될 일이 조금 빨라진 것뿐이다. 언제는 상황이 그녀 편이었던가. 그럼에도 구구절절 다시 꺼내 보여야 하는 현실이 참으로 구차해서 가슴 한편이 쓰렸다.

하지만 거두절미하고 이어지는 정원의 설명에도 현성의 표정은 풀릴 줄을 몰랐다. 오히려 점점 더 심각하게 인상을 구겼다.

"그러니까 결론은 식구들도 다 알고 있으니까 계속 여기서 지내겠다?"

"응."

"안 돼."

"왜?"

현성이 고집스레 고개를 저었다.

"왜가 어디 있어. 무조건 안 돼. 절대 안 돼."

"강현성, 지금까지 내가 하는 말 어디로 들었니? 그런 억지가 어디 있어?"

"내가 지금 단순하게 억지 쓰는 걸로 보여? 제대로 분명히 알아들었어. 그래서 더 안 돼. 왜 여기야? 어째서 여기냐고! 이게 지금 말이 돼?"

단호한 현성의 눈빛이 벽처럼 견고했다. 정원은 문득 자신이 왜 이렇게까지 사정해야 하는지 알 수가 없어졌다.

물론 카페에서 지낸다는 사실이 황당하긴 했다. 하지만 이미 벌어진 일을 어쩌란 말인가. 그녀가 바란 것도 아니고, 의도한 일은 더더욱 아니었다. 정원에겐 상황이 이상하게 꼬여 지금의 결과에 이르기까지의 과정 자체만으로도 악몽이었다.

다시는 떠올리고 싶지 않은 그때의 상황을, 그 무섭고 두려웠던 순간들을, 막막함에 나락으로 떨어져 내리는 비참한 심정을 어찌 말로 다할까. 그래도 죽을 수는 없으니까. 어떻게든 살아야 해서 견뎌냈을 뿐이다.

애써 웃고 있었지만 그동안 정원은 현실을 인정하고 적응하는 것만도 버거워 숨이 막혔다. 그런데 현성은 그렇게 버텨낸 시간들을 단번에 부정해 버렸다. 그리고 그녀를 다시 그때 그 자리로 끌어냈다. 오갈 데 없이 세상과 홀로 마주한 현실 앞으로.

'나더러 뭘 더 어쩌라고.'

고집스러운 현성의 태도에 정원의 인내심도 한계에 이르고 있었다. 애써 눌러놓은 감정들이 널을 뛰며 머릿속을 날카롭게 헤집는다. 정말이지 비명이라도 지르고 싶은 심정이었다.

현성이 이대로 계속 고집을 피운다면 정원은 진짜 고시원으로 갈 수밖에 없었다. 이미 각오했던 일이기도 했다. 하지만 이젠 그리 간단하게 끝낼 문제가 아니었다.

세상에 혼자 남겨졌다 생각한 순간, 이름뿐이었던 가족이 진짜가 되었다. 기댈 수도 없고, 당장 도움이 되지도 않았지만 어렵사리 마음으로 이어진 가족이. 그래서 정원은 이제 더 이상 혼자가 아니었다.

애써 안심시켜 놓은 식구들에게 다시 거짓말을 하고 싶지는 않았다. 그리고 지금의 정원에겐 그것만으로도 흔들릴 수 없는 충분한 이유가 되었다.

현성의 진심을 의심하지는 않았지만, 그렇다고 그녀의 문제를 마음대로 결정해도 되는 것은 아니었다. 더 이상 상황에 밀려 휘둘리고 싶지도 않았다. 애써 마음을 다잡은 정원이 냉정하게 말을 잘랐다.

"내 문제야."

"은정원, 너 그렇게밖에 말 못 해? 짐 싸. 우리 집으로 가자니까? 어려운 일 아니잖아!"

"싫어."

"우리 집이 싫으면 작업실도 있는데, 대체 왜 여기야? 어떻게 나한테 말도 없이 이럴 수가 있어!"

"나도 이런 식으로 알게 하고 싶지는 않았어. 내 실수야. 미안해. 니가 이럴까 봐, 이럴 거 아니까 말 못 했어. 나중에……."

"나중에 언제! 진짜 말해 줄 생각이 있기는 했어? 넌 항상 그래. 항상 너 혼자서 상의 한마디 없이. 사람을 질리게 만들지."

무슨 말을 해도 통하지 않는 현성의 막무가내에 정원은 다시금 막막함을 느꼈다. 대체 무슨 말을 얼마나 더 해야 하는 것일까. 현성이 왜 이렇게까지 화를 내는지도 이젠 잘 모르겠다.

"그만하자."

"뭘 그만해. 일어나. 가자니까?"

"몇 번을 말하니? 싫다고 했어."

"여기는 되고, 난 안 되는 이유가 뭐야! 왜 안 되는데? 내가 너한테 이 정도밖에 안 되는 사람이었어?"

"몰라서 물어?"

"몰라. 별것도 아닌 일에 넌 뭐가 이렇게 어려워?"

진짜 모르는 것일까. 알고 싶지 않은 것일까. 관계가 다르고, 상황이 다르고, 무엇보다도 이유가 없었다. 카페는 직장이라는 사실이 빈약하나마 핑계가 되어 주었지만 현성에게는 아무런 이유도 변명도 통하지 않는다. 그럼에도 현성은 그 차이를 몰랐다.

'너야말로 모든 일이 왜 이렇게 쉽니.'

현성의 귀엔 그 어떤 말도 들리지 않는 것 같았다. 아무도 못 말리는 성질이 폭발한 것이다. 화려한 겉모습에 묻혀 잘 드러나지 않을 뿐, 다분히 독선적인 구석도 있었다. 하지만 강현성은 그마저도 당당함과 자신감으로 빛나 보이게 만드는 친구였다.

그런 이유로 현성은 절대 알 수 없는 부분이 존재했다. 세상과 부딪쳐 무참하게 꺾여 보지 않은 사람은 모른다. 그가 말하는 별것 아닌 문제가 정원에겐 세상 무엇보다 어려운 일이라는 사실을.

그래서 한 고집 하는 정원과 현성은 지금처럼 종종 부딪쳐 불같이 싸우고는 했다. 그럼에도 그 차이는 좀처럼 좁혀지지를 않는다. 정원이 나직이 한숨을 쉬며 자리에서 일어났다.

"나 아직 일 안 끝났어. 이쯤에서 그만하자."

"지금 일이 문제야?"

"응. 지금 나한텐 무엇보다 일이 가장 중요해. 그러니까 여기까지만 해."

"그렇게 못 해."

불쑥 다가선 현성이 돌아서는 정원의 팔을 잡아 세웠다. 커다란 현성의 손을 잠시 내려다 본 정원이 나직하지만 분명하게 말했다.

"이 손 놔."

"아니, 이번엔 나도 그냥 못 넘어가."

"강현성!"

"절대 안 돼. 나랑 같이 가자고 했어."

정원이 매섭게 노려봤지만 현성은 그대로 끌고 나갈 기세였다. 순간 코끝이 시큰하면서 넘칠 듯 아슬하게 걸려 있던 감정의 끈이 툭 끊어졌다. 현성의 손을 매몰차게 떼어낸 정원이 날카롭게 소리쳤다.

"그만하랬지! 너랑 상관없는 일이잖아! 내 일이고, 내 문제야. 니가 뭔데……!"

순간 날 선 침묵이 무섭게 내려앉았다. 그리고 그보다 더 서슬 퍼런 현성의 시선이 정원에게 꽂혔다.

"하. 그러게, 난 너한테 뭔데?"

현성이 문득 한 발짝 뒤로 물러섰다.

"상관없는 일이란 말이지. 그러니까 난 너한테 그 정도밖에 안 되는 사람이구나. 그래, 그랬어. 은정원, 너 진짜 독하다."

"그런 말이 아니잖아! 강현성, 너 자꾸 삐딱하게 이럴래?"

정원이 안타깝고 속상한 마음에 현성을 나무랐다. 하지만 이미 마음을 다친 현성은 그만큼 더 멀어질 뿐이었다.

"그래, 알았어. 상관없는 사람은 이쯤에서 빠져 줄게. 귀찮게 해서 미안하다."

"현성아!"

정원은 멍하니 서서 현성이 멀어져 가는 모습을 바라보았다. 지금 대체 무슨 일이 벌어지고 있는 것일까. 눈앞의 풍경이 현실감을 잃고 뿌옇게 흐려진다.

하지만 현실은 정원을 가만히 두지 않았다. 어느새 앞으로 다가온 윤주가 차갑게 정원을 다그쳤다.

"정원 씨, 정말 그렇게 안 봤는데 실망이네요. 현성이한테 너무한 거 아니에요?"

윤주가 이번엔 진하에게 따져 물었다.

"진하 씨도 그래요. 어떻게 상의 한마디 없이 일을 이렇게 만들어요? 도대체 무슨 생각으로……!"

"아니, 그건 제가……."

애먼 화살이 진하에게 향하자 놀란 정원이 급하게 말리고 나섰다. 하지만 이번에도 그가 먼저 짧게 정리를 해 버렸다.

"내가 그러라고 했어."

"아니, 그게……!"

정원은 오해의 소지가 다분한 진하의 말을 설명하려고 했다. 하지만 흥분한 윤주는 그럴 여지를 주지 않았다.

"진하 씨! 어떻게 그런 말도 안 되는 일을……! 지금 제정신이에요?"

"그만하지. 현성이도 없는데 더 해야 되나?"

"진하 씨야말로 도대체 왜 이래요?"

파랗게 질린 윤주의 힘없는 눈동자가 매달리듯 진하를 향했다. 하지만 이어지는 그의 말엔 일말의 주저함도 없었다.

"윤주도 이만 가 줬으면 좋겠는데."

"진하 씨!"

날카로운 윤주의 목소리가 비명처럼 카페를 울렸다. 더없이 냉정한 진하의 눈빛에 뒤에 서 있던 정원도 놀라기는 마찬가지였다. 그런데 그게 끝이 아니었다. 이어지는 싸늘한 음성에 윤주의 가느다란 몸이 쓰러질 듯 비틀거렸다.

"손님, 영업 끝났습니다. 그만 나가 주시죠."

15. 괜찮아, 괜찮아, 괜찮아

 끝내 단 한마디 설명도 없이 윤주를 돌려보낸 진하는 묵묵히 카페를 정리하기 시작했다. 카운터와 테이블 중간 어디쯤 우두커니 서 있는 정원은 아랑곳하지 않고 평소와 똑같이. 마지막으로 홀의 조명을 끄고 음악까지 내리자 온 세상이 순식간에 고요해진다.
 정원은 그제야 고개를 들고 천천히 주변을 둘러보았다. 순간 어디에 서 있는지 가늠이 되지 않았다. 그리고 이내 자신이 일은 내팽개치고 유령처럼 마냥 서 있었다는 사실을 깨달았다.
 정원의 시선이 유일하게 밝은 곳을 향했다. 두어 개의 할로겐램프가 마치 연극 조명처럼 안쪽 카운터 바를 은은하게 비추고 있었다. 그리고 평소와 다름없는 모습으로 그가 그곳에 있었다. 아무렇지도 않은 얼굴로, 아무 일도 없었다는 듯이.
 눈이 부실만큼 밝지도, 시야를 가릴 만큼 어둡지도 않은 은

은한 조명이 문득 따스하게 느껴졌다. 그래서일까. 세상이 모두 지워진 듯 고요한 사위가 막막하게 흔들리던 마음을 오히려 담담하게 잡아 주었다.

어둠 속에 숨어 잠시 머뭇거리던 정원이 천천히 걸음을 옮겼다. 그녀가 정신을 차리고 움직일 때까지 진하는 그 자리에 있었다. 그녀가 혼자이지 않도록 말없이 곁을 지켜 주는 것처럼. 언제까지고 그렇게 기다려 줄 것처럼.

지푸라기라도 잡고 싶은 마음이 이런 말도 안 되는 감상을 불러일으키는 것이리라. 하지만 정원은 혼자만의 착각이어도 좋았다. 그렇게라도 생각하지 않으면 더 이상 앞으로 나아갈 수 없을 것 같았다. 이대로 모든 것을 놓아 버리고 무너질지도 몰랐다.

정원은 천천히 엷은 빛 속으로 들어갔다. 그리고 잠시 진하의 말없는 시선을 마주 보았다.

이상한 사람. 아무것도 강요하지 않고, 아무것도 요구하지 않고, 아무것도 물어보지 않는다. 그저 그렇게 제자리에서 묵묵히 지켜보고 있었다. 무겁지도 가볍지도 않게, 더하지도 덜하지도 않고 있는 그대로. 그 말없는 시선이 지금 이 순간만큼은 그저 고마웠다.

정원이 넙죽 고개를 숙였다.

"죄송합니다."

더 이상 무슨 말을 할까. 솔직히 더 이상 뭘 어떻게 해야 하는지도 모르겠다. 그저 먹먹한 가슴속에 알 수 없는 감정들이 넘쳐났다.

"뭐가 말입니까."

무심하게 내려앉는 시린 음성에 정원의 어깨가 움찔 흔들렸다. 역시 화가 난 것일까. 아무런 상관도 없는 그가 번번이 덩달아 날벼락을 맞으니 당연한 일이었다. 지그시 입술을 깨문 정원이 떨리는 목소리를 애써 가다듬으며 말했다.

"그게…… 저 때문에 이렇게 매번, 정말 죄송합니다."

"그만하지. 당신 잘못이 아니잖아."

툭 떨어지는 진하의 음성에 예상치 못한 감정이 진득하니 묻어났다. 사과조차 받고 싶지 않을 만큼 화가 난 것일까. 아니면 뭔가 다른 이유가 또 있는 걸까. 당황한 정원이 심호흡을 하며 천천히 고개를 들었다.

"그래도……."

"그쪽이 잘못한 것도 아닌데 나한테 사과할 필요 없습니다."

이건 또 무슨 뜻일까. 정원은 순간 제대로 판단이 서지 않았다. 그의 단호한 눈동자가 그녀에게 더 이상 고개 숙이지 말라고 말하고 있었다. 서걱거리는 음성에 예의 날카로움은 여전했지만 마주한 그의 눈빛은 진심이었다.

잘못한 것이 없으니 사과하지 말란다.

'왜…….'

꿈이라도 꾸고 있는 것일까. 일순 긴장이 풀린 정원이 멀거니 그의 눈을 바라보았다.

어째서 지금껏 누구도 해 주지 않은 말을, 다른 누구도 아닌

이 남자가 하는 것일까. 어째서 이 사람은 아무도 보아 주지 않는 마음을 이리도 쉽게 알아주는 것일까. 순간 위태롭게 잡고 있던 무언가가 툭 끊어졌다.

"고, 고맙……!"

겨를 없이 울컥 치솟는 눈물에 놀란 정원이 화들짝 고개를 숙였다. 하지만 이미 넘쳐 버린 눈물은 막아지지가 않았다.

"어…… 뭐, 뭐니. 미쳤나 봐."

예기치 못한 상황에 당황한 정원이 정신없이 중얼거리며 눈가를 찍어냈다. 하지만 그럴수록 더 많은 눈물이 무섭게 쏟아질 뿐이었다. 그녀가 더 깊이 고개를 숙였다.

"죄송……."

"괜찮습니다."

"아니, 그게…… 어머, 나 왜 이러지……."

하릴없이 쏟아지는 눈물에 정원은 채 말을 잇지 못했다. 북받치는 감정에 목이 메어 끝내는 목소리도 제대로 나오지 않았다.

"괜찮……! 후-."

진하가 갑자기 무거운 한숨을 쉬더니 흔들리는 정원의 어깨를 살며시 잡아 주었다. 흠칫 굳었던 그녀의 어깨가 순간 맥없이 무너져 내렸다. 그리고 소리 없는 눈물을 끝도 없이 쏟아내기 시작했다.

가슴 가득, 머리끝까지 꽉꽉 눌러왔던 서러움이 먹먹한 눈물로 쏟아졌다. 그저 덜어내는 것만도 버거워 정원은 아무 생각도 할 수가 없었다.

 행여 쓰러질까 정원의 어깨를 잡아 주는 진하의 눈빛이 거칠게 흔들렸다.
 '빌어먹을!'
 이 여자는 대체 가슴 속에 얼마나 많은 것들을 담고 있는 것일까. 무엇이 소리도 내지 못하고 눈물을 쏟아내게 만드는 것일까.
 눈물이 나는 것도 미안한 듯 꽉 틀어쥐고 있는 작은 주먹이 핏기 없이 창백했다. 끝까지 어떻게든 울음을 참아 보려고 애쓰는 작은 어깨가 금방이라도 무너져 내릴 것 같았다. 답답한 마음으로 정원을 지켜보던 진하가 어깨를 내어 주며 저도 모르게 중얼거렸다.
 "참지 마. 참을 필요 없어."
 이 여자는 도대체 왜 이 모양일까. 잘못한 것도 없이 고개를 숙이고 숨을 죽인다. 그 모든 상황을 끝까지 미련스럽게 버텨 내더니 뒤늦게 눈물을 쏟아낸다.
 그녀는 자기가 왜 우는지도 모르면서 울고 있었다. 그럼에도 한계에 부딪쳐 넘치는 눈물을 끝끝내 참으려고만 한다. 왜 이렇게까지 참고, 또 참고, 결국엔 넘쳐 버릴 때까지 참기만 하는 것일까.
 소리 없는 그녀의 눈물에 진하는 이유 없이 화가 났다. 씩씩한 척은 혼자 다 하더니 어이없이 무너져 버린다. 무심코 정원의 어깨를 토닥이던 그가 어린아이를 달래듯 조용히 말했다.
"괜찮아."
괜찮지 않다. 괜찮을 수가 없었다. 하지만 진하는 주문처럼 같은 말을 되뇌었다.
"괜찮아. 다 지나갈 거야."
괜찮을 리가 없었다. 하지만 현실은 괜찮지 않아도, 당장 죽을 것 같아도, 괜찮아야 하고 괜찮을 수밖에 없는 것이었다. 산다는 것이 다 그랬다. 그래서 진하는 눈물이 날 땐 마음 놓고 울어 주는 것도 방법이라고 생각했다. 그렇게라도 덜어낼 수 있다면 덜어내야 하는 것이 삶의 무게였다.
나직한 진하의 음성이 혼잣말처럼 이어졌다.
"괜찮아. 괜찮아질 거야."
정원의 흐느낌이 깊고 무겁게 이어졌다. 울고 싶을 때 울 수 있는 것. 가끔은 그것만으로도 충분할 수 있었다. 그리고 진하는 지금이 그런 순간이라고 생각했다. 때로 아무 생각 없이, 아무 의미도 없이 그저 흘러가는 대로 흘러가게 두는 것도 좋았다.
'녀석, 그냥 대충 좀 넘어가지.'
진하는 성급하게 몰아붙이던 현성이 처음으로 마음에 들지 않았다. 어차피 알게 될 일 오래 숨겨 봐야 오히려 오해를 부를 수도 있다는 생각에 사실을 말한 것뿐, 이해 못 할 상황도 아니라고 생각했다. 그런데 그의 예상은 보기 좋게 빗나갔다.
'도대체 뭐가 문제지?'

현성이 왜 그렇게 화를 내는지 진하는 솔직히 이해가 되지 않았다. 언제나 자신만만하고 여유 넘치는 그의 성격을 알기 때문에 더더욱 그랬다.

 친구인지 연인인지는 중요한 문제가 아니었다. 서로에 대해 잘 아는 만큼 가까운 사이라고 하지 않았던가. 그렇다면 현성이야말로 굳이 말하지 않아도 그녀의 선택을 이해하고 존중해 줬어야 한다.

 물론 도움을 청하지 않는 그녀에게 서운할 수는 있었다. 하지만 성급하게 일방적으로 밀어붙이는 현성의 반응을 보아 하니 왜 비밀로 했는지 일견 알 것도 같았다.

 '그래도 이건 아니지.'

 짧은 기간 지켜본 진하도 아는 것을 현성은 몰랐다. 자신의 마음이 너무 커서 정작 상대방을 제대로 보고 있지 않았다.

 '강현성, 너답지 않게 실수했어.'

 가만히 내버려 둬도 숨이 막힐 텐데, 안 그래도 하루하루가 가시방석일 텐데. 솔직히 그동안 그녀가 어떤 마음으로 버티고 있었는지 진하는 차마 짐작도 할 수가 없었다. 그래서 아무 말도 하지 않았다. 그냥 내버려 두었다.

 딱 거기까지만 하려고 했다. 나머지는 그의 몫이 아니라고 생각했으니까. 그런데 어쩌다 일이 이렇게 되었는지 모르겠다. 앞으로 어떻게 해야 하는지도 당장은 생각나지 않았다. 다만 지금은 그녀를 혼자 남겨둘 수 없었다.

 품안에 들어온 그녀의 어깨는 생각보다 훨씬 작았다. 그리고 그 사실이 진하를 더욱 당혹스럽게 만들었다.

얼마나 시간이 지났을까. 다리에 힘이 풀린 정원의 어깨를 부축한 진하가 조심스레 의자에 앉혔다. 잠시 맥을 놨던 것인지 정원이 퍼뜩 고개를 들었다.

눈물로 흥건하게 젖어 하얗게 탈색된 얼굴에 눈, 코, 입만 빨갰다. 진하가 말없이 냅킨을 건네자 부은 눈을 동그랗게 뜨고 잠시 깜박거리던 그녀가 후다닥 눈물 자국을 지우며 냅다 코를 풀었다.

팽! 훌쩍.

이럴 땐 또 평소 모습 그대로 단순 명료하다. 대충 눈물을 수습한 그녀가 멀뚱히 진하를 보았다.

"진정이 좀 됐습니까?"

하얗게 질려 있던 볼이 순식간에 빨개진다. 눈도 빨갛고, 코도 빨갛고, 입술도 빨갛고, 이젠 얼굴 전체가 빨갛다. 적나라하게 드러나는 감정들이 너무나 솔직해서 대답이 필요 없을 정도였다.

내심 고개를 저은 진하가 카페를 정리하며 미리 꺼내놓은 와인을 들었다. 손에 쥔 냅킨을 주물럭거리던 정원이 고개를 더 깊이 숙였다.

"죄송……."

"잘못한 것도 없이 뭐가 그렇게 매번 죄송합니까."

진하는 끝없이 떨어져 내리는 그녀의 정수리를 더 이상 보고 싶지 않았다. 잔뜩 움츠러든 어깨도, 부르트도록 깨문 입술도,

손마디가 하얗게 도드라질 만큼 꽉 쥔 작은 주먹도 못내 거슬렸다. 그렇게 눈물을 퍼내고도 먹먹하게 젖어 있는 눈동자가 자꾸 마음에 남아 불편했다. 이런 상황 역시 마음에 들지 않았다.

천천히 고개를 든 정원이 조심스레 그의 안색을 살폈다.

"그게 그래도……."

그녀의 눈가에 혼란스러움이 묻어났다. 진하도 이렇듯 과민하게 반응할 이유가 없는 것을 모르지 않았다. 하지만 답답한 마음에 생각할 틈도 없이 감정이 앞서나간다. 혼란스럽기는 그도 마찬가지였다.

"난 괜찮으니까 그만합시다."

진하가 한마디로 상황을 정리하고 들고 있던 와인을 따랐다.

"받아요."

"?"

"도움이 될 겁니다. 마시고 푹 자요. 아무 생각 말고."

애초에 진하는 와인만 건네고 올라갈 생각이었다. 끝까지 미련스럽게 버티던 그녀가 갑자기 그리 무너지지 않았더라면 돌아보지도 않고 자리를 떠났을 것이다.

진하는 정말이지 더 이상 관여하고 싶지 않았다. 그가 할 수 있는 일도 없었고, 해야 할 이유는 더 더욱이 없었고, 절대 하고 싶지 않은 일이기도 했다.

그럼에도 무시할 수가 없었다. 생각은 절대 아닌데, 차마 돌아서지지가 않았다. 어쩌다 일이 이렇게 된 것인지 진하야말로 알고 싶었다.

물끄러미 와인잔을 바라보던 정원이 천천히 고개를 숙였다.
"고맙습니다."
"그럴 필요 없······."
"마스터는 어떨지 몰라도 저는 고맙거든요? 왜 인사도 못 하게 그러세요."

말갛게 마른 눈동자가 언제 그렇게 무너졌었냐는 듯 흔들림 없이 단단하다. 내심 당황한 진하가 퉁명스레 말을 받았다.
"아무튼 난 인사 받을 일 없습니다."
"전 있어요. 다요. 모두 다, 정말 고맙습니다."

다시 한 번 또박또박 인사를 건넨 정원이 갑자기 활짝 웃으며 그를 마주 보았다. 여전히 빨갛게 부은 눈이었지만 예의 한 점 구김도 없이 환한 미소였다.

"됐습니다."

순간 뭔가 굉장히 어색하고 이상한 기분에 진하는 더 이상 그녀를 마주 보지 못하고 그대로 돌아섰다.

"안녕히 주무세요!"

등 뒤로 잠겨 있기는 해도 평소처럼 씩씩하고 밝은 음성이 들려왔다. 하지만 이층으로 향하는 진하의 표정은 그리 밝지 않았다.

'역시 좋지 않아.'

다시 혼자 남은 정원은 손에 들려 있는 와인잔을 물끄러미 들여다보았다. 짙은 와인 빛이 보석처럼 반짝거렸다. 은은하게 퍼지는 깊은 향기가 더없이 매혹적이다. 조심스레 한 모금 머금자 입안 가득 퍼지는 감미로움이 쓰린 가슴을 넉넉하게 감싸 주었다.

"훗!"

의미를 알 수 없는 웃음이 불쑥 새어 나왔다. 왜일까. 향기로운 와인 한 잔이 세상에 둘도 없는 선물처럼 빈 가슴을 가득 채워 주는 느낌이었다. 좋은 와인이라서가 아니라 그 안에 담긴 진심 때문이리라.

저 서툰 남자가 건넨 서툰 위로가 지금은 세상 무엇보다도 고마웠다. 꼭 필요한 순간 꼭 필요한 만큼, 넘치지도 모자라지도 않았다. 어째서 저 남자인지는 모르지만 정원은 아무래도 좋았다.

세상에 단 한 명이라도 마음 깊이 진심을 알아주면 그것으로 충분했다. 그 단 한 명이 저 남자일 줄은 상상도 못했지만 그 또한 나쁘지 않았다.

사실 누구라도 상관없었다. 세상에 혼자 남겨져 아무도 자신의 마음 따위 알아주지 않는다고 생각한 순간 내밀어진 손이었다. 다른 무엇이 더 필요할까.

굳이 모든 것을 다 알아줄 필요는 없었다. 사람이 사람을 온전히 이해하고 알아준다는 것은 그야말로 가능하지 않은 일임을 정원은 너무나 잘 알고 있었다.

누군가 말로 설명되지 않는 마음을, 눈에 보이지 않는 그 작은 진심을 알아주었다는 사실 하나만으로도 시린 가슴이 따스해졌다. 정말 필요한 순간 혼자가 아니라는 사실만으로도 정원은 괜찮을 수 있었다.

그래서 말없이 지켜봐 준 그의 작은 친절이 사무치게 고마웠다. 차마 말로 다 할 수 없을 만큼.

당장 해결된 일은 하나도 없었지만, 여전히 막막하고 기막히고 걱정스러웠지만, 그래도 왠지 기운이 났다. 정원이 남은 와인을 쭉 들이켰다. 고아하게 앉아 맛을 음미할 정도로 와인에 대해 알지 못한다. 솔직히 그럴 마음도 상태도 아니었다. 하지만 좋을 것 하나 없는 최악의 상황에도 정원은 다시 웃을 수 있었다.

"맛있네. 아저씨 제법인데."

온몸의 온기가 빠져나간 듯 시린 손끝에도 어느새 감각이 돌아왔다. 와인 한 잔의 효과가 생각보다 탁월했다. 와인잔을 잠시 바라보던 정원이 자리에서 벌떡 일어났다. 갑자기 피곤이 밀려들었다.

"오늘은 여기까지. 우선은 좀 자고, 생각은 내일 합시다."

카페의 조명을 마저 끄고 걸음을 옮기는 정원의 손에 다 마신 와인잔이 그대로 들려 있었다.

폭풍 전야 같은 주말이 지나고, 다시 한 주를 시작하는 화요일. 겉으로는 여느 때와 다를 바 없는 하루였다. 진하는 그냥 그렇게 평소와 다름없는 하루를 시작하려고 했다. 하지만 그의 계획은 카페 문을 열기도 전에 틀어지고 말았다.

정원이 카페 마당에 떡하니 나와 있었다. 예의 작업복 차림으로 일찌감치 일을 시작했는지 모자 아래 땀이 송송 맺혔다. 짜증이 솟는 것도 잠시, 진하는 계단 중간에 멈춰 서서 무심코 한숨을 내쉬었다.

'어찌 됐든 멀쩡해 보이긴 하네.'

휴일을 어떻게 지냈는지 모르지만 저렇게 나와 있는 모습을 보니 왠지 마음이 놓였다. 진하는 쉬는 내내 그녀가 마음에 걸렸다는 사실을 인정해야만 했다. 현성이나 윤주가 아닌 지금 눈앞에 있는 저 작은 여자가.

그럼에도 진하는 여전히 자신의 마음을 이해할 수 없었다. 왜, 어째서? 그녀를 떠올리면 알 수 없는 물음들만 가득 떠올랐다. 신경 쓰고 싶지 않았지만 마음이 어디 마음대로 되는 것이었던가. 그 마음 하나가 마음대로 되지를 않아서 항상 문제가 된다.

그나저나 이 땡볕에 도대체 뭘 하고 있는 것일까. 진하가 내려오는 것도 모르고 담벼락 아래서 한참을 꼼지락거리던 그녀가 갑자기 벌떡 일어났다.

"아고고, 허리야."

허리를 두드리며 몸을 펴던 정원이 그제야 진하를 발견하고 대뜸 환하게 웃었다.

"어? 안녕하세요! 이제 내려오시는 거예요?"

반대로 진하의 안색은 무겁게 가라앉았다. 저 웃음엔 도무지 적응이 되질 않는다. 아무리 생각해 봐도 웃을 일이라곤 없는데 어쩌면 저리도 밝게 웃을 수 있는지 모르겠다.

순간 머릿속이 휑하니 아무 생각도 나지 않았다. 하지만 그녀는 그가 대답을 하든 말든 상관하지 않았다.

"휴일은 잘 보내셨어요? 오늘 날씨가 정말 좋죠?"

순간 진하의 미간에 그대로 금이 갔다. 이유도 없이 마음이 자꾸 불편해진다. 그렇게 웃지 말란 말이다.

"지금 뭐 하는 겁니까?"

"아, 이거요?"

어디서 났는지 정원이 손에 들고 있던 호미를 번쩍 들어 보였다. 그리고 뭐가 그리 좋은지 신 나게 설명을 보탰다.

"잡초도 다 뽑았고, 이렇게 넓은데 썰렁하니 너무 심심하잖아요. 그냥 놀리자니 좀 아깝기도 하고……."

정원이 밝게 웃을수록 진하의 표정은 반대로 딱딱해졌다.

"그래서요."

"이것저것 좀 심어 보려는데, 괜찮죠? 이쪽에 요만큼만 쓸게요."

그녀가 뒤뜰로 통하는 정원 한구석을 가리켰다. 이미 반쯤 파헤쳐 뒤집어 놓은 흙이 까만 속살을 드러내고 있었다. 역시나 시키지도 않은 일을 또 혼자 열심이다.

"아, 그냥 좀……."

진하가 못마땅한 기색을 숨기지 않고 드러내자 정원이 덥석 막아섰다.

"아, 저 혼자 충분히 할 수 있어요. 신경 안 쓰셔도 돼요. 신경 안 쓰이게 할게요. 네?"

"그……!"

"에이, 걱정 붙들어 매세요. 저 이런 거 의외로 잘해요. 정말이거든요? 우리 큰엄마가……."

왠지 못 하게 했다가는 말이 끝없이 길어질 분위기였다. 잔소리의 영역이 나날이 확대되는 기분이랄까. 진하는 어느새 버릇처럼 한걸음 물러서고 있었다.

"아, 됐습니다."

"돼요? 뭐가요?"

대답 대신 휙 돌아선 진하는 카페 안으로 서둘러 걸음을 옮겼다.

'니 마음대로 하세요. 언제는 내 말 들으셨나.'

진하는 이제 정말 그녀가 무얼 하든 상관하고 싶지 않았다. 잔소리는 물론 휘말리는 것도 사양이었다. 진심으로.

"훗, 이기지도 못할 거면서 태클은."

정원이 카페 안으로 사라지는 진하를 보며 비죽 웃었다. 그녀는 이제야 무뚝뚝한 얼음마스터의 진짜 모습을 조금 들여다본 기분이었다. 삭막하고 차가운 겉모습을 살짝 걷어내면 그 안에 전혀 다른 사람이 있었다.

얼음마스터는 좋은 사람이다. 보이는 것보다 아주 많이. 여전히 아는 것보다 모르는 것이 더 많은 사람이지만 그래도 그 한 가지는 분명하게 알 수 있었다.

커피를 내린 진하는 마음과 반대로 어느새 테라스에 기대서서 정원을 지켜보고 있었다. 그녀는 아까와 같은 자리에서 열심히 땅을 파고 있었다. 잡초를 뽑는 것까지야 그러려니 했다. 그런데 이젠 하다하다 땅까지 파헤치며 꼼지락거린다.

모든 사실을 알게 된 현성은 이틀이 지나도록 아무 소식이 없었다. 윤주 또한 불안할 정도로 조용했다. 하지만 상황이 어찌됐든 진하는 결국 제삼자였다.

'진짜 무슨 생각인 거지. 생각이란 걸 하기는 하나.'

걱정은커녕 그늘한 점 없이 환한 웃음에 진하는 뭔가 속고 있는 기분마저 들었다. 과연 지금 상황을 제대로 알고는 있는지조차 의심스러웠다. 혼자 속 태우고 있을 현성이 왠지 불쌍하게 느껴질 정도였다.

"저한테 뭐 할 말 있으세요?"

한참 땅을 파던 그녀가 갑자기 진하 앞으로 성큼 다가와 말똥말똥 쳐다본다. 내심 당황한 그가 대뜸 말을 잘랐다.

"뭡니까."

"뭐가요?"

말없는 진하의 시선에 그녀가 까만 눈동자를 굴리며 다시 입을 열었다.

"아니, 그러니까 내 말은, 저를 보고 계신 거 같아서 말이죠. 뭐 할 말 있으신 거 아니에요?"

"아닙니다."

"아니면 말고요."

불쑥 들이닥쳐 물어본 것 치고는 가볍게 물러난 그녀가 대뜸 딴소리를 했다.

"그런데 오픈하러 내려오신 거예요?"

"신경 쓸 거……."

"아, 누가 신경 쓴대요. 그냥 물어보지도 못해요?"

이젠 아예 대놓고 말을 잘라 먹는다. 내심 고개를 저은 진하가 마지못해 짧게 대답했다.

"오픈은 제시간에 할 겁니다."

"아직 식사 안 하셨죠?"

"생각 없……."

"에이, 밥을 생각으로 먹나요. 때 되면 먹는 거죠. 나쁜 버릇이에요. 저 혼자 먹기도 그런데 같이 드시죠?"

이건 또 무슨 소리일까. 휙휙 두서없이 넘어가는 말에 정신이 하나도 없었다. 애써 생각하기를 포기한 진하가 귀찮은 표정을 지었다.

"됐……."

"칫, 밥 한 끼 가지고 치사하게."

툭툭 뱉는 말들이 이젠 그의 이해 수준을 넘어서고 있었다. 진하가 설핏 인상을 썼다.

"대체 무슨 말……."

"쩨쩨하게 그러지 좀 말죠?"

이젠 별소리가 다 나온다. 진하가 멈칫하는 사이 그녀의 말이 빠르게 이어졌다.

"아니, 같이 밥 한 끼 먹는 게 무슨 큰일이라고 그렇게 비싸게 굴어요? 사람 눈치 보이게."

"대체 누가 눈치를……."

이게 어디 눈치 보는 사람의 태도란 말인가. 진하가 차마 말을 잇지 못하고 어이없는 눈으로 정원을 보았다. 하지만 그녀는 마치 기다렸다는 듯 거침이 없었다.

"그럼, 내가 눈치 안 보게 생겼어요? 입장 바꿔놓고 생각해 보세요. 보스가 안 먹는데 혼자 꾸역꾸역 끼니 챙겨 먹는 거, 당연히 눈치 보인단 말이죠. 하루 이틀도 아니고."

"아, 난 괜찮……."

"저는 안 괜찮거든요? 그러니까 괜찮으신 마스터가 양보하시죠? 어차피 차리는 밥상 같이 먹어 주면 좋잖아요. 내가 못 먹을 걸 먹으라는 것도 아니고, 대체 뭐가 문제예요?"

언제는 대답을 안 한다고 난리더니 이젠 그녀가 먼저 족족 끊어 먹고 막아선다. 그가 더 따져 물을 틈도 없이 정원의 말이 빠르게 이어졌다.

"다 먹고 살자고 하는 짓인데, 마스터도 뭔가 먹기는 할 거 아니에요. 설마 굶고 사는 재주도 있어요? 아니면 혼자 따로 좋은 거라도 드세요? 설마 제가 뺏어 먹기라도 할까 봐 피하는 거예요?"

더 이상 듣고 있으면 무슨 소리가 나올지 무서울 지경이었다. 굳이 대답하기를 포기한 진하가 불쑥 말을 자르고 돌아섰다.

"됐습니다."

"되긴 뭐가 맨날 됐다는 거야."

등 뒤에서 포기를 모르는 목소리가 따라붙었다. 진하는 더 이상 자신에게 무슨 일이 벌어지고 있는지 생각하고 싶지 않았다. 도대체가 뭘 잘못 먹으면 저렇게 대책 없이 씩씩해질 수가 있는 것일까. 그녀가 해야 할 고민을 왜 그가 하고 있는지도 모르겠다.

가까이할수록 점점 더 모를 여자였다. 답이 없어도 너무 없었다. 진하는 애써 자신의 행동에 당위성을 부여했다. 저 여자는 피하는 게 상책이다.

16. 이성보다 감정이, 머리보다 가슴이

쿵쿵쿵쿵.

난데없는 소리에 모니터를 보고 있던 진하가 설핏 인상을 썼다. 그리고 자신이 잘못 들은 것은 아닌지 잠시 생각했다. 지금껏 일 년 남짓 예고도 없이 2층까지 사람이 올라온 경우가 없는 까닭이었다. 때문에 진하의 집엔 그 흔한 인터폰도 없었다. 하지만 잘못 들은 것이 아닌 듯 다시금 문 두드리는 소리가 들려왔다.

쿵쿵.

"식사하세요!"

이건 또 무슨 소린가. 멈칫 자리에서 일어나던 진하의 표정이 문 밖에서 들려온 말에 급격히 무너졌다.

"마스터! 안에 있는 거 다 알거든요?"

덩달아 문 두드리는 소리도 점점 요란해진다.

쿵쿵쿵쿵.

"식사…… 엇!"

갑자기 열린 문에 놀라는 것도 잠시, 정원이 자못 비장한 얼굴로 그를 빤히 쳐다봤다. 찰나 또 무슨 감당 못 할 말이 쏟아질까 싶어 진하가 먼저 입을 열었다.

"무슨 일입니까?"

"같이 식사하자고 아까 말했잖아요. 밥 다 됐어요."

"나는……."

"아, 네. 됐다고요. 뭐가 어떻게 된 건진 모르지만 일단 알았으니까 얼른 내려오세요. 아님 따로 상 차려서 올려다 드릴까요? 제가 그렇게까지 해야겠어요?"

진하가 잠시 머뭇거리는 사이 정원이 다짜고짜 밀어붙였다.

"안 내려오시면 제가 진짜 상 차려서 들고 올 거예요. 진짜, 진짜거든요? 오 분 내로 내려오세요. 올 때까지 저도 안 먹고 기다릴 테니까."

정원이 대답도 기다리지 않고 도망치듯 후닥닥 뛰어 내려갔다. 찰나 말할 타이밍을 놓친 진하가 채 풀리지 않은 눈으로 빈 공간을 노려보고 있었다.

"안 먹고 뭐 해요?"

진하는 눈앞에 벌어지고 있는 일을 차마 믿을 수가 없었다. 하지만 그런 그를 그냥 지켜보고 있을 정원이 아니었다.

"뭐가 또 맘에 안 들어요? 설마, 못 먹는 거 있어요? 아님 반찬이 부실해서 그래요? 나름 차린다고 차린 건데, 평소에 뭘 얼마나 거창하게 드시는데요. 불만 있음 분명하게 말을 하죠?"

분명히 거절하려고 내려왔건만 그가 어쩌다 이런 말을 듣고 있는 것일까. 끝없이 이어질 것 같은 잔소리에 진하가 천천히 고개를 저었다.

"아니, 괜찮습니다."

"뭐가요? 밥이? 반찬이?"

"다."

"정말, 정말이죠? 그런데 왜 안 드세요?"

"먹을 겁니다."

이렇게까지 나오는데 진하도 다른 수가 없었다. 우선은 눈앞에 차려진 밥을 먹어야 정리가 될 것 같았다.

진하는 주방 한쪽에 소박하게 차려진 식탁을 새삼 생경한 눈으로 바라보았다. 생각해 보니 제대로 상을 차리고 누군가와 마주 앉아 밥을 먹어 본 것도 참 오랜만이다.

넘치는 것 없이 평범하게, 말 그대로 매일 먹는 밥상이었다. 그럼에도 진하는 보글보글 끓고 있는 된장 뚝배기가, 정갈하게 담긴 몇 가지 반찬이 낯설기 그지없었다.

숟가락을 들고도 여전히 머뭇거리는 진하의 모습에 정원이 고개를 갸웃했다.

"뭐 해요? 밥 처음 봐요?"

진하는 눈앞에 앉아 있는 정원을 멀뚱히 바라보았다. 이깟 밥 한 끼가 뭐라고 이다지도 열심일까. 그녀가 대체 무슨 생각으로 이러는지 모르겠다. 그의 침묵을 오해한 듯 정원이 배시시 웃으며 너스레를 떨었다.

"설마, 내가 아무리 먹지도 못할 음식을 내놨을까. 우리 큰엄마 음식 솜씨가 엄청 좋아요. 된장이랑 김치도 진짜 맛있거든요. 제가 한 건 찌개밖에 없으니까 걱정 말고 드세요."

왠지 모를 절실함마저 느껴지는 그녀의 눈빛에 진하는 더 이상 생각하기를 포기했다. 거창하고 대단한 무언가를 바라는 것도 아니고 고작 밥 한 끼였다. 딱히 어려울 것도 없었다.

'이게 뭐라고……'

그럼에도 선뜻 손이 가지 않는 것은 그녀가 아니라 진하 자신의 문제였다. 하지만 그와 마주 앉아 눈을 반짝거리는 저 여자는 절대 모르리라. 그래서 더욱 난감하다.

밥은 더없이 따뜻하고 소박하게 맛있었다. 그럼에도 진하에겐 그 어떤 식사보다 어렵고 막막할 따름이었다. 별다를 것 없는 작은 밥상 하나에 왜 이런 기분이 드는 것일까.

진하는 자꾸 비집고 올라오는 오랜 기억들이 반갑지 않았다. 차마 잊고 지냈던 그 모든 것들이 낯설게 느껴지는 현실 또한 인정하고 싶지 않았다.

분명히 익숙한 것들이건만 순간 너무나 낯설어서 기가 막혔다. 자신이 무얼 잃어버렸는지, 그래서 무얼 찾아야 하는지조차 알 수가 없었다. 이런 막막함은 혼란스러울 뿐이다.

말없이 식사를 마친 진하는 정원이 식탁을 정리하는 동안 커피를 내렸다. 설거지를 끝내고 카페로 나온 그녀가 기분 좋은 미소를 지으며 커피를 기다린다. 하지만 커피를 내어 주며 이어지는 진하의 말은 전혀 기분 좋은 것이 아니었다.
"앞으로 더는 이런 일이 없었으면 좋겠습니다."
"왜요? 음식이 영 입맛에 안 맞으세요?"
"그런 말이 아니라……."
"그죠? 괜찮았죠? 제가 이래 봬도 좀 하거든요. 헤헤."
참으로 대책 없이 해맑은 웃음이다. 진하는 순간 그녀를 괴롭히는 나쁜 놈이 된 기분이었다. 도대체 왜. 어째서. 그럼에도 진하는 이쯤에서 멈춰야 한다고 생각했다.
"내가, 불편합니다."
"그렇게 어려운 일 아닌데요. 어차피 제가 먹는 거에 숟가락 하나만 더 놓으면 되거든요. 솔직히 혼자 먹는 밥 싫잖아요."
"하지 말라는 건, 하지 말았으면 좋겠습니다만."
끝내 풀리지 않는 진하의 표정에 정원이 그제야 주춤 눈치를 살폈다.
"많이 불편하셨어요?"
"네."
단호한 진하의 대답에 당황한 정원이 넙죽 사과를 했다.
"그게……, 죄송합니다. 제가 오버했나 보네요."
"그런 뜻이……."
"앞으로 조심할게요. 정말이지 불편하게 만들 생각은 없었어요. 난 그냥 고마워서……. 죄송합니다. 신경 쓰지 마세요."
이쯤 되자 당황스럽기는 진하도 마찬가지였다. 분명히 선을 그었음에도 끝없이 넘어오는 것은 정원이었다. 그런데 왜 그가 이런 기분을 느껴야 하는지 모르겠다. 왜, 어째서, 이유도 없이 미안한 기분이 드는가 말이다.

여전히 풀릴 줄 모르는 진하의 안색에 정원이 슬금슬금 테라스로 뒷걸음질 쳤다. 그 모습에 또 불쑥 짜증이 일었다. 무엇 하나 분명하게 알아지지 않는 기분에 절로 한숨이 나온다.

어색한 분위기가 채 풀리기도 전에 카페를 오픈하고 처음으로 꽃을 다른 사람이 가져왔다. 한 아름 꽃다발을 받아든 정원이 어쩔 줄 모르고 진하의 눈치를 봤다.

"저, 저기……."

말없는 그의 시선에 정원이 차마 말을 잇지 못하고 고개를 흔들었다.

"아니, 아니에요."

풀죽어 어깨를 늘어트리고 있는 정원의 모습에 진하가 버릇처럼 한숨을 내쉬었다.

'답지 않게 왜 저러나.'

저럴 바엔 좀 불편해도 마냥 웃고 다니는 게 차라리 낫겠다는 생각이 들었다. 진하는 사실 오늘 같은 일을 예상하고 있었다. 그렇게 돌려보냈는데 아무렇지 않은 얼굴로 나타날 수 있을 만큼 윤주는 강하지 않았다.

그럼에도 진하는 윤주보다 눈앞에서 종종대는 정원이 더 마음에 걸렸다. 사실 지금 가장 힘든 사람은 그녀 자신일 텐데,

그 와중에도 남 걱정이다.

'참, 대단하다고 해야 하나, 속이 없다고 해야 하나.'

갑작스럽기는 했지만 윤주를 그렇게 매몰차게 돌려보낸 건 정원 때문이 아니었다. 온전히 진하 자신의 선택이자 결정이었다. 정원 덕분에 조금 당겨졌을 뿐, 언제고 한 번은 치러야 할 과정이기도 했다.

그리고 그 선택이 앞으로 어떤 결과를 낳을지 모르지만 진하는 후회하지 않았다. 오히려 좀 더 일찍, 그가 먼저 정리를 해줬어야 했는지도 모른다. 하지만 그때는 그 자신도 다른 사람을 돌아볼 여유가 없었다.

머릿속에 떠도는 상념들을 털어낸 진하가 새삼스러운 눈으로 정원을 보았다.

'정말 괜찮은 건지, 괜찮은 척하는 건지.'

아이러니하게도 그동안 그녀를 가장 가까이서 지켜본 사람은 아무 상관도 없는 진하 자신이었다. 같은 이유로 정원의 뒷모습을 가장 많이 본 사람이기도 했다. 그래서 그 갭이 얼마나 큰지 그가 가장 잘 알고 있었다.

그녀는 항상 웃었다. 화를 내다가도 돌아서면 웃었고, 매섭게 잔소리를 쏟아내다가도 끝나면 의기양양하게 웃었다. 그가 말없이 거리를 두고 벽을 치면 하다못해 꽃을 보며 환하게 웃는 여자였다.

버려진 인형처럼 넋 놓고 있다가도 다음 날이면 다시 씩씩하게 웃었고, 세상이 무너진 것 같은 얼굴로 눈물을 쏟아내고도 돌아서면 아무 일 없었다는 듯 웃어 보였다. 그녀는 아파도 웃고, 슬퍼도 웃는다. 막막하고 힘들수록 더 밝게 웃었다.

피할 줄도 모르고, 돌아갈 줄도 모르고, 변명 한마디 없이 정면으로 부딪쳐 깨지고, 대책 없이 부서졌다. 그리고 다시 일어난다. 그렇게 또 웃었다. 그래서 더 신경이 쓰였다. 언제부턴가 진하에겐 그녀의 웃음 뒤에 숨겨진 먹먹함이 먼저 보였다.

'자기가 무슨 캔디도 아니고……'

캔디는 외로워도 슬퍼도 울지 않고, 억울해도 참고, 분해도 참고, 참고 또 참는 착한 캐릭터가 아니던가. 무엇보다 캔디라고 하기에 그녀는 잔소리가 너무 많았다.

'하, 내가 지금 뭐하고 있는 건지. 진짜, 가지가지 한다.'

꽃을 들고 종종거리는 정원을 보며 생각에 잠겨 있던 진하가 피식 실소를 흘렸다.

그녀를 보고 있으면 혼란스럽고 불편한 것이 사실이었다. 생각이란 걸 다시 하게 되니까. 죽어 버린 감정들이 다시 고개를 드니까. 잊었던 기억들이 다시 생각나니까.

그럼에도 자꾸 시선이 갔다. 불편하지만 싫지는 않은, 혼란스럽지만 나쁘지 않은, 간질간질 자꾸 뭔가 건드려서 피하고 싶지만 피해지지도 않는. 당황스럽게도 그녀가 딱 그랬다.

한편으로 진하는 내심 지금 자신에겐 그 불편함이 필요하다고 생각했다. 그녀 때문에 불편한 것이 아니라 그 자신의 문제임을 알고 있는 까닭이었다. 인정하고 싶지 않았지만 인정할 수밖에 없었다.

무엇보다 그녀를 보고 있으면 시간이 잘 갔다. 사소한 몸짓, 표정 하나에도 생각이 읽히고, 감정이 고스란히 드러난다. 그래서 보고 있으면 다른 생각을 할 필요가 없었다. 어둡고 무거운 감정들이 그 순간만큼은 흔적도 없이 지워진다. 그래서 좋았다.

 마음 둘 곳 없이, 감정마저도 모두 지워낸 그의 세상에 아무것도 남아 있지 않았다. 좋은 것도 나쁜 것도 없었다. 무채색으로 고요하게 멈춰 버린 세상이 끝없이 펼쳐져 있을 뿐이다.

 언제부턴가 텅 비어 버린 가슴이 아프지 않았다. 슬프지도 않았다. 어제와 같은 오늘이, 오늘과 같은 내일이, 변함없이 똑같은 하루가 이어졌다. 진하는 그것만으로도 충분하다고 생각했다.

 삶의 의미도 목표도 없이 그렇게 시간이 고여 있었다. 하지만 진하는 자신의 상태를 의식조차 하지 못했다. 그가 무엇을 잃어버렸는지, 무엇을 놓쳐 버렸는지 까마득히 잊고 살았다.

 그런데 그녀를 보고 있으면 멈춰 버린 세상이 다시 움직이는 것 같았다. 무채색으로 가라앉은 세상이 다시 총천연색으로 어지럽게 반짝거린다. 차마 잊고 있던 기억들이, 감정들이 되살아나 당황스러웠다. 그리고 잊지 말아야 하는, 잊으면 안 되는 소중한 기억들이 다시금 떠올랐다.

 진하는 점점 정원을 생각하는 시간이 많아지고 있었다. 눈앞에 있을 때도, 없을 때도 항상 머릿속에 그녀가 있었다. 머릿속이 은정원으로 가득 차서 다른 생각을 할 수가 없었다.

"……!"

순간 진하의 입가에 희미하게 걸려 있던 미소가 씻은 듯이 지워졌다. 그리고 석상처럼 굳은 얼굴로 정원을 뚫어져라 응시했다.

폐기할 꽃들을 정리한 그녀가 분무기로 물을 뿌리고 있었다. 환한 햇살이 옅은 물보라 사이로 작은 무지개를 만들자 아이처럼 웃는다. 그리고 촉촉하게 젖은 꽃잎을 바라보며 또 뭔가 중얼거린다. 이제는 너무나 익숙해서 당연해진 풍경이었다.

'설마, 내가 정말……?'

커피잔을 쥐고 있던 진하의 손마디가 하얗게 도드라졌다. 그리고 얼음처럼 단단하게 굳어 있던 눈동자가 격렬하게 흔들리기 시작했다.

'어떻게 그런……!'

말로는 불편하다, 상관없다 밀어내면서도 그의 눈은 항상 정원을 향하고 있었다. 이성보다 감정이, 머리보다 가슴이 먼저 그녀에게 닿아 있었다.

인정하고 싶지 않았다. 인정할 수 없었다. 하지만 더 이상 모른 척 외면하기엔 은정원이라는 여자에 대해 너무 많이 알아버렸다. 그리고 어느새 그녀로 가득 들어찬 가슴이 세차게 뛰기 시작했다.

'미쳤구나. 서진하.'

짧은 순간 그동안의 일들이 한 편의 드라마처럼 눈앞에 선명하게 떠올랐다. 사소한 손짓, 눈빛 하나까지 어쩜 이다지도 분명하게 기억하고 있는지 스스로도 놀라울 지경이었다. 너무나 당연하게 그녀의 모든 것을 빠짐없이 두 눈에 담아두고 있었다.

그럼에도 진하는 자신의 감정을 의심할 수밖에 없었다. 첫사랑은 첫눈에 반해 처음부터 사랑이었다. 의심할 것도 없이 분명하게. 그가 아는 사랑은 그랬다. 그래서 사랑은 모두 그럴 것이라 생각했다.

하여 정원을 두 눈에 담고도 사랑이라 생각하지 않았다. 그녀를 고스란히 마음에 들이고도 인정할 수 없었다. 느닷없이 솔직하게 뛰는 심장도 여전히 믿기지는 않았다. 왜 이렇게 갑자기 모든 것들이 현실로 다가오는지 이해할 수도 없었다.

'사랑이라니……'

여전히 낯설고 당혹스러운 감정이었다. 그럼에도 다시 뛰기 시작한 심장이 의심의 여지도 없는 진실을 말해 주고 있었다. 단단하게 굳었던 진하의 입가에 한숨 같은 미소가 낮게 스쳤다.

'하, 정말 가지가지 한다.'

이 와중에 착잡한 마음 한편이 살랑살랑 부풀어 오른다.

현실을 무시하는 아이러니.

이미 깨달은 감정을 되돌릴 방법은 없었다. 현실이 변하는 것도 아니었다. 솔직히 어떤 현실이 어떻게 그를 덮칠지 예상조차 되지 않았다. 그럼에도 진하의 시선은 여전히 정원에게 닿아 있었다.

세상에 사랑만큼 맹목적인 감정이 또 있을까. 그저 사랑으로 모든 것을 설명할 뿐, 그 어떤 설득도 이해도 필요로 하지 않았다. 다른 답은 없었다.

막을 수도 없고, 막아지지도 않는 불가항력. 사랑은 그 자체로 온전히 존재하는 통제 불능의 또 다른 인격체 같았다.

기막힌 결론에 당황하는 것도 잠시, 차분하게 생각을 정리한 진하는 새로 커피를 내렸다. 그리고 쪼그리고 앉아 멍하니 꽃을 바라보고 있는 정원에게 다가가 커피를 내밀었다

"무슨 일 있습니까?"

"네? 아니요. 왜요?"

진하의 눈치를 살피는 동그란 눈동자에 걱정이 가득했다. 이렇게 다 보이는데도 감추려고 애쓰는 모양이 안쓰러울 지경이다.

'괜찮은 척은 혼자 다 하지.'

진하는 우선 눈앞의 문제부터 치워 주기로 마음먹었다. 눈앞의 현실을 외면하고 돌아가는 법은 그도 알지 못한다.

가까운 의자를 끌어당겨 정원 옆에 앉은 진하가 처음으로 먼저 대화를 시도했다.

"그런데 왜 그렇게 기운이 없습니까."

커피를 받아 들고 놀란 눈을 껌뻑거리던 정원이 조심스레 입을 열었다.

"저기…… 윤주 씨는 괜찮을까요? 괜히 저 때문에 곤란하시죠. 죄송합니다."

꾸벅 고개를 숙이는 그녀의 정수리가 시리다. 이 여자는 모

든 문제를 자기 자신에게 돌리는 나쁜 버릇이 있었다. 진하가 단호하게 잘라 말했다.

"은 매니저가 신경 쓸 문제는 아닙니다."

"아니, 그래도 어떻게……."

그녀의 똑바로 바라보며 진하가 다시 한 번 못을 박았다.

"윤주에 관한 일은 은 매니저랑 아무 상관없으니까 신경 쓰지 말라는 말입니다."

"그게……, 저 때문에 벌어진 일이잖아요."

"은정원 씨 때문이 아니라, 나 때문입니다."

"?"

"그냥 그렇게 알고 있으면 됩니다."

정원이 잠시 말없이 진하를 보았다. 그리고 가타부타 따지지 않고 고개를 끄덕였다.

"그렇게 말씀하시면 뭐……."

"윤주 때문에 그런 겁니까?"

연이은 그의 질문에 정원이 의아한 듯 고개를 갸웃했다. 그러고는 이내 작게 웃으며 손에 든 커피잔을 바라보았다.

"아니에요. 그냥 이것저것……."

잠시 눈동자를 굴리던 그녀가 다시 자리에 주저앉으며 설핏 마른 미소를 지었다.

"저라고 뭐 맨날 좋으라는 법 있나요. 이왕이면 웃는 게 나으니까. 인상 쓰고 고민한다고 더 나아지는 일은 없더라고요. 감정을 무겁게 끌고 가는 것도 상황이 돼야 하는 거죠."

참 담담하게 아무렇지도 않아서 더 마음에 와 닿는 말이었다. 저 작은 어깨에 걸린 현실이라는 짐이 새삼 무거워 보였다. 평소 생각 없이 밝은 모습을 생각하면 참 의외의 반전이기도 하다.

'애늙은이 같기는……'

진하는 그저 밝고 씩씩한 그녀의 모습만 생각하고 싶었다. 그렇게 그냥 무심하게 지나가고 싶었다. 그런데 곁에서 지켜본 은정원이라는 여자는 자꾸 그 이상을 생각하게 만든다. 밝은 웃음 뒤에 숨겨진 서슬 퍼런 먹먹함.

진하는 더 이상 그녀를 부자연스럽게 밀어내지 않기로 했다. 이미 깨달은 마음이었다. 그저 흘러가는 대로 두는 것도 나쁘지 않았다. 그것 말고는 그가 할 수 있는 일이 없었다.

"현성이한테 연락은……"

"마스터한테도 연락 없었어요?"

"……"

"뭐, 조만간 무슨 말이든 있겠죠. 그 성격에 답답해서 못 참을걸요? 대판 뒤집고 갔으니까 이번엔 일주일 정도 걸리려나."

정원이 어깨를 들썩이며 천천히 커피를 마셨다. 뭔가 익숙한 일처럼, 생각보다 담담한 어조에 진하가 다시 물었다.

"처음이 아닌가 봅니다?"

"오호, 궁금하세요?"

쪼그려 앉은 채 진하를 쓱 스쳐본 정원이 장난스럽게 웃었다.

"마스터가 저한테 뭔가 물어보는 게 처음인 거 같아서요."

정원이 슬쩍 자세를 비틀며 의자 옆 바닥에 털썩 주저앉았다. 그러고는 다시금 밝게 웃으며 진하를 보았다.

"사적인 관심 어쩌고는 아직 유효한 거죠?"

"아, 불편했다면……."

그대로 물러설까 덥석 그의 소매를 잡은 정원이 배시시 웃었다.

"아니, 아니에요. 농담이거든요? 보기와 다르게 융통성도 없고, 되게 고지식한 거 아세요?"

딱히 일어설 생각이 없었던 진하는 소매를 잡고 있는 정원의 손을 물끄러미 보았다. 왜일까. 별것 아닌데도 그녀가 내민 손은 항상 뭔가 참 간절한 느낌이 들었다.

그의 시선에 슬그머니 손을 내려놓은 정원이 자연스럽게 말을 돌렸다.

"아, 맞다. 현성이 얘기 중이었지. 뭐, 이번엔 경우가 좀 다르지만 절대 처음은 아니죠."

"현성이가 그렇게 감정적으로 사람을 대하는 편이 아닌데."

자연스러운 진하의 대답에 정원이 놀란 얼굴로 고개를 들었다. 그리고 아무렇지도 않게 말을 이었다.

"저도 알죠. 그 녀석 요령 좋고 네 가지 없는 거."

"?"

"적당히 거리 두고 적당히 어울리고, 적당히 포장할 줄도 알고, 더불어 이용할 건 이용하고, 넘어갈 건 넘어가고. 수위 조절을 참 잘해요. 뭐 그만큼 능력도 되고 잘난 것도 사실이니까.

아주 얄밉죠."

거칠 것 없이 적나라한 평가에 진하가 설핏 웃으며 고개를 저었다.

"현성이에 대해 대놓고 그렇게 말하는 사람은 처음 봅니다."
"뭐가요?"

비죽 웃으며 진하를 돌아보는 정원의 눈가에 장난기가 가득했다.

보통 겉으로 드러나는 현성의 성격에 조건이면, 스마트하고 매너 좋다고 평하기 나름이었다. 가끔 보이는 단점이야 화려한 배경에 쉽게 묻히기도 했다. 그런데 정원은 대부분 장점으로 받아들이는 조건이 오히려 반갑지 않은 것 같았다.

"에이, 현성이랑 친하다면서요. 그럼 더 잘 아실 거 아녀요. 말이 좋아 매너 좋고 깍듯한 거지. 강현성이 지극히 냉정하고 지랄 맞은 거, 정말 모르세요?"

이 정도면 진짜 대놓고 솔직하다. 그에게 거리낌 없이 말하는 것을 보면 당사자에게도 다르지 않다는 뜻이리라. 그녀가 스스럼없이 말을 이었다.

"현성이랑 저, 처음엔 하루가 멀다 하고 엄청 싸웠어요. 거의 전쟁 수준이었죠."

"싸워요? 그 녀석이 누구와 싸움이 붙을 만큼 실수하는 성격은 아닐 텐데."

"어머, 진짜 모르세요? 걔 완전 재수 없었는데……."

"?"

"부족한 거 없고, 아쉬운 거 없고, 그래서 거칠 것도 없고. 지 잘난 걸 너무 잘 아시는 거죠. 거기다 주변에서도 오냐오냐 받들어 모시니 눈치 볼 일도 없고, 저 하고 싶은 대로 안하무인. 뭐 그랬거든요."

아무 생각 없이 단순한 성격이면서 정작 사람은 놓치지 않는다. 그만큼 깊이 보고 계산 없이 솔직하게 반응했다. 그래서 현성과 많이 부딪쳤다는 말도 일견 이해가 되었다.

곁을 잘 주지 않는 현성이 왜 그다지도 쉽게 마음을 열었는지도 알겠다. 미처 피할 틈도 없이, 그에게 그랬듯 현성에게도 다르지 않았으리라.

"게다가 그 녀석, 머리까지 좋아서 완전 약았잖아요. 한마디로 상황을 자기 편한 대로 이용할 줄 아는 거죠. 강현성이 나쁘다는 게 아니라 악의 없이, 피해 주지 않는 선에서, 그냥 그런 환경에 익숙한 거예요."

묵묵히 듣고 있는 그의 태도에 정원이 마음 놓고 술술 말을 이었다.

"현성이 입장에선 당연한 일이었을 테고 누구도 뭐라 하지 않았겠죠. 근데 그게 정말 재수 없는 거거든요. 다 알면서 서로 이용하고, 눈감고 넘어가고, 통할 거 알고 휘두르는 거잖아요. 사람이 사람한테……."

주절주절 말하는 품새가 딱히 그에게가 아니라 그녀 자신에게 하는 말처럼 들렸다. 생각에 잠긴 듯 먼 시선이 자못 진지하다.

"무엇보다 '나만 아니면 돼.' 저 그 마인드 엄청 싫어하거든요. 뭐, 자격지심이라고 해도 할 말은 없지만, 막말로 나 아닌 다른 사람은 당해도 된다는 건가? 인간미가 없잖아요."

아이처럼 코끝을 살짝 찡그린 그녀가 천천히 커피를 마셨다.

"아무튼 그래서 사사건건 엄청 싸웠어요. 아무도 뭐라 안 하는데 왜 너만 그러냐고, 이용할 수 있으면 이용하는 게 뭐가 나쁘냐고. 다들 알면서도 쉽고 편한 길이니까 넘어가는 건데, 왜 상관도 없는 니가 난리냐고. 현성이가 저 때문에 엄청 골치 썩었죠. 하하."

진하는 직접 보지 않아도 상황이 눈앞에 그려지는 것 같았다. 누구나 알면서도 눈감고 넘어가는 것들이 있다. 그게 쉽고 빠른 길이니까. 결과가 모든 것을 말해 주는 세상이기도 하니까. 가진 것이 많으면 상황을 풀어 나가는 것도 그만큼 쉬워진다. 눈에 보이는 조건만 갖춰지면 상황은 따라오기 나름이었다.

현성도 그랬을 것이다. 그에겐 굳이 어려운 길을 선택할 이유가 없었다. 하지만 정작 그녀에겐 그 쉬운 길이 통하지 않았다. 그 분명한 경계가 고집스러울 만큼 고지식하다.

"크게 문제되지 않는다고 해도, 더 쉬운 길이라고 해도, 남들도 다 그런다고 해도, 그게 무조건 옳은 건 아니잖아요. 당장 문제가 되지 않더라도 아닌 건, 아닌 거거든요. 기본은 지키라고 있는 건데, 결과가 좋다고 과정을 무시하면 되나. 내 생각은 그래요."

담담하던 그녀의 목소리가 한 톤 낮아졌다.

"그러니까 지금 현성이가 저러는 마음은 충분히 이해하는데, 그래서 미안한데, 그래도 내가 그런 식으로 그 녀석 신세를 지면 안 되는 거잖아요. 내 인생을 강현성이 왜? 누군가의 인생을 책임지겠다고 나서는 건 지독한 독선이라고 생각해요."

잠시 말을 멈추고 커피를 마신 그녀가 뭔가 마음에 안 든다는 듯 입술을 삐죽거렸다.

"강현성이 너무 자신만만하신 거지. 가끔 자기 식대로 모든 걸 쉽게만 생각한다니까요. 저랑 나랑 같나. 나는 나고, 저는 저지."

그리고 혼잣말처럼 나직이 중얼거렸다.

"그냥 옆에서 들어 주기만 해도 되는데, 그냥 옆에 있어 주기만 해도 되는데, 그걸로 충분한데……. 그걸 모르네요, 그 녀석이."

말하는 것을 보면 세상 물정을 아예 모르는 것도 아니었다. 차가운 현실의 벽에 부딪혀 바닥까지 떨어지다 못해 그대로 무너지기도 했다. 그럼에도 일어나서 웃는 여자였다. 그 모든 것들을 떠안고 다시 앞을 보고 나아간다.

대체 그 꿋꿋함은 어디에서 오는 것일까. 그저 버티는 수밖에 없는 상황이라고 해도 도무지 설명이 되지 않는 부분이었다. 말없는 그의 시선에 정원이 멋쩍은 듯 머리를 긁적였다.

"어……, 제가 말이 길었죠. 죄송합니다."

"아닙니다. 현성이에게 좋은 친구가 있어 다행이네요."

잠시 멀뚱히 진하를 보던 정원이 뭔가 개운한 얼굴로 배시시 웃었다.

"그렇게 생각해 주시면 고맙고요. 근데……."

"?"

"아니, 아니에요. 오늘은 마스터가 제 얘기를 들어 줬으니까, 다음엔 제가 들어 드릴게요. 필요하면 언제든 말씀하세요."

"괜찮습니다."

정원이 멈칫 그를 빤히 보았다. 뭔가 할 말이 남은 듯한 시선에 진하가 다시 물었다.

"왜 그렇게 봅니까?"

"음……, 정말 괜찮은 걸까 싶어서요."

대답을 기대한 것은 아닌 듯 그녀가 턱을 괴며 무심하게 커피를 마셨다. 진하는 버릇처럼 나오려는 한숨을 커피와 함께 조용히 삼켰다.

그녀는 가끔 느닷없이 아무렇지도 않게 사람의 마음을 파고들었다. 아무도 묻지 않고, 그 누구도 알지 못하는 깊은 곳을 무심하게 건드린다.

괜찮지 않아도 괜찮아야만 하는 현실을 그녀는 너무나 잘 알고 있었다. 괜찮지 않아도 괜찮을 수밖에 없는 세상 앞에 누구나 홀로 서 있다는 사실 또한 간과하지 않는다.

그냥 그렇게 누군가 알아주는 것만으로도 위로가 되는 시린 마음을 아는 사람이었다. 은정원이라는 여자는.

깊어가는 어느 봄날, 환한 햇살이 꽃잎 위로 화사하게 부서지는 테라스에 나란히 앉은 두 사람의 어깨가 다정했다.

17. 깊어가는 봄날

수요일.

추적추적 가볍지도 무겁지도 않게 비가 내리고 있었다. 한창 무르익은 계절의 쉼표처럼 내리는 따스한 봄비였다.

오전 내내 주방에서 왔다갔다 인기척을 내던 정원이 삐죽 고개를 내밀고 그의 눈치를 살폈다. 그러고는 오픈 준비를 하는 진하의 뒤로 슬그머니 다가와 얼쩡거린다.

"저기……."

"?"

"아니, 아니에요."

답지 않게 미적거리며 물러서는 모양이 가관이었다. 보다 못한 진하가 먼저 말을 꺼냈다.

"합시다. 식사."

"네? 진짜, 진짜요?"

눈을 휘둥그레 뜨고 반색하던 그녀가 멈칫 멀뚱히 진하를 보았다.

"갑자기 왜요?"

이건 또 무슨 반응일까. 오전 내내 주위를 뱅뱅 돌며 눈치를 보더니 정작 같이 먹자는 소리엔 의심부터 한다.

"갑자기는 싫습니까?"

"아니, 아니요! 그럴 리가! 완전 좋아요!"

혹여 무를까 고개를 홰홰 저은 정원이 햇살처럼 환하게 웃었다. 그 변화가 또 난데없었다. 진하가 한숨처럼 툭 말을 뱉었다.

"그럼 앞으로 점심 식사는 같이 하는 걸로 합시다."

"정말이죠? 절대 무르기 없어요! 딱, 계약서 쓸까요?"

정원이 반짝이는 눈을 부릅뜨고 자못 진지하게 물었다. 진하는 다시금 터져 나오려는 한숨을 지그시 삼켰다.

"그거 지금 농담입니까?"

"헤헤, 그럴 리가! 완전 진심이거든요? 잠시만 기다리세요. 마침 상만 차리면 돼요."

실실 웃으며 뒷걸음질 친 정원이 후다닥 주방으로 사라졌다. 진하는 고작 밥 한 끼에 세상을 다 얻은 것처럼 환하게 웃는 그녀를 이해할 수 없었다. 뭐 그리 대단한 일이라고 저렇게 좋아할까.

진하의 입가에 허탈한 미소가 스쳤다. 매일 눈치를 보며 맴도는 그녀를 보니 밥을 먹는 것이 차라리 나을 것 같아 결정한 일이었다. 이제 그가 해 줄 수 있는 일이라면 굳이 마다할 생각도 없었다.

'어차피 내가 해 줄 수 있는 건 많지 않으니까.'

감정과는 별개로 진하는 더 이상 그녀에게 다가갈 생각도, 그 어떤 관계를 만들 마음도 없었다. 지금 이대로 나쁘지 않았다. 더 바라는 것도 없었다. 멈춰 버린 가슴이 다시 뛰기 시작했다는 사실 하나만으로도 진하는 충분히 감사했다.

가진 것 하나 없어도 마음만은 넘치게 가득한 여자였다. 그래서 있는 대로 열심히 마음을 퍼 준다. 언제 어디서든, 어떤 상황에서도 그녀가 할 수 있는 일에 최선을 다해서.

그녀에겐 가장 쉬운 선택인지 몰라도 진하에겐 마음 주는 것이 가장 어려운 일이었다. 머리로는 알고 있지만 쉽게 할 수 없는 일이기도 했다. 눈에 보이지도 않고, 표시 나게 쌓이지도 않는 마음을 오롯이 알아주는 사람은 많지 않았다.

그런데 그녀는 쉽게 알아주지도 않고, 돌려받을 가능성도 없는 마음을 아무렇지도 않게 내어 준다. 자신이 다치는 것은 생각하지도 않았다. 눈에 보이지 않는 마음이 그렇게나 위험하고 무모했다.

'도대체 뭘 믿고.'

행여 그 마음이 다칠까 신경이 쓰였다. 안 그래도 퍽퍽한 현실에 부대끼는 그녀의 고단함을 덜어 주고 싶었다. 고삐 풀린 마음이 제멋대로 그가 할 수 있는 최선을 궁리하고 있었다.

결국 같이 밥을 먹게 된 진하가 말없이 수저를 들었다. 그녀를 닮은 소박한 밥상이 따뜻했다. 그가 먹는 모습을 멀뚱히 바라보던 정원이 불쑥 물었다.
"뭐 좋아하세요? 그니까 무슨 음식 좋아하냐고요."
딱히 생각해 본 적 없는 진하가 짧게 대답했다.
"그냥."
"그냥 뭐요?"
"딱히 가리는 건 없습니다."
어릴 때 사고로 부모님을 모두 잃은 진하에겐 기실 '집밥'이라는 의미가 생경할 따름이었다. 잠시 조부모님 손에 자랐지만 그조차도 사업에 바쁜 분들이라 바로 사립 기숙학교에 들어갔다. 그래서 진하는 혼자 지내는 것에 익숙했다.

학업을 마치고 독립할 때까지도 그는 쭉 혼자였다. 혼자라는 외로움과 채워지지 않는 가족의 부재를 진하는 학업과 일로 메웠다. 그래서 누구보다 빠르게 과정을 밟았고, 정상을 향해 거침없이 내달렸다.

지금껏 그의 옆에 있는 사람이라면 어릴 때부터 돌봐줬던 개인비서 정도가 전부였다. 진하에겐 부모보다, 혈육보다 더 가까운 사람이 피 한 방울 섞이지 않은 타인이었다. 그리고 짧은 순간 그의 곁에 머물다 떠나 버린 사랑이 유일한 가족이었다.

말없는 그의 시선에 정원이 다시 물었다.
"야채? 고기? 해물? 생선?"
"다."
"그래도 좋아하는 음식 정도는 있을 거 아니에요."
"……."

"왜요?"

그녀의 질문이 잘못된 것은 아니었다. 그조차도 대답할 것이 없는 진하 자신이 문제였다. 내심 고개를 저은 그가 툭 말을 끊었다.

"그냥 밥이나 먹읍시다."

"아, 네. 금쪽같은 사생활이라 이거죠."

"그런……."

뭔가 더 설명을 하고 싶었지만 진하는 결국 말을 잇지 못했다. 무엇을, 어떻게 더.

"왜요?"

"아닙니다."

여기까지. 진하가 할 수 있는 것은 여기까지가 전부였다. 그 이상은 해서도 안 되고, 할 수도 없었다. 현실적인 문제 이전에 마음이 그랬다.

누구도 다시는 곁에 두지 않을 것이다. 스스로도 어쩌지 못하는 뿌리 깊은 트라우마가 더 이상 나아갈 수 없게 진하의 발목을 잡았다. 새삼 한걸음 물러서는 그의 눈빛을 마주 보던 정원이 갑자기 환하게 웃었다.

"난 맛있는 건 다 좋아요! 맛있는 걸 먹는 건 더 좋고요."

그가 말을 하지 않으면 자신이 하면 된다고 정원은 결론을 내렸다. 굳이 바랄 것이 아니라 그녀가 하고 싶은 말을 하면 되는 것이다. 표현은 하지 않았지만 그가 듣고 있는 것을 안다. 그것만으로도 정원은 충분히 좋았다. 더 이상 무엇을 바랄까.

그가 갑자기 무슨 생각으로 순순히 그녀의 초대에 응했는지는 알 수 없었다. 사실 알고 싶지도 않았다. 정원은 그저 뭔가 해 줄 수 있는 일이 생겼다는 사실에 고마울 따름이었다.

그에게 뭔가 많은 것을 바라진 않는다. 이 이상 더 바랄 만큼 정원은 눈앞의 현실을 망각하고 있지도 않았다. 그저 누군가 곁에 있다는 사실 하나만으로도 마음이 좋았다. 그 사람이 눈앞의 남자라서 다행이라는 생각이 들었다.

이유는 알 수 없었다. 딱히 이유를 생각해 보지도 않았다. 그냥 마음이 그랬다.

목요일.

정원은 여전히 마당 한구석에서 열심히 꼼지락거리고 있었다. 전날 내린 비로 잔뜩 헤집어 놓은 흙이 보슬보슬 보드라웠다. 구석구석 꼼꼼하게 비료까지 뿌린 정원이 허리를 펴고 하늘을 바라보며 싱긋 웃었다.

"건강해져라. 그래야 잘 자라지."

싱긋 웃으며 중얼거린 정원이 며칠 전 심어 놓은 모종들을 흐뭇하게 바라봤다. 주말에 집에 들러 큰엄마에게 받아온 모종들이었다.

"그럼 슬슬 마무리를 지어 볼까."

주변을 마저 정리한 정원이 빗물에 기울어진 모종들을 다시 단단히 세웠다. 그때였다.

"뭐 합니까?"

화들짝 놀란 정원이 씨앗 봉투들을 재빨리 숨기며 진하를 돌아봤다.

"아, 안녕하세요. 일찍 내려오시네요."

그가 미심쩍은 눈으로 정원을 빤히 보고 있었다.

"오픈 준비할 시간 다 됐습니다만."

"벌써 시간이 그렇게 됐어요? 밥은 아까 다 해놨거든요? 오픈 준비하는 동안 준비하고 나올 테니까 같이 먹어요."

"아니, 굳이 그럴 필요까지는……."

그가 버릇처럼 또 한발 뒤로 물러섰다. 하지만 정원은 이제 신경 쓰지 않았다.

"무르기 없다니까요? 진짜 계약서라도 쓸까요?"

"됐습니다."

"할 말 없으면 꼭 그러더라."

"그런……."

"저도 됐거든요? 오픈 준비나 하시죠, 마스터."

진하에게 보란 듯 웃어 보인 정원이 쌩하니 주변을 정리하고 안으로 들어갔다. 뒤에 남은 그가 뭔가 못마땅한 얼굴로 닫힌 문을 멀거니 쳐다봤다. 그렇게 또 다른 하루가 시작되고 있었다.

금요일.

오픈 시간에 맞춰 카페로 내려가던 진하가 계단 중간쯤 문득 멈춰 섰다.

'거참, 이상한 데서 일관성이 넘치지.'

정원이 마중이라도 나온 것처럼 예상했던 모습 그대로 그 자리에 있었다. 요 며칠 마당 한구석에 뭔가 잔뜩 심어놓더니 열심히 들여다본다. 꽃과 대화를 하다못해 이젠 직접 키울 모양이었다.

 아무 일도 없었다는 듯 새로운 매일이 이어지고 있었다. 며칠 사이 함께 먹는 밥도 자연스러워졌다. 너무나 당연하게 함께 식사를 하고, 카페를 오픈하고, 마주 앉아 커피를 마시며 하루를 준비했다. 어느새 서로에게 이렇게나 익숙해진 것일까.

 현성과 윤주에게선 여전히 아무런 소식도 없었다. 하지만 두 사람 모두 그 일에 대해선 말을 꺼내지 않았다. 딱히 할 말도 없었다.

 겉으로 보기엔 아무 문제도 없어 보였다. 사실 따지고 보면 뭐가 문제인지조차 명확하지 않았다. 그냥 그렇게 잠시 멈춰 있었다. 아무것도 해결되지 않았지만, 정작 해결할 문제가 무엇인지도 알지 못한 채.

 진하가 사람이 내려오는 것도 모르고 열중해 있는 그녀에게 불쑥 물었다.

 "거기서 뭐 합니까?"

 "네? 아, 저, 안녕하세요."

 어물쩍 넘어가는 품새가 새삼 수상하게 느껴졌다. 채 지워내지 못한 흐뭇한 눈빛까지 오늘은 제대로 이상하다.

 진하의 시선이 자연스럽게 꽃밭으로 향했다. 그리고 저도 모르게 조금 더 가까이 다가갔다. 그런데 꽃밭이라고 하기엔 모양이 좀 괴이하다. 진하가 어이없는 얼굴로 정원을 돌아보았다.
"이게 대체 뭡니까?"
정원이 차마 그의 시선을 마주 보지 못하고 커다란 눈을 굴렸다.
"그게, 꽃을 심어 볼까도 했는데 어차피 꽃은 많잖아요."
"그래서요."
"이건 상추, 이쪽은 쌈 채소, 또 이건 고추, 이건 토마토!"
그의 시선이 말없이 담벼락으로 향했다. 어느 결에 한 짓인지 담장을 따라 걸어놓은 새끼줄을 따라 조그마한 넝쿨이 슬금슬금 기어오르고 있었다. 찔끔한 정원이 미적미적 눈치를 보며 말했다.
"그건 호박……일 걸요. 아마도. 분명히."
"……."
"나중에 호박도 열리겠지만, 호박잎이 또 된장 쌈 싸 먹으면 완전 맛있어요. 정말인데……."
저 여자의 머릿속엔 도대체 뭐가 들어 있는 것일까. 정말이지 눈만 떼면 조용히 사고를 치는 재주가 남달랐다. 아니, 그것보다 멀쩡한 카페 마당에 뜬금없이 텃밭이라니. 그런 생각이 어떻게 가능한지도 모르겠다.
할 말을 잃은 진하의 시선에 정원이 중얼중얼 변명을 늘어놓았다.
"아, 그냥 담쟁이 넝쿨 대신이다 생각하면 되잖아요. 뭐가 달라……요."

그리고 풀어질 줄 모르는 진하의 눈빛에 정원은 처음으로 자신이 뭔가 잘못했을지도 모른다는 생각을 했다.

'아니, 다른가? 다를……라나?'

그래도 그렇지, 넓은 마당 한구석을 조금 이용한 것뿐인데 저렇게 인상을 쓸 일인가 싶었다. 눈에 확 띄는 곳도 아니고 카페 건물 뒤편으로 이어지는 통로의 일부분이었다. 햇볕이 잘 드는 구석을 찾느라 그리 넉넉한 공간도 아니었다.

흘깃 진하의 눈치를 살핀 정원이 이제 싹이 나오기 시작한 텃밭을 새삼 다시 보았다.

'뭐, 다르긴 하지. 하지만! 자기가 언제부터 그런 걸 신경 썼다고…….'

아니, 신경이 쓰일까? 문득 그에겐 다를 수도 있다는 생각이 들었다. 가끔 일상적인 것들이 통하지 않는 사람이 아니던가.

'텃밭 처음 보나? 에이, 설마…….'

화가 났다고 보기엔 대단히 이상한 것을 바라보는 듯 생경한 눈빛이었다. 왜 텃밭이 이상한지 정원으로선 모를 일이었지만 일단 지금 상황은 넘기고 봐야 했다. 그녀가 조심스레 웃으며 진하에게 물었다.

"아, 마스터도 이참에 뭐 심고 싶은 거 있으세요? 말씀만 하세요. 제가……."

"됐습니다."

풀썩 물러서는 모양이 어지간히 당황스러운 듯 보였다. 내심 안도한 정원이 생글생글 웃으며 밀어붙였다.

"왜요? 무공해 셀프 야채! 좋잖아요."

"됐다고 했습니다."

"저 이런 거 잘 키워요. 우리 큰엄마 취미 생활이거든요. 믿으셔도 되는데……."

말없이 정원과 텃밭을 번갈아 보던 진하가 휙 돌아서서 카페로 들어갔다. 그 모습에 정원은 일없이 웃음이 나왔다.

'이기지도 못할 거면서…….'

저 남자 뭔가 좀 많이 이상한 데서 귀엽다. 그나저나 텃밭이 그토록 놀랄 일인지 도무지 이해가 되지 않았다. 하지만 정원은 이유 불문 저 남자라면 그럴 수도 있다고 생각했다.

솔직히 이해되는 것보다 이상하고 수상한 부분이 더 많은 사람 아니던가. 이젠 새삼스러울 것도 없었다.

'……어쨌든 내 밭은 무사한 거지?'

꼬물꼬물 올라오기 시작한 새싹들은 보고만 있어도 기분 좋아졌다. 오늘은 그것만으로도 충분히 행복할 수 있는 정원이었다.

"으아악! 악, 떨어져! 저리 가! 아악! 쫓아오지 마! 저리 가아!"

카페 오픈 준비를 마치고 식사를 하러 주방으로 향하던 진하가 난데없는 비명 소리에 밖으로 걸음을 옮겼다.

"무슨 일……?"

퍽! 와락!

정원이 다짜고짜 그의 품으로 날아들었다. 그리고 진하를 꽉 끌어안고 작은 머리통을 비비며 자지러지게 소리를 질렀다.
"벌레! 벌레! 아악! 떼 줘요! 떨어져! 어떡해. 우왓!"
"벌레가 어디……?"
"머리, 머리에 붙었어! 악! 얼른 떼 줘요! 어엉!"
바짝 얼어붙은 그녀가 급기야 장하게 울음을 터트렸다.
숨이 넘어갈 듯 매달리는 통에 지레 놀란 진하가 가슴팍에 달라붙어 떨고 있는 그녀의 머리를 급하게 살폈다. 그리고 가는 머리칼 사이에 엉겨 오도 가도 못하고 있는 작은 무당벌레 한 마리를 발견했다.
"여기……."
그의 말이 떨어지기 무섭게 정원이 기겁하며 후다닥 뒷걸음질 쳤다.
"으앗! 저리 가요! 가까이 오지 마! 오면 맞는다!"
불쑥 주먹을 내밀며 소리를 지르던 그녀가 멈칫 굳은 얼굴로 눈을 휘둥그레 떴다. 그리고 잠시 멍하니 진하를 보았다.
"아, 저, 저기…… 죄송……!"
당황한 정원이 넙죽 고개를 숙이며 질끈 눈을 감았다. 이 무슨 황당한 시추에이션인지.
"풋! 하하하……."
난데없는 웃음소리에 정원이 반쯤 정신 나간 얼굴로 진하를 보았다. 그런데 눈앞에 낯선 남자가 서 있었다. 봄 햇살처럼 눈부시게 웃고 있는 저 남자는 누구?

차마 믿어지지 않는 현실에 정원은 오히려 정신이 번쩍 났다. 당황한 그녀가 뒤늦게 빽 소리를 질렀다.
"아니, 남은 놀라 죽을 뻔했는데 뭐가 그렇게 웃겨요!"
그가 지금껏 보지 못한 얼굴로 따스하게 웃으며 정원을 보았다. 어깨를 들썩이며 자연스럽게 터져 나오는 웃음소리가 귓가를 아릿하게 간질인다.
상상조차 할 수 없을 만큼 극심한 반전에 정원은 정신이 혼미해질 지경이었다.
"그, 그만 좀 웃죠?"
"하아, 미안합니다. 하하."
"아, 진짜. 그만하라니까요."
사람이 어떻게 하면 저렇게 달라 보일 수가 있는 것일까. 고작 웃음 하나에 온 세상이 덩달아 반짝반짝 빛이 나는 것만 같았다. 두 눈으로 보고 있으면서도 차마 믿어지지 않는 현실이 꿈처럼 멀었다.
그럼에도 눈앞에 펼쳐진 이상한 풍경은 사라지지 않았다. 당황한 정원이 차마 시선을 둘 곳을 찾지 못하고 눈동자를 굴렸다. 그리고 더듬더듬 딴소릴 했다.
"아, 저, 저기 그거……."
그가 여전히 밝게 빛나는 얼굴로 손바닥 위의 무당벌레를 보았다. 정원이 벌게진 얼굴로 급하게 말을 이었다.
"주, 죽이지는 말구요."
"무슨……?"

"불쌍하잖아요."

그녀의 대답에 진하가 또 씩 길게 웃었다.

"무섭다면서요."

정원이 차마 다가서지 못하고 주춤 한 걸음 더 물러섰다.

"그, 그렇게 생긴 무당벌레는 해롭지 않대요. 그러니까 다른 데 놔주면……."

"정말 괜찮겠습니까?"

여전히 웃음기 가득한 진하의 눈동자가 따스하게 반짝거렸다. 지금 대체 무슨 일이 벌어지고 있는 것일까. 도무지 믿기지 않는 그의 변화를 정원은 왠지 똑바로 바라볼 수가 없었다.

'아놔, 정신없어.'

애써 마음을 다잡은 그녀가 되는 대로 말을 뱉었다.

"저도 양심이 있지. 기껏 살려 줬는데 또 덤비기야 하겠어요?"

"풋!"

참다못한 정원이 갑자기 웃음을 남발하는 그에게 버럭 성질을 부렸다.

"아, 또 왜요!"

"아니, 아무것도 아닙니다."

"아무것도 아닌데 왜 자꾸 웃어요!"

어째 말을 할수록 꼬이는 상황에 정원은 머리 꼭대기까지 활활 타오르는 기분이었다. 온통 새빨개진 그녀의 얼굴을 본 진하가 다시금 크게 웃음을 터트렸다.

"큭! 하하하 하하."
"우씨!"
더 이상 버티지 못하고 홱 돌아선 정원이 도망치듯 주방으로 향했다.
알 수 없는 울렁증에 숨을 제대로 쉴 수가 없었다. 환하게 웃는 그의 얼굴이 망막 가득 새겨져 지워지질 않았다. 더없이 부드럽고 따뜻한 웃음소리가 귓가에 달라붙어 심장을 간질인다.
주방문에 기대어 낮게 중얼거리는 정원의 볼이 식지 않은 열기로 새빨갰다.
'이건, 말이 안 되잖아. 대체 왜? 어째서!'
애써 심호흡을 한 정원이 입술을 질끈 깨물었다. 저릿한 통증에 잠시간 머리가 맑아지는 것 같았다. 하지만 그뿐, 감당할 수 없는 두근거림에 혼란스러움만 더해진다.
'이러면 안 되는데. 어, 어쩌지?'
정원의 커다란 눈동자가 불안스레 흔들렸다.
"그렇게 웃으면…… 반칙이잖아. 사기라고, 사기."
한숨 같은 혼잣말과 함께 애써 외면했던 마음이 기다렸다는 듯 적나라하게 실체를 드러내고 있었다. 붉게 충혈 된 입술 사이로 봄날 아지랑이처럼 아릿한 떨림이 길게 새어 나온다.
"하아, 정말 제정신이 아니야."
그렇게 정원에게도 가슴 설레는 봄날이 깊어가고 있었다.

18. 사랑하는 지금이 가장 행복하다

 정신없는 금요일이 지나가고 조금은 나른한 토요일 오후였다. 결국 일주일이 다 되도록 윤주와 현성에게선 소식이 없었다. 그런데 무슨 일인지 어제부터 그녀가 종일 종종거리며 그를 피해 다녔다. 오늘도 상황은 별반 다르지 않았다.
 귀가 간지럽도록 종알대던 것이 무색할 만큼 오전 내내 입을 꾹 다물고 그의 눈치를 살핀다. 오픈 준비를 마치고 밥을 먹을 때도 마찬가지였다.
 답답함을 느낀 진하가 먼저 말이라도 걸라치면 눈을 동그랗게 뜨고 잽싸게 뒷걸음질을 쳤다. 지금도 그를 피해 테라스에 나가 멍하니 꽃들에게 물을 뿌리고 있었다. 언제는 무대책으로 귀찮게 따라붙더니 이젠 진저리 치는 벌레 피하듯 도망을 다닌다.
 '또 뭐가 문제지.'

같이 먹자는 밥도 먹었고, 현성에 관해서도 특별히 심각하게 고민하는 것 같지 않았다. 정원의 행동을 물끄러미 지켜보던 진하가 급기야 먼저 앞으로 나섰다.

"아직도 윤주 일에 신경 쓰고 있는 겁니까?"

"네? 아니, 아니에요."

역시나 말을 꺼내기 무섭게 그녀가 화들짝 놀라 풀썩 뒤로 물러났다. 이 낯설기 그지없는 반응을 대체 어떻게 해석해야 할까. 왠지 기분이 나빠지려고 한다.

"그런데 왜 그럽니까? 무슨 일……."

"뭐가요?"

진하의 말이 채 끝나기도 전에 그녀가 먼저 잽싸게 벽을 쳤다. 이 또한 곧이곧대로 단순하고 솔직한 그녀답지 않은 반응이었다. 하지만 진하는 더 이상 깊이 묻지 못했다. 지금껏 먼저 다가온 것도, 먼저 말을 건 것도 항상 그녀였던 탓에 더 이상 어찌해야 하는지 알 수가 없었다.

"뭐, 아니면 됐습니다."

말 떨어지기 무섭게 후다닥 돌아서는 정원의 모습에 진하의 눈매가 설핏 가늘어졌다. 아무래도 뭔가 이상한데 뭐가 문제인지 잡히지가 않았다. 매번 피하고 도망가는 쪽은 그가 아니었던가. 그래서 진하는 지금의 상황이 마냥 당황스러웠다.

손님이 있을 때는 그나마 좀 나았다. 하지만 조금 한가해지면 쪼르르 테라스에 나가 꽃 앞에 멍하니 앉아 있었다. 그렇다고 평소처럼 꽃들과 대화를 하는 것 같지도 않았다.

'거, 괜히 신경 쓰이네.'
그렇게 진하의 시선이 종일 정원을 따라다니고 있었다.

다시 잠깐 몰려든 손님들이 빠지고 조금 늦은 저녁 시간, 정원이 여전히 반쯤 정신 나간 얼굴로 테이블을 정리하고 있었다. 더 이상 묻기를 포기한 진하는 말없이 저녁을 준비했다. 점심을 같이 먹다 보니 자연스럽게 저녁도 함께하고 있는 두 사람이었다.

진하가 머그잔들을 정리하는 정원 앞에 저녁을 내어 놓았다. 그제야 그를 돌아본 그녀가 놀란 눈으로 물었다.

"이게 뭐……?"

"먹어요. 매번 은 매니저에게 식사를 맡기는 것도 부담이 될 거 같아서, 오늘은 내가 준비했습니다."

"아니에요. 진짜, 절대, 부담 같은 거 없거든요?"

정원이 오늘 처음으로 그를 똑바로 보며 손사래를 쳤다. 그 모습에 왠지 마음이 놓인 진하가 저도 모르게 싱긋 웃었다.

"알아요."

난데없는 그의 미소에 당황한 정원이 차마 고개를 들지 못하고 눈앞의 접시를 뚫어져라 보았다. 그가 준비한 저녁은 조개가 잔뜩 들어간 봉골레 스파게티였다. 낯선 그녀의 침묵에 진하가 다시 말을 이었다.

"그냥, 오늘은 컨디션이 안 좋은 거 같아서……. 앞으로 저녁은 내가 준비해도 됩니다."

"……."

"아, 혹시 파스타 안 좋아합니까?"

"아니, 아니요. 좋아해요. 완전 좋아해요."

후다닥 고개를 젓는 정원의 얼굴이 어느새 빨갛게 달아올라 있었다. 홍당무가 된 얼굴을 들킬세라 접시에 시선을 고정한 그녀가 빠르게 말을 이었다.

"그……, 제가 연비가 좀 달리는 편이라 양 적고, 비싸고, 느끼한 서양 음식은 별로거든요. 그런데 유일하게 파스타는 예외예요. 하하."

어색하게 웃으며 자리에 앉은 정원이 다짜고짜 포크를 집어 들었다. 그리고 애써 진하의 시선을 피하며 열심히 스파게티를 말아 입에 넣었다.

"우와, 이거 진짜 맛있어요!"

입안을 가득 채우는 진한 풍미에 놀란 정원이 새삼스러운 눈으로 진하를 보았다. 그리고 이제껏 그를 피해 다닌 것도 잊고 말을 이었다.

"마스터 솜씨가 장난 아니네요. 제가 하는 밥이 정말 괜찮은지 갑자기 진지하게 걱정이 되는데요."

"괜찮습니다."

"정말요?"

정원은 새삼 말없는 그의 눈을 물끄러미 바라보았다. 항상 괜찮다고 하지만 진짜 괜찮은 것인지 도무지 알 수가 없는 남자였다. 그만큼 그의 요리는 정원과는 다른 의미로 탁월했다.

생각해 보니 아무렇게나 턱턱 만들어 내는 샌드위치조차도 그랬다.

정원의 생각을 아는지 모르는지 잠시 뜸을 들이던 그가 다시 대답했다.

"한국의 일반 가정식은 잘 모릅니다."

이건 또 무슨 소린가. 정원이 의문 가득한 눈으로 진하를 빤히 보았다. 그런데 웬일로 그가 순순히 말을 이었다.

"그러니까…… 미국에서 자랐습니다."

예상치 못한 대답에 놀란 정원이 얼굴을 쑥 내밀고 진하를 보았다.

"네에? 정말요? 우리말을 이렇게 잘하는데?"

"일단은 우리나라 사람입니다만."

떨떠름한 그의 시선에 퍼뜩 정신을 차린 정원이 자세를 고쳐 앉으며 멋쩍게 웃었다.

"아, 네. 그건 확실해 보이네요."

빙글빙글 포크를 돌리던 그녀가 힐끔 진하의 눈치를 살폈다.

"그럼 한국 음식이 오히려 입에 안 맞겠네요? 그래서 식사도 같이 안 한다 하셨구나. 어, 그럼 괜히 저 때문에 억지로……."

"그건 아닙니다."

뜬금없이 이어지는 엉뚱한 결론에 진하가 급하게 말을 끊었다.

"한국 사람인데 당연히 한국 음식도 좋아합니다."

"그게 또 그렇게 되나요? 그럼 뭐, 다행이고요."

차마 할 말이 더 있는 눈으로 진하를 바라보던 그녀가 이내 포기한 듯 접시에 집중했다. 그리고 연신 감탄사를 뱉으며 열심히 스파게티를 먹는다.

정원을 바라보는 진하의 입가에 흐뭇한 미소가 짧게 스쳤다.

그녀와 밥을 먹으며 알게 된 사실이 하나 더 있었다. 보기와 다르게 뭐든 참 맛있게 잘 먹는다. 상황이나 기분에 따라 끼니를 거르는 법도 없었다. 본인 말로는 연비가 나빠서 한 끼라도 건너뛰면 하늘이 노랗게 보인단다.

무엇보다 그녀와 밥을 먹으면 왠지 기분이 좋아졌다. 똑같은 밥인데도 무언가 달랐다. 그녀는 너무나 쉽게 오랫동안 혼자였던 그의 시간들을 지워내고 있었다.

접시가 거의 비어갈 즈음, 번번이 그에게 머무는 정원의 시선을 보다 못한 진하가 물었다.

"왜 그럽니까."

"뭐 좀 물어봐도 될까요?"

"언제는 안 물어봤습니까."

"아니, 그게 사적인 관심 어쩌고에 걸리면 제가 곤란해지잖아요."

진하의 눈매가 슬쩍 가늘어졌다. 언제부터 그런 걸 따지고 물어봤던가.

"그래서, 사적인 관심입니까?"

"그게 그러니까……."

답지 않게 눈치를 보며 머리를 굴리는 모양을 보고 있자니 오히려 답답함만 더한다. 진하가 낮게 한숨을 쉬며 마지못해 고개를 끄덕였다.

"그냥 묻고 봅시다. 뭔지 들어보고 판단하는 게 빠를 거 같네요."

"그래도 돼요?"

동그란 눈을 반짝이며 물어보는 그녀의 시선에 진하는 새삼 어이가 없었다. 갑자기 왜 안 하던 짓일까. 뭔가 미묘하게 달라졌는데 도무지 알 수가 없었다.

"혹시 몰라서 그러는데요."

"……?"

"청국장이랑 짠지 종류, 그니까 장아찌요. 깻잎, 무, 고추, 마늘! 그리고 또 뭐가 있더라…… 맞다. 젓갈!"

그대로 두면 끝없이 이어질 것 같은 음식 리스트에 진하가 덥석 말을 잘랐다.

"요점이 뭡니까?"

"그니까 전통 음식? 재래 음식? 그런 것도 괜찮은가 해서요."

뜬금없는 소릴 줄줄이 해대면서도 정작 그녀의 눈빛은 진지하기 그지없었다. 진하는 순간 머리가 지끈거렸다.

"가리는 음식은 없다고……."

"그래도 외국서 자랐다니까 혹시나 해서 그러죠."

"한국 사람이라고 몇 번을……."

"그러니까 말을 좀 분명하게 해 주면 좋잖아요. 그냥 미국서 자랐다, 그럼 이민인지 유학인지 내가 알 게 뭐냐구요. 어릴 때부터 살았으면 한국 음식은 잘 모를 수도 있잖아요."

적반하장도 유분수라. 어째 말이 자꾸 이상한 데로 흐른다. 할 말을 잃은 진하의 시선에 흠칫 정신을 차린 정원이 뒤늦게 배시시 웃으며 딴청을 피웠다.

"하긴, 못 먹는 음식을 억지로 먹을 성격은 아니……시죠?"
"하아……."
"아님 말지, 그게 한숨까지 쉴 일이에요?"

역시나 한 박자 늦게 진하의 눈치를 살핀 정원이 불쑥 말을 돌렸다.

"스파게티 완전 맛있게 잘 먹었습니다. 마스터도 다 드셨죠? 설거지는 제가 할게요."

꽤 많은 양의 파스타를 어느새 말끔하게 해치운 그녀가 빈 접시를 챙겨들고 후다닥 주방으로 들어갔다.

진하는 종일 자신이 뭘 하고 있는 것인지 알 수가 없었다. 하루가 어떻게 지나갔는지도 모르겠다. 단조롭던 그의 일상이 언제부턴가 은정원이라는 여자로 가득 차서 정신없이 반짝거리고 있었다.

그럼에도 전혀 싫지가 않았다. 웃는 법을 잊어버렸던 그가 이젠 시도 때도 없이 웃고 있었다. 그냥 지금은 자연스럽게 그랬다. 그래서 좋았다. 다른 생각은 하고 싶지 않았.

후다닥 설거지를 마치고 진하가 잠시 자리를 비운 사이 다시 테라스로 나온 정원은 길게 한숨을 내쉬었다. 그리고 의미 없이 허공에 분무기를 뿌려대며 나직이 중얼거렸다.

"진심, 제정신이 아니야. 자꾸 더 많이 막 좋아지는데 이걸 어쩌냐고."

감정이라는 것이 참으로 간사하게 제멋대로였다. 엊그제까지만 해도 얼음이니, 인간 담벼락이니, 이상한 사람 취급을 해놓고 이젠 가슴이 뛰어서 제대로 쳐다보지도 못한다. 그저 좋아한다는 감정 하나를 깨달았을 뿐인데 그렇게나 달랐다.

"미쳤어. 미친 거야. 아님 어떻게 이래?"

무슨 만화나 영화처럼 그에게서 뿅뿅 하트가 쏟아지는 기분이랄까. 시도 때도 없이 벌렁거리는 심장 때문에 일을 할 수가 없었다. 어제와 다를 바 없는 하루인데도 너무나 달라서 도무지 적응이 되지 않는다.

"도대체 왜 자꾸 웃냐고. 정신 사납게……."

그나마 예전처럼 변함없이 무표정이면 좀 나을 텐데, 무슨 바람이 불었는지 이유도 없이 툭툭 말도 안 되는 미소까지 날리신다.

"아니, 무슨 남자가 그렇게 예쁘게 웃어. 미친 거 아냐?"

정원은 정말이지 그가 왜 웃는지도 모르겠고, 알고 싶지도 않았다. 무엇보다 그가 웃을 때마다 심장이 멈출 것 같은 기분에 기절할 지경이었다.

봄날 아지랑이처럼 설핏 지나치는 미소가 그렇게 예쁠 수가 없었다. 정원은 남자의 미소가 마냥 예쁠 수도 있다는 사실을 처음 알았다. 눈앞의 남자가 진짜 그녀가 아는 얼음마스터와

동일인물인지 의심스러울 정도였다.

이건 얼음마스터가 아니라 변신마스터였다. 보고 또 봐도 적응은커녕 어지러울 만큼 이상하고 신기하게 반짝거린다.

"아놔, 사람 두 번 좋아했다간 제명에 못 죽겠네. 당황스럽게 뭐가 이러니."

문제는 진하가 웃지 않아도 시선이 마주치면 미친 듯이 뛰는 그녀의 심장이었다. 도무지 제어가 되지 않는다. 덩달아 얼굴까지 하루 종일 활활 타오르는 기분에 정원으로선 당연히 그를 피해 다닐 수밖에 없었다.

두서없이 중얼거리던 그녀가 문득 뒤를 돌아봤다. 그리고 여전히 비어 있는 자리를 확인하며 재차 투덜거렸다.

"아니, 도대체 뭐냐고. 안 그래도 정신없어 죽겠는데 무슨 바람이 불어서 생전 안 하던 짓까지 만발이셔."

무슨 일인지 그가 이유도 없이 종일 따라다니며 의심스런 눈초리를 쏘아대고 있었다. 정원은 정말 딱 도망치고 싶은 심정이었다. 자신의 감정조차 감당이 되지 않는 마당에 그에게까지 신경 쓸 여유가 없었다.

맥 빠진 얼굴로 풀썩 주저앉은 정원이 앙증맞은 키친부케를 노려보며 중얼거렸다.

"왜 갑자기 무섭게 친절한 건데. 아님, 내 눈에 콩깍지가 씌어서 그렇게 보이는 걸까?"

말이 친절이지, 평소 안 하던 짓을 너무 많이 해서 무서울 지경이었다. 하긴 굳이 마다하더니 갑자기 돌변해 순순히 밥을 먹는 것부터가 이상했다.

그런데 이젠 웃음을 뿌려대는 것만으로도 모자라 먼저 말을 걸고, 술술 자기 얘기도 하고, 저녁까지 챙긴다. 시도 때도 없이 가슴이 뛰어 죽겠는데 무서운 그의 친절 모드에 정원은 도무지 정신을 차릴 수가 없었다.

"나 이대로 정말 괜찮을까?"

사랑과 기침, 가난은 숨길 수 없다던데 이러다 딱 걸리지 싶었다. 가난이야 숨기고 말고 할 것도 없이 온 세상이 다 아는 사실이었지만 사랑은 다른 문제였다.

말 그대로 가난 때문에 그녀의 사랑은 더더구나 들키면 안 되는 것이다. 새삼 생각하니 괜스레 서글퍼졌다.

"그래도 뭐, 사람 좋아하는 게 무슨 잘못이야? 나 혼자 좋아하는 것도 못 하나? 내 마음이거든?"

왠지 억울한 기분도 들었다. 사람을 좋아하는 것이 대체 무슨 문제가 되는지 모르겠다. 애초에 그런 이상한 고용 계약서가 잘못된 것이다.

"쳇. 문제만 안 일으키면 되는 거잖아. 그치?"

대답할 리 만무한 꽃에게 투덜투덜 속마음을 털어낸 정원이 삐죽 짓궂게 웃었다. 그리고 그녀의 방식대로 꿋꿋하게 결론을 내렸다.

"솔직히 내가 좀 좋아한다고 해서 뭐가 달라지겠어. 간지럽게 고백을 할 것도 아니고, 쫓아다니며 매달릴 것도 아니고. 말만 안 하면 모르는 거잖아. 안 그래?"

그저 좋아하는 사람이 생긴 것뿐이었다. 피할 수도 없고, 피해지지도 않는 불가항력의 감정. 그 이상도 이하도 아니었다. 그 대상이 하필 얼음마스터인 것은 정원 또한 상상조차 하지 못한 일이지만 어쩌겠는가.

진하를 향한 감정이 앞으로 얼마만큼 더 깊어질지는 정원도 알지 못했다. 하지만 한 가지 분명한 것은 좋아한다, 사랑한다, 딱 거기까지라는 사실이었다. 그 이상은 정원도 절대 바라지 않았다. 팍팍한 현실 앞에서는 선물처럼 찾아온 사랑일지라도 사치가 되었다.

"당장 먹고 사는 것도 급한 마당에 문제 일으키게 생겼니."

자못 씩씩하게 말했지만 정원의 눈가에 퍼석 마른 바람이 스쳐 지났다.

예상치 못한 순간 찾아온 가슴 설레는 사랑에게 내어 줄 것이 마음밖에 없었다. 일말의 여지도 없이 현실은 언제나 그랬다. 그나마 사랑은 마음만으로 마음껏 할 수 있어서 다행이었다. 더 이상 무엇을 바랄까.

정원이 아는 마스터는 쉽게 다가갈 수 있는 사람이 아니었다. 다가간다고 해서 곁을 내줄 사람은 더더구나 아니었다. 그는 보이는 것보다 더 많은 것을 가슴에 담고 사는 사람 같았다. 그래서 정원은 애초에 섣불리 다가설 생각조차 하지 않았다. 마음은 억지로 열 수 있는 문이 아니다.

"복잡한 건 나 하나로 충분히 넘쳐. 그 이상은 절대 사절입니다. 아무렴."

문득 진하의 까만 눈동자를 떠올린 정원이 마음과 다르게 자신 없는 얼굴로 중얼거렸다.

"그래도 여기서 더 심각해지면 안 될 거 같긴 한데……. 과연 가능할지 모르겠다."

"뭐가 그렇게 복잡합니까."

"엄마야!"

기절하게 놀란 정원이 풀썩 뒤로 넘어가며 가볍게 엉덩방아를 찧었다. 도대체 언제부터 듣고 있었던 것일까. 순간 머리칼이 쭈뼛 서는 느낌에 벌떡 일어난 그녀가 다짜고짜 목소리를 높였다.

"놀랐잖아요! 제발 기척 좀 하고 다니시라니까요?"

"은 매니저가 못 들은 겁니다."

"아, 왜 남의 얘기를 엿듣고 그러세요!"

"엿들은 게 아니라 그냥 들렸습니다."

평소와 다름없이 고요한 진하의 눈을 보며 정원은 자신이 무슨 말을 했는지 필사적으로 기억을 떠올렸다. 하지만 이미 하얗게 지워진 머릿속에 떠오르는 건 딱 하나뿐이었다.

"그……, 절대 좋아하는 거 아니거든요?"

"……?"

"마스터 얘기한 거 아니라고요."

스스로 뱉은 말에 더 당황한 정원이 급하게 설명을 보탰다. 영문 모를 소리에 진하의 눈이 슥 가늘어졌다.

"진짜거든요?"

"압니다."

그녀의 속이 까맣게 타든 말든 대답 한번 간단명료하다. 순간 맥이 풀린 정원이 괜한 억울함에 진하를 쌩하니 노려보았다.

"아, 도대체 무슨 말을 어디까지 들은 건데요!"

진하가 어리둥절한 얼굴로 그녀를 빤히 보았다.

"뭔가 복잡한 건 사절이라고. 심각해지면 안 된다고 하지 않았습니까?"

"아, 그, 그거요. 아무것도 아니에요."

그나마 전부 다 들은 것은 아닌 모양이었다. 무엇보다 가장 중요한 내용은 몽땅 빠져 있었다. 그제야 마음이 놓인 정원이 크게 안도의 한숨을 내쉬었다. 그 모습에 진하가 고개를 갸웃거렸다.

"정말입니까?"

이 남자야말로 대체 왜 이러는 것일까. 질문은커녕 묻는 말에 대답조차 제대로 하는 경우가 드문 사람이었다. 그런데 이젠 질문으로 모자라 확인까지 한다. 잠시 마음을 가라앉힌 정원이 급하게 머리를 굴렸다.

"그냥 손님이 더 이상 늘지를 않아서 걱정이라는 소리였어요. 누누이 말하지만 전 정말, 진심으로 오래 일하고 싶거든요. 카페가 잘못되면 제 인생이 더 복잡해져서 말이죠. 설명이 됐나요?"

"그 문제라면……."

"아, 네. 제가 걱정할 일이 아니지요."

정원은 들키지 않았다는 안도감에 더 이상 따질 생각도 없었다. 그런데 이 남자 무슨 생각인지 친절하게 묻지도 않은 설명을 보탰다.

"이참에 분명히 말해 두겠는데, 다른 이유로 카페가 문을 닫을 일은 없을 겁니다. 그 부분은 걱정하지 말아요."

"뭐…… 그건 다행이네요. 고맙습니다."

정원은 눈앞에 닥친 상황에 웃어야 할지 울어야 할지 알 수가 없었다. 다른 이유로는 문을 닫지 않는단다. 애초에 경고했던 대로 사적인 문제만 일으키지 않으면 된다는 뜻이었다. 저도 모르게 한숨 같은 탄식이 새어 나왔다.

'하! 진짜 가지가지 한다.'

뭔 놈의 인생이 반전은커녕 곳곳에 암초투성이다. 피하려고 하면 오히려 더 옭아매는 덫이 따로 없었다. 한 발 한 발 지뢰밭을 건너는 심정이 이럴까.

'어쩌겠어. 이미 벌어진 일. 나 혼자 좋아하겠다는데 알 게 뭐람.'

누군가에게 보여 주기 위해 사랑하는 것이 아니었다. 그 사랑을 누군가 꼭 알아줘야 하는 것도 아니리라. 그저 사랑하게 된 것뿐, 자신도 모르는 사이 사랑이 멋대로 시작되고 있었다.

정원은 출구 없는 현실에 치여 마음조차 잃어버리고 싶지 않았다. 당장 옴짝달싹 못하는 상황이라도 마음만은 한껏 자유롭고 싶었다.

그래서 정원은 그럼에도 불구하고 지금 사랑을 시작한 자신이 좋았다. 온전히 사랑할 수 있는 마음만으로도 충분히 넘치게 고마웠다.

'괜찮아. 문제없어. 들키지만 않으면 되지, 뭐.'

가슴 가득 살랑살랑 따스한 봄바람이 일렁거린다. 아무리 지치고 힘들어도 간질간질 웃음이 났다. 누가 뭐라 해도 사랑은 좋은 것이다.

'더구나 나한텐 첫사랑이란 말이지. 헤헤.'

사랑이야말로 행복에 가장 가까운 감정이 아닐까. 정원은 문득 그런 생각이 들었다. 그래서 떠올리는 것만으로도 이렇게 가슴이 뻐근하게 설레는 것이리라.

가슴 한편이 몽실몽실 봄 햇살처럼 따뜻해진다. 그것만으로도 정원은 마냥 좋았다.

그러므로 사랑하는 지금이 가장 행복하다.

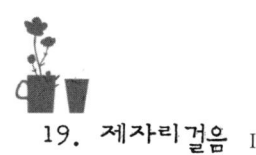
19. 제자리걸음 I

 월요일 저녁. 휴무일이었지만 어두운 카페 안쪽에서 희미하게 불빛이 새어 나오고 있었다.

 해질 무렵 와인을 들고 불쑥 찾아온 현성과 함께 자리한 진하였다. 현성은 가끔 좋아하는 와인을 제대로 즐기고 싶을 때 진하에게 디켄팅을 부탁하곤 했다. 그래서 오늘도 진하는 말없이 시간을 들여 천천히 디켄팅을 하고 있었다.

 여느 때와 다르게 가볍지 않은 분위기를 두 사람 모두 알고 있었지만 굳이 말하지는 않았다. 디켄팅을 마친 와인을 잔에 따른 후에도 현성은 한동안 말이 없었다. 깊고 진한 와인 향이 무거운 침묵을 부드럽게 감싸 준다.

 반쯤 빈 잔에 다시 와인을 따르며 진하가 먼저 입을 열었다.
 "머리는 좀 식혔어? 은 매니저가 많이 기다렸다."
 그제야 삐죽 진하를 쳐다본 현성이 피식 실소를 흘렸다.

"위로 안 해 줘도 되거든요?"
"있는 그대로 사실을 말했을 뿐이야."
현성이 그제야 툴툴 불만을 터트렸다.
"으아, 은정원! 암튼 독해. 끝까지 먼저 연락은 안 하지."
"그런 게 중요한가."
"항상 결론은 내가 잘못한 게 되잖아."
자못 가볍게 말했지만 현성의 성격을 생각하면 놀라운 변화가 아닐 수 없었다. 남에게 먼저 사과를 하느니 차라리 나쁜 놈이 되고 마는 현성이었다.
남의 시선 따위 가볍게 무시할 만큼 자신감이 넘치다 못해, 한 번 끝이면 이유 불문 끝내 버리는 매몰찬 성격이기도 했다.
솔직히 아쉬운 사람은 항상 현성이 아니라 상대방인 까닭에 통하는 것도 있었다. 하여 현성은 지금까지 누군가에게 먼저 잘못을 인정한 일도 많지 않았고, 그럴 필요도 없었다.
'거참, 대단하다고 해야 하나, 대책이 없다고 해야 하나.'
진하는 그런 현성을 끝까지 믿고 기다리는 정원이 새삼 다시 보였다. 그녀에겐 현성이 가진 이점들이 통하지 않는 것 같았다.
그녀는 사람을 상대로 머리를 굴리거나 계산을 하지 않는다. 사람을 대함에 진심으로 솔직하게, 그게 전부였다. 그래서 결국엔 천하의 강현성도 인정할 수밖에 없도록 만들었다.
솔직 단순한 성격에 알면서 하는 것은 아니리라. 그녀는 언제나 어물쩍 덮고 넘어가는 법 없이, 무참히 깨지더라도 진심으로 부딪쳤다.

대책 없이 해맑고, 무식하게 용감하다. 그렇게 앙금을 남기는 법 없이, 사람의 마음에 절대 짐을 지우지 않았다.

와인잔을 들여다보며 잠시 생각에 잠겨 있던 현성이 불쑥 말했다.

"고마워요, 형."

"뭐가."

"정원이 힘들 때 도와줘서."

가타부타 설명 없이 직설적이다. 겉으로 잘 드러나지 않는 현성의 진짜 모습이기도 했다. 모자람 없이 넘치게 타고난 현성은 쉽게 살아가는 법을 누구보다 잘 아는 친구였다. 하지만 그런 이유로 세상에 대해 누구보다 더 까다롭고 냉정한 시선을 가지고 있었다.

많이 아는 만큼 세상도 사람도 쉽게 믿지 않는다. 그런 현성이 마음에 들인 사람이었다. 은정원이라는 여자는.

"난 도와준 거 없다. 네 부탁 때문이 아니라, 알면서 모른 척할 수가 없었을 뿐이야."

"그게 그거지."

"다르거든."

진하의 짧은 대답에 현성이 무엇을 떠올렸는지 빙긋 웃었다.

"형도 정원이 닮아가나? 뭐 그런 걸 따지고 그래."

"따지는 게 아니라……."

"알아요. 무슨 말인지. 그래도 고마운 건 고마운 거야."

"마음대로 생각해라."

툭 가벼운 대답에 현성이 고개를 갸웃했다.
"근데 형, 뭔가 좀 달라진 거 같네."
"뭐가."
"그냥 뭐랄까, 좀 편해진 거 같달까."
"글쎄……."
"아냐, 분명히 달라졌어."
현성이 한결 가벼워진 얼굴로 빙긋 웃었다.
"형 주변 일에 관심 없잖아. 근데 나도 그렇고, 정원이도 그렇고, 신경 쓰는 게 예전과는 좀 다른 느낌이야."
"그런가."
잠시 진하의 표정을 물끄러미 살피던 현성이 지나치듯 가볍게 말했다.
"이제 좀 괜찮아진 건가?"
"그동안은 안 괜찮아 보였나?"
"뭐 좀, 사실 그랬잖아요."
"그럴지도……."
진하가 딱히 반박하지 않고 가볍게 말을 넘겼다.
현화를 떠나보낸 후, 진하에겐 그나마 현성이 가장 편한 사람이었다. 사랑하는 사람을 잃고 세상과 담을 쌓던 때, 그를 가장 깊이 이해해 준 사람도 현성이었다. 서로의 아픔을 너무나 잘 아는 까닭에 굳이 말할 필요도 없었다.
현성은 윤주처럼 잊기를 강요하지도 않았고, 다른 사람들처럼 조급하게 잊으려고 노력하지도 않았다. 그저 서로의 아픔을 말없이 지켜보며 기다려 줄 뿐이었다.

현화와 현성은 각별히 사이가 좋은 남매였다. 형제 중 현화와 가장 많이 닮은 것도 막내 현성이었다. 현화가 그랬듯 누구에게나 사랑받는 현성을 진하도 참 많이 아꼈다. 지금도 앞으로도 그 마음은 변하지 않을 것이다.

"이봐, 이봐. 달라진 거 맞다니까."

현성이 예전처럼 환하게 웃었다. 두 사람이 사랑해 마지않았던 현화와 똑같이 닮은 그 웃음이었다. 진하가 말없이 희미하게 마주 웃어 보였다.

달라진 게 아니라 돌아온 것이다. 원래 모습으로, 서진하 자신으로, 그렇게 조금씩 찾아가고 있었다. 그가 잃어버린 것들을. 보일 듯 말 듯 작은 진하의 미소에 현성이 흐뭇한 얼굴로 남은 와인을 비웠다. 그리고 이내 진지하게 물었다.

"윤주 누나는……."

"그 얘긴 하지 말자."

언제 웃었냐는 듯 진하가 단칼에 현성의 말을 잘랐다. 하지만 현성도 쉽게 꺼낸 말이 아니었다. 진하가 한국으로 돌아오고 일 년 남짓, 적지 않은 시간이 흘렀고, 이젠 어떻게든 결론을 내야 할 시점이라고 느꼈다.

"윤주 누나는 여전히 아니에요?"

"단 한순간도 아니었어."

역시나 일말의 여지도 없는 거절에 현성은 혹시나 했던 마음을 접었다. 같은 남자로서, 서로 잘 아는 만큼, 아닌 것을 억지로 강요할 생각은 없었다. 하지만 윤주를 생각하면 안쓰러운 마음에 한숨이 나왔다.
"역시 가망 없는 건가."
"난 처음부터 분명히 거절했다."
시간이 흘러 상처도 아픔도 치유되었건만 사람의 마음만은 여전히 어디로 흐를지 알 수가 없었다. 현성이 와인을 따르며 쓰게 중얼거렸다.
"그래도 마음이 어디 마음대로 되나요."
"그건 나도 마찬가지야. 애초에 일방적으로 키워온 감정을 억지로 밀어붙이는 거 자체가 말이 안 되잖아. 그러니까 너도 받아주지 마. 윤주도 이제 정말 마음잡아야지."
칼날 같은 진하의 단호함에 현성이 낮게 고개를 저었다.
"어렵네. 어려워."
복잡한 마음들이 무겁게 얽혀드는 밤이었다.

저녁 약속이 있는 진하가 자리를 비우고 현성은 혼자 빈 카페를 어슬렁거리고 있었다. 큰집에 간 정원을 기다리는 중이었다.
와인을 홀짝이며 마당으로 나온 그의 시선이 문득 한 곳에 머물렀다. 카페 분위기와 어울리지 않는 뭔가 이질적인 느낌. 희미한 가로등 불빛에 의지해 마당 구석으로 걸음을 옮기던 현성의 입가에 기막힌 실소가 떠올랐다.
"하! 아무튼 못 말려."
마침 카페에 들어서던 정원이 마당 구석에 서 있는 그림자를 발견하고 멈칫 멈춰 섰다. 그리고 이내 활짝 웃으며 빠르게 마당을 가로질렀다. 그녀가 가볍게 뛰어들며 현성의 어깨에 냅다 주먹을 내질렀다.

퍽!

"너 이 자식! 왜 이제 나타나!"

"어이쿠, 이렇게나 격한 환영이라니!"

잽싸게 정원의 주먹을 잡아챈 현성이 씩 웃으며 능청을 떨었다.

"이거 몸 둘 바를 모르겠는데? 내가 그렇게 보고 싶었어?"

"얼씨구! 퍽이나."

삐죽 현성을 노려본 정원이 잡힌 주먹 대신 이번엔 머리를 쿵 들이받았다.

"넌 좀 맞아야 돼. 그래야 정신을 차리지."

"어허, 두 번 반가웠다가는 사람 잡겠네. 그만하지? 아프거든?"

정원의 머리를 밀어내며 거리를 벌린 현성이 싱글싱글 웃으며 시선을 맞췄다. 못내 현성을 노려보던 정원이 피식 웃었다. 그리고 두 사람이 동시에 입을 열었다.

"미안."

"미안."

정원이 다시 한 번 현성의 가슴에 퍽 주먹을 질렀다.

"으이그, 이 꼴통!"

"훗! 남 말 하네."

정원의 이마를 손가락으로 꾹꾹 밀어낸 현성이 가볍게 웃으며 말을 이었다.

"이렇게 싸운 거 참 오랜만이다. 하긴 한동안 이상하게 너무 잘 지냈지."

"이상한 게 아니라 그동안 마음 넓은 이 누님이 백번 양보한 거지. 내가 알고 보면 배려심이 남다른 사람이거든?"

"어쭈? 까분다."

"얼씨구. 반항이냐, 지금?"

불쑥 들이대는 정원의 주먹을 가볍게 밀어낸 현성이 말을 돌렸다.

"그나저나 넌 대체 카페에 무슨 짓을 저지른 거야?"

"왜?"

"왜에? 그걸 지금 몰라서 묻냐?"

영문을 모르겠다는 듯 해맑은 정원의 눈빛에 현성이 고개를 저었다. 텃밭과 현성을 번갈아 보던 정원이 코끝을 찡그리며 투덜거렸다.

"너도 그렇고, 마스터도 그렇고 반응들이 뭐 그래? 텃밭 처음 봐?"

"카페에 있는 밭은 처음 본다."

정원이 고개를 갸웃하며 현성을 삐죽 올려다보았다.

"그렇게 이상해?"

"그럼 이게 이상하지 안 이상하냐."

"흐음······."

팔짱을 낀 정원이 생각에 잠긴 얼굴로 텃밭을 지그시 바라보았다. 그리고 이내 현성을 향해 손가락을 가볍게 흔들었다.
"카페 마당에 꽃만 있어야 한다는 편견은 버려."
"하! 너를 누가 말리겠냐. 형은 이걸 보고도 아무 말 안 해?"
정원이 동그란 눈을 굴리며 천연덕스럽게 말했다.
"뭐, 반응은 너랑 비슷했는데 딱히 별말은 없었어. 왜? 너한테 뭐라 그래?"
"너한테도 아무 말 안 하는데, 설마 나한테 뭐라 했겠냐."
"그럼 됐지, 뭐."
일말의 고민도 없이 너무나 간단한 결론에 현성이 급기야 한숨을 내쉬었다.
"내가 새삼 형한테 무슨 짓을 한 건가 싶다."
"어차피 노는 땅, 활용 좀 하겠다는데 뭐가 문제야? 건설적이고 좀 좋아?"
"오냐. 장하다, 장해."
고개를 젓는 현성을 향해 정원이 씩씩하게 웃었다.
"그럼! 완전 장하지. 헤헤."

"저녁은 먹었어?"
정원이 큰집에서 가져온 반찬들을 정리하고 카페로 나오며 물었다. 현성이 씩 웃으며 와인잔을 들어 보인다. 정원이 자리에 앉으며 낮게 투덜거렸다.
"도대체 와인이랑 저녁이랑 무슨 상관이래? 밥은 밥이고, 술은 술이지. 별나."

"으이그, 분위기라고는 개미 똥만큼도 없는 인간아."

현성이 낮게 웃으며 마주 보고 앉은 정원의 이마를 가볍게 툭 쳤다. 그녀가 고개를 휙 피하며 지극히 건조하게 투덜거렸다.

"됐거든? 내가 너랑 분위기 잡아서 뭐하게."

바에 기대어 몸을 앞으로 쭉 내민 현성이 길게 씩 웃었다. 머리 위로 떨어지는 핀 조명에 뚜렷한 이목구비가 더욱 도드라지며 반짝거린다.

"뭘 할지는 분위기부터 잡고 알아보면 안 될까?"

"얼씨구, 강현성이 그새 또 살아나셨지. 넌 어떻게 뭐든 일주일을 못 넘기니?"

"보고 싶으니까."

정원의 눈매가 멈칫 가늘어졌다.

"애가 실없이 또 왜 이런데."

"몰라서 물어?"

"알면 묻겠니?"

그녀는 역시나 한 점 흔들림도 없이 일말의 여지도 주지 않는다. 그 분명한 경계에 현성은 더 이상 나아갈 수가 없었다. 지난 일주일 내내 고민하고 또 고민했건만 역시 결론은 나지 않았다. 현성이 한숨처럼 쓰게 말했다.

"이제 알아라, 좀."

"나 살기도 바빠 죽겠는데, 뭘 더. 너야말로 실없는 소리 좀 그만해. 안 그래도 이 누님 인생이 험난하시다."

급격히 멀어지는 정원의 눈빛에 현성은 끝끝내 마지막 한 걸음을 떼지 못했다. 정해진 답이 뻔히 보이는데 무시하고 더 나아갈 수가 없었다. 그는 거절에 익숙한 사람이 아니었다. 거절을 떠올리는 것만으로도 납득할 수 없는 마음이 그대로 멈춰 버린다.

이렇게 눈앞에, 손닿을 곳에 있는데 그럼에도 왜 이렇게 먼 것일까. 도무지 좁혀지지 않는 한 걸음이 숨 막히도록 멀었다. 도대체 뭘 더 어떻게 해야 그녀의 옆에 설 수 있는지 길이 보이지 않는다.

그는 왜 친구밖에 되지 못하는 것인지. 왜 친구라는 이유로 두 번 생각도 안 하는 것인지. 정말 묻고 싶었다. 하지만 단단한 그녀의 눈동자는 단 한 걸음도 허용하지 않았다. 언제나 그 혼자 굳게 닫힌 문 앞을 서성거린다.

현성이 말없이 굳은 얼굴로 와인을 기울였다. 순식간에 어색해진 분위기에 정원도 입을 다물었다. 그가 와인을 마시는 사이 조용히 커피를 내린 그녀가 다시 자리에 앉으며 생각에 잠겼다.

'대체 뭐가 문제야. 어렵네, 어려워.'

제법 심각한 현성의 눈빛에 정원은 열심히 머리를 굴렸다. 준비 없이 닥친 상황에 두 사람 모두 감정적으로 많이 엇나간 것이 사실이었다. 아무리 현성이라도 이번엔 쉽지 않으리라, 예상 못 한 것도 아니었다. 그런데 이건 뭔가 미묘하게 다르다.

"여기 오래 있을 거 아니야. 그러니까 마음 풀어."

"그래."

"식구들도 오래 있지 말라 그러고, 방 얻을 보증금만 마련되면 바로 나갈 거야."

"응."

정원이 입술을 삐죽거리며 가볍게 분위기를 바꿨다.

"그 난리를 피워놓고 뭐가 이렇게 쉬워. 또 한바탕 잔소리라도 할 줄 알았는데."

"내가 무슨 자격으로."

"현성아."

현성이 시니컬한 표정으로 낯설게 정원을 보았다.

"아니, 니 말이 맞아. 내가 이래라 저래라 할 문제는 아니지."

"그런 뜻이 아니잖아."

"아니면? 내가 뭘 더 할 수 있는데?"

"니가 여기서 뭘 더 해 줘야 하는데? 그거야말로 이상하지 않아?"

"넌 뭐가 그렇게 복잡해? 그냥……!"

"그러니까 그냥 좀 넘어가 주라. 안 그래도 복잡한데 너까지 이러면 내가 뭘 더 어떻게 해야 할지 모르겠거든?"

현성이 차마 말을 잇지 못하고 정원을 지그시 노려보았다.

정원은 왜 자꾸 똑같은 말을 반복하게 되는지 이유를 알 수가 없었다. 점점 더 집요해지는 현성의 태도도 이해 안 되기는 마찬가지였다.

'으이그, 저 고집불통.'

나름 험난한 사춘기를 보낸 정원에겐 친구가 많지 않았다. 고등학교 땐 엄마에게 버림받았다는 사실을 알고 방황하느라 바빴고, 대학은 넘치는 알바에 아버지 병간호까지, 그나마 졸업한 것이 신기할 지경이었다.

정원은 가끔 연락을 하고, 가끔 만나서 밥을 먹고, 의미 없는 수다를 떠는 그런 가벼운 관계를 좋아하지 않았다. 그나마 몇 안 되는 친구도 각자 길을 찾아 뿔뿔이 흩어지고 곁에 남아 있는 사람은 현성이 유일했다.

하여 그 어떤 이유로도 지금의 관계를 망치고 싶지 않았다. 오래도록 변하지 않는, 시간이 갈수록 더 깊어지는 친구로 남고 싶었다.

어떻게 해야 이 어색한 상황을 벗어날 수 있을까. 심각하고 무거운 건 정원 자신 하나로 충분했다. 어차피 변하지 않는 현실 앞에서 더 이상 앓는 소리를 하고 싶지도 않았다.

눈도 마주치지 않고 와인을 마시는 현성을 멀거니 바라보던 정원이 지그시 입술을 깨물었다. 그리고 마음 속 깊이 숨겨놨던 말을 슬며시 꺼냈다.

"저기…… 나, 아저씨가 좋아. 좋아졌어."

뜬금없는 그녀의 고백에 현성이 천천히 눈을 들었다. 그리고 언뜻 이해가 되지 않는 얼굴로 되물었다.

"아저씨?"

"우리 얼음마스터 말이야. 아무리 생각해도 이건 좋아하는 게 분명해. 헤헤."

불쑥 말해놓고 객쩍은 기분에 실없이 웃음이 나왔다. 사실 정원은 누구에게도 자신의 감정에 대해 말할 생각이 없었다. 하지만 잔뜩 상심해 있는 현성을 보고 있자니 뭔가 다른 것이 필요하다는 생각이 들었다. 친구끼리 공유하는 비밀 이야기, 뭐 그런 거 말이다.

그렇게 엉뚱한 결론을 내린 정원은 아무 생각 없이 현성에게 폭탄을 터트렸다. 그가 어떻게 받아들일지 상상조차 하지 못한 채.

"안 돼."
"뭐?"

순간 정원은 자신이 잘못 들은 줄 알았다. 현성이 다시 한 번 짧게 말했다.

"다시 한 번 분명히 말하는데, 안 된다고 했다."

목소리도 높이지 않았고, 표정 변화도 없었지만 단호하기 그지없는 눈이었다. 당황한 정원이 무심코 목소리를 높였다.

"강현성 또 오버한다. 사람 좋아하는데 되고, 안 되고 그런 게 어디 있니?"

"아무튼 안 돼. 무조건 안 돼. 안 된다고!"

자리에서 벌떡 일어난 현성이 거칠게 소리를 질렀다. 하얗게 도드라진 손마디에 가느다란 와인잔이 부서질 것처럼 흔들렸다. 예상치 못한 격한 반응에 놀란 정원이 눈을 휘둥그레 떴다.

"왜 갑자기 소리는 지르고 그러는데?"

"안 된다면 안 되는 줄 알아."

그제야 정원이 정색을 하고 현성을 보았다.

"내 감정을 너한테 허락 받아야 하는 줄은 몰랐는데. 뭐니, 이거."

"형은!"

한 치의 의심도 없이 해맑은 눈동자가 말똥말똥 그의 말을 기다리고 있었다. 정신이 나간 와중에도 현성은 그 눈빛에 또 말문이 막혔다. 나직이 숨을 고른 그가 남은 인내심을 그러모아 단호하게 말을 잘랐다.

"아무튼 안 돼."

"됐네. 내 마음이거든? 그러는 넌, 언제 내 허락 받고 연애했니? 왜 이러셔, 정말."

굳어 있는 현성의 눈치를 슬쩍 살핀 정원이 삐죽삐죽 말을 이었다.

"아무튼 너한테 말은 해 둬야 할 거 같았어. 나중에 또 말을 해 줬네, 안 해 줬네, 성질부리지 말라고."

"은정원."

현성은 순간 울컥 치솟는 감정에 숨이 막혔다. 하지만 그녀는 끝까지 아무것도 모르는 얼굴로 씩씩하게 떠들 뿐이었다.

"그렇게 정색하면 내가 무서워할 줄 아니?"

"나는……!"

이런 상황에서도 꾹꾹 눌러온 마음은 채 말이 되어 나오지를 않았다. 복잡한 현성의 시선에 정원이 삐죽 물었다.

"너는 뭐?"

"나는 지금까지 너한테 뭐였는데!"

냅다 지른 말에 정원이 눈을 동그랗게 떴다.

"이건 또 무슨 귀신 씻나락 까먹는 소리야. 진짜 몰라서 물어?"

"……."

"인상 풀지? 너 정말 왜 그래?"

"왜에? 지금 그런 말이 나와? 너야말로 진짜 몰라서 묻냐고!"

갑갑한 마음에 홱 돌아선 현성이 머리칼을 벅벅 넘겼다. 하지만 그가 뭐라 하든 말든 정원은 느긋하게 팔짱을 끼고 앉아 종알거렸다.

"니가 말을 안 하는데 내가 어떻게 알아. 혼자 소설이라도 쓸까?"

"그래서 니가 쓴 소설이 뭔데? 정말 소설이라고 생각해?"

지그시 내려다보는 현성의 시선이 자못 사나웠다. 그제야 뭔가 다른 것을 느낀 정원이 똑바로 고개를 들었다.

"강현성, 아직도 날 그렇게 모르니? 난 소설 같은 거 절대 안 써. 그런 거 쓸 만큼 한가하지가 않거든. 그래서 할 말이 뭐야? 너야말로 무슨 소설을 어떻게 썼는데? 내가 알아야 하는 거야?"

정작 그는 미치고 팔짝 뛸 노릇인데 정원은 더 없이 냉정하고 명확하다. 그 분명한 경계에 다시금 가슴에 휑한 바람이 불었다.

그럼에도 현성은 끝내 아무 말도 할 수가 없었다. 그와 진하의 관계에 대해서도, 누나 현화에 관해서도, 그리고 윤주까지. 이제 와 그 모든 것들을 어디서부터 어디까지 어떻게 설명한단 말인가. 순간 머릿속이 복잡하게 엉켜들었다.

'빌어먹을!'

첫인상이란 때로 너무나 많은 것들을 결정짓는다. 처음 정원이 보았던 그의 모습은 충분히 오해를 하고도 남음이 있었다. 그때 현성은 세상에 분풀이하듯 거칠 것 없이 제멋대로 휘젓고 다녔다. 그리고 그 후로도 오랫동안 오해는 쉽게 풀리지 않았다.

현성은 그제야 자신의 잘못을 깨달았다. 일이 이렇게 되기 전에, 카페에 데려오기 전에 모든 것을 명확히 해 두었어야 했다. 아니, 그전에 친구로 만족하고 머물러 있어서는 안 되는 일이었다. 결국 일이 이렇게 되었는데도 그가 할 수 있는 것이 아무것도 없었다.

터질 것 같은 답답함에 현성이 테이블을 잡고 불쑥 몸을 앞으로 내밀었다. 그리고 낮게 으르렁거리며 정원을 몰아붙였다.

"제기랄! 아무튼 안 된다면 안 되는 줄 알아! 사람이 말을 하면 좀 들으라고, 이 곰탱아!"

같은 시각, 진하는 윤주를 만나고 있었다. 플라워숍 '라무르'. 청담동 한가운데 자리한, 이름만큼 아름다운 3층 건물이었다.

1층은 플라워숍을 겸해 소품들이 준비되어 있었고, 2층은 카페와 플라워 레슨, 플로리스트 학원 등이 있었다. 그리고 3층이 사무실과 윤주의 개인 작업실이었다.

넘치지 않게 심플하고 우아하지만, 꽃을 다루는 곳인 만큼 향기로운 화사함이 자연스럽게 묻어난다. 건물 전체가 플라워 숍 전용 공간으로 멀리서도 은은한 꽃향기가 묻어날 것 같았다. 빈틈없이 정확하고 섬세한 분위기가 윤주와 닮아 있었다.

하지만 숍에 발을 들이는 진하의 시선은 무심하기 짝이 없었다. 오랜 시간 알고 지내왔지만 진하는 정작 윤주의 숍이 처음이었다.

메인 홀 천장에 매달린 화려한 샹들리에가 부담스럽게 반짝거렸다. 업무가 종료된 매장엔 불이 꺼져 있었지만 3층으로 올라가는 고풍스러운 나선형 계단은 환했다. 진하의 방문을 환영하듯이.

천천히 작업실 문을 열자 짙은 꽃향기가 왈칵 밀려들었다. 진하는 잠시 어디로 가야 할지 방향을 잡지 못하고 그대로 문 앞에 서서 눈으로 작업실을 둘러보았다. 순간 그의 눈가에 난처한 기색이 짙게 떠올랐다.

'이건……!'

온갖 기화요초가 만발한 윤주의 작업실은 작은 화원을 방불케 했다. 꽃들이 활짝 만개한 온실을 통째로 옮겨놓은 것도 같았다. 생화는 물론 크기별로 다양하고 멋스러운 화분과 드라이플라워까지, 세상의 꽃이란 꽃은 몽땅 모아놓은 모양이었다.

커다란 작업대엔 플로리스트 작업 도구들이 빼곡했고, 너른 벽 한 면엔 인테리어 소품보다 더 돋보이는 형형색색 화기들이 은은한 불빛에 보석처럼 반짝거렸다.

향초와 간접조명으로 분위기를 한껏 낸 작업실은 그 자체만으로도 동화 속 풍경처럼 아름다웠다. 하지만 진하에겐 그조차도 더없이 낯설고 이질적인 기분이 들었다.

'윤주야, 대체 뭘 기대한 거니.'

그가 찾아온 이유를 생각하니 눈앞에 펼쳐진 풍경이 순간 숨막히게 어지러웠다. 문 앞에 꼼짝도 않고 선 진하의 눈매가 지그시 가늘어졌다.

지금까지 외면하고 있었던 실체를 직접 확인하는 기분이었다. 그렇게 현실을 두 눈으로 확인하니 정신이 번쩍 났다.

더 이상은 그 어떤 기대도, 여지도 남겨서는 안 되는 문제였다. 이미 충분히 넘치게 멀리 왔다. 일이 이렇게까지 커진 데는 눈 감고 외면했던 그의 잘못도 분명히 있었다.

"어머, 진하 씨. 언제 왔어요? 왔으면 들어오지 왜 그러고 서 있어요?"

안쪽 문이 열리고 윤주가 와인병을 들고 나오며 활짝 웃었다. 그 난감하도록 화사한 환대에 진하는 순간 말문이 막혔다.

"진하 씨가 갑자기 작업실로 온다고 그래서 얼마나 놀랐는지 알아요? 처음이잖아요."

다른 데 정신이 팔린 윤주는 굳어 있는 진하의 안색을 눈치채지 못하고 있었다. 오히려 기대감에 잔뜩 부푼 얼굴로 종알거리며 창가 테이블에 와인잔을 세팅하느라 분주했다.

"미리 말 좀 해 주지 그랬어요. 어쩌죠? 대접할 게 아무것도 없네."

완벽하게 꾸며놓고도 윤주는 아쉬운 듯이 말했다. 소녀처럼 홍조 띤 볼이, 불빛아래 반짝이는 눈빛이, 설렘 가득한 목소리가 그녀의 기대를 적나라하게 보여 주고 있었다.

복잡한 한숨을 애써 삼킨 진하가 천천히 입을 열었다.

"다른 곳에서 만날 걸 그랬나? 사람들 없는 곳에서 조용히 할 말이 있어서 여기로 온 건데."

"나야 작업실이 편하고 좋죠. 너무 갑작스러워서 제대로 준비를 못 해서 그렇지."

"따로 준비할 거 없는데……."

"그래도 어디 사람 마음이 그런가요. 다른 사람도 아니고 진하 씨가 작업실에 오는데 나도 제대로 보여 주고 싶거든요?"

충분히 넘치게 준비하고도 여전히 뭐가 부족한지 윤주가 입술을 삐죽거렸다. 아이처럼 흥분한 모습이 평소의 그녀 같지 않았다.

점점 더 말을 꺼내기 어려워지는 분위기에 마음이 무거워졌다. 안 그래도 쉽지 않은 말들이 방향을 잡지 못하고 입안에서 어지럽게 맴돈다.

"뭘 그러고 서 있어요. 이리 와 앉아요. 그래도 내가 진하 씨 좋아하는 와인은 준비했어요."

잔뜩 들뜬 얼굴로 와인병을 들어 보인 윤주가 돌연 아련한 눈으로 말을 이었다.

"사실 이건, 혹시나 하고 그냥 위안 삼아 준비해 놨던 건데. 이걸 마시는 날이 오긴 오네요. 이거 꿈 아니죠?"

순간 진하는 자신이 너무 쉽게 생각했다는 것을 깨달았다. 그리고 미처 생각지 못한 부분을 떠올리며 지그시 주먹을 쥐었다.

'내가 지금 무슨 짓을……!'

어디인들 마지막에 적당한 장소가 있을까. 하지만 그녀의 작업실은 아니라는 생각이 불현듯 들었다.

플로리스트 정윤주의 프라이드가 고스란히 녹아 있는 일터이자, 그녀의 모든 것이 담겨 있는 소중한 장소. 작업실은 그녀가 가장 많이, 오랜 시간 머무는 지극히 개인적인 공간이기도 했다. 그런 소중한 곳에 아픈 기억을 남겨놓고 싶지는 않았다. 그 정도는 지켜 주고 싶었다.

'서진하, 아무리 마음에 없어도 이건 아니지.'

진하는 끝까지 아무런 배려도 없이 행동한 자신에게 화가 났다. 그 결과에 상처 받는 것은 그가 아니라 윤주였다. 여전히 문 앞에 꼼짝 않고 서 있던 진하가 한 걸음 뒤로 물러섰다.

"아니, 여기선 안 되겠다. 잠깐 밖으로 나가지. 아래층 로비가 좋겠어."

그제야 이상한 분위기를 감지한 윤주의 눈동자가 돌연 불안하게 흔들렸다.

"무슨 말이에요?"

"미안. 내가 잘못 생각했다."

이미 늦었을지 모르지만 마지막 말은 다른 곳에서 듣게 하고 싶었다. 그것이 지금 그가 해 줄 수 있는 유일한 일이었다. 급기야 윤주의 안색이 파리하게 굳었다.

"뭐가요? 뭐가 미안한데요? 왜 미안한데요? 대체 뭘 잘못 생각했다는 거예요?"

"로비에서 보자."

가타부타 설명 없이 휙 돌아서 나가는 진하의 뒤에서 비명 같은 울림이 흘러나왔다.

"진하 씨!"

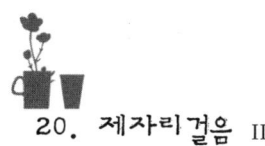
20. 제자리걸음 II

 현성이 한동안 말을 잇지 못하고 카페 안을 서성거렸다. 그런 그를 영문 모를 얼굴로 바라보던 정원이 나직이 한숨을 쉬었다. 도대체 뭐 하나 쉽게 넘어가는 법이 없다.
 왜 끝없이 설명을 해도 결론이 나지 않는 것일까. 하나부터 열까지 너무 다른 시선에 정원은 점점 지쳐가고 있었다. 차분하게 마음을 가라앉힌 그녀가 씩씩거리는 현성을 보며 담담하게 말을 이었다.
 "대체 무슨 생각을 하는 건데? 난 그냥 아저씨가 좋다는 거지, 뭘 어쩌겠다는 말이 아니거든? 그냥 좋아한다는데 대체 뭐가 문제야? 난 누굴 좋아하지도 못하니?"
 "그런 말이 아니잖아! 형은……!"
 "그래, 마스터는 뭐? 아, 그 말도 안 되는 계약 조건?"
 현성의 말을 오해한 정원이 거침없이 솔직하게 말했다.

"하아, 내가 좋아한다고 뭐가 달라지기라도 해? 설마 그 얼음마스터가 꿈쩍이나 할 거 같니? 내가 그 정도도 모르는 바보로 보여?"

꼭 이렇게까지 말해야 하는 것일까.

'이건 뭐, 없는 게 자랑도 아니고…… 나도 참 가지가지 한다.'

가진 것 하나 없이 비루한 현실을 바닥의 바닥까지 솔직하게 털어놓는 것은 정원에게도 쉽지 않은 일이었다. 하지만 그게 그녀의 전부라는 사실엔 변함이 없었다. 그런데 한숨 같은 정원의 고백도 현성에겐 통하지 않는 것 같았다.

"그럼, 대체 뭘 어쩌겠다는 건데!"

"어쩌긴 뭘 어째. 내가 언제 뭘 어쩌겠데? 그냥 그 사람이 좋다고, 좋아한다고! 사람 좋아하는 것도 허락이 필요해? 너 지금 말 안 되는 거 몰라?"

사람이 사람을 좋아하는데 무슨 다른 이유가 필요한 것일까. 정원은 이유도 없이 무작정 막아서는 현성을 이해할 수 없었다.

친구니까. 친구라서 믿고 꺼낸 말이었다. 축복까지는 몰라도 이렇듯 대놓고 반대할 줄은 몰랐다. 안 그래도 표현할 수 없는 사랑에 가슴 한편이 쓰린데 이해조차 받지 못하는 마음이라니 왠지 서글퍼진다.

정원은 그저 마음만, 그것만으로도 충분했다. 더 이상의 욕심도, 바라는 것도 없었다. 아무리 가진 것 없이 초라한 현실이라도 혼자 하는 사랑까지 허락받고 싶지는 않았다. 괜한 서러움에 오히려 마음이 차분하게 가라앉았다.

"너야말로 대체 무슨 생각을 하고 있는 거야? 내가 덜컥 고백이라도 할까 봐? 아님, 연애라도 하자고 무작정 덤빌 거 같니? 설마 진짜 그렇게 생각하는 건 아니지?"

단호한 정원의 기세에 멈칫 물러선 현성이 뜨악하게 말했다.

"아, 아니야?"

"미쳤니? 그러다 짤리면, 니가 책임질래?"

순간 할 말을 잃은 현성이 정원을 멍하니 보았다. 그러니까, 좋아는 하되 고백이나 연애 같은 건 아니라는 뜻이었다. 일명 짝사랑. 그리고 짝사랑이면 우습게도 강현성이 전문이다.

의외의 반전에 현성이 씩 웃으며 불쑥 딴소리를 했다.

"나야 언제나 책임질 만반의 준비가 되어 있지."

"넌 이 상황에 농담이 나와?"

"농담 아니거든? 너야말로 왜 내 말은 다 농담이라고 생각하는데!"

현성은 항상 진심이었다. 농담으로 받는 것은 언제나 항상 철석같이 친구라고 믿는 정원인 것을. 그녀가 버럭대는 현성을 매섭게 노려보았다.

"농담이 아니면 뭔데?"

"뭐겠냐."

"이게 진짜! 맞을래?"

정원이 불끈 주먹을 들이대며 현성을 윽박질렀다. 지금껏 열 올린 것이 무색하도록 유치한 반응에 현성이 털썩 자리에 주저앉았다.

"그래서 결론이 뭐야? 앞으로 어쩌겠다는 건데?"

"어쩌긴 뭘 어째, 그냥 그렇다는 거지. 강현성, 네가 뭘 잘 모르는 거 같아서 다시 한 번 말하는데, 이 누나가 지극히 현실적인 사람이란다. 나한텐 사랑보다 앞서는 게 당장 먹고 사는 문제거든? 굶어죽게 생겼는데 먹지도 못하는 사랑이 무슨 소용이니?"

"야, 넌 무슨 말을 그렇게……!"

현성이 어이없는 얼굴로 정원을 멀거니 보았다. 사랑 하나를 어찌하지 못해서 언제나 전전긍긍하는 그에게 정원은 그보다 앞서는 현실을 말하고 있었다.

사랑보다 앞서는 현실이라. 그 마음이 어떤 것인지 짐작조차 되지 않았다. 그와 같을 수 없는 그녀의 현실을 너무 쉽게 생각한 것 같았다. 그녀가 사는 세상은 대체 어떤 모습일까.

정원이 언제나처럼 씩씩하게 말을 이었다.

"내가 지금 사랑이니, 연애니 할 만큼 팔자가 좋아 보이니? 그런 건 시켜줘도 사양이랍니다. 이제 상황 파악이 좀 되세요?"

"……"

"그러니까 그냥 나 혼자 좋아하게 냅두라고. 어차피 좋아하는 거 말고는 할 수 있는 것도 없는데, 그 정도는 괜찮잖아."

담담한 정원의 눈가에 차마 지워지지 않는 한숨이 옅게 묻어났다. 그래서 난데없이 떨어진 폭탄으로 가슴이 휑한 와중에도 현성은 무슨 말을 해야 할지 막막해졌다. 그녀가 더 이상 씩씩함을 가장하지 않고 사뭇 진지하게 말했다.

"누군가 좋아하는 거, 나도 좀 해 보자. 아무리 사는 게 팍팍해도 사람 좋아하는 것까지 상황 봐가며 눈치 볼 필요는 없잖아. 정말 그러고 싶지 않다."

"나는……."

너한테 뭘까. 현성이 차마 말을 잇지 못하고 정원을 빤히 보았다.

"너는 뭐?"

정원이 고개를 갸웃하며 현성의 말을 기다렸다.

'내 마음은…….'

현실 앞에서 사랑마저 뒤로 치워놓는 정원이었다. 그 앞에서 더 이상 무슨 말을 할까. 그럼에도 쉽게 놓아지지 않는 마음이 아프다.

"너는 뭐? 말을 해, 말을."

현성을 멀거니 바라보던 정원이 갑자기 웃음을 터트렸다.

"풋! 너 지금 질투하니?"

기막히게도 엉뚱한 결론에 현성이 버럭 인상을 썼다.

"넌 지금 이 상황에 웃음이 나와?"

"그럼, 울까?"

"은정원!"

"어이구, 우리 강현성 어린이. 그랬쪄요? 질투가 났쪄요?"

"야!"

해맑게 깔깔대던 정원이 대뜸 정색을 했다.

"강현성이 의외로 귀여운 구석이 있었네. 유치하게 질투가 뭐니? 아저씨랑 너랑 같아? 비교할 걸 비교해라."

"형을 좋아한다며!"

"응."

대답 한번 참 심플하다. 의미 없이 반복되는 대화에 현성이 버럭 짜증을 냈다.

"그럼 나는?"

"너도 좋아."

"너야말로 분명히 안 할래?"

정원이 새삼 정색을 하며 또박또박 분명하게 말을 이었다.

"좋아하니까 친구하지. 좋아하지도 않는데 친구를 어떻게 하니? 몰라서 묻냐? 그리고 아저씨는 절대 친구가 될 수 없는 사람이지. 하지만 좋아한다고."

"무슨 말이 그래?"

"그냥 이성으로, 남자로 좋아하는 사람이 생겼다는 말이야. 그게 그렇게 어렵니?"

담담하게 할 말 다 한 정원이 뜬금없이 볼을 감싸 쥐고 고개를 흔들었다.

"어머, 말하고 나니 막 두근거린다."

"야! 너 지금 그걸 말이라고……!"

참다못한 현성이 버럭 소리를 질렀다. 도대체 저 인간의 머릿속엔 뭐가 들어 있는 것일까. 어떻게 하면 이 상황에 저런 행동을 아무렇지도 않게 할 수 있는지 모르겠다. 정신 놓고 실실거리던 정원이 멈칫 인상을 썼다.

"혼자 좋아하는 거 말고 내가 지금 뭘 할 수 있는데. 하물며 우리 마스터는 나 완전 싫어하거든? 뭐, 번번이 한두 번도 아니고 그 난리를 피웠으니 당연하겠지만. 아, 말하고 나니 좀 슬프네."

"은정원, 너 정말……."

현성은 변화무쌍한 그녀의 감정을 도무지 따라잡을 수가 없었다. 그에겐 너무나 심각하고 어려운 문제들을 너무나 쉽게, 너무나 아무렇지도 않게 말한다.

현성은 누구보다 정원에 대해 잘 알고 있다고 생각했다. 그런데 이젠 그조차도 장담할 수가 없었다. 저 조그만 머릿속에 도대체 뭐가 들어 있는 것일까. 먹먹한 현성의 시선에 정원이 더없이 뻔뻔하게 중얼거렸다.

"왜? 또, 뭐? 이제 그만 좀 하지? 너까지 보태지 않아도 내가 사는 게 좀 많이 복잡하단다. 알면서 왜 그러니? 너라도 좀 도와주라. 친구 좋다는 게 뭐야."

혼자 북 치고 장구 치고 사람 정신을 쏙 빼놓더니 더없이 심플하게 결론까지 낸다. 하지만 거짓말처럼 밝게 웃으면서도 끝끝내 숨기지 못한 그녀의 작은 한숨에 현성은 아무 말도 할 수가 없었다. 할 말이 없었다. 아니, 할 말이 아무리 많아도 할 수가 없었다.

현성은 더 이상 생각하기를 포기했다. 사랑은 머리로 하는 것이 아니었다. 생각만으로 해결되는 문제는 없다.

윤주가 멀거니 서서 휑하니 열린 작업실 문을 바라보고 있었다. 활짝 열린 문으로 새어 드는 불빛이 시리도록 아프다. 조금 전 있었던 일이 꿈이 아닌 현실이라는 것을 말해 주듯이.

그럼에도 윤주는 마냥 꿈을 꾸고 있는 것만 같았다. 깨지 않는 악몽이 현실에서도 끝없이 반복된다. 사랑하는 사람이 꿈에 나오면 행복해야 하건만 그녀에겐 언제나 악몽일 수밖에 없었다.

오늘도 그랬다. 분명 시작은 말 그대로 꿈처럼 달콤했다. 하지만 역시나 악몽으로 끝이 날 것 같았다. 끔찍하게 무섭고 나쁜 꿈. 사랑이 꿈처럼 달콤하다는 말은 거짓이다.

온몸을 휘감는 불길한 예감에 윤주는 그럼에도 차라리 진짜 꿈이기를 바랐다. 악몽이라도 눈 뜨면 사라지는 꿈이 나았다.

갑자기 다리에 힘이 풀리며 윤주의 몸이 크게 휘청거렸다. 손에 들려 있던 와인병이 바닥으로 떨어지는 동시에 그녀가 맥없이 풀썩 주저앉았다. 무의식중에 잡은 테이블이 흔들리며 세팅해 놓은 잔과 접시도 우르르 쏟아졌다.

퍽! 쨍그랑!

와인병과 유리잔 깨지는 소리가 날카롭게 울려 퍼졌다. 하얀 대리석 바닥 위로 번지는 와인이 핏빛처럼 붉다.

다급한 발소리와 함께 진하가 다시 작업실 문 앞에 나타났다. 그리고 깨진 유리들을 보고 놀라 성큼 안으로 들어왔다.

"무슨 일……! 괜찮아? 다치지 않았어?"

진하가 조심스레 윤주의 어깨를 잡았다. 와인이 흐르는 것을 멍하니 보고 있던 그녀가 천천히 고개를 들었다.

악몽에서조차 반가운 얼굴이 시야 가득 밀려들었다. 언제나 차갑기만 하던 눈가에 걱정이 묻어난다. 윤주는 순간 이유도 없이 왈칵 눈물이 나올 것만 같았다. 흠칫 고개를 돌린 그녀가 흘러내린 머리칼을 넘기며 애써 웃어 보였다.

"괘, 괜찮아요. 잠깐 발을 헛디뎌서……. 내가 이렇다니까. 진하 씨, 놀랐죠? 미안해요."

주춤 일어서는 그녀를 부축하며 진하가 다시 물었다.

"정말 괜찮은 거야?"

"이런, 아까워라."

윤주가 일어서다 말고 엉망이 된 바닥을 보며 무심코 허리를 숙였다. 평소의 차분함은 간데없이 무작정 손을 뻗는 윤주의 행동에 놀란 진하가 급하게 말렸다.

"손대지 마. 내가……."

"아!"

순간 선뜩한 느낌과 함께 와인보다 붉은 핏방울이 후드득 떨어졌다.

"윤주야!"

핏방울을 멀거니 바라보던 윤주가 놀라 손을 잡아당기는 진하를 돌아보며 희미하게 웃었다.

"아, 괜찮아요. 괜찮……."

"일어나. 내가 치울 테니까."

"나 정말 괜찮은데."

윤주를 의자에 앉힌 진하가 냅킨으로 지혈을 하며 말했다.
"가만히 있어."
"미안해요. 진하 씨 오늘 처음 왔는데 손님 대접이 엉망이네."
"신경 쓰지 마."
의자에 앉아 유리 조각을 치우는 진하를 물끄러미 바라보던 윤주가 지그시 입술을 깨물었다. 그리고 짐짓 가벼운 목소리로 서둘러 화제를 돌렸다.
"오늘은 아무래도 날이 아닌가 봐요. 다음에 다시……."
"윤주야."
진하가 흔들림 없이 진지한 눈으로 윤주의 말을 막았다. 하지만 그녀는 차마 그의 시선을 똑바로 마주 볼 수가 없었다. 그에게서 무슨 말이 나올지 상상조차 하고 싶지 않았다.
후다닥 자리에서 일어난 윤주가 한 걸음 앞서 나서며 빠르게 말을 이었다.
"와인도 못 마시게 되고, 이왕 이렇게 된 거 다음에 다시 와요. 그때는 정말 제대로 준비해서 대접할게요. 그러고 싶어."
"아니, 다음은 없어."
단호한 그의 말이 너무나 짧고 간결해서 날카롭게 비수가 되어 날아들었다. 순간 실내 공기가 그대로 얼어붙는 것만 같았다.
윤주가 흠칫 굳은 얼굴로 멍하니 진하를 돌아보았다. 부서질 듯 간절한 그녀의 시선에 진하가 나직이 한숨을 내쉬었다.
'어쩔 수 없는 건가.'
우스운 일이다. 일방적으로 상처를 주는 주제에 배려라니.

그 모든 것들이 무슨 소용일까. 어차피 피해갈 수 없는 일이었다. 어디서 끝을 말하든 결과는 변하지 않는다.

석상처럼 우뚝 멈춰 선 윤주의 가녀린 어깨가 가늘게 떨고 있었다. 꼭 쥔 두 주먹이 하얗게 도드라져 금방이라도 부서질 것처럼 흔들거렸다. 하지만 더 이상 미룰 수는 없었다. 진하는 마음먹은 대로 하고자 했던 말을 뱉었다.

"이제 진짜 그만하자. 더 이상은 안 되겠다."

"뭘 그만해요? 우리가 뭘 하긴 했어요?"

"나 말고, 윤주 너."

윤주의 안색이 금방이라도 쓰러질 것처럼 창백해졌다.

"진하 씨, 왜 또 이래요? 내가 기다린다니까요. 그냥 기다리는 것도 안 돼요?"

"기다리지 마. 처음부터 난 아니라고, 기다리지 말라고 했을 텐데?"

"갑자기 왜 이러는데요? 그동안 우리 잘 지냈잖아요."

"난 아니야. 그저 네게도 정리할 시간이 필요하다고 생각했을 뿐이지."

찰나 아릿하게 흔들리던 윤주의 눈동자가 예리하게 빛났다.

"시간이라면 처음 그때부터 지금까지 충분히 많았어요. 그런데도 안 됐어요. 시간 따위 나에겐 의미가 없다고요. 몰라서 그래요?"

"그건……!"

불쑥 튀어나오려는 말을 지그시 삼킨 진하가 깊게 가라앉은 눈으로 윤주를 응시했다.

사랑하는 사람의 가장 소중한 친구로 만나 처음부터 지금까지 그게 전부인 관계였다. 짧은 연애 기간에 결혼까지 일사천리로 이루어져 함께하는 자리가 많았던 것도 아니었다.

일 년 남짓, 짧은 결혼 기간 동안엔 그나마도 미국과 영국이라는 거리와 각자 생활에 바빠 휴가 때 잠시 본 것이 전부이기도 했다.

기실 관계라고 할 것도 없이 사랑하는 사람의 친구로, 아는 동생으로 존중해 준 것이 다였다. 눈길 한 번, 감정 한 조각 건네지 않았건만 그럼에도 아무도 모르게 일방적으로 감정을 키워 온 것은 윤주 자신이었다.

일 년 전, 한국으로 돌아온 진하에게 윤주가 돌연 저 홀로 깊어진 감정을 고백해 왔다. 그것도 사랑하는 사람과 함께 마음마저 잃어버린 그에게.

유행가 가사처럼 친구의 친구를 사랑했네 하는 단순한 문제가 아니었다. 진하는 무엇도 하지 않았는데 사랑이라 매달리는 윤주를 어찌해야 할지 알 수가 없었다. 대체 무엇을 어떻게 이해하란 말인가.

어느 날 갑자기, 말도 안 되게 어이없이 사랑하는 사람을 잃어버렸다. 세상이 멈춰 버린 듯 아무것도 눈에 들어오지 않았다. 전부라고 믿었던 사랑을 잃고도 멀쩡하게 숨을 쉰다는 것만으로도 진하에겐 지옥이 따로 없었다.

그런 와중에 친구라고 믿었던 사람의 일방적인 고백이라니.

진하는 그때도, 지금도 윤주의 마음을 감당할 수 없었고, 감당하고 싶지도 않았다.

아름답고 설레기는커녕 무겁고 독한 사랑에 제 빛을 잃어가는 윤주가 안타까웠지만 그뿐, 모든 것을 내려놓은 그가 해 줄 수 있는 일은 아무것도 없었다.

진하가 문득 정중하게 고개를 숙였다.

"미안하다. 내 실수야."

그럼에도 사람의 마음을, 진심을 그리 무심하게 흘려보내서는 안 되는 일이었다. 시간을 준다고 해결되는 문제는 더더욱 아니었던 것이다. 변명의 여지가 없었다. 그의 사과에 놀란 윤주가 급격히 무너져 내렸다.

"미안해하지 않아도 돼요. 그냥 내가……."

"난 너 여자로 안 보여."

"진하 씨!"

"처음부터 그랬고, 앞으로도 그 사실은 변하지 않을 거야. 네가 어떤 마음이든 절대 받아줄 수 없어. 가능하지 않은 일이야. 그러니 다른 사람을 찾아."

"나는 당신이 아니면 안 돼요. 다른 누구도 필요 없다니까요?"

"네가 아무리 기다린다고 해도 변하는 건 없어. 그만해. 그리고 앞으로 카페에도 오지 마. 이대로는 서로 안 보는 게 좋겠다."

여지없이 단호한 거절에 윤주가 고개를 흔들며 고집스레 소리쳤다.

"싫어! 그렇게 말하지 말아요! 갑자기 나한테 왜 이래요. 이러지 말아요, 제발."

"갑자기가 아니야. 처음부터 이랬어야 했던 거지. 미안하다. 내 잘못이야."

"진하 씨! 정말 왜 이래요. 왜……."

급기야 윤주의 눈가에 눈물이 가득 차올랐다. 하지만 진하는 흔들림 없이 분명하게 선을 그었다.

"이제 그만 나를 놔. 그래야 너도 편해질 수 있어."

"나는 왜 아닌데요. 나는 왜 안 되는데요."

눈물에 흠뻑 젖은 얼굴로 비틀거리던 윤주가 풀썩 주저앉으며 중얼거렸다. 하지만 진하는 윤주를 부축하지도, 일으키지도 않았다. 쓰러진 몸을 일으킨다고 무너진 마음이 세워지는 것은 아니었다. 사람의 마음을 무너트려놓고 아무렇지도 않게 손을 내밀 만큼 그는 뻔뻔하지 못했다.

가늘게 흔들리는 윤주의 어깨를 조용히 바라보던 진하가 한숨처럼 나직이 말했다.

"그러는 넌, 왜 하필 난데? 나더러 뭘 어쩌라는 거지? 너 이거 사랑 아니야. 집착이지."

"그렇게 말하지 말아요. 이렇게 사랑하는데, 내 사랑이 당신한테는 왜 아무것도 아니에요? 어떻게 그럴 수가 있어요. 나한테 어떻게 이래요. 어떻게……."

진하는 더 이상 할 말이 없었다. 이제는 정말 도돌이표처럼 끝도 없이 이어지는 고리를 끊어내야 했다.
"정윤주 씨, 그동안 고마웠습니다. 그리고 미안합니다."
"진하 씨……!"
"앞으로 이렇게 만나는 일도 없을 겁니다. 잘 지내요."
가볍게 고개를 끄덕인 진하가 그대로 돌아서 작업실을 성큼 빠져나갔다. 너무나 갑작스러운 마지막에 멍하니 바라보던 윤주가 뒤늦게 그를 부르며 따라나섰다.
"진하 씨!"
하지만 그는 한 치의 흔들림도 없이 전혀 모르는 사람처럼 뒤도 돌아보지 않고 빠르게 멀어져 갔다. 더 이상 따라나서지도 못하고 문가에 기대선 윤주가 끝내 스르륵 무너져 내렸다.
"정말 나한테 왜 이래요. 이러지 마요. 나는……, 나는……."
23살, 햇살이 따사롭게 반짝이는 어느 봄날 이름도 모른 채 스치듯 지나친 사람을 무작정 마음에 들였다. 찰나의 그 환한 미소가, 단단한 눈동자가 마음 깊이 들어와 그대로 사랑이 되었다.
이유 따위 필요 없었다. 처음 본 그 순간부터 사랑이었고, 단 한순간도 그 사랑을 의심해 보지 않았다.
그 사랑이 다른 사람을 보고 있어도 돌아서지지가 않았다. 사랑하는 친구의 사람이 되어 눈앞에서 멀어졌어도 차마 잊히지가 않아서 하루하루가 지옥이었다. 그렇게 홀로 끌어안고 지독하게 깊어만 가는 사랑에 항상 목이 메었다.
사랑과 함께 마음마저 잃어버린 그가 처음 그 자리로 돌아왔을 때 윤주는 마지막 기회라고 생각했다. 세상을 떠난 친구에게 미안한 마음까지 고스란히 떠안고 다시 꿈을 꾸었다. 덧없이 스러져 간 친구의 몫까지 사랑하면서 평생 속죄하리라 마음먹었다.

모진 사랑이, 끝내 놓아지지 않는 질긴 사랑이 그렇게나 독하게 발목을 잡았다.

'난 당신이 아니면 안 돼요.'

도대체 뭐가 잘못된 것일까. 가슴 가득 들어차 숨 쉬는 것조차 어렵게 만드는 아픈 사랑이건만 그 사랑이, 사랑이 아니란다. 그녀에겐 세상에 둘도 없는 사랑이건만 정작 사랑하는 사람은 집착이라고 말한다.

윤주는 절대 인정할 수 없었다. 그녀에겐 여전히 잊을 수도, 지울 수도 없는 단 하나의 사랑이었다. 다른 사랑은 상상조차 할 수 없었다. 그럴 수 있었다면 여기까지 오지도 않았으리라.

끝내 외면당한 사랑이 시리도록 아프다. 그 아프고 독한 사랑에 숨이 막혔다. 언제쯤 이 사랑이 끝이 날까. 그녀도 진심으로 알고 싶었다.

문가에 기대앉아 진하가 사라진 복도를 바라보던 윤주의 눈가에 서늘한 바람이 일었다. 끝없이 흐르던 눈물도 어느새 말라 있었다. 황폐하게 메말라 버려진 그녀의 마음처럼.

'서진하, 정말 못났구나.'

어느새 카페에 도착한 진하가 차의 시동을 끄고 낮게 한숨을 내쉬었다. 그리고 밀려드는 피로감에 그대로 운전석에 기대어 눈을 감았다.

못내 마음이 좋지 않았다. 무너지는 윤주를 외면하고 돌아 나오는 발걸음이 천근만근 무거웠다. 하지만 진하는 절대 뒤돌아보지 않았다. 늦어도 한참 늦었지만 늦었다고 포기할 수는 없는 노릇이었다. 지금이라도 그가 할 수 있는 최선을 다하고 싶었다.

솔직히 진하는 일 년 전 그때로 다시 돌아간다 해도 지금과 다를 것이라 장담할 수 없었다. 비겁한 변명 같지만 그땐 자신을 추스르는 것만도 버거워 아무것도 보이지 않았다. 그저 매일 반복되는 하루를 붙잡고 견디는 것만으로도 숨이 막혔다.

결국 너무 늦은 깨달음에 너무 멀리 왔지만, 어쩌겠는가. 아무리 후회한들 이미 지나간 시간이었다. 완벽하지 못한 사람이라서, 나약한 사람이라서, 이기적인 사람이라서, 당장 죽을 것 같은 자신의 아픔 앞에 타인의 마음을 돌아볼 여유가 없었다. 그렇게 도망치듯 외면하고 닫아 버린 자신의 실수를 돌아보고 인정하는 것은 그에게도 쉬운 일이 아니었다.

'어쩌다 이렇게 됐을까.'

진하도 세상 앞에 무서울 것 없이 자신만만했던 시절이 있었다. 그 어떤 상황에서도 흔들림 없이 당당할 수 있을 만큼 스스로에 대한 확신도, 미래에 대한 분명한 계획도 가지고 있다고 자신했다.

사랑하는 사람이 곁에 있으므로 모든 것이 부족함 없이 완벽

한 것 같았다. 어리석게도 눈앞의 달콤한 성공에 취해, 실패와 절망은 절대 자신의 몫이 아니라고 생각했다.

너무 자만했던 것일까. 그 모든 것들이 어느 날 갑자기 한순간에 무너져 버렸다. 산산이 부서진 마음으로 무엇을 어떻게 다시 시작해야 하는지 알 수가 없었다.

어릴 적 부모님을 사고로 잃었던 것과는 달랐다. 사업가 집안에서 태어나 부모님과 떨어져 지낸 시간이 더 많았고, 너무 어린 탓에 죽음에 대해 제대로 인식하지 못한 것도 있었다. 하여 미처 외로움을 알기도 전부터 그는 혼자였고, 혼자인 것에 익숙해졌다.

조부모님마저 성인이 되던 해, 마치 할 일을 다 했다는 듯 차례로 돌아가시고 진하는 진짜 혼자가 되었다. 그렇게 혼자 남겨진 그가 처음으로 온 마음을 다해 사랑한 사람이었다. 그 사랑에 모든 것을 걸었고, 그 사랑을 잃어버리자 결국 아무것도 남아 있지 않았다. 세상이 통째로 없어진 것 같았다.

끝없이 무너지는 마음을 도저히 어떻게 할 수가 없었다. 그럼에도 다시 혼자가 된 진하는 그게 무엇이 되었든 고스란히 겪어내야만 했다. 무너지는 것도, 부서지는 것도, 나락으로 떨어지는 것조차 온전히 그의 몫이었다.

홀로 견뎌야 하는 시간이 처음으로 막막하게 느껴졌다. 차마 마주하고 싶지 않았다. 아무것도 할 수 없는 자신의 무력함에 화가 났다. 그렇게 세상으로부터 등을 돌렸다. 눈앞의 현실을 외면하고 도망쳤다.

무작정 일에 매달렸지만 예전만큼 의욕도 보람도 느껴지지 않았다. 문득 정신을 차려 보니 일하는 기계가 되어 버린 자신이 있었다. 그야말로 벼랑 끝에 몰린 기분이었다. 그럼에도 오늘을 살아야 하는 현실이 그의 숨통을 조여 왔다.

결국 진하는 모든 것을 정리하고 돌아올 수밖에 없었다. 처음 사랑이 시작된 곳으로, 사랑하는 사람의 흔적을 찾아서.

"빌어먹을!"

작은 구멍이 견고한 둑을 한순간에 무너트리듯, 차마 떠올리고 싶지 않은 기억들이 우르르 밀려들었다. 발밑에 시커먼 구멍이라도 뚫려 있는 것처럼 끝없는 나락으로 떨어져 내린다.

이제 더 이상 자책도, 후회도 하지 않으리라 마음먹었건만 어둠은 언제나 소리도 없이 다가와 그를 삼켜 버렸다. 이미 지나간 과거의 그림자 앞에서 또다시 무기력하게 무너지는 자신에게 화가 났다.

이래서야 변한 것이 없지 않은가. 그가 무책임하게 외면하고 방치해 온 것은 윤주의 마음만이 아니었다. 그 자신마저도 너무나 오랫동안 돌아보지 않았다. 그 결과가 이 모양이다.

"하아."

나직이 심호흡을 한 진하가 천천히 눈을 떴다. 무겁게 발목을 잡아끄는 과거와 정면으로 마주하고 넘어서는 것이 생각처럼 쉽지 않았다.

하지만 지나간 시간 속의 그가 그랬듯 다시 외면하고 도망칠 수는 없었다. 깨지고 부서지더라도 앞으로 나아가는 것이 지금을 살아가는 유일한 방법이었다.

　진하는 그렇게나마 다시 찾아온 사랑 앞에 당당해지고 싶었다. 그의 몫이 될 수도 없고, 차마 표현할 수도 없는 사랑이지만 마음만은 그랬다.

　　　　　　　　　　　　　　　『그꽃』 2권에 계속…….